Herbstwolken

Adriana Trigiani

Herbstwolken

Roman

Aus dem Amerikanischen von
Susanne Höbel

WILHELM HEYNE VERLAG
MÜNCHEN

Die Originalausgabe erschien unter dem Titel
Big Cherry Holler
bei Random House, New York

Umwelthinweis:
Dieses Buch ist auf chlor- und säurefreiem Papier gedruckt.

Satz: Leingärtner, Nabburg
Druck und Bindung: Franz Spiegel GmbH, Ulm
Printed in Germany

ISBN 3-453-21407-2

www.heyne.de

Für meine Mutter,
Ida Bonicelli Trigiani

KAPITEL

1

Der Regen trommelt so heftig auf das alte Steinhaus, dass man denken könnte, auf dem Dach tanzten hundert Stepp-Tänzer. Als Etta heute Morgen zur Schule aufbrach, nieselte es nur, und jetzt, um zwei Uhr nachmittags, ist es ein richtiges Unwetter. Von meinem Küchenfenster aus kann ich den Powell Mountain kaum sehen, der noch gestern eine golden schimmernde Pyramide von herbstlichem Laub war. Hoffentlich reißt der Regen die bunten Blätter nicht alle auf einmal von den Bäumen. Vor uns liegt noch der ganze Winter, in dem Cracker's Neck Holler Grau tragen kann. Wie sehr ich diese Berge im Oktober liebe: wenn die Blätter ihre Farbe verändern – Schichten von burgundroten und gelben Krinolinen, die im Licht oszillieren – und die Äpfel geerntet sind; in der Luft liegt der Geruch von süßem Rauch, und ich kann in Mrs. Macs tiefem Kamin ein schönes großes Feuer machen. Als ich mich hinknie, um ein Holzscheit in den Ofen zu schieben, muss ich an meine Schwiegermutter denken, die immer gleich am ersten kühlen Tag ein Feuer machte. »Oh, wie ich ein Feuer liebe«, sagte sie immer.

An der Tafel über dem Spülbecken steht in Jack Macs Handschrift: »Sandwiches mit roter Paprika?« Die Frage ist bestimmt drei Monate alt, und keiner sollte so lange auf seine Lieblingssandwiches warten müssen, schon gar nicht mein Mann. Warum brauche ich so lange, um einen so kleinen Wunsch zu erfüllen? Früher war es immer so, dass er zuerst an die Reihe kam, ich alles stehen und liegen ließ und mir alles Mögliche ausdachte, um meinen Mann glücklich zu machen. Ich frage mich, ob er merkt, dass das Leben ihn an die zweite Stelle verwiesen hat. Wenn es ihm nicht auffällt, dann haben es wenigstens meine Zeitschriften bemerkt. Auf dem Umschlag des neuesten *Redbook*-Exemplars steht in explodierenden knallrosa Buchstaben: BRINGEN SIE WIEDER PEP IN IHRE EHE! HIER STEHT, WIE'S GEHT! Unter Punkt vier heißt es: Bereiten Sie ihm sein Lieblingsessen. (Fragen Sie mich nicht nach den anderen neun Schritten.) Mit einer ordentlichen Portion Schuldgefühlen und dem festen Vorsatz, es in Zukunft besser zu machen, röste ich Paprikaschoten im Ofen und wende sie, während sie schwarz werden wie der Himmel draußen.

Das Brot für die Sandwiches habe ich schon am Morgen gebacken. Ich ziehe das Backblech von der breiten Fensterbank heran und bepinsele die luftigen Brotvierecke mit Olivenöl. Dann nehme ich das Blech aus dem Ofen und fange an, die Paprikaschoten zu schälen. (Dabei kann ich sitzen.) Meine Mutter hat die verkohlte Schale immer in einem Zug abgezogen; das muss ich erst noch lernen. Unter der Schale ist die Paprika glatt wie das Samtfutter einer alten Schmuckschatulle. Ich lege die dünnen roten Streifen auf das weiche Brot. Die Mischung aus Olivenöl und süßem warmem Brot riecht frisch und buttrig. Ich bestreue die Sandwiches mit körnigem Salz; die Kristalle glitzern auf den roten Paprikastreifen. Ich bin froh, dass ich so viel gemacht habe. Heute Abend im Auto werden wir viele Leute sein.

Es gibt nämlich tolle Neuigkeiten bei uns. Etta tritt im Fernsehen auf. Sie und zwei Klassenkameraden werden bei *Kiddie Kollege* mitmachen, der WCYB-Quizshow für Drittklässler. Etta, die unheimlich gern liest, ist wegen ihres Allgemeinwissens ausgewählt worden. Mit zu ihrem Team gehören Jane Herd und Billy Skeens. Jane, die ein Rechengenie ist und die runden Wangen eines Monarchen hat, macht mit, weil sie Teilaufgaben sehr gut im Kopf rechnen kann. Billy, ein kleiner, aber kräftiger Melungeon-Junge (also mit einem starken indianischen Einschlag), wurde wegen seiner

Tapferkeit ausgesucht. Erst vor kurzem hat er geholfen, die Schülerkantine der Grundschule von Big Stone Gap zu evakuieren, als einer der Wärmetische Feuer fing. Keiner hatte eine Idee, wie man ihn angemessen belohnen könnte (eine Feier und eine Medaille schienen zu albern), deshalb wurde beschlossen, ihn bei der Show mitmachen zu lassen.

Jack Mac hat sich den Wagen von der Herz-Jesu-Gemeinde geliehen, weil wir das Team zum Studio fahren und einigen Freunden versprochen haben, sie mitzunehmen. Die Fernsehstudios sind ungefähr anderthalb Stunden von Gap entfernt, hinter Kingsport, in Bristol, Tennessee. Die Show findet um sechs Uhr abends statt, live, deswegen fahren wir gleich nach der Schule los. Etta hat sich genau überlegt, was sie anziehen will: einen dunkelblauen Rock und den pinkfarbenen Pullover (ihr Großvater hat ihn ihr aus Italien geschickt, deswegen ist er für Etta ihr bester, wenn nicht sogar ihr Glücksbringer-Pullover). Dann will sie ihre schwarzen Lackschuhe tragen, obwohl ich ihr gesagt habe, dass man im Fernsehen selten die Schuhe der Menschen sieht.

Ich gehe noch einmal durch die Zimmer unten und schließe bei dem Rundgang alle Türen. Das Haus mit den schlichten quadratischen Zimmern und den breiten Fluren ist perfekt für Kinder. Als Mrs. Mac noch lebte, habe ich natürlich nie daran gedacht, dass ich einmal hier wohnen könnte. Jahrelang war es nur ein Haus, zu dem ich Medikamente brachte. Ich weiß noch, wie gern ich den holprigen Weg hinauffuhr und wie das Haus plötzlich auf der Lichtung, mit dem Berg im Hintergrund, auftauchte – wie ein Gemälde. Hätte ich gewusst, dass Mrs. Mac eines Tages meine Schwiegermutter sein würde, hätte ich vielleicht versucht, Eindruck bei ihr zu machen. Aber auf die Idee kam ich gar nicht. Ich habe die Tabletten abgeliefert, eine Tasse Kaffee getrunken und bin wieder gegangen. Es war mir nie in den Sinn gekommen, dass ich mich in ihren einzigen Sohn verlieben könnte. Und genauso wenig war mir in den Sinn gekommen, dass ich eines Tages mein eigenes Gesicht in diesen fleckigen alten Spiegeln betrachten würde, dass ich Feuer im Kamin machen und ihre

Enkelin in diesen Zimmern aufziehen würde. Wenn man mir gesagt hätte, dass ich eines Tages in diesem Tal in den Bergen zu Hause sein würde, hätte ich gelacht. Ich bin unten in der Stadt aufgewachsen; niemand zieht von Big Stone Gap hinauf in die Berge. Wie seltsam das Leben doch spielt.

Ich mustere mich im Spiegel. Etta bekniet mich ständig, ich solle mehr Make-up tragen. Sie will, dass ich eine junge Mum bin, wie die ihrer Freundinnen; hier in dieser Gegend sind die Frauen in meinem Alter Großmütter! Also bleibe ich einen Moment lang im Flur stehen und krame in meiner Handtasche nach dem Lippenstift. Mein jugendlicher Reiz muss wohl aus der Tube kommen. Eigentlich müsste jemand wie ich, der sein Leben lang in einer Apotheke gearbeitet hat, eines von diesen schicken Make-up-Täschchen haben. In der Apotheke hatten wir einen ganzen Drehständer damit. Vielleicht hat Etta Recht, ich sollte mich wirklich mehr um mein Aussehen kümmern. (Die dunklen Ringe unter meinen Augen abzudecken hat für mich einfach nicht oberste Priorität.) Die Leute sagen, dass ich immer noch wie früher aussehe. Ist das etwas Gutes? Ich beuge mich zu dem Spiegel mit den teebraunen Flecken vor und betrachte mich genau. Acht Jahre mit Jack MacChesney sind wie im Flug vergangen. Seit ich mich in ihn verliebt habe, so scheint es, rast die Zeit nur so.

Jemand hämmert an die Tür. Der Donner ist so laut, dass ich kein Auto gehört habe. Doris Bentrup vom Blumenladen balanciert in der einen Hand einen Regenschirm, in der anderen einen Stapel weißer Kartons mit lavendelfarbenen Bändern drum herum. Zwei Lesebrillen baumeln um ihren Hals. Regentropfen rollen von der durchsichtigen Plastikkappe, die sie trägt.

»Komm rein!«

»Keine Zeit. Hab den Wagen voller Blumen. In Pound ist eine Beerdigung. Wenn der Regen mir meine Friseur ruiniert, bring ich mich um.«

»Sieht noch sehr gut aus.« Da ich ungefähr dreißig Zentimeter größer als Doris bin, kann ich auf ihre winzigen

Löckchen herabsehen, jede einzelne eine perfekte Rosette aus bläulichem Zuckerguss unter einer Plastikplane.

»Na, hoffentlich. Schließlich habe ich genug dafür durchgemacht. Zwei Stunden habe ich am Samstag bei Ethel unter der Trockenhaube gesessen, wegen der Luftfeuchtigkeit. Sie hat mir so viel Haarspray auf den Kopf gesprüht, dass die Locken wie kleine Felsbrocken sind. Fühl mal.«

»Sie sind perfekt«, beruhige ich Doris.

»Ist Etta gut auf ihren Auftritt vorbereitet?«

»Klar, Ma'am.«

»Wir hoffen, dass sie gewinnen; bisher hat noch nie ein Team aus Big Stone gewonnen.«

»Hat der Dogwood Garden Club nicht einmal bei *Club Quiz* gewonnen?«

»Doch, Ma'am. Aber das ist zehn Jahre her. Und das waren Erwachsene, das zählt nicht, finde ich. Guck doch mal, von wem die sind. Mir wären fast die Zähne rausgefallen, und du weißt, ich klebe sie ziemlich gut fest.«

Ich ziehe die kleine weiße Karte mit einem Rand von Margeriten aus dem Umschlag. *Zeig's ihnen, Etta*, steht darauf, *und denk dran, der Kardinal ist der Wappenvogel von Virginia. Liebe Grüße von Deinem Onkel Theodore.*

»Dieser Tipton, der hat doch Klasse. So einen wie den finden wir hier nie wieder«, erklärt Doris und legt den Kopf nach hinten, damit der Regen von der Kappe laufen kann. »Manchmal kriegen wir hier einen Ausländer, vor dem wir richtig den Hut ziehen müssen. Wie geht es ihm denn da drüben in Tennessee?«

»Er sagt, die Universität hat die beste Band im ganzen Land.«

»Jetzt sollten sie nur noch ein paar Spiele gewinnen.«

Während Doris zurück zu ihrem Wagen hastet, mache ich einen Karton auf. Darin liegt, frisch und perfekt, ein wunderschönes Armbandbouquet aus weißen Nelken. In den Blütenblättern liegen drei Buchstaben aus Goldfolie: WIN. Ich atme den Duft der frischen kalten Blumen ein. Die Buchstaben kitzeln mich an der Nase und erinnern mich an die

Bouquets, die Theodore mir jedes Jahr in der Football-Saison gekauft hat. Fast zehn Jahre lang war Theodore Chor- und Bandleiter der Powell Valley Highschool. Er leitete jeden Ball, und ich war immer seine Partnerin. (Den Eltern war es recht, dass ich als erfahrenes Mitglied der Erste-Hilfe-Mannschaft bei den Schulbällen anwesend war.) Theodore machte immer viel Aufhebens darum, mir das Armbandbouquet am Handgelenk festzumachen, bevor das Spiel anfing. Ob Sieg oder Niederlage, das Spiel war ein Fest, denn Theodores Pauseneinlagen waren immer Aufsehen erregend. Neben seinem unvergesslichen Gruß an Elizabeth Taylor, bevor sie sich an einem Hühnerknochen verschluckte, liebte ich am meisten die Show, in der er dem amerikanischen Musical und besonders den Bühnenwerken von Rodgers und Hammerstein huldigte. Jedes der Cheerleader-Mädchen trug die Kostümierung einer Hauptdarstellerin in einem Film, einschließlich Maria in *The Sound of Music* und Julie Jordan in *Carousel*. Romalinda Miranda, die Tochter des philippinischen Arztes, der zu dem Ärzteteam gehörte, das Liz Taylor das Leben rettete, trat in der Rolle der Naiven in *Flower Drum Song* auf. Theodore hatte sie von den Fahnenmädchen rekrutiert. Damals gab es einigen Unmut, weil manche Leute fanden, ein Cheerleader-Mädchen sollte nicht einfach so, nur für eine Show, aus dem Nichts hervorgezaubert werden, bloß weil sie aussah, als hätte sie in einem Film mitgespielt. Nachdem sich die Aufregung wieder gelegt hatte, sonnte sich die Familie Miranda in dem Ruhm, den die Feier ihrer asiatischen Herkunft mit sich gebracht hatte. (Zusatzpunkte für meine Mit-Ausländer.)

Vorsichtig lege ich die Schachteln auf meinen Beutel, in dem lauter Dinge sind, die wir für den Fernsehauftritt brauchen könnten. Ein Extrapaar Kniestrümpfe. Lippenfettstift. Kamm. Haarbänder. Mein Leben besteht darin, die Sachen für meine Familie zusammenzutragen und sie dann wieder wegzuräumen. Listen zu machen, Sachen zu schleppen. Und auf keinen Fall darf ich etwas vergessen. Sogar Jack verlässt sich darauf, dass ich ein Taschentuch habe, wenn er niest, und einen Quarter, wenn er die Zeitung kaufen will. Manchmal frage ich mich, ob all die kleinen Einzelheiten ein Gesamtbild ergeben.

Die Grundschule von Big Stone Gap ist eine prächtige Ansammlung von vier schön gestalteten, hellen Sandsteingebäuden, die 1908 errichtet wurden. In Bergwerksstädten wird bei einem Aufschwung zuallererst in Schulen investiert, und Big Stone Gap ist da keine Ausnahme. Es gibt einen mindestens ein Hektar großen Sportplatz für die Kinder, eine großartige alte Aula (mit Fußleuchten) und eine neu hergerichtete Kantine (seit Billys Heldentat). Ich warte am Zaun, so wie meine eigene Mutter so viele Jahre lang am Zaun gewartet hat.

Als es läutet und die grünen Türen aufgestoßen werden, kullern die Kinder auf den nassen Schulhof wie Perlen aus einem Sack. Etta bleibt oben auf den Stufen stehen und lässt den Blick am Zaun entlangwandern. Als sie mich sieht, springt sie, zwei Stufen auf einmal nehmend, die Treppe runter und rennt auf mich zu. Fast reißt ihr der Wind den rotkarierten Regenschirm aus der Hand. Ihr Regenmantel flattert um sie herum. Ich gebe ihr einen Kuss, und sie springt in den Wagen.

»Hast du meine Strümpfe dabei?«

»Bist du aufgeregt?«

Etta zieht sich die schmutzbesprenkelten weißen Kniestrümpfe aus und die frischen an. »Und wie.«

»Onkel Theodore hat dir ein Geschenk geschickt.«

Etta reißt den Karton auf. Ihr hellbraunes Haar hängt glatt herunter. (Zum Glück kann Fleeta es heute Abend zu einem Zopf flechten.) Ihre kleinen Hände sind wie meine – gute Arbeitshände. Das Gesicht hat sie von ihrem Vater, die gerade Nase, den ebenmäßigen Mund, bei dem Ober- und Unterlippe gleich breit sind, die haselnussbraunen Augen, leuchtend und rund. Etta hat Sommersprossen – wir wissen nicht, woher. Als Etta klein war, erzählte Jack ihr vor dem Einschlafen oft eine Geschichte, die sie sehr lange geglaubt hat: Gott besitzt einen ganzen Eimer mit Sommersprossen, und wenn er alle Babys im Himmel gemacht hat, stellt er sie, kurz bevor sie zur Welt kommen, in einer langen Reihe auf und wirft Sommersprossen über sie, die ihnen Glück bringen sollen. Je mehr Sommersprossen, desto mehr Glück. Hoffentlich tun sie heute Abend ihre Wirkung. »Ich sollte es aber nicht anziehen, wenn Jane keins hat.«

»Keine Sorge, er hat auch eins für Jane geschickt, und Billy Skeens bekommt eine Blume fürs Knopfloch.«

»Wie bei einer Hochzeit«, sagt Etta. »Aber Billy Skeens heirate ich nicht. Niemals. So'n Kleiner.«

»Er wächst wahrscheinlich noch«, sage ich zu meiner Tochter und klinge wie eine nervige Mutter.

Neben uns ertönt eine Hupe. »Daddy!«, ruft Etta. Der Wagen von der Herz-Jesu-Gemeinde schwenkt in eine Parklücke. Mein Mann lächelt und winkt uns zu. Etta steigt aus dem Jeep und rennt zu dem Auto, wo Jack schon die Tür aufstößt. Sie zeigt ihm ihr Armbandbouquet, das er bewundert. Ich beobachte die beiden durchs Fenster, wie sie miteinander lachen. Sie sehen aus wie auf einem alten Foto: schwarz-weiß, und ein silbriger Ton da, wo die Emulsion alt ist.

Jack muss gemerkt haben, dass ich sie durch den Regen hindurch anstarre, und winkt mir zu, ich soll rüberkommen. Er schiebt die Tür auf, und ich klettere auf den Sitz hinter ihm.

»Wie war dein Tag bisher?«, frage ich.

»Gut.«

»Daddy, gib Mama einen Kuss.« Jack küsst mich auf die Wange. »Warum wird College in *Kiddie Kollege* falsch geschrieben?«

»Ich weiß es nicht.« Jack überlässt mir die Antwort.

»Vielleicht, damit es ein K wie Kiddie hat«, sage ich.

»Das ist ein blöder Grund. Wenn einer so klug ist, dass er bei *Kiddie Kollege* mitmachen kann, dann weiß er doch auch, dass College mit C geschrieben wird.«

Jack sieht mich im Rückspiegel an. In seinen Augenwinkeln werden Fältchen sichtbar, als er lächelt. Ettas neunmalkluger Ton amüsiert ihn, aber ich glaube, ihre hinausposaunten Bemerkungen sind nur ein Zeichen von Aufregung vor dem Wettkampf. Vielleicht ist es auch Selbstbewusstsein. Wer weiß.

Meine Familie freut sich, als ich sage, ich habe Sandwiches mit roten Paprika gemacht. Ich gehe zum Jeep, um die Kühltasche zu holen, und Jack kommt, um mir zu helfen. In meinen Augen sieht er schön aus, frisch geschrubbt aus dem Bergwerk. Je älter er wird, desto besser sieht er aus. (Männer haben es in dieser Beziehung so gut, und auch sonst – bloß nicht davon anfangen.) Sein Haar, das sich lichtete, als er in den Dreißigern war, ist nicht weiter ausgegangen. Jetzt ist es ganz grau, aber zusammen mit seinen grauen Augen sieht es elegant aus. Ich streiche mein eigenes Haar glatt, das im Regen kraus geworden ist.

»Ich hab sie«, sagt Jack und hebt die Kühltasche über meinen Kopf.

»Was ist passiert?«, frage ich ihn.

»Nichts.«

»Irgendwas ist passiert. Das spür ich doch.«

»Ave. Nichts ist passiert.«

»Bist du dir sicher?«

»Ich kann jetzt nicht darüber sprechen. Ich erzähl's dir später.«

»Erzähl's mir jetzt.«

»Nein. Später.« Jack sieht mich an, dann sieht er Etta durchs Fenster an. Sie guckt zu uns heraus. »Ich will nicht, dass Etta sich aufregt.«

»Das ist okay«, sage ich ungeduldig. »Aber mir kannst du es sagen.« Warum will er mir nicht sagen, was passiert ist? Wovor will er mich beschützen?

»Das Bergwerk macht dicht.«

»Nein!«

»Doch«, sagte er leise und voller Zorn.

»Das tut mir Leid.« Mehr fällt mir nicht ein? Ich werfe nicht meine Arme um ihn? Ich tröste ihn nicht? Ich stehe einfach nur im Regen.

»Mir auch.« Jack dreht sich zum Wagen um.

»Lass uns Ettas Abend nicht verderben«, sagte ich zu seinem Rücken. Jack dreht sich um und sieht mich an, als wäre ich eine Fremde; mich fröstelt von seinem Blick. Er strafft seine Schultern und sagt: »Ganz meine Meinung.«

Der Tag, dem wir voller Furcht entgegengesehen haben, ist da. Mein Mann ist arbeitslos. Aber es geht um mehr: Jacks Identität, seine Herkunft ist auf ganz besondere Art und Weise mit der Kohle in diesen Bergen verknüpft. Die Mac Chesneys gehen seit Generationen ins Bergwerk. Mein Mann ist ein stolzer Bergmann: ein Gewerkschafter, der sich hochgearbeitet hat, vom Pumper zum Ausschaler. Manche sagen, das sei im Bergwerk die gefährlichste Arbeit überhaupt. Was soll er jetzt tun? Was für eine Arbeit steht meinem Mann in seinem Alter offen? Er hat keine College-Ausbildung. Wie sollen wir zurechtkommen? Ich arbeite nur drei Tage in der Apotheke. Wir sind auf sein Einkommen angewiesen. Sicher, das Haus gehört uns, aber der Unterhalt kostet einiges. Ich wünschte, heute Abend wäre nicht die Fernsehshow, und es würden nicht so viele Leute kommen. Warum muss ich aus allem immer einen Riesenzirkus machen? Jetzt haben wir den Wagen gemietet, ich habe Freunde eingeladen, Sandwiches gemacht. Ich konnte es nicht einfach bei uns dreien belassen.

Iva Lou Wade Makin fährt vor und parkt ihren Wagen auf der anderen Straßenseite. Auf ihrem elegant hochtoupierten blonden Haar trägt sie einen weißen, gepunkteten Regenhut, der so spitz ist, dass er wie eine mittelalterliche Mütze aussieht. Doch als sie über die Pfützen auf der Shawnee Avenue springt, sieht sie eher wie der Wappenvogel aus. Ihre Lippen, ihre Schuhe und ihr Regenmantel sind rubinrot. Sie schwingt sich (mit den Hüften zuerst) in den Wagen und lächelt wie Jean Harlow. Ihre goldenen Armreifen klimpern, als sie die Regenkappe abnimmt.

»Puuh. Was für ein Scheißwetter.« Iva Lou dreht sich zu Etta um und sagt: »Nicht, dass du Scheißwetter sagst, Schätzchen. Das dürfen nur Erwachsene.«

»Danke für die Erklärung.« Ich werfe Iva Lou einen Blick zu.

»Nellie Goodloe kommt nicht. Sie will zu der Show vom Methodisten-Nähzirkel gehen.«

»Kommt Tante Fleeta?«, fragt Etta.

»Ich habe sie in der Apotheke gesehen, als ich die letzte Regenmütze erstanden habe. Sie wird gleich hier sein.«

Grace White, Ettas Lehrerin (und meine, vor so langer Zeit), eine winzige Dame von fast siebzig, hält den Schirm über Jane und Billy, die sich für den Fernsehauftritt richtig in Schale geworfen haben. Jack steigt aus und hilft ihnen in den Wagen.

»Jane, wir haben jeder ein Armbandbouquet bekommen«, kreischt Etta. »Und Billy, du kriegst eine Nelke.«

»Meinetwegen«, sagt Billy, nicht gerade begeistert.

Fleeta Mullins alter grauer Cadillac mit einer ramponierten Heckflosse hält neben dem Jeep. Fleeta steigt aus und wirft eine Zigarettenkippe weg. Fleeta ist sowieso schon klein und schrumpft weiter; das Rauchen hat ihre Knochen ruiniert. Ich versuche sie zu überreden, Calcium zu nehmen; ich bin mir sicher, dass sie Osteoporose hat. Aber sie ist immer noch sehr flink. Sie hüpft in den Wagen, nachdem Iva Lou ihr die Tür aufgemacht hat, und zwängt sich, in eine Wolke von Zigarettenrauch und Windsong-Cologne-Duft gehüllt, auf den mittleren Sitz neben Mrs. White. »Die Leute standen vor der Kasse Schlange und waren sauer. Pearl Grimes sollte wirklich mehr Personal bei uns anstellen«, verkündet sie über den Rand ihrer beschlagenen Lesebrille. Ich zucke die Schultern. Ich bin nicht die Chefin, seit fast zehn Jahren nicht mehr. Aber Fleeta legt alte Gewohnheiten nur schwer ab.

»Ist doch nicht so schlimm. Wir sind gut in der Zeit«, erklärt Mrs. White.

»Pearl hat Erdnussbutter-Bällchen gemacht.« Fleeta gibt mir die Dose. Die Kinder bestürmen mich, aber ich lasse sie nicht an die Dose. »Nach der Show, einverstanden? Wir wollen doch nicht, dass euch die richtigen Antworten am Gaumen kleben bleiben.«

Während die Kinder miteinander plappern, steckt Fleeta den Kopf zwischen Jack und mich. »Ich habe schon gehört, Westmoreland wird geschlossen.«

»Sprich nicht drüber, Fleeta. Wegen der Kinder«, sagt Jack leise zu ihr.

»Schon gut, schon gut. Ich hätte nicht schlecht Lust, mich in den Bus zu setzen und nach Pittsburgh zu fahren, zu den Leuten von der Firmenleitung, und ihnen zu sagen, sie können zur Hölle fahren. Nach allem, was wir für sie getan haben. Sechzig Jahre Gewinne, auf dem Rücken unserer Männer, und jetzt packen sie ein und ziehen ab.« Mit einem Knurren lässt Fleeta sich auf ihren Sitz fallen.

Während wir unsere Berge hinter uns lassen und in die Berge von East Tennessee kommen, unterhält Billy uns mit den Hauptstädten aller fünfzig Staaten in alphabetischer Reihenfolge. Jane macht Teilaufgaben im Kopf. Etta quetscht sich zu mir auf den Sitz und dreht sich zu ihrem Vater.

»Sind die alle verrückt?«

»Nein«, sagen Jack und ich wie aus einem Munde und sehen geradeaus.

»Was haben sie denn dann?«

»Nichts«, sagt Jack, und Etta wendet sich ihren selbstgemachten Karteikarten zu.

»Daddy, die Kohle in Südwest-Virginia ist ...«

»Bituminös.«

»Richtig!« Etta lächelt. »Hoffentlich muss ich das nicht buchstabieren.«

»Und wenn doch, dann bleib ganz ruhig und sag es dir langsam vor«, rate ich ihr.

»Und wenn du es falsch machst, haben wir dich trotzdem lieb, mein Schatz«, sagt ihr Vater.

»Ich will gewinnen.« Etta kneift die Augen zusammen.

»Etta, weißt du, wie viel Kohle in unseren Bergen ist?«

»Wie viel denn, Daddy?«

»So viel, dass man genug für die nächsten siebenhundert Jahre hätte.«

»So viel?«

»So viel.«

»Wenn sie mich das fragen, dann weiß ich die Antwort«, sagt Etta stolz.

»Ich glaube nicht, dass sie das fragen werden«, sagt Jack.

»Vielleicht doch.« Etta schlingt ihre Arme um seinen Hals, dann setzt sie sich wieder auf ihren Platz.

Ich sehe Jack an, der den Blick auf die Straße gerichtet hat. Ich wünschte, ich könnte das Schweigen zwischen uns irgendwie füllen, irgendwie, mit einem Witz vielleicht. Früher wusste ich, was ich zu meinem Mann sagen sollte; ich konnte ihn trösten oder zum Kern eines Problems vordringen und es analysieren. Mir fiel immer etwas ein, damit er sich besser fühlte. Aber irgendwas stimmt nicht. Irgendwas hat sich verändert, und die Veränderung ist so langsam und so leise geschehen, dass wir sie nicht bemerkt haben. Jetzt ziehen wir in entgegengesetzte Richtungen.

»Jack?«

»Ja?«

»Gibt es wirklich genug Kohle für die nächsten siebenhundert Jahre?«

»Mindestens«, sagt er, ohne den Blick von der Straße abzuwenden.

Die WCYB-Studios sind in einem kleinen, quadratischen Gebäude aus braunem Backstein untergebracht, das am Fuße eines Berges außerhalb von Bristol liegt, unmittelbar am Highway.

»Ist es das?«, fragt Etta, die sich wieder zwischen unsere Sitze zwängt und durch die Windschutzscheibe späht.

»Ist es das?«, fragt Jane wie ein Echo.

Das Gebäude sieht ein wenig einsam aus, so allein am Straßenrand. Man kann sich kaum vorstellen, dass es das Kommunikationszentrum für die Appalachen ist. Die Kinder hatten erwartet, dass das WCYB ein Wolkenkratzer wie aus einem Comic-Heft sein würde, mit verspiegelten Fenstern und einer schillernden Satelliten-Schüssel, die bedrohliche grüne Wellen in den Himmel aussendet.

»Na, seht ihr, davor braucht ihr keine Angst zu haben«, sagt Jack Mac zu dem Team.

»Bestimmt nicht. Sieht aus wie eine Garage«, sagt Billy enttäuscht.

»Es kommt nicht drauf an, wie groß es ist. Es kommt nur drauf an, ob sie Kameras haben. Man braucht nur eine Kamera und ein paar Kabel und Strom. Mehr ist das Fernsehen nicht«, sagt die kleine Jane entschieden. (Ich hoffe, Jane kriegt keine Fragen über moderne Geräte, dann wäre sie aufgeschmissen.) Mrs. White geht mit den Kindern voran ins Studio.

Fleeta muss eine rauchen. Iva Lou ist nach der Fahrt so angespannt, dass sie eine Zigarette schnorrt. In Bristol hat es aufgehört zu regnen, aber es ist immer noch feucht, und mit dem frischen Geruch der umliegenden Wälder ist es hier ganz ähnlich wie bei uns.

»Ich weiß ja nicht, wie ihr Leute mit Kindern das aushaltet.« Iva Lou zündet sich ihre Zigarette an, legt einen Arm vor den Bauch und winkelt den mit der Zigarette freischwebend ab. Ich habe es immer schon gemocht, wie sie sich vorlehnt, um zu rauchen. Als wäre eine Zigarette weniger schädlich, wenn man sie in einiger Entfernung hält.

»Leicht ist es nicht, das kann ich dir sagen. Deswegen habe ich mit denen hier angefangen.« Fleeta hält ihre Zigarette wie eine Eins hoch. »Ich war so fertig mit den Nerven, weil ich den ganzen Tag die Blagen um mich hatte, da habe ich angefangen zu rauchen, und heute sind Zigaretten immer noch meine besten Freunde. Danke, Jesus, und lass den Tabak wachsen.«

»Unsere Kinder scheinen gut vorbereitet zu sein für die Show«, sagt Iva Lou hoffnungsvoll.

»Sie sollen denen aus Kingsport die Stühle unterm Arsch wegziehen«, sagt Fleeta und tritt ihre Zigarette aus. »Ich hab mir die Show jede Woche angesehen. Und ich habe Ten-to-Two Metcalf gebeten, mir mal eine Statistik zu machen.« Fleeta stößt den Rauch aus. (Ten-to-Two ist ein Buchmacher aus Jonesville. Seinen Namen hat er bekommen, weil er den

Kopf dauernd schräg hält, so dass es aussieht, als wäre sein Hals in einer Zehn-vor-zwei-Haltung stehen geblieben.) »Ich hab zwanzig Dollar auf unser Team gesetzt, und ich verlier nicht gern.«

Wenn das Äußere eine dicke Enttäuschung ist, dann kann das Innere auch nicht viel Eindruck bei den Kindern schinden. Am Empfang steht ein alter Holztisch mit einem Hocker auf Rollen dahinter. An der Wand prangt ein schickes NBC-Pfau-Emblem aus Plastik. Ein dickes Kabel hängt wie eine Galgenschlinge davon runter (sicherlich ist es ein Leuchtschild.) Ich spähe durch das kleine Fenster in der Tür, auf der »Studio« steht. Die vertraute *Kiddie Kollege*-Ausstattung, ein altmodisches Klassenzimmer mit sechs Schultischen für die Teilnehmer, ist vor einer Kamera aufgebaut. Die tragbaren Sitzreihen für die Zuschauer stehen im Schatten der Scheinwerfer. Der Tisch des Quizmasters, auf dem auch das Rad mit den winzigen gefalteten Fragenkärtchen steht, ist in gleißendes Licht getaucht.

Ein munterer junger Rotschopf mit einer kleinen flachen Nase begrüßt uns an der Tür zum Studio. »Ich bin Kim Stallard. Willkommen bei den WCYB-Studios.«

»Wir können lesen.« Billy zeigt auf das Schild.

»Du bist ja ein ganz Kluger«, sagt Kim ernst. »Du bist bestimmt aus Big Stone Gap. Möchtet ihr das Studio sehen?«

»Sie müssen irgendwas machen mit diesen Kindern. Die sind wie die Eichhörnchen, nach fast zwei Stunden Autofahrt«, erklärt Fleeta und schiebt sich ein Pfefferminzbonbon in den Mund.

»Also gut. Okay. Kommt mal mit.« Kim führt uns in das dunkle Studio. Es gibt einen schmalen Gang zu dem Aufbau; seitlich davon stehen bemalte Kulissen, die als Hintergrund für die Nachrichtensendungen dienen.

»Ist das nicht interessant, Kinder?«, fragt Jack.

»Geht so«, sagt Etta.

»Das sind die Kulissen für die Shows«, sage ich, um sie daran zu erinnern, dass wir Gäste im Fernsehland sind.

»Wir sind ein so genanntes Zweigstudio. Ein multifunktionales Studio. Habt ihr es euch größer vorgestellt?«, fragt Kim.

»Viel größer«, sagt Jane Herd und legt den Kopf in den Nacken, um zu den Scheinwerfern hochzugucken.

»Na, das Fernsehen ist nicht nur Glanz und Ruhm«, sagt Kim lächelnd.

»Guck mal, ein Fahrrad.« Etta zeigt auf ein Fahrrad außerhalb des Aufbaus.

»Das ist meins«, sagt die vertraute tiefe Stimme von Dan DeBoard, dem rund fünfzigjährigen eleganten Showmaster/Wettermann/Sprecher der Sechs-Uhr-Nachrichten (er teilt sich diese Aufgaben mit Johnny »Snow Day« Wood). Er zeigt keinerlei Nervosität und blättert in seinen Notizen. Er ist groß und schlank; sein schwarzes Haar ist sauber gescheitelt und nach hinten gekämmt. Der *Bristol Herald Courier* hat ihn einmal den »Burt Reynolds von East Tennessee« genannt. Eine Ähnlichkeit ist eindeutig vorhanden, bis hin zu den Koteletten aus *Ein ausgekochtes Schlitzohr*.

»Sie sehen dünner aus als im Fernsehen«, sagt Fleeta, die ihn mustert.

»Sie auch«, erwidert Mr. DeBoard. (Wahrscheinlich hört er das immer wieder.)

»Erfreut, Sie kennen zu lernen.« Iva Lou streckt ihm die Hand und die rechte Hüfte in einer anmutigen Bewegung entgegen.

»Und Sie sind die frühere Miss Virginia?« Dans Augen wandern über Iva Lou, als wäre er am Verhungern und stünde vor der Kuchenauslage in Stringer's Cafeteria.

»Nein, einfach nur Miss Iva Lou.« Sie drückt fest zu und lässt ihren Blick über Dan DeBoard streifen.

»Sie ist verheiratet«, knurrt Fleeta.

»Das sind wir doch alle, oder?«, sagt Dan zwinkernd.

Unsere Kinder stürmen die Bühne. »Es ist gut, wenn die Kinder sich mit der Bühne vertraut machen. Das hilft der Show«, erklärt Kim uns und prüft eine Liste auf einem Klemmbrett. Die Kinder entdecken sich auf einem Monitor auf dem Boden vor ihnen. »Guck mal! Wir sind im Fernsehen!«, kreischt Jane. Etta und Billy quetschen sich neben Jane auf den Sitz und winken sich auf dem Monitor zu.

Dann trifft das feindliche Team ein. Die Grundschule von Kingsport wird von ernst wirkenden Jungen, alle mit kurz geschorenen Köpfen und Bügelfalten in den marineblauen Hosen, vertreten. Ihre grünen Jacketts sehen so steif aus, dass man denken könnte, sie sind gebügelt worden, als die Jungen schon drin steckten.

»Gnädiger Gott«, flüstert Jack Mac.

»Die sehen aus wie Drillinge«, verkündet Fleeta.

Mrs. White nimmt das feindliche Team in Augenschein und gruppiert ihr Team um sich. Dann gehen die Kinder an ihre Plätze. Jane setzt sich hin und faltet die Hände ordentlich auf der Tischplatte vor sich. Etta streicht sich die Haare glatt und rückt ihr Namensschild zurecht, so dass es gut ins Bild kommt. Billy setzt sich auch und nimmt die Nelke aus dem Knopfloch. Darauf legen die Mädchen ihre Bouquets ab. Die Kinder aus den Bergen begreifen die Situation. Dies hier ist ernst. Wenn sie gewinnen wollen, dann ohne Blumen, ohne Firlefanz.

Als die Erkennungsmelodie erklingt (eine Swing-Version des Alphabetlieds), trinkt Dan DeBoard einen Schluck Kaffee und dreht sich bedächtig auf einem hohen Barhocker. Er knabbert an dem Rand des Styroporbechers und sucht die Sitzreihen nach Iva Lou ab. Als er sie entdeckt, lächelt er und zwinkert zweimal (sehr verwegen). Dann steht er auf und stellt den Absatz seines glänzend dunkelbraunen Mokassins mit Quasten auf eine Querleiste des Hockers. Er ist so ruhig, dass man denken könnte, er spielt zu Hause in seinem Wohnzimmer ein Brettspiel. Ich drücke Jacks Hand so fest, dass ich mühelos eine Coladose zerquetschen könnte.

»Wir wollen die Herausforderer aus Big Stone Gap, Virginia, willkommen heißen.« Fleeta, Iva Lou und ich klatschen, und Fleeta pfeift lang anhaltend und leise, als würde sie eine Kuh herbeirufen. Er fährt fort: »Hier haben wir die Teamleiterin, Etta MacChesney. Etta, erzähl mir von deiner Familie.«

»Mein Daddy ist Bergarbeiter, und meine Mutter verkauft Tabletten.«

»Was für Tabletten?«

»Kommt drauf an. Was fehlt Ihnen denn?«

Der Gastgeber unterdrückt ein Lachen. »Ich habe gehört, du liest gern.«

»Ja.«

»Was liest du im Moment?«

»Die chinesische Kunst des Gesichtlesens. Meine Tante Iva Lou hat es mir gegeben. Sie arbeitet in der Bücherei.« Etta zeigt auf Iva Lou, die sich aufrichtet und strahlt, als wäre die Kamera auf sie gerichtet.

»Sehr interessant. Worin besteht die chinesische Kunst des Gesichtlesens denn genau?«

»Also. Man lernt, vom Gesicht eines Menschen zu erkennen, was für ein Mensch er ist und was die Zukunft ihm bringen wird.«

»Also kleine Zaubertricks, wie?« Dan blickt in die Kamera und hebt eine Augenbraue.

»Eigentlich nicht. Sie zum Beispiel. Bei Ihnen ist die Oberlippe dünn und die Unterlippe dick.«

»Hat das was zu bedeuten?« Dan reibt sich das Kinn.

»Das heißt, dass man Ihnen nicht vertrauen kann.«

»Da muss jemand mit meiner Frau geredet haben«, kontert Dan.

»Oh, Entschuldigung«, sagte Etta, als ihr aufgeht, dass sie vielleicht unhöflich war.

»Am liebsten würde ich in ein Loch kriechen und sterben«, flüstere ich Iva Lou zu.

»Am liebsten würde ich in ein Loch mit Dan DeBoard kriechen«, flüstert sie zurück.

Dan erklärt unseren Kindern, dass sie zuerst an die Reihe kommen, weil sie die Herausforderer sind. Etta soll ihm eine Zahl nennen.

»Fünf, wegen meiner Katze, die ist fünf Jahre alt«, sagt Etta.

»Wenn du zwei Körbe mit Pfirsichen hast, und in einem Korb sind dreihundertsechsundfünfzig Pfirsiche und in dem anderen sind zweihundertachtundneunzig, wie viele Pfirsiche sind das insgesamt?«

Etta kneift die Augen zu und versucht, im Kopf zusammenzuzählen. Jane Herds kleine blaue Augen rollen in ihrem Kopf zurück, die Lider klappen auf und zu wie die Ziffern bei einer Rechenmaschine. Jane fängt an zu zittern, sie hat die Antwort raus. Ettas Ausdruck von Panik und Verzweiflung zeigt mir deutlich, dass sie die Antwort nicht hat.

»Fünfhundertvierundfünfzig?«, sagt Etta schwach.

»Tut mir Leid. Es sind sechshundertvierundfünfzig. Jetzt kommt das Kingsport-Team an die Reihe.«

Etta bläst die Backen auf, als würde sie gleich anfangen zu weinen. Jane ist so enttäuscht, dass sie den Kopf auf die Tischplatte fallen lässt, wo er aufschlägt wie eine Schüssel mit kaltem Kartoffelbrei. Die Champions wollen sehen, was so geknallt hat. Etta zieht Janes Kopf am Hemdkragen hoch; kein Blut, zum Glück, also wirft Dan dem Gegner die nächste Frage zu.

Die Jungen aus Kingsport kriegen die nächsten drei Fragen und beantworten sie alle richtig, einschließlich der nach der Hauptstadt von Vermont. »Guck dir den Skeens-Jungen an. Da stimmt was nicht«, flüstert Fleeta. »Er macht keinen Mucks.« Mit Billy stimmt tatsächlich etwas nicht. Er ist wie erstarrt, sein Blick ist in die Ferne gerichtet und seine Augen sind rund und leer wie entkernte schwarze Oliven. Unser Team hat völlig die Orientierung verloren. Jane ist gebannt von dem Monitor. Sie lässt ihren Kopf kreisen und betrachtet ihr Gesicht aus allen Richtungen. Unter den heißen Scheinwerfern schwitzt sie so sehr, dass ihr die Baskenmütze vom Kopf rutscht. Etta dreht wie verrückt an dem dritten Knopf ihrer Strickjacke, als wäre es ein Schaltknopf am Radio; er muss jeden Moment abspringen.

Als die Hälfte der Zeit um ist, haben wir genau null Punkte und die Jungen aus Kingsport fünfzehn. »Schröcklich. Schröcklich«, murmelt Fleeta und geht raus, um eine zu rauchen. Im Flur schreitet sie auf und ab, nimmt abwechselnd einen Zug von der Zigarette und kratzt sich mit einem Bleistift, den sie in ihrer Hochsteckfrisur gefunden hat, am Kopf. Mrs. White verbringt die Pause damit, Billy wieder aufzutauen.

Als die zweite Runde beginnt, hoffen wir auf ein Wunder.

»Wenn Wasser aus einer Dachrinne fließt, fließt es dann im Uhrzeigersinn oder gegen den Uhrzeigersinn?«, fragt Dan Billy. Billys Stirn legt sich in tiefe Falten.

»Oh, um Himmels willen«, sagt Fleeta so laut, dass alle im Studio sich nach ihr umdrehen. Dan lässt sein Kinn sinken und neigt den Kopf hin und her, um Billy zu einer Antwort zu ermutigen. Schließlich macht Billy den Mund auf und sagt: »Ähm«, ohne ein Wort zustande zu bringen. Sein Mund bleibt offen stehen wie eine nicht zugeknöpfte Tasche. Dann wird das »ähm« zu einem seltsamen Summen. »Was hat der Bengel bloß?«, flüstert Fleeta.

Dan guckt zum Kameramann rüber, der aber nur mit den Schultern zuckt. Jane wendet sich zu ihrem Team-Mitglied. »Manno, Billy. Jetzt sag mal was!« Er sagt nichts, und sie schüttelt ihn. »Sag was! Rate irgendwas, Bill-iiii!« Wie eine glitschige Nudel rutscht Billy vom Stuhl. Jane packt ihn und will ihn wieder hochzerren, aber er hält sich an ihr fest und zieht sie mit auf den Boden. Janes Schultisch kippt um und landet auf Billy drauf. Das Krachen und Poltern ist so laut, das man denken könnte, vier Autos hätten sich ineinander verkeilt. Als Jane versucht, den Tisch aufzurichten und Billy zu befreien, verhakt sich ihr Fuß in den Streben, und der Tisch fällt wieder um. Die Jungen aus Kingsport sind aufgestanden und blicken verwirrt auf das Gemenge. Dan eilt quer über die Bühne und hebt Jane aus dem Wirrwarr, und dabei stülpt sich ihr Rock hoch wie ein Regenschirm im Sturm. Dan schlägt den Rock runter, dann befreit er Billy und setzt ihn wieder auf seinen Stuhl. Etta hat die ganze Zeit ein starres Lächeln auf dem Gesicht wie ein angstvolles Zähnefletschen (so etwas habe ich seit *Mr. Sardonicus* nicht mehr gesehen). Ich sehe mich nach Mrs. White um, die sich die Stirn mit einem Taschentuch abtupft. Unsere Erleichterung ist riesig, als der Summer ertönt und das Spiel vorbei ist.

Als Teamführerin muss Etta den Trostpreis entgegenehmen: einen Karton Pepsi für das nächste Schulfest und einen Scheck über zehn Dollar.

»Etta, was meinst du, was macht ihr mit dem Geld?«

»Wenn wir die fünfundzwanzig Dollar bekommen hätten, dann hätten wir alle Bände von Nancy Drews gekauft. Aber jetzt haben wir nur zehn, da kaufen wir vielleicht den *Weekly Reader* oder so was. Aber das mit der Pepsi ist gut.«

»Na, viel Glück damit«, sagt Dan und zwinkert in die Kamera. Die Erkennungsmusik erklingt. »Wir verabschieden uns vom *Kiddie Kollege*! Bis nächste Woche!«, sagt unser Showmaster in dem gleichen professionellen Ton, mit dem er die Sechs-Uhr-Nachrichten beendet oder einen Werbespot für Morgan Legg's Autowelt ansagt. Er setzt Etta als Teamleiterin der Verlierer eine riesige gelbe Narrenkappe aus Pappe auf den Kopf – eine Tradition, die mit dem ersten *Kiddie Kollege* begann. Die Narrenkappe ist so groß, dass sie Etta über die Augen rutscht. Jetzt, da der Druck gewichen ist, sind Billys Lebensgeister wieder erwacht, und er springt vor Dan und die anderen Kinder, schiebt sich vor die Kamera und sendet Grüße an seine Familie – jeder Einwohner von Cumberland Gap mit dem Namen Skeens oder Sizemore wird persönlich gegrüßt. Er und Jane winken mit großen Armbewegungen, dass es aussieht, als würden sie ein Auto waschen. Die drei Automaten aus Kingsport stehen vor dem Rad mit den Fragekärtchen (ich finde, man sollte es verbrennen, zerstören) und winken wie Filmstars. Wir sind erleichtert, als der Kameramann mit einer Geste, als würde er sich die Kehle aufschlitzen, andeutet, dass diesem Alptraum nun ein Ende gemacht wird (er versteht offenbar, wie es uns geht).

»Ihr wart sehr tapfer!«, sage ich munter.

»Wir haben ganz schlimm verloren«, sagt Jane und blickt zu Boden.

»Ich kann kein Kopfrechnen«, sagt Etta traurig.

»Mrs. Mac, haben Sie welche von den Erdnussbutter-Bällchen?«, fragt Billy. Zum Glück, hier ist ein Kind, das Muskelstarre und eine Niederlage mit Süßigkeiten überwinden kann. Gut, dass wir den Weg aus dem Studio kennen, denn die fröhliche Kim ist verschwunden. Auch eine Fernsehproduzentin aus Bristol, Tennessee, weiß, wann man sich von dem Schauplatz eines Desasters entfernen muss.

Obwohl wir verloren haben, ist die Spannung gewichen, so dass die Rückfahrt vergnüglicher ist als die Herfahrt. Die blauen Berge von Tennessee gehen in unsere vertrauten schwarzen Berge über, während wir in dem großen grünen Wagen mit dem Herz-Jesu-Emblem auf den Seitenwänden durch die Landschaft kurven. Besonders viel geholfen hat uns das religiöse Schild ja nicht. Und was war mit dem Medaillon vom heiligen Antonius, das Etta von Pastor Schmidt als Glücksbringer bekommen hatte? Hatte er den Segen vergessen? Wo war der heilige Antonius, der Schutzpatron der verlorenen Dinge, als meine Tochter nicht kopfrechnen konnte?

Die Kinder haben sich hinten im Wagen um Fleeta herumgesetzt, die ihnen eine Gespenstergeschichte erzählt. Etta hat die ganze Sache mit dem *Kiddie Kollege* schon vergessen, und darüber bin ich froh. Die Vorbereitung für die blöde Show war eine einzige Quälerei. Jetzt wird nicht mehr für die Fragen gelernt, die an dem verdammten Rad stecken. Jetzt gibt es keine Karteikarten mehr. Jetzt wird nicht mehr jede Woche die Show geguckt, es werden keine Notizen mehr gemacht. Ettas großer Moment kam und verging, an einem Abend. Die Kinder essen ihre Paprika-Sandwiches und kauen genüsslich; Fleeta gackert wie eine Hexe. Gelegentlich werfen vorbeigleitende Scheinwerfer unheimliche Schatten und lassen Fleeta noch gespenstischer erscheinen. Mrs. White hat ihren Regenmantel zu einem sauberen Kissen zusammengelegt und schläft, den Kopf ans Fenster gelehnt. Iva Lou summt die Melodie eines Janie-Frick-Songs mit, der leise aus dem Radio tönt. Ich strecke den Arm aus und massiere meinem Mann den Nacken.

»Ist schon gut«, sagt er.

»Nein. Ich möchte es gern«, sage ich.

»Wirklich. Ist schon gut.«

Ich nehme meine Hand weg und lege sie in meinen Schoß. Ich gucke aus dem Fenster. Ich habe Angst, in Tränen auszubrechen. Er legt seine Hand auf meine. Diesmal ziehe ich die Hand zurück.

»Es tut mir Leid«, sagt er leise.

»Ich kann nichts dafür«, sage ich, ohne ihn anzusehen. Und ohne es selbst zu glauben. Ich glaube, dass ich an allem schuld bin, auch daran, dass die Kohlebergwerke in Southwest Virginia geschlossen werden. Ich bin die Frau in der Familie, ich bin diejenige, die alles am Laufen halten muss. Was ich anscheinend nicht laut sagen kann, ist, dass es mir nicht gelingt.

»Wir schaffen das schon«, sagt Jack, und das macht mich noch unglücklicher. Ich kann es nicht ausstehen, wenn er die wichtigen Dinge herunterspielt. Die allerwichtigsten Dinge! Ich bin wütend auf ihn, aber ich bin auch wütend auf mich selbst. Ich habe es kommen sehen, ich habe immer wieder versucht, mit ihm darüber zu sprechen, und er hat sich geweigert, darüber zu sprechen. Warum habe ich Jack nicht gebeten, die Arbeit im Bergwerk aufzugeben, als jeden Tag Leute entlassen wurden und die Betriebe überall Arbeitsplätze abbauten und das Pfeifen der Züge, auf denen die Kohle abtransportiert wurde, immer seltener erklang? Ich will zu ihm sagen: »Ich habe dir doch gesagt, dass es so kommen wird!«, aber das geht nicht. Wir haben den Wagen voller Kinder, Ettas Lehrerin und unsere Freunde sitzen hinten mit drin. Statt also laut zu werden, verschlucke ich meinen Zorn. Ich drehe mich zu ihm hin und sage ganz ruhig: »Ich kann mehr Stunden in der Apotheke arbeiten.«

Jack antwortet nicht. Er wirft mir einen kurzen Blick zu und wendet sich wieder der Straße zu. »Was meinst du?«, sage ich und merke, dass es eher wie eine Anschuldigung klingt, und nicht wie ein Angebot der Unterstützung. Er schweigt. Auf dem Weg in das dunkle Tal guckt er oft in den Rückspiegel, obwohl hinter uns nichts ist. Wir sind das einzige Fahrzeug auf der Straße. Zum Glück wird die Stille immer wieder von dem Kichern und Kreischen der Kinder durchbrochen.

Der Weg zu unserem Haus ist so holprig, dass Etta aufwacht. Sie war eingeschlafen, als wir die Stadt erreichten, und hat weitergeschlafen, als wir ihre Freunde bei ihren Eltern ablieferten und unsere Gäste bei ihren Autos vor der Schule absetzten.

»Wir müssen was mit dem Weg machen«, sage ich zu meinem Mann.

»Schreib es auf die Liste.«

Jack hebt Etta aus dem Wagen und trägt sie ins Haus, während ich den Sandwichkorb und den Beutel und Ettas Schultasche ausräume. Jack bringt Etta nach oben, und ich gehe in die Küche. Als ich das Licht anknipse, höre ich einen Aufprall. Shoo die Katze ist von ihrem Platz runtergesprungen und sieht mich an.

»Ich hab vergessen, dir was zu fressen hinzustellen!« Ich gebe ihr etwas in ihre Schüssel, streichle sie und entschuldige mich mehrfach. Es war einfach zu viel zu bedenken. Jack kommt in die Küche und geht an den Kühlschrank.

»Es gibt noch einen Rest Makkaroni mit Käsesoße«, sage ich zu ihm. Jack holt die Schüssel heraus und schiebt sie in den Ofen. »Wir müssen drüber sprechen«, sage ich.

»Jetzt nicht. Ich bin müde.« Jack macht ein Bier auf und guckt aus dem Küchenfenster. Ich weiß nicht, was er da sieht, die Wiese ist pechschwarz, der Mond ist nicht zu sehen.

»Wir müssen das mit dem Bergwerk besprechen.« Ich versuche, nicht ungeduldig zu klingen.

»Was soll ich dazu sagen?«

»Zum Beispiel, was du vorhast.«

»Was ich vorhabe?«

»Ja, was du machen willst.«

»Na ja, ich werde arbeitslos sein.«

»Das weiß ich. Hast du überlegt, was du stattdessen machen kannst? Hast du über eine andere Arbeit nachgedacht?«

»Nein.«

»Jack, vielleicht *musst* du dir was überlegen.«

»Vielleicht, ja.« Jack zuckt die Schultern. Er hört mir nicht zu.

»Ich weiß, dass es schwer für dich ist –«

»Du hast keine Ahnung.«

»Doch, habe ich wohl.«

»Nein, hast du nicht.«

»Doch, ich weiß, dass die Arbeit im Bergwerk dir im Blut liegt.«

»Ave. Hör auf. Lass uns nicht drüber reden.«

»Nicht drüber reden? Wieso bist du wütend auf mich? Was habe ich getan?«

»Du denkst, ich stehe morgens auf und verschwinde im Berg, und zehn Stunden später komme ich wieder raus, wasche mich und komme nach Hause zu dir. Du weißt nicht die Hälfte von dem, was sich da abspielt.«

»Was kann ich dafür? Du musst es mir erzählen. Ich bin es leid, dir alles aus der Nase zu ziehen. Ich habe jeden Tag Angst um dich, wenn du aus dem Haus gehst. Besonders in letzter Zeit.« Als die größeren Betriebe sich zurückzuziehen begannen, wurde die Sicherheit vernachlässigt. Jedesmal, wenn davon die Rede war, dass eine halbseriöse Firma einen alten Stollen neu öffnete, um schnell an Kohle zu gelangen, war ich in Panik. Ich wusste, dass sie sich nicht an die Regeln hielten. Das war allgemein bekannt. Ich sehe meinen Mann an, der den Aufkleber auf der Bierflasche liest. Ich höre, wie meine Stimme schriller wird. Er sieht mich an. Endlich hört er mir zu. »Manchmal werd ich fast verrückt vor Angst. Aber du hast keine Ahnung, was ich denke, weil du mich nie fragst.«

»Vielleicht liegt das daran, dass ich weiß, was du denkst.« Er nimmt einen Schluck aus der Flasche.

»Hör zu, ich habe einen –«, fange ich an und will sagen: »schwierigen Tag hinter mir«, aber ich breche ab. Ich gucke meinen Mann an, er ist zutiefst verletzt.

»Ave, dir liegt die Kohle nicht im Blut.« Er sagt das ganz sachlich. Er hat Recht. Ich stamme nicht von diesen Menschen ab, auch wenn ich hier geboren und aufgewachsen bin. Ich bin eine Fremde. Ich sehe das Ganze mit anderen Augen. Ich akzeptiere nicht, dass eine Firma eine ganze Gemeinschaft im Griff haben darf. Ich bin nicht damit einverstanden, dass man wartet, bis das letzte Stück Kohle aus dem Berg geholt worden ist, bevor man einen Plan macht. Ich verlasse mich niemals auf andere Menschen. Wenn ich es mir nicht selbst erarbeiten kann, dann kann ich es eben nicht haben.

»Das ist nicht fair.« Mehr fällt mir dazu nicht ein?

»Als mein Großvater mich zum ersten Mal mit in den Stollen nahm, wollte er, dass ich es hasse. Aber ich saß im Korb mit ihm, und vom ersten Moment an, als das Tageslicht weg war und wir im Berg waren, fand ich es überwältigend. Der Geruch der Erde, der weiße Staub an den Wänden, wo die Kohle abgeschlagen worden ist, und die Männer zusammen da unten, die sich überlegen, wie sie an den Berg rangehen. Wie sie ihn überlisten. Wie sie die Kohle rausholen, ohne dass jemand verletzt wird.«

»Jack«, fange ich an, aber er hat sich umgedreht und holt die Schüssel aus dem Ofen, er hört mich nicht.

»Wenn die mit uns reden, als wären wir dumm, macht mich das wild. Ich habe gesehen, wie einfache Männer da unten Lösungen für schwierige Probleme gefunden haben, und mit Erfolg. Und so hatte ich mir mein Arbeitsleben vorgestellt.« Jack setzt sich. Ich setze mich auch und strecke die Hand nach ihm aus.

»Das kannst du doch immer noch haben. Du kannst studieren und Ingenieur werden. Oder was anderes, was du willst.«

Jack wirft den Kopf zurück und lacht.

»Hast du überhaupt eine Vorstellung, mit wem du verheiratet bist?« Er kippelt mit dem Stuhl nach hinten und guckt mich an, als fordere er mich heraus, ihm zu antworten. Warum machen Männer das? Warum tun sie so, als wären sie stark, wenn sie verletzt sind? Und warum macht es mich wütend, wenn er verletzt ist? Ich widerstehe dem Drang, ihn vom Stuhl zu stoßen.

»Wahrscheinlich nicht.«

»Na also. Wenigstens eine Sache, in der wir uns einig sind.« Jack nimmt seine Gabel und isst.

Ich gebe auf. Ich gehe aus der Küche und bleibe auf dem Weg nach oben stehen. Es war nicht meine Absicht, wegzugehen. Ich wollte bleiben und die Sache durchsprechen.

Warum bin ich gegangen? Warum gehe ich immer dann, wenn es richtig schwierig wird? Ich setze mich im Dunkeln hin und denke nach.

Das Gewitter hat wieder angefangen, und der Regen klatscht an unser Haus, während über uns der Donner kracht. Blitze durchzucken die Dunkelheit und werfen gezackte Schatten über mich wie spitze Finger. Ich ziehe mich an einer Strebe des alten Geländers hoch und mache einen Schritt nach unten. Ich bin fest entschlossen, das heute Abend zu bereinigen. Ich werde ihm sagen, dass ich Vertrauen zu ihm habe und weiß, dass er für uns sorgen wird. Aber irgendwas bremst mich. Ich gehe nach oben, zu meiner Tochter, statt meinen Mann zu trösten. Mein Gefühl sagt mir, dass ich die Entscheidung bereuen werde, aber dennoch tue ich es.

»He, du sollst doch längst schlafen«, sage ich zu Etta. Sie sieht aus dem Fenster, wo das Unwetter tobt.

»Der Donner hat mich geweckt.« Etta krabbelt wieder ins Bett.

»Er ist wirklich sehr laut«, sage ich und stecke die Decke um sie herum fest. Ich hoffe, dass der Donner laut genug war, um den Streit zwischen ihrem Vater und mir zu übertönen.

»Ich bin froh, dass Mr. DeBoard mich nicht gefragt hat, ob ich Geschwister habe. Manchmal macht er das nämlich.«

»Das stimmt.« Ich setze mich aufs Bett. »Joe wäre heute Abend sehr stolz auf dich gewesen.«

»Das glaube ich nicht. Wir haben verloren.«

»Stimmt. Du hast Recht. Wahrscheinlich hätte er dich aufgezogen und dich auf der ganzen Rückfahrt eine Verliererin genannt.«

Etta sieht mich an und lächelt. »Das hätte ihm gefallen, als die Tische umgekippt sind.« Sie legt den Kopf aufs Kissen. »Joe ist schon so lange weg, dass ich ihn manchmal vergesse.«

In Ettas Leben sind drei Jahre eine lange Zeit. Für mich ist es ein Herzschlag. Joe war erst vier, als er starb. Der Altersunterschied zwischen ihm und Etta war so gering, dass die Leute manchmal glaubten, sie seien Zwillinge, obwohl sie völlig verschieden waren. Ich wurde drei Monate nach Ettas

Geburt wieder schwanger. Da wurde kräftig gewitzelt in der Stadt. »Na, Süße, schön, dass es mal regnet, nach dieser langen Dürrephase!«, sagte einer von Jacks Bergwerksfreunden bei einem Football-Spiel zu mir. Klar, die haben sich die Mäuler darüber zerrissen, über das späte Mädchen, das zur Gebärmaschine wird.

Als Joe zur Welt kam, warf Jack einen Blick auf ihn und sagte: »Die italienischen Gene schlagen durch!« Und er hatte Recht. Joe hatte lockiges schwarzes Haar und Augen wie Schokoladensplitter. Er hatte die edle Nase meines Vaters und einen kleinen Überbiss. Sein Kinn war kantig und kräftig, aber eine kleine Delle deutete an, dass sich dort vielleicht eine Kerbe bilden würde. Wenn er lächelte, hatte er ein tiefes Grübchen unter dem Auge (woher das kam, wissen wir nicht). Er war ganz anders als Etta. Joe war laut und lustig und nervenraubend. Einmal hat er sogar den Weihnachtsbaum umgeworfen. Er hat mich zum Wahnsinn getrieben. Und ich würde alles darum geben, wenn ich ihn wiederhaben könnte und er mich weiter wahnsinnig machen würde.

»Du brauchst keine Angst zu haben. Du wirst deinen Bruder nicht vergessen.«

»Meinst du wirklich?«

»Ich verspreche es dir. Ich weiß es.«

»Woher weißt du das?«

»Weil du deinen Bruder geliebt hast. Und die Liebe stirbt nicht.« Ich sage das zu meiner Tochter so schlicht und klar, als würde ich ihr sagen, sie soll bei Regen einen Schirm mitnehmen. Wenn ich es nur selbst glauben könnte. Ich knipse die Nachttischlampe aus und schalte das Nachtlicht an.

»Ma, bleib, bis ich eingeschlafen bin.«

Ich lege mich neben meine Tochter und lege meine Arme um sie. Sie ist warm und geborgen. Ich hoffe, dass jemand meinen Sohn so hält, wo er auch sein mag. Ich habe darum gebetet, dass meine Mutter ihn finden und auf ihn Acht geben möge. Ich muss darauf vertrauen, dass meine Gebete erhört werden, aber am Abend, wenn ich sie spreche, bin ich mir nicht sicher.

KAPITEL

2

Die Schlagzeile auf der Titelseite der *Post* von Big Stone Gap lautet: WESTMORELAND GIBT AUF, was in der Stadt eine Welle von Witzen auslöst, die man nicht wiederholen kann. In der Woche seit der Ankündigung hat die *Post* hilfreiche Artikel für die Bergleute über ihre Arbeitslosenunterstützung, ihre Versicherungen und Staublungen-Programme gebracht.

Zum Thema Fast-berühmt-aber-glücklos heißt es auf Seite zwei: KINDER AUS UMLIEGENDEN GEMEINDEN LANDEN BEI *KIDDIE KOLLEGE*-SHOW AUF PLATZ ZWEI. Vielleicht hat der Herausgeber Bill Hendrick die Nachricht bewusst unter den Artikel mit der Überschrift WIR BETEN FÜR MAXIE BELCHER UND PEBBLE FIG gesetzt, um das Ganze zu relativieren. Wir verlieren sehr ungern, selbst auf Grundschulniveau. Das Foto von unserem Team ist süß; zum Glück wurde es vor der Show gemacht, in glücklicheren Zeiten. (Es dauert eine ganze Woche, bis die Niederlage überwunden ist. Etta hat sie schon fast vergessen, als ein alter Mann in Buckles Supermarkt auf sie zeigt und sagt: »Hier ist ja eins von den Kindern, die für uns bei *Kiddie Kollege* verloren haben!«) Ich verstaue die Zeitung sorgfältig in meinem Korb mit Gemüsekonserven, frischen Eiern und Milch.

Ich bin an der Reihe, den Tuckett-Zwillingen ihre Einkäufe zu bringen. Edna und Ledna sind hoch in den Achtzigern und kommen nicht mehr viel raus. Ich stelle den Korb hinter die Fliegengittertür. Als ich mich in den Jeep setze, höre ich das Quietschen der Haustür, das mir sagt, dass sie den Korb reingeholt haben. Über Jahre haben die Schwestern Törtchen und Kuchen für alle Familien in der Stadt gemacht: Von der Geburt bis zum Sterbebett und jederzeit dazwischen konnte man sich auf die Tuckett-Zwillinge und ihre Obsttörtchen verlassen. Jetzt fällt es ihnen schwer, das, was sie als »Mildtätigkeit« betrachten, anzunehmen. Aber es ist keine Mildtätigkeit; für die Leute in der Stadt ist einfach die Zeit gekommen, sich erkenntlich zu zeigen.

In der Stadt ist mehr los als sonst. Das Erste, was die Leute machen, wenn es schlechte Nachrichten von den Bergwerken gibt: Sie kommen in die Stadt und verhandeln mit den Geschäften, bei denen sie Kredit haben. Alle, von Zackie Wakin bis zu Gilley's Jewelers, handeln in Krisenzeiten neue Bedingungen mit ihren Kunden aus. Barney Gilley sagt immer, dass es ohne Kohle keine Diamanten gäbe, und ohne Bergleute wäre er längst pleite, also ist er zur Umschuldung nur zu gern bereit.

Pearl Grimes, meine Chefin, fegt gerade den Gehweg, als ich auf den Parkplatz der Mutual Apotheke einschwenke. Für ihre vierundzwanzig Jahre ist Pearl sehr erwachsen; jeder, der sie kennen lernt, denkt, sie ist älter. Sie sieht elegant und schlank aus in einem schlichten, ausgestellten blaugrauen Rock und einer weißen Bluse. Ihr Kittel ist frisch gebügelt und seitlich mit kleinen Schleifen zugebunden. Fleeta und ich tragen die gleichen, von Pearl entworfenen Kittel: weiß mit einer gestickten Kiefer vorne (ein Gruß an John Fox Jr., den Autor von *The Trail of the Lonesome Pine*). Pearl hat ihre Haare zu einer lockigen Frisur dauergewellt, die sie mit einer Menge Haarspray festsprüht. Ihr Gesicht, das einmal rund und mädchenhaft war, ist jetzt deutlicher konturiert, und sie trägt das Rouge so geschickt auf, dass ihre Backenknochen markant wirken. In ihren braunen Augen liegt immer noch Traurigkeit, aber inzwischen ist Entschlossenheit hinzugekommen, und das ist sehr attraktiv.

Pearls Verwandlung hat sich auch auf die Apotheke ausgewirkt. Mit dem Wissen aus ihrem Studium der Betriebswirtschaftslehre an der University of Virginia in Wise, das sie *cum laude* abgeschlossen hat, hat sie Mulligan's Mutual von einer Apotheke, in der auch ein paar Schönheitsprodukte verkauft wurden, zu einem Geschäft mit einer riesigen Palette von Toilettenartikeln ausgebaut. Als Erstes hat Pearl mit den Kunden gesprochen und sie gefragt, welche Verbesserungen sie sich wünschten. Dann brachte sie die Mitarbeiter auf Vordermann (Fleeta arbeitet Vollzeit, ich Teilzeit, seit Etta zur Schule geht) und fing an, das Geschäft professioneller zu gestalten. Jetzt tragen wir Kittel (obwohl Fleeta dagegen aufbegehrt, indem sie die Schleifen nicht zubindet und ihr Kittel wie eine Bauarbeiterweste hin und her flattert). Dass hinter der Theke geraucht oder die Mittagspause auf nicht ausgepackten Kartons gehalten wird, das ist vorbei. Dass Fleeta Erdnüsse kaut oder Coca-Cola trinkt, wenn sie bedient, auch das ist vorbei. Dass man ein Schild an die Tür hängt mit der Aufschrift *Sind gleich zurück* und zu einem Basar geht – vorbei.

Pearl hat jeden Aspekt des Unternehmens berücksichtigt, bevor sie eine Veränderung vornahm, einschließlich der Dekorationen. Sie entfernte die grellen Neonröhren, die Fred Mulligan (der ursprüngliche Besitzer und mein Stiefvater) eingebaut hatte. »Sanfte Beleuchtung und Musik ziehen Kundschaft an«, versprach Pearl. Und damit hatte sie Recht. An manchen Tagen werden wir der herumstöbernden Kunden kaum noch Herr. Pearl kam sogar auf die Idee, Kosmetika von Estée Lauder anzubieten, was Kundinnen herbeilockt, die bisher für diese teuren und luxuriösen Produkte bis nach Kingsport fahren mussten.

Mit der Schaufensterdekoration hat Pearl sich diesen Monat selbst übertroffen. In einer Hommage an den Herbst hat sie einen Pappmaché-Baum gebaut, an dem mit Goldfarbe besprühte Blätter hängen. Eine als Farmer angezogene Schaufensterpuppe (zu Weihnachten wird sie als Weihnachtsmann auftreten) steht neben dem Baum mit einem Rechen in der Hand. Es ist ein einfaches Konzept, aber Pearl hat es noch verfeinert, indem sie einen kleinen Ventilator in einem künstlichen Erdhügel versteckt hat, der die Herbstblätter herumwirbelt. Was für ein Bild! Es sieht so echt aus, dass Pfarrer

Edmonds eines Morgens, als er vorbeifuhr, voller Staunen über das kunstvolle Arrangement auf Nellie Goodloes Wagen auffuhr.

»Ich habe eine Idee«, sagt Pearl, als sie die Blätter auf die Kehrichtschaufel fegt.

»Fleeta und ich geben keine Bauchtanzvorführung, um mehr Kunden anzuziehen.«

»Ich weiß nicht recht, ob das mehr Kunden anziehen würde.«

»Vielen Dank.«

»Ich habe eine bessere Idee. Wusstest du, dass früher hinter dem Lagerraum ein Erfrischungsraum war?«

»Als ich klein war, hat Fred Mulligan ihn geschlossen. Er fand, es machte zu viel Arbeit.«

»Die nötigen Anschlüsse sind noch da, es würde nicht viel Aufwand bedeuten, ein paar Geräte aufzustellen und die Küche wieder zu eröffnen. Wir könnten Frühstück und Lunch servieren. Am Anfang nur mit einer kleinen Auswahl von Gerichten. Der einzige Treffpunkt in der Stadt ist Hardy's. Und mal ehrlich, wie viele Wurstpasteten schafft man denn?« Ich will Pearl nicht enttäuschen, aber die Antwort auf ihre Frage lautet: Ziemlich viele. Brownie Polly ist Rekordhalterin – vierzehn Wurstpasteten an einem Sonntagmorgen.

Pearl fährt fort: »Es wäre gut für die Stadt. Und für uns wäre es ein gutes Geschäft. Ich glaube, wir sollten es tun.« Sie zählt die Vorteile mit einer solchen Begeisterung auf, dass ich merke, sie hat ihre Entscheidung schon getroffen.

»Hört sich an, als hättest du dir alles sehr gut überlegt.«

Fleeta steckt den Kopf zur Tür raus. Und was für ein Kopf es heute ist! Ihr Haar ist in gewachsten braunen Locken aufgetürmt. Ein fest geflochtener Zopf liegt darum herum wie eine Tiara aus Lakritz. Eine Zigarette hängt ihr aus dem Mund. Bei Tageslicht ist Fleetas Rouge so grell, dass es wie orangefarbene Flaschendeckel auf ihren Wangen sitzt.

»Morgen, Kleopatra.« Ich tippe mir auf die Wangen, worauf Fleeta sich auf ihre tippt. Sie erspürt die zwei X-förmig geklebten Tesastreifen, die ihre Wangenlocke festhalten, und reißt sie ab. Die Locken liegen auf ihren Wangen wie Kommas.

»Kann mir mal einer erklären, was hier vor sich geht?« Fleeta zieht sich den Kittel über den Kopf und lässt wie gewöhnlich die Schleifen offen.

»Pearl will den Erfrischungsraum wieder eröffnen.«

»Ich bediene nicht in einem verdammten Schnellrestaurant. Ihr habt ja keine Ahnung, wie es ist, wenn man hungrige Menschen bedienen muss. Die sind wie die Tiere.«

Pearl nimmt Fleetas Einwände ernst, weil Fleeta am meisten bei ihr arbeitet. Seit Fleetas Mann Portly vor zwei Jahren an der Staublunge gestorben ist, arbeitet sie Vollzeit. Außerdem sind ihre Kinder erwachsen: Kyle ist nach North Carolina gezogen, weil er bei uns keine Arbeit finden konnte, und Pavis ist nach Florida gezogen, weil er in North Carolina, wo er mit Kyle zusammen gearbeitet hatte, mit ungedeckten Schecks bezahlt hat. Fleetas Tochter Dorinda hat ein Kind bekommen, und Fleeta hat ihr gesagt, sie würde nicht noch ein Kind großziehen. »Du hast deinen Spaß gehabt, und jetzt hast du das Kind. Sie ist deins, kümmer dich um sie und komm mich am Muttertag besuchen«, hat Fleeta zu ihr gesagt, oder so erzählt man es sich in der Stadt. Sie hat es aber nicht so gemeint, und jetzt passt sie auf die kleine Jeanine auf, so oft sie kann. Dorinda hat ihr eine Kette mit einem goldenen Anhänger geschenkt, auf dem in Schrägschrift steht *Die beste Großmutter der Welt*. Fleeta nimmt die Kette nie ab.

»Fleeta. Ich finde, es ist eine gute Idee.« Ich sehe Pearl an.

»Sieht dir ähnlich«, knurrt Fleeta. »Was wird denn noch alles verändert hier? Bald haben wir hier die Fort Henry Mall. Wenn ich in einem Einkaufszentrum arbeiten wollte, dann würde ich mir ja in einem Einkaufszentrum eine Stelle suchen.«

»Jetzt, wo das Bergwerk zumacht, müssen wir uns überlegen, wie wir expandieren können. Wenn das mit dem Erfrischungsraum klappt, kann Pearl Leute einstellen. Dann gibt es mehr Arbeit. Hier. In der Stadt.«

Otto und Worley kommen hinter dem Gebäude zum Vorschein, sie haben ihre Werkzeuge dabei und tragen ein langes Rohrstück auf den Schultern (der Beweis, dass Pearl ihre Entscheidung, schon lange bevor sie mich gefragt hat, getroffen hat). Otto humpelt leicht; er behauptet steif und fest, dass sein eines Bein mit dem Alter kürzer geworden ist. Er hat ein strahlendes Lächeln, schütteres weißes Haar und klare blaue Augen. Auf dem neuen Lieferwagen steht *Otto Olinger & Son*, damit auch ja keiner vergisst, dass sie Vater und Sohn sind, und nicht Brüder, wie alle Einwohner in Gap viele Jahre lang geglaubt haben. Mir fällt auf, dass Worley gut aussieht, er ist ordentlich angezogen und hält sich gut. In seinem roten Haar ist schon ziemlich viel Weiß. Und er hat seine Vorderzähne machen lassen.

»Was hält Miss Ave von der Idee, den Erfrischungsraum wieder zu eröffnen?«, fragt Otto.

»Finde ich großartig.«

»Interessiert es einen von euch auch nur die Bohne, was ich davon halte?« Fleeta betastet ihren Kittel und versucht, ihre Zigaretten zu finden.

»Eigentlich nicht.« Otto lächelt Worley zu.

»Du kannst mich mal, Otto«, schnauzt Fleeta ihn an.

»Schon gut, Leute, das reicht«, sagt Pearl mit einem Lächeln.

»Ich kann mich noch an Fred Mulligans Erfrischungsraum erinnern«, sagt Otto wehmütig. »An der Wand hinten war ein Spiegel, und man saß auf den grünen Lederhockern, die man drehen konnte. Und die Kirschbecher! Also, die waren echt Klasse, die Kirschbecher.«

»Ich kann mich auch noch dran erinnern. Aber wenn ich einen Kirschbecher will, dann gehe ich zu Bessie in Appalachia. Wir müssen los, Daddy-O«, sagt Worley zu Otto. (Seit Worley weiß, dass Otto sein Vater ist, nennt er ihn nicht mehr nur Otto, sondern hat die Anrede Daddy Otto erfunden).

Ich gehe zu meinem Platz hinter der Theke und sortiere die eingegangenen Rezepte. Pearl hat mir ihr Rezept aufgeschrieben, wie man Erdnussbutter-Bällchen macht. Etta bettelt dauernd darum, und da habe ich mir gedacht, ich könnte die Bällchen als Köder einsetzen, wenn ich möchte, dass sie etwas für mich tut.

KUSINE DEES ERDNUSSBUTTER-BÄLLCHEN
Man verreibe: 1 Pfund feinen Zucker
1 Pfund grobe Erdnussbutter
2 Becher zerstoßene Vollkornkekse
1/2 Pfund zerlassene Butter
Man rolle die Masse zu mundgerechten Bällchen.
Man zerlasse: 1/2 Pfund Bitterschokolade
Man tunke die Bällchen in die geschmolzene Schokolade
und lege sie zum Abkühlen auf Wachspapier.

»Ist das das Rezept?« Ich wedle mit dem Zettel zu Pearl rüber.

»Es geht ganz leicht.«

Fleeta reißt mir das Blatt aus der Hand und liest. »Ich nehme keine Vollkornkekse, damit werden die Bällchen zu mehlig. Ich nehme geriebene Erdnüsse. Das gibt Gewicht und macht sie knuspriger.«

»Ich werd's mir merken.«

»Versuch's erst mit den Keksen und urteile selbst.« Fleeta zuckt die Schultern. »Aber hier interessiert sich sowieso keiner für das, was ich denke.«

»Pearl, kann ich mal mit dir reden?«, fragt Worley.

»Klar.«

Worleys Ton ist ernst, und Fleeta und ich wechseln Blicke. Ich zupfe an ihrem Kittel und will ins Büro gehen, damit Pearl und Worley ungestört reden können.

»Sie können ruhig bleiben, Miss Ave. Wär mir sogar ganz lieb«, sagt Worley. Zu Fleeta sagt er nichts, und sie versteht es als Erlaubnis zu bleiben. Sie dreht uns den Rücken zu und blättert die Rezeptumschläge durch. Der Kopf ist geneigt und das gute Ohr zeigt in unsere Richtung – ein Zeichen, dass sie lauscht.

»Ist was passiert?«, frage ich Worley.

»Nein, Ma'am. Mein Herz ist voll, sonst nichts.«

»Traurig-voll oder glücklich-voll?« Worleys feierlicher Ausdruck und die steile Falte zwischen den Augen lassen keinen Schluss zu.

»Oh, sehr glücklich, Ma'am.«

»Hat es was mit meiner Mama zu tun?«, fragt Pearl.

»Ja, das hat es wohl. Ich möchte gern Miss Leah heiraten, wenn du einverstanden bist.« Worley sieht Pearl an, dann, plötzlich von Schüchternheit überwältigt, senkt er den Blick. Fleeta und ich sehen uns an. Wir sind sprachlos.

»Haben Sie sie gefragt?«, fragt Pearl ihn.

»Wir haben darüber gesprochen.«

»Hat sie ja gesagt?«

»Sie hat gesagt, wenn du einverstanden bist, dann würde sie mich heiraten.«

»Na, ich bin natürlich einverstanden.«

Worley lächelt. »Ich wollte schon immer ein hübsches Melungeon-Mädchen, wie meine Mama eins war, und jetzt hab ich eins.« Er geht wieder in den Lagerraum.

»Deine Mama und Worley haben ein Verhältnis?«, frage ich Pearl.

»So kann man das nicht sagen. Du weißt ja, wie es mit dem Haus ist – es ist alt, und mal gibt es einen Rohrbruch, mal ist ein Kabel defekt, und Otto und Worley kennen sich im Haus aus, also kommen sie vorbei und reparieren es. Und dann ist es unhöflich, wenn man sie nicht fragt, ob sie zum Lunch oder Abendessen oder was immer bleiben möchten.«

»Wenn man einmal Milch rausstellt, wird man die Katze nie mehr los«, sagt Fleeta unterdrückt.

Fleeta hat nicht ganz Unrecht. Bevor ich geheiratet habe, gab es an meinem Haus so viele Reparaturen, dass Otto und Worley praktisch bei mir wohnten. Sie haben meine Post reingeholt, und wenn es regnete, haben sie die Fenster zugemacht, und manchmal haben sie sogar angefangen zu kochen, bevor ich nach Hause kam.

»Wahrscheinlich ist das zwischen Mama und Worley ganz natürlich entstanden.« Pearl seufzt.

»Warum um alles in der Welt will deine Mama ihn heiraten? Was hat er zu bieten, dass es sich lohnen würde?«, fragt Fleeta.

»Sie ist dann nicht mehr allein«, sagt Pearl über die Schulter auf dem Weg zum Lagerraum.

»Leah wird schon sehen, wie ihr das gefällt, nicht mehr allein zu sein, wenn er dauernd bei ihr rumhängt. Das wird ihr ganz schön stinken. Ein Mann kann einer Frau das Leben noch schwerer machen als eine Horde Kinder.« Fleeta schlägt eine Rolle mit Fünfundzwanzig-Cent-Stücken in die Kasse wie ein Ei.

»Glaubst du, du verliebst dich noch mal?«, frage ich.

»Ich habe Portly gehabt. Das muss ich nicht noch einmal haben. Ich bin alt. Oder hast du das noch nicht gemerkt?«

»Die Liebe hat kein Alter.«

»Und ob. Wenn du hören könntest, wie meine Knochen nachts krachen, dann würdest du nicht drauf drängen, dass irgendein alter Kerl sich neben mich legt, damit seine Knochen mit meinen zusammen krachen.«

Dass ich mich in Jack Mac verliebt habe, war fast ein Zufall; der Moment war so kurz, dass ich ihn beinahe verpasst hätte. Ich war damals fünfunddreißig und darauf eingestellt, den Rest meines Lebens allein zu leben. Aber Mrs. Mac wusste es besser. Sie wollte mich für ihren Sohn und hat es eingefädelt; sie hat mich praktisch ins Haus bestellt, wenn er da war und sie nicht. Und ich bin hingegangen – ich bin zu dem alten Haus mit den vier Kaminen gegangen und habe gewartet. Ich denke oft an den Abend, als er mir zum ersten Mal sagte, dass er mich liebt. Ich hatte solche Angst, vor ihm, vor allem. Wenn ich nun wieder in den Jeep gestiegen und weggefahren wäre, bevor er nach Hause kam? Wenn er beschlossen hätte, an dem Abend, als ich wartete, nicht nach Hause zu kommen? Wenn er nicht das in mir gesehen hätte, was ich selbst nicht kannte? Woher wusste er, dass ich ihn wiederlieben würde, wo ich ihm doch nie das kleinste Zeichen gegeben hatte? Wie zart und klein ist doch die erste Knospe, wenn es nur die Vorstellung ist, ein Wunsch, mit einer Hoffnung verknüpft. Es ist so leicht, sich abzuwenden und allein weiterzuleben, in der eigenen Angst. Ich war in einem Moment mutig, und das hat mein Leben verändert. Nicht aus Einsamkeit habe ich mich der Liebe zugewandt. Auch nicht aus Gewohnheit. Ich habe zugelassen, dass die Liebe mich verändert. Ich verstehe, warum Fleeta keinen neuen Mann möchte. Sie möchte sich nicht verändern.

Die Türglocke bimmelt.

»Hab deinen Jeep draußen gesehen.« Spec Broadwater schlendert zur Tür herein, lehnt sich an die Theke und fängt an, mit den Schlüsselketten zu spielen, die an einem Draht bei der Kasse hängen. Spec ist weit über sechzig und scheint wie ein Baum, der im Alter immer höher wächst. Alles an ihm ist übergroß: sein Kopf (hauptsächlich die Stirn, mit einem Kästchenmuster von Falten, die vom Rauchen kommen), seine mächtigen Hände, sogar seine goldgeränderte Pilotenbrille ist so groß, dass sie wie eine Windschutzscheibe in seinem Gesicht aussieht. »Böse Nachricht, das mit den Bergwerken.« Spec stößt den Rauch aus und sieht aus wie eine Wolke aus einem Comic, die ein Gesicht aufgemalt hat und die Backen aufbläst. »Wie geht's Jack Mac?«

»Einigermaßen.«

»Üble Situation.« Spec bricht einen Streifen Kaugummi in der Mitte durch und bietet mir die eine Hälfte an. Ich lehne ab. Er steckt eine Hälfte in den Mund und verstaut die andere in seiner Hemdtasche. »Du weißt, dass sie sich was Neues ausgedacht haben.«

»Was meinst du?«

»Eine neue Methode, die Kohle rauszuholen. Statt zu graben, fängt man oben auf dem Berg an und geht von außen ran. Ein bisschen als würde man einen Apfel schälen. Man baut den Berg von außen ab und geht dann durch.«

»Was passiert mit dem Berg?«

»Irgendwann ist er weg. Er verschwindet.«

»Hört sich furchtbar an.«

»Find ich auch. Wenn hier 'ne Bande Fremder reinkommt und unsere Berge flachmäht, wo sind wir denn dann? In Indiana?« Spec lehnt sich über die Theke und rüttelt an dem »March-of-Dimes«-Kasten. »Aber Arbeit braucht man. Vielleicht ist diese neue Methode die Antwort.«

»Ich weiß nicht.« Ich lächle ihm zu, aber er weiß und ich weiß, dass diese neue Methode uns nicht helfen wird. Die Firmen haben beschlossen, dass sie anderswo in der Welt Kohle billiger abbauen können. Damit müssen wir uns abfinden.

»Ich auch nicht. Vielleicht kriegen hier mal ein paar Politiker den Arsch hoch und bringen den Tourismus zum Laufen.«

»Vielleicht.«

»Wir haben den Leuten 'ne Menge zu bieten. Die Berge. Die Schönheit. Huff Rock. Das Tal. Den Keokee-See. Den Big-Cherry-See. Warst du in letzter Zeit mal oben? Oh, es ist wunderschön. Die Dickensons haben einen Steg angelegt – keine Motorboote. Nur handbetriebene Boote. Wirklich schön.« Spec rückt die Reihe mit den Hustenbonbons gerade.

»Spec, brauchst du was?«

Er sieht mich an und lacht. Sein Lachen wird zu einem keuchenden Husten. Er räuspert sich. »Ich brauche dich in meiner Rettungsmannschaft.«

Spec macht wohl Witze. Als ich noch nicht verheiratet war, habe ich in der Rettungsmannschaft mitgemacht, das war ganz natürlich; ich war die Apothekerin der Stadt und kannte mich mit Wiederbelebung und Erster Hilfe aus. Aber das ist fast zehn Jahre her. Ich habe nicht mehr die Zeit. »Du weißt, dass das nicht geht. Wegen der Kinder – ich meine wegen Etta.«

Spec wendet den Blick ab, als ich Joe erwähne. Das verletzt mich nicht, es passiert ziemlich oft. Wenn ich von Joe spreche (und das ist selten), wechseln die Leute schnell das Thema. Nicht, dass sie unhöflich oder unsensibel wären, aber sie wissen nicht, was sie sagen sollen. Vielleicht ist es zu schmerzlich, wenn sie einem Menschen in die Augen blicken müssen, der ein Kind verloren hat, und deswegen tun sie so, als wäre es nicht geschehen. Oder vielleicht denken sie, wenn sie Joe erwähnen, erlebe ich wieder den ganzen Schmerz. Joes Leben war so kurz, ein so kleines Fleckchen in der Landschaft unserer langen Leben in dieser Gegend. Für Spec war es vielleicht anders. Ich glaube fast, er erinnert sich an Joe, wie ich mich an ihn erinnere.

Spec war Joes Pate, obwohl er nicht katholisch ist. Aber erst später habe ich herausgefunden, dass Spec nie zuvor in eine katholische Kirche gegangen ist. Als Kind hatte er gelernt, dass Katholiken fremd und geheimnisvoll seien und man ihnen nicht trauen könnte. Aber an dem Tag, als Joe getauft wurde, hat er sich zusammengenommen und ist in die Kirche gegangen, obwohl er vor Nervosität so gezittert hat, dass er das Baby fast fallen gelassen hätte.

»Ich sage nur ungern nein.«

»Dann tu's nicht. Ich kann die andern nicht halten. Eine Weile hat mir Trudy Qualls ausgeholfen, aber das hat nicht funktioniert. Sie wollte mich herumkommandieren. Du kennst mich. Ich komme damit zurecht, dass ich mit einer Frau lebe, die mich herumkommandiert, aber ich lasse mich nicht auch noch bei der Arbeit herumkommandieren.«

Ich würde Spec gern helfen. Wirklich. Er hat mir an einigen der schlimmsten Tage meines Lebens zur Seite gestanden.

»Mach schon, Ave. Aus alter Freundschaft.«

Es hatte Spaß gemacht mit Spec in der Rettungsgruppe: Wir haben Katzen von Dächern gerettet und konfiszierte Feuerwerkskörper abgebrannt, weil man sie nicht anders zerstören konnte – ein Spektakel für alle Kinder in der Stadt, wir haben den Rettungswagen für die Parade in der Hauptstadt unseres Staates geschmückt, als Linwood Holton aus Big Stone Gap zum Gouverneur gewählt wurde. Und was Etta und Joe anging, so gab es nichts, was er nicht für sie getan hätte. Joe durfte mit ihm im Rettungswagen bei heulender Sirene und blinkenden Lichtern fahren.

Als ich das erste Mal mit meinem Sohn ins Krankenhaus ging, war es Januar und bitterkalt draußen. Wir stiegen aus dem Aufzug und kamen direkt auf Spec zu. Da Schnee gefallen war, hatte Etta keine Schule und war auch dabei. Spec begrüßte beide Kinder überschwänglich, warf sie in die Luft und schickte sie dann zu den Neugeborenen, die sie sich durch die Scheibe ansehen konnten.

»Was machst du denn hier?«, fragte Spec mit einem Lächeln.

»Joe hat eine schlimme Prellung.«

»Hat er sich geprügelt?«

»Nein.«

»Na, du weißt, wie Jungen sind, sie fliegen dauernd hin. Bei welchem Doktor bist du?«

»Dr. Bakagese.«

»Dem Inder? Der ist sehr gut. Ich habe Myra Poff neulich hergebracht, und er hat gleich den Beginn einer Lungenentzündung festgestellt.«

»Das ist beruhigend.«

Spec legte den Arm um mich, was er in all den Jahren unserer Freundschaft nicht getan hat. Elf Jahre lang hatte ich ihm im Rettungsdienst geholfen und angesichts von Krankheit und Unfällen immer die Ruhe bewahrt. Ich habe seine Anweisungen befolgt und bin nie nervös geworden. Ich glaube, er mochte es, dass ich ohne Gefühlsregungen mit Notsituationen umgehen konnte.

»Warum bist du so bedrückt?«

»Wenn es was Ernstes ist?«

»Gütiger Himmel, Ave. Du kannst nicht die Mutter eines Sohnes sein und jedesmal in Panik ausbrechen, wenn er einen Sturz dreht. Jungen sind eine einzige Katastrophe. Ich hab selbst zwei; der eine hat sich den Kopf im Kinderbett wundgestoßen, und der andere hat Feuer gelegt. So sind sie eben.«

Irgendwie fand ich die Vorstellung von Specs Söhnen – einem Masochisten und einem Pyromanen – sehr beruhigend. Seit Monaten kämpfte ich gegen düstere Gedanken; vielleicht war es der lange Winter, der mich niederdrückte. Hatte ich nicht gelesen, dass viele Menschen um diese Jahreszeit unter Depressionen leiden? Dass die kurzen Tage und der bedeckte Himmel die Chemie im Kopf verändern und einen depressiv machen? Hatte ich nicht bemerkt, dass die Berge uns wie braune Metallwände umgaben und dass der Himmel wie ein trübseliger blassblauer Waschlappen war und alles nur noch schlimmer machte, als wir auf dem Weg zum Krankenhaus waren? Als Spec mich ansah, als wäre ich übergeschnappt, dachte ich kurz, ich bilde mir vielleicht alles nur ein. Schließlich wollte ich doch glauben, dass Joe kerngesund war. Und in diesen wenigen Sekunden glaubte ich es auch. Ich warf meine Arme um Spec und drückte ihn. Er war verlegen und entzog sich hastig und sagte: »Bis bald.« Dann war er fort. Das war das letzte Mal, dass ich Hoffnung spürte, in der Zeit von Joes Krankheit.

Ich stehe in Specs Schuld. Das weiß er, und ich weiß das auch. Wie kann ich Spec Broadwater jetzt abweisen?

»Also gut, Spec.«

»Du machst wieder mit?«

»Ja, Sir, aber nur eine Woche im Monat. Ich habe ein Kind. Ich kann nicht die ganze Zeit mit dir in Wise County rumfahren.«

»Ich nehme dich. Auch für eine Woche im Monat. Besser als nichts. Bis bald.« Spec geht pfeifend raus.

»Du bist verrückt«, sagt Fleeta und füllt das Süßigkeiten-Regal auf.

»Ich weiß.«

»Du hast genug zu tun.«

Bestimmt hat Fleeta Recht, denke ich, während ich das Insulin für Mary Lipps in einen Plastikbehälter fülle.

»Solltest du das nicht mit Jack Mac besprechen? Hat der nicht ein Wörtchen mitzureden?«

»Ich habe nie gehört, dass du irgendwas mit Portly besprochen hättest, also halt dich da raus«, erkläre ich ihr freundlich.

»Ich habe es vielleicht nie erzählt, aber natürlich habe ich ihn gefragt«, sagt Fleeta und stopft Erdnussröllchen in einen Korb. »Natürlich habe ich ihn gefragt.«

In Cracker's Neck Holler ist es schon dunkel, als ich nach Hause komme. Ich habe bei Buckles noch Milch geholt und zu lange mit Faith Cox geplaudert; sie organisiert eine Busfahrt zum Muscial *Carousel*, das nächsten Monat mit John Raitt in der Hauptrolle wieder aufgenommen wird. (Etta wäre begeistert, also habe ich einen Handzettel mitgenommen.)

Vorsichtig fahre ich die kurvige Straße entlang. Ich fahre so langsam, dass man denken könnte, ich will nicht nach Hause. In Wahrheit bin ich nur müde und will nicht im Graben landen. Ich fahre nicht mehr so schnell wie früher. (Es gibt eine Menge Dinge, die ich nicht mehr tue, seit ich Mutter bin.) Ich liebe die Zeit, die ich auf dem Weg von und zu der Arbeit für mich habe. Das ist die Zeit, in der ich denken und Klarheit in meinem Kopf schaffen kann. Im Moment gehe ich all die kleinen Entscheidungen noch einmal durch, die ich getroffen habe und die mich in unsere jetzige Situation gebracht haben. So mache ich es immer, wenn ich vor einem großen Problem stehe und mich hilflos fühle. Und seit Jack das vom Bergwerk erzählt hat, mache ich es dauernd. Ich überlege, was anders wäre, wenn ich Pearl nicht die Apotheke und das Haus von Fred Mulligan auf dem Poplar Hill gegeben hätte.

Als ich Pearl das Geschäft vor Jahren für einen Dollar verkaufte (dadurch wurde das Ganze legal), wollte ich damit nicht nur verhindern, dass es meiner Tante Alice Lambert in die Hände fiel. Ich wollte mir auch die Möglichkeit zu einem Neuanfang in meinem Leben schaffen. Ich war im Begriff, meinen Ruf als spätes Mädchen der Stadt abzulegen; ich wusste nicht, was an seine Stelle treten würde, aber etwas würde sich schon finden! Ich hatte große Pläne. Ich wollte die ganze Welt erforschen und einen Platz finden, der für mich richtig war. Ich hatte mein Leben damit verbracht, mich um meine Eltern zu kümmern; mit fünfunddreißig hatte ich das Gefühl, dass mein Leben halb vorbei war und ich noch keinen einzigen Tag für mich gelebt hatte. Die Leute waren schockiert, als ich Mamas Auto verkaufte und dann Pearl das Geschäft und das Haus auf dem Poplar Hill gab. Ich wusste, es würde Pearl und Leah eine Lebensperspektive geben, wenn sie in die Stadt zögen, und genau das suchte ich auch für mich. Anderen kam es verrückt vor, aber ich erkannte, dass in Pearl Möglichkeiten schlummerten, und wusste, mit ein wenig Ermutigung würde sie etwas aus dem Geschäft machen, während ich es lediglich am Laufen hielt. Ich hatte nie richtig das Gefühl, dass die Apotheke mir gehörte, obwohl Mama sie mir in ihrem Testament vermacht hatte. Ich habe mich immer nur als Angestellte gefühlt. Als ich erfuhr, dass Fred Mulligan nicht mein Vater war, musste ich das, was er aufgebaut hatte, nicht länger erhalten. Und ich wollte es auch nicht.

Ich hatte nie die Absicht gehabt, die Apotheke zu übernehmen. Nachdem ich meinen Abschluss am Saint Mary's College gemacht hatte, kam ich zurück, weil Fred Mulligan krank geworden war und das Geschäft nicht mehr führen konnte, und es war unklar, was mit Mama passieren würde, wenn er es aufgeben musste. Dann starb er, und sie wurde krank. Ich bedauere nicht, dass ich zu Hause geblieben bin, um meine Mutter zu pflegen. Sie ist in Frieden gestorben, in dem Wissen, dass ich finanziell abgesichert war. Was sie wohl oben im Himmel gedacht hat, als ich die Apotheke an Pearl verkaufte?

Jetzt wäre es sehr schön, ein kleines Polster zu haben. Es gefällt mir nicht, dass ich dieses Gefühl habe. Ein kleines Polster lenkt nur von dem ab, was man wirklich braucht. Brauchen wir nicht alle ein bisschen mehr Geld? Gibt es jemals eine Zeit, wenn das nicht der Fall ist? Mein Erbe, das ich mit in die Ehe gebracht habe, ist im Laufe der Jahre dahingeschmolzen. Wir brauchten Geld für Arbeiten, die am Haus fällig waren. Unvorhergesehene Dinge sind passiert: Vor zwei Jahren stürzte eine große Kiefer auf den hinteren Teil des Hausdaches; Jack brauchte einen neuen Wagen, als der alte seinen Geist aufgab; die Arztkosten für Joe mussten bezahlt werden.

Als Joe in die Vorschule kam, fing ich wieder an, in der Apotheke zu arbeiten. Ich merkte sofort, wie sehr ich die Arbeit vermisst hatte. Mag sein, dass ich ursprünglich aus Pflichtgefühl in der Apotheke gearbeitet hatte, aber als ich nach dem Aussetzen wieder dort anfing, war es eine freie Entscheidung. Mir war klar geworden, dass ich diese Arbeit mochte; sie verlangte Genauigkeit von mir und brachte mir etwas über neue Medikamente bei, und ich half anderen, auf ihre Gesundheit zu achten. Als ich aufhörte, vermisste ich die Lieferfahrten und die Plaudereien mit den Menschen in ihren

Häusern. Ich vermisste die verschiedenen Gerüche der Häuser: Das von den Tuckett-Zwillingen roch nach Zimt, das von den Bledsoes nach Lilien, das von den Sturgills nach frischer Vanille. Die Arbeit konnte ich mir selbst einteilen, und das gefiel mir. Ich vermisste es, dass ich nicht mehr wegen meiner Fähigkeiten und meiner medizinischen Kenntnisse gebraucht wurde. Wie sehr mich meine Arbeit ausfüllte, wurde mir erst klar, als ich damit aufhörte.

Die Fahrt, die eine Viertelstunde dauert, kommt mir vor wie zehn Sekunden. Als ich in die Lichtung einbiege, habe ich das Gefühl, die falsche Abzweigung genommen zu haben oder beim falschen Haus angekommen zu sein. Mein Zuhause ist wie ein Casino erleuchtet. Überall stehen Autos und Pick-ups herum. Ich kann mich nicht entsinnen, dass bei uns eine Party stattfinden soll.

Ich gehe die Stufen zur Tür rauf und gucke zum Fenster rein wie eine Fremde. Im Wohnzimmer sehe ich meinen Mann, umgeben von anderen Männern. Sie trinken Bier und lachen und reden. Ich muss wohl lange so gestanden haben, denn die Papiertüte mit dem Milchkarton in meiner Hand wird schon feucht. Das Lachen verstummt, als die Männer mich in der Tür sehen.

»Ich dachte, Dienstag sei Pokerabend«, sage ich mit einem breiten Lächeln.

»Wir spielen nicht, Ave«, sagte Rick Harmon mit einem Zwinkern. Er hat seine Füße auf den alten Couchtisch meiner Mama gelegt. Ich schiebe sie runter. Die anderen lachen. Jack Mac nimmt mir die Milch aus der Hand und geht mir voran in die Küche. Shoo die Katze springt auf und folgt uns.

»Wo ist Etta?«

»Sie guckt fern.« Jack stellt die Milch in den Kühlschrank und dreht sich mit einem Lächeln zu mir um. Er ist begierig, mir etwas zu erzählen, in seinen Augen leuchtet Hoffnung. Seit Tagen habe ich ihn nicht lächeln sehen. Statt mich darüber zu freuen, bin ich kurz angebunden.

»Hat sie was gegessen?«

»Ich hab ihr die Spaghetti warm gemacht.«

»Hast du auch die Brokkoli gekocht?«

»Nein.«

»Sie hat also nichts Grünes bekommen?«

»Sie hat die grüne Banane zum Nachtisch gegessen.«

»Sehr witzig. Ich bin müde. Ich habe den ganzen Tag gearbeitet, und ich bin sehr müde.«

»Ich verstehe. Du bist müde.«

»Wohin gehst du?«

»Wir sind mitten in einer Besprechung.«

»Ihr seid mitten in einer Party.« Warum tue ich das? Ich will doch, dass er sich mit seinen Freunden vergnügt, oder? Jack sieht mich ungläubig an.

»Wir sind abgelenkt worden.«

»Tut mir Leid, dass ich euch gestört habe.«

Jack wirft mir einen Blick zu und geht. Ich sehe ihm nicht nach. Ich setze mich an den Küchentisch und weine. Ich weine, in Selbstmitleid schwelgend. Ich möchte mir richtig gründlich Leid tun. Ich bin nach Hause gekommen, alles ist in Unordnung, das Kind hat ein Essen ohne Gemüse bekommen, überall Lärm und Bier und Menschen, und ich will das alles nicht sehen.

Ich gehe zu Etta, die gar nicht von ihrem Zeichentrickfilm aufsieht. Ich gebe ihr einen Kuss, gehe durch die alte Küche zu der hinteren Veranda, durch die knarrende Fliegengittertür und auf die dunkle Wiese hinter unserem Haus. Es ist kalt, aber ich gehe nicht zurück, um mir einen Mantel zu holen.

Der Mond hängt zwischen den Bergen wie ein Suchscheinwerfer, sichtbar durch dünne Wolken. Ich atme tief ein. Die kühle Nachtluft erfüllt mich mit Ruhe. Die Berge, nahtlos aneinandergereiht, bilden eine schwarze, samtene Festung um mich herum. Der dunkle Himmel lässt einen silbernen Streifen über der Gipfellinie frei, wie eine Jalousie, die man nicht tief genug ziehen kann, um alles Licht auszusperren. Die Einzelheiten stechen klar hervor – nackte Äste mit flattrigen Rändern wie Locken, kräftige schwarze Rillen an den Stämmen, die Äste der mächtigen Kiefern. Ich bin hier so klein.

Auf der hinteren Wiese steht ein Baumstumpf von einem Kirschbaum, von dem aus man Powell Mountain sieht. Als ich mich da hinsetze, bin ich praktisch am Ende unseres Grundstücks, das steil in die Schlucht und zu dem Tal darunter abfällt, wo wildes Gestrüpp wuchert und sich schmale Pfade schlängeln. Als ich bei Jack einzog, hatte ich Angst, allein hier rauszukommen. Aber im Laufe der Zeit wich die Angst, und ich fing an, den Wald der MacChesneys zu erforschen. Ich habe keine Angst mehr, vom Berg zu fallen (nicht, wenn ich zu Fuß unterwegs bin), und die Berge haben etwas sehr Beruhigendes.

Ich weiß nicht, wie lange ich schon so sitze, aber sicherlich ziemlich lange, denn meine Hände sind eiskalt. Ich höre das Surren von Motoren vor dem Haus. Jacks Besprechung ist anscheinend zu Ende. Ich weiß nicht, warum, aber bei dem Geräusch wird mir beklommen zumute. Ich habe das Gefühl, dass mir ein großer Streit mit meinem Mann bevorsteht, und ich habe keine Kraft dazu. Ich gehe ins Haus, nach oben in Ettas Zimmer. Sie ist gerade am Ende von dem zweiten Kapitel von *Heidi*. Sie knipst das Licht aus und legt sich gehorsam in die Kissen. Ihre Nase ist etwas verstopft, wahrscheinlich hat sie eine leichte Erkältung, weil es nach dem Sommer plötzlich kühl geworden ist. Ich muss dran denken, ihr morgen ein Mittel mitzubringen. Ich gebe ihr einen Kuss und stopfe die Decke um sie fest.

Statt ins Wohnzimmer zu gehen und die Bierflaschen einzusammeln (toll), gehe ich auf die Sonnenveranda und falte die Wäsche zusammen. Als ich damit fertig bin, räume ich die Küche auf und gucke in den Kühlschrank. Wir haben kaum noch Salat, und ich muss dran denken, welchen zu besorgen. Jetzt habe ich mich lange genug gedrückt. Die Männer sind vor mehr als einer halben Stunde gegangen, und im Haus ist es still. Zeit, ins Bett zu gehen. Das Licht auf dem Nachttisch in unserem Schlafzimmer gegenüber der Küche wirft einen warmen Schein über die Wände. Oberflächlich gesehen ist alles so wie immer, normal. Ich gehe um das Bett herum und sehe, dass die Badezimmertür offen steht, aber Jack ist nicht da.

Shoo die Katze schläft auf der Bank im Flur in einem leeren Karton, den Etta für ihre Barbie-Schule benutzt. Ich gucke aus dem Fenster. Jacks Wagen ist da. Gut. Dann ist er nicht mit den Männern weggegangen. Ich will die Haustür abschließen und sehe ihn durch das kleine Fenster auf den Stufen der Veranda, rückwärts auf die Ellbogen gestützt, sitzen. Seine Beine sind ausgestreckt, die Füße überkreuz.

»Ich schließe ab.«

»Das mach ich schon.«

»Es ist kalt draußen.«

»Mir gefällt es.«

Ich bin schon dabei, ins Schlafzimmer zu gehen, aber irgendwas sagt mir, ich soll zu Jack gehen. Ich trete also auf die Veranda und setze mich neben ihn. Er macht mir keinen Platz auf der Stufe.

»Es tut mir Leid wegen vorhin, ich bin einfach so müde«, sage ich zu ihm.

»Das ist keine Entschuldigung.«

»Doch, natürlich. Wenn Menschen müde sind, werden sie gereizt.«

»Du bist nicht nur gereizt.«

»Ich glaube schon.«

»Ich werde mich nicht mit dir streiten«, sagt Jack sachlich.

»Ich will auch nicht streiten.« Und ich meine das ehrlich. Ich hasse es zu streiten. »Jack. Bitte. Was nagt an dir?« Mein Mann antwortet nicht, aber das ist typisch. Ich muss alles aus ihm herausziehen, besonders seine Gefühle. »Sag es einfach. Mach schon.«

»Warum hast du mit mir nicht über die Stilllegung gesprochen?«, sagt Jack leise.

»Wir haben doch darüber gesprochen. Schatz. Wir wussten, dass es bevorstand.«

»Ja. Genau, wir wussten es.«

»Was willst du damit sagen?«

»Du tust so, als wäre es meine Schuld. Als wollte ich nach zweiundzwanzig Jahren arbeitslos sein und die einzige Arbeit verlieren, die ich kann.«

»Du bist nicht schuld.«

»Allerdings, ich bin nicht schuld.«

»Was nützt es dir aber, wenn du jetzt wütend bist? Dadurch ändert Westmoreland seine Entscheidung nicht. Damit müssen wir leben.«

»Wir? Du bist diejenige, die nicht damit leben kann.«

»Wie meinst du das?«

»Du denkst, die Lösung zu dem Problem besteht darin, dass du die Sache in die Hand nimmst.«

»Was ist daran auszusetzen?«

»Alles. Du hast kein Vertrauen zu mir. Ich brauche deine Unterstützung.«

Oh Gott, er glaubt, ich unterstütze ihn nicht? Er glaubt, ich habe ihn nicht bewundert, dass er sich jeden Tag bei seiner Arbeit diesen Gefahren ausgesetzt hat? Er glaubt, ich habe keine Achtung vor seiner Stärke und seinen Führungsqualitäten? Natürlich unterstütze ich ihn.

»Hast du kein Vertrauen zu mir?« Jack sieht mich an. Er hat jede Menge Fragen auf dem Herzen, aber es ist klar, dass er auf diese gern eine Antwort hätte.

»Natürlich habe ich Vertrauen zu dir.« Ich sage es trotzig, statt es so zu sagen, als würde ich es auch meinen. Meine ich es denn? Habe ich Vertrauen zu ihm?

»Glaubst du, ich finde wieder Arbeit?«

»Ja. Natürlich.«

»Ich weiß nicht, wie mein Leben weitergehen soll. Aber ich habe nicht vor, darauf zu warten, dass etwas geschieht. Ich will selbst was in Bewegung setzen.«

»Ich habe nie gesagt, dass ich dir das nicht zutraue.«

»Du hast gesagt, *du* kannst mehr Stunden arbeiten. Als ob es nur ums Geld ginge. Hast du eine Ahnung, wie ich mich in dem Moment gefühlt habe?«

»Es sollte dir das Gefühl geben, dass du eine Frau hast, auf die du zählen kannst.«

»Das weiß ich. Davon spreche ich nicht, Ave. Ich habe meinen Stolz. Verstehst du? Ich dachte, wir wären Partner. Ich dachte, du würdest mich verstehen und du wüsstest, dass ich, was immer passiert, einen Weg für uns finden würde. Stattdessen gibst du mir das Gefühl, dass es auch ohne mich geht. Du brauchst mich ja gar nicht, wenn du alles allein regeln kannst. Warum sind wir verheiratet, wenn du es auch allein schaffst?«

»Ich will es aber gar nicht allein schaffen!« Ich habe das Gefühl, dass meine Ehe wie ein Felsbrocken den Berg runterrutscht, und ich renne hinterher, mit wedelnden Armen, ich will sie aufhalten und wieder fest vertäuen.

»Du bist nicht der Mann in der Familie.« Jack Mac steht auf und geht ins Haus. Ich umfasse sein Fußgelenk, dann ziehe ich mich hoch und lege die Arme um ihn.

»Es tut mir Leid. Die Sorgen bauen sich manchmal so hoch vor mir auf. Und ich glaube immer noch, dass ich alles selbst machen muss.« Diese Erkenntnis kommt aus meinem tiefsten Inneren, und mein Mann weiß das. Er weiß, wie schwer es mir fällt loszulassen. Ich weiß es auch, aber warum mache ich immer wieder den gleichen Fehler? Warum schiebe ich ihn von mir, wenn ich ihn brauche? Ich spüre, wie sich der Herzschlag meines Mannes beruhigt, von einem zornigen Pochen zu einem sanften regelmäßigen Schlagen. Seine Arme umfangen mich zärtlich. Seine breiten Schultern geben mir Schutz vor der Kälte; ich verschmelze mit ihm, wie das lange nicht mehr passiert ist.

»Ich habe Vertrauen zu dir«, sage ich zu ihm und meine es mit jeder Faser meines Wesens.

»Ich wünsche es mir, Ave.«

»Nein, nein. Wirklich. Komm. Hier, setz dich. Erzähl mir von deinen Plänen.« Ich ziehe Jack auf die Stufe runter und lege meine Arme um ihn. Als er sich zu mir wendet, fällt warmes Licht aus dem hinter uns liegenden Wohnzimmer auf sein Gesicht. In seiner Miene sehe ich den gleichen Ausdruck wie vorhin in der Küche.

»Rick und Mousey wollen eine Baufirma aufziehen. Wir drei zusammen. Wir glauben, dass die Bautätigkeit zunehmen wird. Es wird davon geredet, dass ein Gefängnis gebaut werden soll, und das heißt, dass der Highway ausgebaut wird, und das bedeutet, dass mehr Häuser gebraucht werden. Wir dachten, wir wollten von Anfang an dabei sein.«

»Das klingt wunderbar. Du bist ein guter Zimmermann.«

»Ja, und Mousey kennt sich mit Elektrik und Klempnersachen aus.«

»Will Rick mit seiner Arbeit bei dem Autohandel aufhören?«

»Er will beides machen. Bis wir so viel zu tun haben, dass er aufhören kann.«

»Okay. Das ist großartig! Wann wollt ihr anfangen?«

Mein Mann zieht mich zu sich heran und küsst mich hundertmal, schnell und süß und dankbar. Das ist es, was ich am meisten an der Ehe liebe: Manchmal, sogar nach acht Jahren, fühlen wir uns wie neu, als hätte das Vertraute eine gänzlich unerwartete Überraschung für uns bereitgehalten; die Leidenschaft kommt wieder, plötzlich ist sie da. Man macht sich darauf gefasst, dass es einen hässlichen Streit geben wird, und dann ist man sich plötzlich ganz nah, und statt sich zu bekriegen, sitzt man da und küsst sich. Und natürlich lernt man, einen solchen Moment voll auszukosten, denn er ist schnell genug vorbei und kommt vielleicht so bald nicht wieder.

Die Veranda liegt im hellen Mondlicht. Wir lehnen uns in das blasse Blau, in dem ich das Gesicht meines Mannes deutlich sehen kann. Jeden Zug. Die kräftige, gerade Nase, die perfekt übereinander passenden Lippen, die haselnussbraunen Augen, in denen sich Verletztheit und Liebe gleichzeitig ausdrücken können. Wir falten uns ganz natürlich ineinander, aber es ist nicht wie sonst, wenn wir uns lieben. Wir lachen, als wir uns über Knöpfe, Reißverschlüsse und Lippen hermachen. Er mahnt mich, Etta nicht zu wecken, und küsst mein Lachen fort. Was passiert hier Wunderbares? Es ist romantisch und ein bisschen gewagt (schließlich sind wir draußen), aber es fühlt sich an wie am Anfang, als wir uns liebten. Warum ist das verschwunden und warum habe ich nicht gewusst, wie ich es zurückholen kann? Wir reden zu viel oder zu wenig und zeigen unsere Liebe so selten. Wir müssen sie uns öfter zeigen. Warum vergesse ich diese einfache Wahrheit, wenn ich müde von der Arbeit oder mit Etta beschäftigt bin? Dies ist der Mittelpunkt von allem, diese Liebe hier. Ohne sie sind wir nichts weiter als ein altes Haus am Cracker's Neck Holler, in dem Etta und die Geister der Verstorbenen und ein Sack voller Probleme unsere Mitbewohner sind. Aber wir sind mehr als unsere Probleme, oder? Als mein Mann mich küsst, fällt mir wieder ein, warum er sich für mich entschieden hat, und dass wir immer wieder dahin zurückkehren müssen, auch wenn wir uns gegenseitig enttäuscht haben. Dann besonders. Er hält mich zärtlich im Arm, und ein nächtlicher Windhauch fährt über uns. Ich zittere.

»Lass uns reingehen«, flüstert er.

»Ich liebe dich, musst du wissen«, sage ich zu ihm.

»Ich weiß.« Er küsst mich wieder.

In unserem warmen Bett drückt Jack mich so eng an sich wie lange nicht mehr. Wir sind vereint unter diesen alten Steppdecken, und das Gefühl gefällt mir.

»Schatz?«

»Ja?«

»Spec hat mich gefragt, ob ich ein paar Tage im Monat mit ihm den Rettungsdienst mache. Was meinst du?«

»Ich habe ihm gesagt, das geht in Ordnung.«

Ich richte mich auf. »Er hat dich gefragt?«

»Spec ist von der alten Schule. Er macht es richtig und klärt die Sache mit dem Ehemann, bevor er die Frau fragt.«

Bevor ich protestieren kann, fängt Jack an zu lachen. Ich nehme mein Kissen und schlage ihn damit. Jack packt das Kissen und dann mich.

»Passt dir was nicht? Dann klär das mit Spec.« Mein Mann lächelt und küsst mich.

Ein selbst gemachtes Stück Fudge, mit schaumigen Mini-Marshmallows obenauf und verziert mit Pekannüssen, sorgfältig in Wachspapier eingeschlagen, sitzt auf meiner Theke. Ich kann den Zucker heute gut gebrauchen. (Ich hatte ganz vergessen, wie viel Energie man für die Liebe braucht; als würde man nach langer Unterbrechung wieder mit Jazz-Gymanstik anfangen.)

»He, danke für die Überraschung«, sage ich zu Fleeta, die sich gerade eine Hand voll Creme aus einer Estée-Lauder-Tube auf ihrem Unterarm verreibt. (Es ist keine Testtube.)

»Ich bin doch einfach ein echter Schatz, was?« Fleeta sieht mich über ihre Brillenränder hinweg an und reibt ihre Handgelenke aneinander. »Das merkt keiner.« Sie legt die Tube wieder auf den Ständer. »Was gibt es da zu lächeln?«

»Nichts«, sage ich und zucke die Schultern.

Pearl kommt mit zwei großen Tüten aus dem Eisenwarengeschäft herein.

»Was hast du da?«, fragt Fleeta.

»Klebefolie für die Bretter im Erfrischungsraum.« Pearl geht nach hinten.

»Ich helfe dir da hinten nicht«, ruft Fleeta ihr nach.

»Das macht nichts«, ruft Pearl zurück.

Ich nehme eine Schere und gehe Pearl nach.

»Pearl, ich muss dich um einen Gefallen bitten.«

»Nur zu.«

»Ich bitte dich nicht gern, und ich würde es nicht tun, wenn es nicht unbedingt nötig wäre.«

»Ave, komm schon. Um was geht es?«

»Ich würde gern mehr arbeiten.«

Pearl sieht mich merkwürdig an; es fällt ihr immer noch schwer, meine Arbeitgeberin zu sein. »Na klar.«

»Bist du dir sicher? Du hast die Kosten für diesen Ausbau hier, und ich möchte dich nicht in Bedrängnis bringen«

»Du spinnst wohl. Ich brauche dich.«

»Dann ist ja gut.« Ich drehe mich um und will zurückgehen.

»Ave Maria?«

»Ja?«

»Ich möchte dir was erzählen. Und es ist noch ganz frisch, deswegen kann ich nicht zu viel sagen. Ich ... ich habe jemanden kennen gelernt.«

»Einen Mann?«

Pearl nickt.
»Eine Liebesgeschichte?«
Pearl nickt wieder, diesmal lächelt sie.
»Das freut mich für dich. Wer ist es?«
»Ich mag es nicht sagen, falls es nichts wird.«
»Ist in Ordnung.«
»Ich mag ihn sehr.«
»Das ist doch fantastisch!«
»Du weißt, dass ich so eine Art Spätentwickler bin. Deshalb bin ich etwas nervös. Verstehst du?« Pearl guckt mich an. Ich habe fünfzehn Jahre in dieser Stadt keinen festen Freund gehabt. Mit Spätentwicklern kenne ich mich aus. Ich war so lange allein, dass ich manchmal vergesse, dass ich jetzt Teil eines Paares bin.
»Lass dir Zeit. Und quäl dich nicht.«
Pearl lacht. »Es geht mir zu gut, als dass ich mich quälen würde.«
»Du machst es richtig.«
»Ave Maria! Pat Bean braucht ihre Medikamente! Sie hat nicht den ganzen Tag Zeit!«, ruft Fleeta von der Kasse. (Das ist also die entspannte Einkaufsatmosphäre bei uns.)
»Ich komme schon«, rufe ich zurück.
»He, Ave. Danke«, sagt Pearl und errötet leicht.
Pearl Grimes verliebt? Die Dinge verändern sich in rasantem Tempo. Hoffentlich kann ich Schritt halten.

Die Karten für das Halloween-Fest an der Grundschule von Big Stone Gap sind ausverkauft. Nellie Goodloe hatte die Idee, ein Fest für den ganzen Bezirk auszurichten, um damit Geld für die John-Fox-Jr.-Stiftung zu sammeln, die das Freilichttheater finanziert. »Nellie hat Flair«, höre ich dauernd, als ich durch die fantastisch geschmückten Räume gehe. Weiße Gespenster mit schwarzen Knopfaugen stehen auf der Balustrade, die Basketballkörbe sind zu großen Hexenkesseln verwandelt, und über die Zuschauertribüne fliegt eine Familie von Papierfledermäusen. Nellie hat die gesamte Decke mit einem Spinnennetz aus Seilen verkleidet, und in der Mitte hängt eine riesige Spinne aus Pappmaché herunter wie ein gespenstischer Kronleuchter. Wie macht sie das nur?

Am Tisch beim Eingang sind jede Menge Kürbismasken und Strohpuppen aufgebaut, und die Damen der June-Tolliver-Guild sind als weiße Hexen verkleidet. Die Mädchen von den Foxes, die im Freilichttheater die Programme verteilen, tragen auch Hexenkostüme, aber statt langer wallender Gewänder haben sie kurze Röcke an (bestimmt, damit ihre Fischnetzstrümpfe zur Geltung kommen).

Nellie hat das Ölporträt des berühmtesten Bürgers von Big Stone Gap, John Fox Jr., des Autors von *The Trail of the Lonesome Pine,* aus dem Museum hierher geholt. Fleeta behauptet, Nellie sei in ihn verliebt, obwohl er schon seit 1940 oder so tot ist. »Immer wenn sie ein Fest organisiert, zerrt sie sein Bild hervor«, murrt Fleeta. Das Porträt von Mr. Fox ist auf gespenstische Weise bestens für Halloween geeignet. Er ist in einem mit dunklem Holz getäfelten Studierzimmer im Profil abgebildet, und auf der Nase trägt er eine Nickelbrille. Er sieht ein bisschen aus wie *Whistler's Mother* als Mann. Nellie hat künstliche Spinnweben über ihn drapiert. Er passt perfekt.

Geschäftsleute aus dem Ort und die Eltern-Lehrer-Vertretung haben Stände aufgebaut. Nellie verlost sechs Autowäschen mit Wachsbehandlung in der Gillian-Autowaschanlage und einen Gutschein für die Trockenreinigung im Magic Mart für einen Monat. Der Erlös wird für die Erneuerung der Straßenbeleuchtung in der Stadt verwendet. Es gibt ein Kuchenbuffet und eine Kostümparade. Etta macht sich nicht viel aus Verkleidungen. Sie geht jedes Jahr als Skelett und zieht einen schwarzen Trainingsanzug mit aufgenähten Silberknochen und eine Schädelmaske an. Glücksspiele liebt sie, und den größten Teil des Abends verbringt sie damit, auf die Enten am Glücksrad zu schießen.

Etta kommt zu mir gelaufen, in der Hand einen glänzenden karamellisierten Apfel mit orangefarbenen Splittern drauf. »Mama, kannst du den in deine Tasche stecken? Wir müssen ihn aufschneiden.«

»So einen großen Apfel habe ich ja noch nie gesehen«, sage ich zu ihr. Sie gibt mir zwei hübsche Untertassen, die sie in der Penny-Lotterie gewonnen hat. Als ich sie nach den dazugehörigen Tassen frage, sagt sie: »Die habe ich nicht getroffen.«

Ettas Freundinnen – Tammy Pleasant, eine zierliche, drahtige Blonde, die nie still steht, und Tara Kilgore, ein großes, ernstes Mädchen mit braunen Haaren und braunen Augen unter schweren Lidern – zerren sie fort.

»Du musst *sofort* mitkommen, Etta«, bedrängt Tammy sie.

»In der Geisterbahn gibt es einen Mann, aus dem kommt echtes rotes Blut raus«, erklärt Tara sachlich. »Aber ich hatte keine Angst.«

»Ich aber!«, sagt Tammy und reißt die Augen weit auf. Die Mädchen rennen fort, um sich bei der Geisterbahn anzustellen. Mit der Geisterbahn weiß ich bestens Bescheid, denn ich habe den ganzen Morgen damit zugebracht, Weintrauben zu häuten, die die Kinder als Augäpfel in einer Schüssel zu befühlen bekommen. Nellie hat Otto und Worley überredet, Monster zu spielen: Otto liegt in einem Sarg, mit blauem Knetstoff im Gesicht, und Worley hat sich eine Plastikaxt am Kopf befestigt und scheucht die Kinder durch den Umkleideraum.

»Hallo, Ave!«, ruft Iva Lou. Sie verkauft ausgemusterte Bibliotheksbücher an einem Stand, der wie ein altes Studierzimmer dekoriert ist. Sie selbst trägt einen schicken türkisfarbenen Reifrock und eine gerüschte Bauernbluse, in der ihre sahnefarbenen nackten Schultern gut zur Geltung kommen. Ihr Dekolleté ist eine senkrechte Linie wie ein Ausrufezeichen. »Ist das nicht eine fabelhafte Idee?«

»Die Bluse oder der Stand?«

»Der Stand, natürlich. Ich werde hier unsere alten Sachen los und schaffe Platz für die neuen. Wie findest du das?« Iva Lou dreht sich um die eigene Achse wie ein Teller auf einem Stock.

»Das ist ja günstig!« Ich halte vier Lee-Smith-Taschenbücher hoch, die mit einer Schnur zusammengebunden und für zwei Dollar zu haben sind.

»Warte noch ein bisschen. In einer Stunde verramsche ich das ganze Zeug nach dem Motto: Alles muss weg.«

Iva Lou überlässt den Stand James Varner, der im wirklichen Leben viel größer aussieht als hinter dem Steuerrad seines Bücherbusses. Nach Iva Lou drehen sich immer noch alle Männer um. (Manche Frauen verlieren nie ihren Reiz.) Lyle Makin steht mit einer Gruppe Männer in der Nähe. Er nickt und lächelt in unsere Richtung.

»Wie geht es deinem Mann?«, fragte ich Iva Lou, als ich ihm zuwinke.

»Na ja, diesen Monat war er noch nicht blau. Aber es war auch noch nicht Vollmond.«

»Was hat das damit zu tun?«

»Er betrinkt sich fast immer bei Vollmond. Es ist wirklich komisch. Er ist wochenlang trocken, und dann, zack, geht er vier Tage auf Sauftour. Man kann nichts dagegen machen. Ich kann das Zeug verstecken, ich kann versuchen, ihn abzulenken, ich kann rumnörgeln – es nützt alles nichts. Wenn er sich betrinken will, schafft er es irgendwie. Ich habe mich also dran gewöhnt. Er ist ja immer mehrere Wochen lang nüchtern. Und damit habe ich es besser als viele andere Frauen.« Iva Lou packt ein Schokoladen-Marshmallow aus und beißt hinein. »Und wie geht es euch?«

»Ganz gut. Sehr gut sogar. Jack geht es gut.«

»Es ist ein Riesending, wenn ein Mann arbeitslos wird. Da musst du aufpassen. Es macht ihn anfällig.«

»Wofür?«

»Krankheiten. Alkohol. Seitensprünge. Du weiß schon.«

»*Mein* Mann?« Iva Lou macht wohl Witze.

»Er ist schließlich ein Mann. Vierzig und drüber. Jack Mac kommt jetzt auch an die Schallgrenze.«

»Wir kommen alle an die Schallgrenze.«

»Bei Frauen ist das was anderes. Männer merken es nicht so an ihrem Körper, dass sie älter werden. Wir schon. Wir durchlaufen ja natürlicherweise ein Stadium nach dem anderen. Erst die Regel, der Übergang vom Mädchen zur Frau, und wenn wir in der Mitte sind, kriegen wir Kinder, und dann kommen die Wechseljahre und zeigen uns, dass bald alles vorbei ist. Woran sollen Männer merken, dass sie älter werden? Daran, dass sie eine Glatze bekommen? Dass sie ihre Arbeit verlieren? Dass sie einen Bierbauch kriegen? Woran?«

»Ich weiß es auch nicht.«

»Du musst einen Mann dazu bringen, dass er seinen Kummer erzählt. Männer sprechen nicht gern über ihre Gefühle. Lieber hätten sie gar keine. Wir müssen es aus ihnen regelrecht rausziehen.«

»Ivy Loo-ee?«, ruft Lyle zu uns herüber.

»Lyle hat Hunger.«

»Du weißt, was er will, vom Klang seiner Stimme?«

»Diesen Ruf aus der Wildnis würde ich jederzeit erkennen. Das geht sogar ohne Worte. Ein Grunzen reicht.« Iva Lou umarmt mich rasch und geht zu ihrem Mann hinüber.

Jack schießt vor der Geisterbahn auf Enten. Als ich mich durch die menschenvolle Turnhalle zwänge, denke ich darüber nach, dass eine gute Frau die Bedürfnisse ihres Mannes erraten kann. Oder dass ein guter Mann das Gleiche für seine Frau tun kann. Manchmal kann Jack meine Gedanken lesen. Kann ich seine auch lesen? Weiß er, welche Gefühle ich für ihn habe? Findet er mich noch so attraktiv wie ich ihn? Mein Mann hat einen schönen Körper. Wirklich. Er hat breite Schultern und kräftige Arme. Seine Beine sind stark und muskulös, nach Jahren der körperlichen Arbeit – beim Holzfällen, im Bergwerk. Und obwohl mir Schusswaffen zuwider sind, sieht es sexy aus, wie er da mit dem angelegten Gewehr steht. Ein bisschen erinnert er mich an John Wayne in *Ringo*. (Jim Roy Honeycutt hat den Film gerade im Trail gezeigt. Schwarzweiß-Filme sind immer besser auf der großen Leinwand.)

Besucher flanieren vorbei und schieben sich vor meinen Mann. Bevor ich zu ihm gelange, spricht Leah Grimes mich an. Ich erkenne sie kaum wieder. Sie ist dünner geworden (bestimmt die Aufregung vor der Hochzeit), ihr Haar ist flammend rot gefärbt und offensichtlich von Dottie West geschnitten worden: ein kinnlanger gestufter Pagenkopf.

»Leah, du siehst so hübsch aus.«

»Das ist die Liebe.«

»Herzlichen Glückwunsch zu deiner Verlobung. Worley ist ein guter Mann.«

»Ich weiß.« Leah errötet. Ich blicke über die Schulter und sehe, wie mein Mann das Gewehr auf die Theke der Schießbude legt. Eine Frau, die ich noch nie gesehen habe, tippt ihm auf die Schulter; er dreht sich um und lächelt.

»Heiratet ihr in der Kirche?«, frage ich Leah und drehe mich so, dass ich die Frau, die mit meinem Mann spricht, besser sehen kann.

»Nein. Wir heiraten auswärts. Und zwar demnächst. Sobald Worley die Rohre in der Apotheke verlegt hat.«

»Wie sieht's denn im Haus aus?«

»Sehr gut. Ich wollte dir sagen, wenn du mich mal brauchst, kannst du mich jederzeit fragen. Wenn ich mal auf Etta aufpassen soll. Oder vielleicht hast du was zu nähen. Was du brauchst.«

»Danke, Leah. Aber du wirst sehr beschäftigt sein, mit einem neuen Mann.«

Leah nickt und lächelt. Ihre Freundinnen kommen hinzu, und zusammen gehen sie zu dem Stand mit dem Kunstgewerbe. Statt ihnen zu folgen und mal bei dem Stand mit der Apfelcreme zu gucken oder zu Jack zu gehen und mich mit der fremden Frau bekannt zu machen, gehe ich nach oben auf den Balkon. Ich finde eine Stelle, von der aus ich die beiden beobachten kann, ohne dass sie mich sehen. Ich habe dabei Gewissensbisse (aber nur kleine). Ich setze mich hinter eine Familie, alle als Sonnenblumen verkleidet, die Popcorn-Kugeln futtern. Die Leute beachten mich gar nicht, sondern blicken über die Brüstung. Von meinem Platz aus kann ich Jack und die Frau bestens sehen.

Von oben sieht sie aus wie der sportliche Typ. Klein und kompakt. Obwohl es schon Ende Oktober ist, hat ihre Haut die bronzefarbene Tönung einer Sommerbräune. Ich danke Gott für die chinesische Kunst des Gesichtlesens und das helle Neonlicht in der Turnhalle, in dem ich sie deutlich erkennen kann. Sie ist eindeutig attraktiv. Sie hat tief liegende braune Augen (ein verschwiegenes Wesen, großartig), und ihr Blick zeugt von Humor und Intelligenz. Sie hat ein langes, klar geschnittenes Gesicht und einen großen Kopf (das heißt, sie hat genug Geld). Ihr blondes Haar ist zu einem Kurzhaarschnitt mit einem fransigen Pony geschnitten. (Ich würde sie auf ungefähr vierzig schätzen, aber vielleicht ist ihre Haut auch durch exzessives Sonnenbaden vorzeitig gealtert.) Sie ist hübsch angezogen, und ihre engen, verblichenen Jeans sind sogar gebügelt; den Kragen ihrer zartrosa Bluse hat sie hochgestellt und die Manschetten umgeschlagen. Die obersten drei Knöpfe stehen offen und geben den Blick auf einen sommersprossigen Ausschnitt und kleine Brüste frei. (Rasch knöpfe ich den zweiten Knopf meiner Jeansbluse auf und setze mich gerade.)

Sie sagt etwas, worauf mein Mann den Kopf zurückwirft und lacht. Sie hält ein paar gebrauchte Bücher vor den Körper (gut, ich kann also Iva Lou nach ihr fragen) und lässt den Blick in der Halle umherschweifen, so dass mein Mann sie sich genau betrachten kann. Ist sie nicht ein bisschen alt, um die Kokette zu spielen? Ist auch nicht wichtig. Meinem Mann gefällt es! Sie wippt vor und zurück und verlagert ihr Gewicht von einem Fuß auf den anderen, während sie spricht. Meistens ist sie es, die spricht (na klar, ich bin ja nicht mit einem Konversationsgenie verheiratet), dann beugt sie sich vor und flüstert meinem Mann etwas ins Ohr. Als ihre Lippen fast sein Ohrläppchen streifen, durchfährt mich ein scharfer Stich der Eifersucht. Am liebsten würde ich auf die Brüstung springen, mich an einem der Bettlaken-Gespenster festkrallen, durch die Halle schwingen und sie wie eine Kegelpuppe umhauen. Aber ich bin seine Frau, also würde ich lieber erst ihn umhauen, und sie würde ich mir später vorknöpfen. Aber ich mache gar nichts. Ich sitze wie erstarrt.

Warum spricht er noch immer mit ihr? Was sieht er in ihr? Die Antwort weiß ich. Sie lacht ein letztes Mal und gibt ihm einen Klaps auf den Rücken. (Ein bisschen weit unten bei einem verheirateten Mann, finde ich.) Sie dreht sich um und geht weg. Mein Mann sieht ihr nach. Sie rollt die Füße so ab, dass ihre Hüften genau den richtigen Schwung bekommen. Jack Mac kriegt alles mit. Mir ist inzwischen ganz schlecht. Dann, als nagte plötzlich das schlechte Gewissen an ihm, dreht er sich ganz unschuldig zu den Schützen am Schießstand um.

Die Popcornkugel-Esser sind gegangen. Ich lasse mich über die Rückenlehne des Stuhls vor mir fallen, als wäre ich angeschossen worden. (Ich finde das im Licht dessen, was Iva Lou mir gerade erzählt hat, nicht zu dramatisch.) Plötzlich spürt Jack Mac meine Gegenwart, als wäre die eheliche Alarmanlage ausgelöst worden, und er sieht zu mir rauf. Er lächelt verlegen. Vielleicht ist es auch nicht verlegen; ich weiß nicht, wie er lächelt, aber was immer es ausdrückt, ich habe dieses Lächeln schon sehr lange nicht mehr auf seinem Gesicht gesehen. So hat er an dem Apfelcreme-Abend gelächelt, als er mir einen Heiratsantrag gemacht hat. Ich lasse mich zurückfallen und stoße den Atem zur Decke hin aus. (Anscheinend habe ich die ganze Zeit den Atem angehalten!) Über mir schwebt die schwarze Spinne, deren Beine in dem Netz aus Seilen stecken.

Ich würde lieber sterben, als meinen Mann merken lassen, dass ich ihn beim Flirt mit der geheimnisvollen Blonden beobachtet habe, deshalb winke ich ihm zu und lasse meinen Blick durch die Halle schweifen, als suchte ich jemanden. Er sieht zu mir hoch, verwirrt. Ich will aufstehen und vor allen Halloween-Gästen runterschreien: »Ja, genau, ich spioniere dir nach!« Stattdessen lächle ich und deute mit erhobenen Daumen mein Lob für die Dekorationen an. Spec stellt sich zu ihm. Jack zeigt zu mir rauf. Spec winkt mich runter und tippt sich auf das rote Rettungskreuz an seiner orangefarbenen Weste. Ich renne die Treppe runter und hoffe, die Kinder hatten keinen Unfall in der Geisterbahn; der geflieste Boden kann sehr glatt sein.

»Wir müssen in Wampler Holler vorbeischauen. Komm schnell.«

»Was ist passiert?«

»Weiß nicht genau. Die Polizei hat mir über Funk Bescheid gegeben«, sagt Spec und reicht mir meine Ausrüstung.

»Schatz, pass auf Etta auf, ja?«, sage ich zu Jack und folge Spec. Ich werfe einen Blick zurück. Gott, sieht er gut aus, mit seinem weißen Hemd und seinen ältesten Jeans. (Sehen Männer immer dann besser aus, wenn eine andere Frau sie will?)

Spec biegt vom Tal aus in eine Straße ein, die ich nicht kenne.

»Was machst du?«

»Wir fahren auf dem Weg, der durch die Farm von Don Wax führt, zu dem alten Hof von den Mullins.«

Die meisten aus der Familie Mullins (keine Verwandten von Fleeta) haben unsere Gegend verlassen; manche sind nach Kingsport gegangen, andere nach Norden, nach »O-high« (ich weiß nicht, welche Industrie es in Ohio gibt, aber viele Menschen sind dorthin gegangen – wer weiß, was sie dort gefunden haben). Die einzige, die von der Familie Mullins noch hier lebt, ist die Matriarchin, Naomi, die immer noch in Wampler Holler lebt. Ich finde dieses Tal wunderschön; es schneidet sich ganz oben in den Berg, von wo aus man einen fantastischen Blick über East Stone Gap und die Milchfarmen hat, die auf dieser Seite des Powell Valley liegen. Spec rast am Steilhang entlang, und ich vermute, dass es wirklich ein Notfall ist – Naomi muss fast neunzig Jahre alt sein: Sie kommt immer noch an jedem Ersten des Monats in die Stadt und verhökert ihre Sachen; ihr Gesicht hat keine einzige Runzel und ihre Haare sind kohlrabenschwarz – das liegt sicherlich an dem Cherokee-Blut in ihren Adern.

»Ist was mit Naomi passiert?«

»Ich habe keine Informationen, Ave, frag mich nicht. Der Junge von den Fraleys aus dem Haus nebenan wollte Feuerholz aus der Scheune holen und hat was gesehen und angerufen.«

»In Ordnung, Mr. Rühr-mich-nicht-an.«

Spec lächelt und wendet den Blick nicht von der Straße. Es ist wie früher – Spec wehrt ab und ich lasse nicht locker. Als wir uns dem Blockhaus der Mullins nähern (das mittlerweile mehrere Anbauten hat und an einer Seite eine Aluminiumverkleidung), werden wir von Tozz Ball angehalten, einem Hilfssheriff der Polizei von Big Stone. Er sagt, wir sollen den Wagen beim Nachbarhaus abstellen und mit unseren Sachen zu Fuß zum Haus gehen. Spec und ich gelangen auf einem schmalen Pfad zu der Veranda von Naomis Haus. Vor dem Fenster an der Seite stehen einige Männer – die meisten von dem Rettungsteam des Nachbarorts Norton – und gucken ins Haus. Spec und ich treten hinzu. Einer der Männer dreht sich zu uns um und bedeutet uns, leise zu sein.

»Barmherziger«, sagt Spec, als er ins Zimmer guckt. (Er ist so groß, dass er über alle Köpfe hinweg sehen kann.)

»Was ist denn?«

»Du wirst es kaum glauben.« Spec schiebt mich zwischen den Männern hindurch, damit ich durchs Fenster gucken kann. Da, in ihrem Wohnzimmer, ist Naomi in einem langen hellgrünen Flanellnachthemd und starrt einem Sechsender in die Augen. Der Hirsch sieht doppelt so groß aus wie ein normales Pferd und scheint nicht im mindesten erregt, sondern starrt nur tief in Naomis Augen. Und Naomi steht wie angewurzelt da und starrt zurück.

»So geht das jetzt schon seit fast einer Stunde. Aber der Hirsch hat sich nicht gerührt, und Naomi auch nicht«, sagt ein Mann, der ein Gewehr in der Hand hat.

»Was haben Sie vor?«, frage ich ihn.

»Ich habe zehn Dollar auf Naomi gesetzt«, flüstert er.

»Jungs, wie müssen was tun«, sagt Spec. Aber keiner rührt sich; wir sind von Ehrfurcht und Angst gleichermaßen wie gelähmt.

Naomi macht einen Schritt zurück, ohne den Blick abzuwenden. Als sie sich bewegt, legt der Hirsch den Kopf auf die Seite. Wir vor dem Fenster halten den Atem an. Naomi reckt einen Finger in die Luft.

»Ich gehe jetzt, Ben«, sagt sie zu dem Hirsch. »Und wenn ich gehe, gehst du auch. Nun los, mach schon.« Naomi verlässt das Zimmer, und wir hören, wie eine Tür zugezogen wird.

»Wer zum Kuckuck ist Ben?«, fragt Tozz. Dann stellt sich der Sechsender auf die Hinterbeine. Einen Moment sieht es aus, als würde er, wie Naomi es ihm gesagt hat, rückwärts zur offenen Verandatür hinausgehen. Doch stattdessen rast er panikartig auf das Erkerfenster am anderen Ende des Wohnzimmers zu, springt hindurch und bricht mit seinem Geweih den Fensterrahmen heraus. Ein kleiner Laut dringt aus seinem tiefsten Innern, als er durch das Glas bricht, das wie zerstoßenes Eis in einem Scherbenregen zu Boden geht. Im nächsten Moment – doch es scheint Ewigkeiten zu dauern – ist Tozz der Erste, der ums Haus rennt, um zu sehen, wohin der Hirsch entschwindet. Als wir zur vorderen Veranda kommen, sehen wir den silbrig-braunen Rumpf des Tieres, wie es majestätisch in den Wald galoppiert.

Spec und ich rennen ins Haus zu Naomi. Das Erkerfenster ist zerstört. Die billigen Vorhänge sind von dem Geweih des Hirschs zerrissen; an dem zersplitterten Rahmen ist frisches Blut, wo das Glas dem Tier an der Unterseite eine Schnittwunde zugefügt hat. Von dem Anblick wird mir einen Moment übel. Spec macht vor mir die Tür zum Schlafzimmer auf.

»Naomi, Liebes, ist alles in Ordnung?«, frage ich sie.

Sie sitzt auf der Bettkante, ganz ruhig, die Hände sorgsam im Schoß gefaltet.

»Naomi?«

»Guck nach dem Puls«, schnauzt Spec mich an.

»Was ist passiert?«

»Oh, Ave Maria«, sagt Naomi und stöhnt. Ihre blasse Haut ist leicht rosa getönt, und ihre Stirn schimmert vor Schweiß (von der Anstrengung). Ihr langes Haar, das ich noch nie aus dem geflochtenen Knoten gelöst gesehen habe, hängt wie glänzende Kordeln um ihre Schultern. Ihr Schlafzimmer ist klein, es gibt ein Bett mit einer rot-weißen irischen Häkeldecke, eine kleine Lampe und einen Tisch. Naomi sieht aus wie eine kleine Puppe in ihrem Puppenbett. »Er ist gekommen. Ich hab's geträumt, und dann ist er gekommen.«

»Wer ist gekommen?«

»Ben.«

»Wer ist Ben?«

»Mein Mann, Ben. Du kennst ihn.«

»Naomi, wir haben deinen Mann immer Mule genannt. Mule Mullins.«

»Sein Taufname war Ben.«

»Das wusste ich nicht.«

»Benjamin Ezra Mullins. So hieß er mit vollem Namen. Vor einiger Zeit hatte ich einen Traum, in dem war er ein Hirsch und ich eine Hirschkuh, und wir haben miteinander gesprochen wie Menschen.«

Ich bitte Naomi, dreimal zu husten, während ich ihren Herzschlag messe. »Ich bin in letzter Zeit so rastlos gewesen und habe viel an ihn gedacht. Und ich habe gebetet, dass ich direkt mit ihm sprechen kann, weil ich ja seine Gegenwart gespürt habe. Ich hatte überlegt, ob ich die Farm verkaufen sollte, aber ich konnte allein keine Entscheidung treffen, und da habe ich Jesus angerufen, und natürlich meinen Ben.«

»Wie ist der Hirsch, ich meine Ben, wie ist er denn ins Haus gekommen?«

»Er ist einfach reingekommen. Ich hatte die Tür offen gelassen, um zu lüften.«

»Woher weißt du, dass er es war?«

»Die Augen.« Naomi lächelt.

»Was hat er dir gesagt?«

»Ich soll bleiben.«

»Na, wenn er das gesagt hat – er hat dir das Fenster im Wohnzimmer ziemlich ramponiert.«

Naomi lacht leise. »Er war immer dagegen, dass ich das Fenster einbaue. Er hat gesagt, es ist hell genug mit den vorderen Fenstern. Aber ich wollte ein paar große Fenster, weil ich hübsche Vorhänge haben wollte, wie im Film. Ich wollte große Fenster, durch die der Wind kommt und die Vorhänge hin und her weht wie einen hübschen Rock.«

»Liebes, dir scheint nichts zu fehlen. Das Herz schlägt normal, der Blutdruck ist in Ordnung …«

»Ich hatte keine Angst vor dem alten Hirsch.«

»Ich weiß, aber die Aufregung könnte eine Belastung sein.«

»Ach wo, mir geht's gut«, sagte Naomi und steht auf.

Spec hat das Glas im Wohnzimmer zusammengekehrt. Zwei andere Männer kleben Pappe in das Loch, wo das Fenster war.

»Ich setze mal Kaffee auf, will jemand von euch welchen?«

Die Männer brummeln zustimmend. Spec schreibt Naomi seine Nummer auf.

»Ruf mich an, wenn du mich brauchst.«

»Ist gut.«

Auf der Fahrt zurück ist es dunkel, außer unserem hellen Scheinwerferstrahl und gelegentlich einer erleuchteten Kürbislaterne auf einer Veranda. Während wir durch die dunkle Nacht fahren, habe ich das Gefühl, die Zeit sei stehen geblieben. Ich befinde mich irgendwo in der Vergangenheit, als ich noch jünger war und die gleiche orangefarbene Weste trug und neben Spec in seinem Wagen saß, in dem es immer nach Tabak und Kaugummi roch.

»Ave?«

»Was ist?«

»Das ist ja noch mal gut ausgegangen.«

»Nur nicht für den Hirsch.«

»Genau.« Er lächelt.

»Es hatte etwas Mystisches.«

»Fang nicht damit an, Ave.«

»Spec, das war ein Besucher aus dem Jenseits.«

»Es war ein Besucher aus dem Wald. Der Hirsch hat ein Licht durch eine offene Tür gesehen und ist ungebeten in Naomis Haus gegangen. Und das ist das Ende der Geschichte.«

»Nein. Naomi denkt, es war ein Besuch von ihrem Mann aus dem Jenseits.«

»Hör auf, es schaudert mich.«

»Ich dachte, du bist gläubig.«

»Das bin ich auch. Wenn es in der Bibel steht oder wenn es einen Sinn ergibt. Menschen kommen nicht als Tiere zur Erde zurück. Das ist verrückt.«

»Ich würde zu gern wissen, was mit uns passiert, wenn wir sterben.«

»Und was würde das nützen?«

»Ich weiß nicht. Vielleicht würde ich anders leben. Vielleicht hätte ich dann nicht solche Angst, jemanden zu verlieren. Es macht mir Angst, dass ich meine Mutter nie wieder sehen soll. Und meinen Sohn.«

»Ich würde auch gern meine Mama wiedersehen. Und meinen Pap. Denn wenn ich sie sehen könnte, würde ich ihnen eine Menge Fragen stellen. Fragen, die mir Sorgen machen.«

»Zum Beispiel?«

»Zum Beispiel, warum sie mir beide gestorben sind, bevor ich zu ihnen kommen konnte. Alle beide. Ma ist im Schlaf gestorben und Pap im Krankenhaus. Ich habe mich nicht von ihnen verabschiedet. Ich wünschte, das wäre anders gewesen.«

»Ich wünschte, ich hätte darauf bestanden, dass meine Mama nach Italien fährt. Sie ist nie wieder da gewesen, weißt du, und das bekümmert mich.«

»Ich kannte deine Mama. Wenn sie was nicht tun wollte, konnte man sie auch nicht dazu bewegen. Davon hast du auch eine Menge.«

»Wahrscheinlich hast du Recht.«

Als Spec die Straße zu uns rausfährt, wünsche ich mir, wir wären noch nicht da. Ich würde gern noch über ein paar Sachen sprechen.

»Danke, Ave. Du warst gut.«

»Schmeichle mir nicht, das steht dir nicht.«

Spec lächelt. Ich nehme meine Tasche und gehe in unser altes Steinhaus.

Etta schläft wohl schon, ich kann den schwachen Schein von ihrem Nachtlicht am Fuß der Treppe sehen. Ich lege meine Sachen auf die Bank im Flur und gehe in unser Schlafzimmer. Jack sitzt im Bett und liest.

»Wie geht's Naomi?«

»Woher weißt du?«

»Sie haben eine Durchsage gemacht auf dem Fest. Ein Typ von der Feuerwehr in Norton hat die Einzelheiten bekannt gegeben.«

»Es war ein unglaublicher Anblick.«

»Das kann ich mir denken.« Jack vertieft sich wieder in seine Lektüre. Wenn ich meinen Mann so sehe, so gemütlich in unserem Haus, in unserem Bett, dann denke ich, mit uns geht es immer so weiter. Ich möchte ihm von Naomis Traum erzählen und überlege, ob er so was glaubt. Wir sprechen nie über solche Dinge, und ich habe keine Ahnung.

»Träumst du eigentlich von Joe?«

Jack legt die Zeitung hin und sieht mich überrascht an, weil ich Joe erwähne. »Nein«, sagt er leise. »Oder wenn doch, dann erinnere ich mich nicht.« Wir sprechen nie über Joe, es ist leichter so. Ich gehe ins Bad, um mich fertig zu machen.

»Warum fragst du?«

»Ich wüsste gern, wo er ist.«

»Im Himmel.«

»Wirklich, Jack?«

»Glaubst du das nicht?«

»Ich erzähle es Etta; vermutlich hoffe ich, dass es wahr ist.«

»Ich dachte, du bist gläubig.«

»Oh, ich bin gläubig, ich weiß nur nicht, woran ich glaube«, sage ich. Jack sieht mich merkwürdig an.

»Was ist?«

»Ave, manchmal ... ich weiß nicht. Ich versteh das nicht.« Er zuckt die Schultern und liest weiter.

»Schatz?«

Jack lässt die Zeitung sinken. »Was ist?«

»Manchmal verstehst du *mich* nicht.«

Ich gehe ins Bad und putze mir lange und gründlich die Zähne. Jack kommt zur Tür. »Ist alles in Ordnung?«

Ich will sagen: »Nein, ich habe Angst. Wer war die Frau auf dem Fest? Willst du mich nicht mehr?« Stattdessen sehe ich ihn an und sage: »Alles in bester Ordnung.« Er glaubt mir und geht wieder ins Bett. Und das, da bin ich mir sicher, ist der Kern unseres Problems.

KAPITEL

3

Zum ersten Mal in seinem Leben ist Jack MacChesney sein eigener Chef. MR. J's Construction Company wurde am 20. November eröffnet. MR. J. steht für Mousey, Rick und Jack. Raffiniert. Rick hat ein kleines Büro für die Firma auf dem Gelände des Autohandels bekommen. Morgan Legg, der Besitzer, hat ihnen gern geholfen, da Rick im vorausgegangenen Jahr die besten Verkaufszahlen erzielte. Ich habe meinen Mann noch nie so glücklich gesehen. Und sie haben einen guten Anfang gemacht. Sie haben sich an einer Ausschreibung für die Renovierung der Methodistenkirche beteiligt und den Zuschlag bekommen. Jack kann sich richtig ausleben bei dem Entwurf für die Halle. Geld kommt noch keins rein, aber das macht nichts, das Lächeln auf dem Gesicht meines Mannes ist besser als jede Bezahlung. Wegen der neuen Arbeit hat Jack auch mehr Zeit für Etta. Als er noch im Bergwerk arbeitete, ging er oft vor dem Morgengrauen aus dem Haus und kam im Dunkeln zurück. Jetzt kann er sich seine Zeit selber einteilen, und wir sehen uns öfter. Ich habe das Gefühl, unsere Probleme werden etwas leichter. Ein guter Grund zu feiern, und bald ist Weihnachten.

Ich arbeite jetzt wieder Vollzeit und finde das richtig gut. Anfangs gefiel das Jack gar nicht, aber ich habe ihn mit seiner neuen Firma so stark unterstützt, dass er seine Bedenken, ich wäre vielleicht zu sehr eingespannt, fallen gelassen hat.

Die feierliche Eröffnung des Erfrischungsraums ist am ersten Dezember. (Otto und Worley wohnen während der letzten Arbeiten praktisch in der Apotheke.) Den ganzen Monat gibt es Sonderangebote und kleine Geschenke. (Vielleicht können wir ja ein paar von den Estée-Lauder-Cremes weggeben, an denen Fleeta sich immer bedient hat.) Pearl will zwei Kellnerinnen und einen Koch einstellen und hat sich jede Menge Bewerber angesehen. Sie will jetzt Tayloe Lassiter als Kellnerin nehmen, die, obwohl sie inzwischen zwei Kinder hat (zu Misty ist letztes Jahr noch Travis gekommen), immer noch umwerfend gut aussieht und die Leute anzieht. Sarah Dunleavy, die Highschool-Lehrerin, die Theodores Stelle übernommen hat, als er an die University of Tennessee wechselte, ist Regisseurin beim Freilichttheater und hat Tayloe unter ihre Fittiche genommen. Tayloe nimmt bei ihr Schauspielunterricht, und die ganze Stadt ist sich einig, dass sie sich in Riesenschritten von einer Laienschauspielerin zu einem Fast-Profi entwickelt hat. Sarah hat Tayloe außerdem ermutigt, als Model zu arbeiten, und jetzt kann man Tayloe gelegentlich in der *Kingsport Times* auf der Motorhaube eines Trucks sehen oder in einer Anzeige für Küchengeräte.

Pearl kommt mit einem großen Karton herein. »Fleets, das Lametta ist gekommen.«

Fleeta nimmt ihr den Karton ab und reißt ihn auf.

Pearl kommt zu mir hinter die Theke. »Kannst du bitte mit mir zu Lew Eisenberg kommen?«

»Jetzt gleich?«

»Wenn's geht, ja.«

»Ist was passiert?«

»Nein, ich brauche nur deine Hilfe.«

»Ich komme.« Ich nehme meinen Mantel und folge Pearl.

Lew Eisenberg, der hier als Anwalt für die Kohlebergwerke angefangen hat, vertritt jetzt die Leute in der Stadt in allen Belangen, vom Testament bis zur Scheidung. Er hat immer viel zu tun und er ist sehr gut. Und jetzt ist er auch noch glücklich, weil seine Frau Inez ihre schnittige Figur wieder hat. Sie ist Königin der Weight Watcher, weil sie sich sieben Jahre lang fünfundzwanzig Kilo vom Leib gehalten hat. Lew hat schon lange nicht mehr davon gesprochen, dass er nach Long Island, New York, zurück will.

Lew ist völlig ergraut, aber abgesehen davon würde man nie erraten, dass er nahe an die Sechzig ist. »He, Mädels«, sagt er von seinem Platz hinter dem Schreibtisch. »Ave, dein Mann war letzte Woche mit seinen Kollegen hier und hat seine Firma eintragen lassen. Wie findest du das?«

»Wenn du Westmoreland Coal Company nicht halten kannst, nehmen wir eben das«, sage ich zu Lew.

»Wir haben viel zu tun in der Apotheke«, sagt Pearl und kürzt die Plauderei ab.

»Also gut, kommen wir zur Sache. Ave Maria, Pearl möchte dich zur Partnerin in der Apotheke machen.«

»Partnerin? Warum das?« Ich drehe mich zu Pearl um. Sie sieht Lew an und dann mich.

»Weil ich jetzt eine Partnerin brauche. Wir sind so groß geworden, dass ich nicht mehr alles allein überblicke.«

»Es geht nicht.«

»Natürlich geht es.«

»Nein, es geht nicht. Ich habe schon mehr, als ich schaffen kann.« Ich kann Pearl und Lew nicht erklären, dass ich zum ersten Mal seit drei Jahren das Gefühl habe, in mein Leben kehre wieder so etwas wie Normalität ein und das Loch, das durch Joes Tod gerissen worden ist, schließe sich allmählich, durch die Zeit, die Routine und die Veränderungen. Wie sollten sie das auch verstehen?

»Ich stelle auch jemanden für dich ein«, verspricht Pearl.

»Es tut mir Leid, Pearl, aber es geht nicht.«

»Aber du brauchst es«, platzt es aus ihr hervor. Es ist kein Geheimnis, dass sich seit der Stilllegung des Bergwerks die Familien, in denen ein Bergarbeiter ist, strecken müssen.

»Es geht uns gut.«

»Meinetwegen, es geht euch gut. Aber ich brauche trotzdem deine Hilfe. Ich will das Geschäft erweitern, und das Flaggschiff soll stark bleiben. Ich muss einen Manager einstellen, da bist du doch am besten geeignet.« Flaggschiff? Die kleine Mulligan's Mutual Apotheke in der Hauptstraße ein Flaggschiff? Wovon spricht Pearl?

Ich sehe sie an. »Du willst expandieren?«

»Ich möchte in Norton eine Apotheke eröffnen. Ich habe mir da ein Gebäude angesehen.«

»Ist das dein Ernst?«

Lew holt eine Akte heraus und zeigt mir ein Bild von dem alten Versicherungsgebäude im Stadtzentrum, das seit einigen Jahren leer steht.

»Verhandlungen mit dem Makler sind schon im Gange«, sagt er.

»Ich glaube, dass mein Konzept von Drogerie und Apotheke überall funktionieren kann. Und Norton braucht so etwas. Es gibt dort zwei Krankenhäuser, aber keine Apotheke.«

»Pearl hat ganz Recht mit ihren Überlegungen. Du solltest darüber nachdenken«, sagt Lew und sieht mich über seine Brille hinweg an.

Vielleicht hat er Recht. Ich würde nicht mehr wach liegen und mir Sorgen machen müssen über Rechnungen, College-Kosten und Renten. Und der Rest ist rein egoistisch. Ich habe meine Apotheke vermisst. Ich habe mich gern um das Tagesgeschäft gekümmert und die täglichen Entscheidungen getroffen, ich war für eine Sache *verantwortlich*. Verantwortlich zu sein hat mir das Gefühl gegeben, etwas zu leisten, und das habe ich nicht als Teilzeitkraft und nicht zu Hause, wenn ich den Herd sauber mache. Den Herd muss ich zwar immer noch sauber machen, und das ist auch in Ordnung, aber ich liebe meine Arbeit.

»Ave, bitte. Ich hätte nichts und wäre nichts, wenn du mir und Mama nicht geholfen hättest. Das hat uns von Grund auf verändert. Ich stehe in deiner Schuld.« Pearl sieht einen Moment zur Seite, dann wird die vertraute Konzentrationsfalte zwischen den Augen tiefer. »Und ich stehe nicht gern in jemandes Schuld. Deswegen möchte ich gern anfangen, meine Schuld abzutragen, indem ich dich an dem Erfolg von Mutual's teilhaben lasse.«

»An der Kette«, lässt Lew sich vernehmen.

»Lass mich mal gucken, was ihr da habt.«

Lew reicht mir die Papiere; Pearl macht einen Juchzer und klatscht in die Hände. Die Sache ist ganz einfach. Ich würde Geschäftsführerin im Hauptgeschäft und bekäme ein Gehalt sowie fünfzig Prozent des Gewinns; die anderen fünfzig Prozent gehen an Pearl. Als ich unterschreibe, denke ich an meine Tochter und ihre Zukunft. Sie braucht Sicherheit. Mein Mann wird nie aus Cracker's Neck Holler fortgehen, und da er jetzt eine Arbeit hat, die ihm Spaß macht, muss ich meinen Teil leisten, wie und wo ich kann.

Auf dem Weg zurück zur Apotheke erzählt mir Pearl von ihren Geschäftsplänen und ich denke an meine Familie. Diese Neuerung wird uns helfen. Ich mag mir nicht immer Sorgen machen, und vielleicht kann ich jetzt damit aufhören. Seit Joes Tod habe ich jedesmal, wenn etwas Gutes passierte, einen Augenblick des Hochgefühls verspürt, aber unmittelbar darauf musste ich immer an meinen Sohn denken und fiel prompt in ein tiefes Loch. Was nützt mir das alles, wenn mein Sohn nicht da ist und es nicht auch erleben kann? So auch diesmal. Jetzt, da ich mir die Freude verdorben habe, werde ich noch niedergeschlagener. Ein seltsames Gefühl der Ausweglosigkeit packt mich: Ich habe mich wieder in ein Geschäft einbinden lassen, das ich mir nicht ausgesucht habe. Als ich Pearl die Apotheke übergab, waren keine Bedingungen daran geknüpft. Ich weiß, welche Macht Schuldgefühle über einen Menschen haben können, weil mein Leben davon bestimmt war. Ich wollte frei wählen und mein Leben selbst gestalten. Ich hatte einen Plan gemacht. Ich wollte Big Stone Gap verlassen und meinen Platz in der großen weiten Welt finden, ich wollte mein Glück schmieden, mein Schicksal bestimmen und ein Leben voller Abenteuer führen, bevor es zu spät war. Doch statt fortzugehen, habe ich mich verliebt und bin geblieben. Ich habe Jack Mac geheiratet und geglaubt, dass der Käfig, in dem ich mich gefangen fühlte, meine eigene Konstruktion war. Warum fühle ich mich jetzt wieder so eingesperrt, wenn ich doch Erleichterung spüren sollte?

Als wir zurückkommen, steht Jacks Truck vor der Apotheke. »Hoffentlich ist nichts mit Etta«, sage ich zu Pearl.

Als wir reinkommen, sind Jack, Rick und Mousey da und arbeiten mit Otto im Café. Etta hat einen von Fleetas Kitteln an und streicht die Holzverkleidung an der Theke.

»He, was macht ihr denn hier?«, frage ich. Die Männer sehen kurz auf, arbeiten aber weiter.

»Also, wir dachten, wir schaffen es vielleicht nicht rechtzeitig, da habe ich Jack Mac angerufen und ihm gesagt, dass es eng wird, und da ist er gekommen«, erklärt Otto.

»Ich streiche, Mama!«, sagt Etta stolz.

»Das sehe ich«, sage ich zu meiner Tochter, die mit dem Pinsel kreuz und quer über die Holzpaneele fährt.

»Keine Sorge, Ave. Das ist nur die Grundierung«, sagte Otto leise.

»Pass auf, dass du keine Farbe auf Fleetas Kittel bekommst.«

»Meinetwegen kann sie ihn einsauen«, sagt Fleeta, die Kartons mit Weihnachtslichterketten in die Regale räumt.

Ich gucke zu meinem Mann hoch, der eine Deckenplatte montiert. Mir fällt ein, dass ich Pearl erzählt habe, ich hätte fünfzehn Jahre ohne Freund in dieser Stadt gelebt. Plötzlich bin ich nicht mehr in der Gegenwart, sondern ich bin die Frau, die ich vor zehn Jahren war, als ich in der Apotheke arbeitete und das mein Leben war. Mein Mann dreht sich auf der Leiter um. Ich glaube, kein Mann in alten Latzhosen und einem Kopftuch könnte besser aussehen als er. Wir sind so unterschiedlich; er ist geschickt mit den Händen, und das letzte Buch, das er gelesen hat, war *Moby Dick* in der elften Klasse. Ich kann keinen Nagel gerade einschlagen und warte jeden Samstag ungeduldig auf den Bücherbus. Ich muss mich von dem angezogen fühlen, was ich selbst nicht habe, aber ich frage mich, was er in mir sieht. Er spürt meinen Blick auf sich und lächelt mir zu. »Was guckst du?«

»Ich gucke dich an«, sage ich.

»Jack, ein Anruf für dich.«

Mein Mann und ich sehen uns so an, wie wir uns schon lange nicht mehr angesehen haben, und ich möchte nicht, dass dieser Moment zu Ende geht.

»Sie sagt, es ist wichtig«, sagt Fleeta ungeduldig.

»Wer ist es denn?«, frage ich in einem Ton, der alle Männer aufblicken lässt.

»Karen. Irgendeine Karen«, sagt Fleeta.

»Ich komme schon«, sagt Jack und klettert von der Leiter. Er berührt im Vorbeigehen meinen Arm, und ich verstehe das als Beruhigung. Ich blicke zu Rick hinüber, der sich etwas zu sehr in den Anblick der Theke vertieft hat.

»Wer ist Karen?«, frage ich ihn. Er sieht nicht auf und zuckt nur die Schultern.

Mousey erklärt: »Sie arbeitet in Coeburn im Holzhandel. Wir kaufen da unser Holz.«

Gut, dass ich gefragt habe.

»Ha-llo-o?«, ruft Iva Lou vom Laden.

»Wir sind hier hinten«, rufe ich.

»Na, sieh mal einer an, das wird ja ein toller Erfrischungsraum.« Iva Lou sieht sich um. »Jetzt brauchen wir nur noch Lana Turner auf dem Barhocker, und das Geschäft läuft.«

»Wer ist Lana Turner?«, fragt Etta.

»Sie war das Sweater Girl im Film, als ich ein Junge war«, erklärt Otto ihr.

»Das Sweater Girl?«

»Ja, eine tolle Biene.« Otto lacht.

»Manchmal zeigt Mr. Honeycutt alte Filme mit Lana Turner. Irgendwann gucken wir uns mal einen an«, erkläre ich meiner Tochter.

»Ich hab Karten für das Barter Theater in Abingdon, für die Matinee morgen«, sagt Iva Lou.

»Was siehst du dir an?«

»*Anatevka*. Erinnerst du dich an die Kleine aus Womack, die als Ersatz für June beim Freilichttheater mitgemacht hat? Sie spielt eine der Schwestern. Ich fahre mit ein paar Leuten hin. Ich dachte, vielleicht möchte Etta mitfahren.«

»Ich will mit, ich will mit«, sagt Etta. Sie legt den Pinsel hin und streicht sich die Ponyfransen aus den Augen.

»Meinetwegen, Schatz.«

»Dann bin ich am Wochenende allein, ohne meine Frauen«, sagt Jack Mac von hinten.

»Wieso? Wirfst du mich raus?«, frage ich neckend.

»Könnte man sagen.« Jack küsst mich auf die Stirn und zieht eine Karte aus der Hosentasche. UNIVERSITY OF TENNESSEE VS. ALABAMA steht in orangefarbenen Buchstaben darauf.

»Was ist das?«

»Du fährst nach Knoxville und besuchst Theodore.«

»Das ist ein Witz.« Aber ich bin begeistert. Völlig überrascht und ein bisschen verwirrt, aber begeistert, dass mir ein Wochenende ohne Hausarbeit und Erledigungen und Sorgen bevorsteht. Ich habe den fürsorglichsten Mann auf der ganzen Welt.

»Geh nach Hause und pack deine Sachen. Der Bus fährt in einer Stunde.«

»Etta, kann ich dich allein lassen?«

»Mama«, sagt sie und verdreht die Augen, »fahr nur.«

»Also gut, wunderbar, ich gehe.« Ich küsse Etta und meinen Mann. »Ich fahre hinter dir her und bringe dich wieder in die Stadt«, sagt Iva Lou, als ich zur Tür gehe.

Zu Hause stecke ich schnell ein paar Sachen in eine Reisetasche, gebe der Katze zu fressen und stelle die Heizung höher, damit es warm für Jack und Etta ist, wenn sie nach Hause kommen.

»Es wird Zeit, dass du mal rauskommst«, sagt Iva Lou, als wir den Berg runter nach Gap fahren.

»Findest du?«

»Liebes, du bist völlig runter mit den Nerven. Uns ist das allen aufgefallen.«

»Ich dachte, mir ginge es gut.«

»Wer dich kennt, ist da anderer Meinung.«

Wir fahren schweigend weiter. Ich will nicht darüber nachdenken, dass die Leute hinter meinem Rücken über meine Verfassung sprechen.

»Ich wollte dich schon vor einiger Zeit etwas fragen.«

»Schieß los.«

»Erinnerst du dich an eine Frau mit blonden Haaren, die bei dem Halloween-Fest Bücher gekauft hat? Eine kleine Blonde?« Ich wollte das Wort »zierlich« benutzen, aber es kommt mir unpassend vor.

»Es waren so viele Leute da.«

»Sie war ziemlich gebräunt.«

»Liebes, ich weiß es nicht mehr.« Iva Lou wirft mir einen Blick zu. »Warum fragst du?«

»Ich hatte sie noch nie vorher gesehen. Ich dachte, vielleicht kennst du sie.«

»Nein. Ich könnte James fragen. Vielleicht kennt er sie.«

»Nein, lass mal. Ist nicht so wichtig.«

»Meinst du wirklich? James ist eine der größten Klatschtanten, die ich kenne. Er hat so viele Geschichten quer durch das County getragen, mehr als er Meilen mit dem Bücherbus gefahren ist.«

»Nein, ist schon gut.«

Ich bin schon immer gern mit dem Bus gefahren. Wenn man in einer Kleinstadt aufwächst, sind Busse die Verbindung zur großen Welt. Ich war mit dem Bus in Washington, D. C., Cincinnati, Nashville, Memphis und Charlottesville. Letztes Jahr bin ich mit Etta und zwei ihrer Freundinnen nach Knoxville gefahren, wo wir *Holiday on Ice* gesehen haben. Theodore hat uns die Stadt gezeigt, und die Kinder durften sogar auf dem Football-Platz im Stadion der University of Tennessee herumlaufen. Jack ist zu Hause geblieben. (Selbst für Geld wäre er nicht zu einer Eiskunst-Show gegangen – noch so eine Tatsache, die man erst im Laufe der Zeit erfährt.) Ich liebe Eiskunst-Shows: das kalte Stadion, die Menschenmengen, der Geruch von Popcorn, die hellblaue Eisfläche, die sich kreuzenden Strahlen der roten und orangefarbenen Scheinwerfer und dann natürlich die Stars, die Schlittschuhläuferinnen, schlank und anmutig, die in ihren funkelnden Rüschenröckchen vorbeigleiten.

Der Bus ist fast leer. Ich sitze hinter dem Fahrer (mein Lieblingsplatz) und habe die Füße auf die Querstrebe des Gitters gestellt, das den Fahrerbereich von dem restlichen Bus abtrennt. Während wir in der Dunkelheit über die Straße brausen, verschwinden die sanften Lichter der Farmen in der Ferne im Schwarz der Nacht. Die Wirkung ist beruhigend, und ich bin dabei einzunicken. Ich bin erschöpft. Ich stelle meine Tasche auf den Sitz neben mir und will mich ausstrecken. Plötzlich bin ich hellwach. Warum hat Jack mich so schnell fortgeschickt? Der Fahrer muss meine hastige Bewegung bemerkt haben, denn er sieht mich im Rückspiegel an. Also wirklich! Jetzt hör auf damit, schelte ich mich. Du bildest dir was ein. Ich lege meinen Kopf auf die Tasche. Wenn ich schlafe, bin ich schneller in Knoxville.

»He, du Schlafmütze, aufwachen«, höre ich die vertraute, tiefe Stimme.

»Theodore!« Ich setze mich auf und fühle mich von meinem Nickerchen erfrischt. »Gott, du siehst ja blendend aus!« Und das stimmt. Er ist schlank, und durch das T-Shirt kann ich die Wölbung seiner Oberarmmuskeln erkennen. »Was sind das für Arme?«

»Wenn man an einer Universität arbeitet, hat man den Vorteil, dass man die Sporteinrichtungen benutzen kann.«

»Besorg mir hier eine Stelle, aber schnell.«

Theodore nimmt meine Tasche, und als wir den Busbahnhof verlassen, erzähle ich ihm das Neueste von zu Hause. Unter einer Straßenlaterne bleiben wir stehen, damit ich ihm Ettas neues Schulfoto zeigen kann.

»Hast du Hunger?«, fragt er und verstaut die Tasche im Auto.

»Und wie!«

Wir gehen in ein IHOP, das 24 Stunden offen ist, und setzen uns in eine der Nischen – so wie früher. Als Theodore noch in Big Stone Gap lebte, sind wir oft nach dem Football-Spiel nach Kingsport gefahren und haben da den ganzen Abend bei Shoney's gesessen und die Pauseneinlagen, aber auch alles andere in unserem Leben in allen Einzelheiten besprochen. Es war so einfach! So gut!

In dem hellen, warmen Licht kann ich ihn besser betrachten. Wir telefonieren zwar viel, aber ich habe ihn seit Monaten nicht gesehen. Er sieht immer noch wie eine Mischung aus einem irischen Piraten und einem versonnenen Dichter aus, genauso wie damals, als er aus Scranton, Pennsylvania, nach Big Stone Gap kam. Aber das Jungenhafte an ihm ist verflogen. Er ist jetzt erwachsen, sein Kinn hat klare Konturen, das Leben und die Erfahrung haben ihm ein edles Aussehen gegeben. Sein rotes Haar ist immer noch dicht und voll, an den Schläfen wird es weiß, die blauen Augen sind von ein paar mehr Fältchen umgeben, aber insgesamt ist sein Gesicht glatt und offen. Theodore sieht aus wie jemand, der sein Leben liebt, und das macht mich glücklich.

»Erzähl mir alles«, sagt er.

»Ich habe dir alles erzählt.« Ich lache. »Etta macht sich prächtig. Jack hat seine eigene Firma.«

»Alles über *dich*.«

Ich weiß nicht, warum, aber das hört sich höchst seltsam an. Ich sehe mich nicht als einzelne Person, getrennt von dem, was ich *tue*. Wenn ich an mich denke, denke ich an meine Aufgaben. An meine Pflichten. Dass ich für meine Familie da bin. Als Theodore sich nach *mir* erkundigt, merke ich, dass ich nichts zu erzählen habe.

»Komm, erzähl mir«, sagt er, zieht den Deckel von einem Portionsdöschen Kaffeesahne ab und gießt den Inhalt in seinen Kaffee.

»Pearl hat mich gefragt, ob ich ihre Geschäftspartnerin sein will. Sie möchte ein neues Geschäft in Norton eröffnen. Erst wollte ich ablehnen.«

»Warum?«

Ich zucke die Schultern. »Das Geschäft gehört ihr.«

»Na, ich finde es gut, dass Pearl dich gefragt hat. Du hast ihr eine Perspektive gegeben, als du ihr das Geschäft überlassen hast. Jetzt soll sie dir helfen. Machst du es?«

»Ja. Ich habe heute unterschrieben. Ich bin dann Geschäftsführerin und kriege fünfzig Prozent des Gewinns.«

»Was sagt Jack dazu?«

»Er weiß es noch nicht.«

»Aha«, sagt Theodore nur.

»Es war erst heute. Ich hatte noch keine Zeit, mit ihm darüber zu sprechen.« Junge, das klingt ganz schön lahm. Und es klingt lahm, weil es lahm ist. Ich halte alles zurück, ohne guten Grund, wenn ich es recht bedenke.

Ich will Theodore alles erzählen. Ich will ihm erzählen, dass ich Angst hatte, Jack würde keine Arbeit finden, als das Bergwerk stillgelegt wurde; wie er gelacht hat, als ich den Vorschlag machte, er könne ein Ingenieurstudium beginnen; wie er die Frau beim Halloween-Fest angesehen hat. Und dass ich jeden Tag Angst habe, ihn zu verlieren. Wie soll ich Theodore das erklären? Ein paar Monate nach Joes Tod kam Pastor Rausch zu mir. Er sagte, dass die meisten Ehen zerbrechen, wenn ein Kind stirbt. Ich konnte mir nicht vorstellen, dass ich, nachdem ich meinen Sohn verloren hatte, auch meinen Mann verlieren sollte. Wozu sollte das gut sein? Etta brauchte uns. Ich machte mir Sorgen um Etta. Wie hatte sie Joes Tod verkraftet? Ich will Theodore alles haarklein erzählen, aber es geht nicht. Ich möchte, dass alles ganz in Ordnung ist. Es muss in Ordnung sein. Wozu habe ich mich sonst so sehr angestrengt? Außerdem, das Leben ist doch so, oder? Es ist doch schwierig, oder? Und die Liebe kommt und geht? Haben Kinder nicht Vorrang vor allem anderen? Hören nicht alle Männer auf, ihre Ehefrauen anzusehen und sich an ihrer Schönheit zu erfreuen? Lernen sie nicht, an dem Äußeren vorbeizusehen, in unsere Köpfe, wo die notwendigen Fakten und Zeitpläne registriert sind? Werden nicht alle Ehen zur Routine? Gibt es nicht überall Missstimmungen? Schweigen? Seltsame Auseinandersetzungen mit offenem Ende? Sex auf der Veranda? Saure Milch und verbrannten Toast? Schmutzige Wäsche? Ist Geld nicht immer ein Problem?

»Was ist los mit dir? Du siehst aus wie eine Frau auf einem Gemälde von Picasso!«

Ein verzerrtes Gesicht zu haben bekümmert mich nicht. »Sehe ich alt aus?«, frage ich.

Theodore lacht.

»Und?«

»Nein.«

»Danke.«

»Warum fragst du mich?«

»Weil ich in Big Stone Gap lebe, wo die Menschen mich seit über vierzig Jahren kennen und nicht mehr richtig ansehen.«

»Und was ist mit deinem Mann?«

Ich kann nicht antworten. Stattdessen fange ich an zu weinen.

»Himmel, was ist los?«, sagt Theodore. Er reißt ein paar Servietten aus dem Halter und schiebt sie mir zu.

»Ich habe Angst.«

»Wovor?«

»Dass es vorbei ist?«

»Was vorbei ist?«

»Alles.«

»Wovon redest du? Bist du krank?«

»Nein. Mir fehlt nichts.«

»Und was soll vorbei sein? Deine Ehe?«

»Ja.«

»Was ist denn los?«

»Jack guckt anderen Frauen nach.«

»Ach so?«

»Fremden Frauen mit Sonnenbräune.«

»Sonnenbräune im November?« Theodore unterdrückt ein Lachen.

»Ich weiß. Es ist so furchtbar.« Bei dem Wort »furchtbar« muss ich noch mehr weinen.

»Wer ist sie?«

»Ich weiß nicht, wie sie heißt. Sie trägt enge Hosen.«

»Du weißt nicht, wie sie heißt, aber du hast dir ihren Arsch angesehen?«

»Ich konnte nichts dafür. Ich musste sie einfach beobachten. Sie konnten mich nicht sehen. Ich bin ihnen nicht nachgeschlichen oder so. Ich habe nur zugesehen, wie sie beim Halloween-Fest miteinander geredet haben.«

»Dein Mann ist sehr verliebt in dich. Er muss wahnsinnig sein, wenn er sich für andere Frauen interessiert.«

»Das sagst du, aber du hast sie nicht gesehen. Sie hat es drauf angelegt! Sie hat ihm auf den Rücken geklopft. Ganz tief unten. Sie ist eine von denen, das merkt man sofort, die nur verheiratete Männer wollen. Sie will diesen Kitzel. Den Kitzel, dass sie solchen wie mir Schmerz zufügt. Sie sieht so aus wie eine von denen, die den ganzen Tag Zeit haben, um sich die Haare zu fönen. Und sieh mich an! Ich habe kaum Zeit, Lippenstift aufzulegen. Bald sehe ich aus wie Ma Kettle, Herrgott.«

»Hast du Jack Mac gefragt, wer sie ist?«

»Natürlich nicht.«

»Warum nicht?«

»Weil in jedem Bette-Davis-Film, den ich gesehen habe, der Mann auf diese Frage antwortet: ›Es tut mir sehr Leid, ja, du hast Recht, ja, ich liebe sie. Und dich liebe ich nicht mehr. Also gib mich frei, damit wenigstens einer von uns glücklich sein kann‹.«

»Du darfst schlechtes Melodrama nicht als Vorlage für dein Leben nehmen«, sagt Theodore und ordnet die Zuckerpäckchen in dem Halter.

»Weißt du was Besseres?«, frage ich und putze mir die Nase.

Die Serviererin kommt an unseren Tisch und nimmt die Bestellung auf. Sie lässt sich nichts anmerken. Sie nimmt einfach meine tränennassen Servietten und wirft sie auf dem Weg zur Küche in den Abfalleimer. Wahrscheinlich geht es vielen Menschen so, dass sie mitten in der Nacht im International House of Pancakes mit ihren Dämonen zu kämpfen haben.

»Warum ruft mich dein Mann an und prahlt mit dir und erzählt mir, wie viel du arbeitest und was für eine tolle Ehefrau und Mutter du bist und dass du mal für ein Wochenende ausspannen musst und er dir seine Dankbarkeit zeigen möchte, wenn er dich eigentlich verlassen will?«

»Was weiß ich.«

»Du musst dich zusammenreißen.«

Theodores Empörung beruhigt mich. Vielleicht bin ich wirklich übergeschnappt. »Ich weiß, dass das alles völlig irrational klingt –«

»Hör mir zu. Das, was du zu spüren glaubst, dieses Dunkle und Verhängnisvolle, das ist nur eine kleine Gewitterwolke, die vorüberzieht. Du steckst in einer Krise. Ich glaube nicht, dass es mit Jack oder Etta zu tun hat. Ich glaube, es hat mit Joe zu tun.«

»Das mit Joe regle ich schon.«

»Joe ist nicht hier, das kannst du nicht einfach regeln. Und das ist das Problem«, sagt Theodore sanft.

»Ich hasse mich. Ich war eine schreckliche Mutter.«

»Das stimmt nicht!«

»Weißt du, dass ich ihn jeden Tag angeschrien habe? Dass ich ihn geschlagen habe? Und ich habe Jack versprochen, dass ich die Kinder nie schlagen würde. Aber als er das Wasser im Bad angedreht hat und die Badewanne übergelaufen ist und die Decke völlig durchweicht war, da bin ich ausgerastet. Ich wollte ihn auf Ettas Strafzeitstuhl setzen. Er hat nur gelacht! Er hat sich nie drauf gesetzt. Auf dem Stuhl waren Spinnweben.«

»Du hast ihn also geschlagen. Was noch?«

»Ich war so bemüht, ihn zu erziehen, das ich ihn nicht richtig wahrgenommen habe. Ich bin die ganze Zeit hinter ihm hergejagt. Habe ihn ermahnt. Wollte, dass er still sitzt. Und so, die ganze Zeit.«

»Er war ein anstrengendes Kind.«

»Aber ich habe ihn nicht richtig gewürdigt. Ich wollte, dass er mehr wie Etta ist. War er aber nicht. Er war ein Wirbelwind. Sogar seine Krankheit am Ende. Wenn Etta eine Erkältung kriegt, braucht sie den halben Winter, um drüber hinwegzukommen. Und bei Joe sehe ich eines Morgens blaue Flecke, und sechs Tage später ist er tot. Verstehst du das denn nicht? Er war diese unglaubliche Farbe, dieser purpurfarbene Wirbelwind, der hereingefegt kam und wieder davonstob, und ich wollte ihn die ganze Zeit verändern. Ich habe versagt. Ich habe völlig versagt. Und jetzt, drei Jahre danach, möchte ich mich bei ihm entschuldigen. Ich möchte ihm sagen, dass es mir Leid tut, dass ich ihn nicht richtig erkannt habe.« Ich bin verblüfft, dass ich nicht weine. Theodore sieht mich an.

»Geht es dir besser?«

»Ich ... ein bisschen, ja.« Die Serviererin kommt und gießt mir mehr Kaffee ein und legt ein paar Döschen Kaffeesahne auf den Tisch. »Ja, klar, mir geht's gut«, sage ich zu Theodore und zu der Serviererin, die mich gar nicht beachtet und ihr Spiegelbild im Fenster anguckt.

»Nein, dir geht es nicht gut. Sonst wärst du nicht hier. Du würdest mich nicht fragen, ob du alt aussiehst. Jack hat irgendwie gewusst, dass du dich aussprechen musst. Ein Gespräch, das man nicht am Telefon führen kann.«

»Hat er irgendwas zu dir gesagt?« Ich hebe das Kinn wie eine Klapperschlange, die sich in ihrem Korb aufrichtet.

»Nein, nichts«, sagt Theodore ruhig. Bei dem Klang seiner Stimme sacke ich wieder in mir zusammen.

»Woher kennst du dich so gut aus mit Männern?«

»Ich bin schon ziemlich lange einer.«

»Richtig.« Ich rühre in meinem Kaffee. Es ist mir gleichgültig, dass es meine zweite Tasse und es schon reichlich spät ist. »Du solltest dem Herrn dankbar sein, dass du nicht verheiratet bist.«

»Ich könnte gar nicht verheiratet sein.«

»Sehr weise.«

»Es ist nichts für mich.«

»Du bist sehr klug.«

»Nein, ich bin schwul.«

Im Lokal ist es plötzlich ganz leise. Fast kann ich durch die Schwingtüren hören, wie der Pfannkuchenteig in die Pfanne läuft. Sofort möchte ich ihn mit Fragen bestürmen: Wieso? Warum hast du mir das nicht früher gesagt? Gibt es in deinem Leben einen Mann? Deswegen konnte unsere Freundschaft damals nicht weitergehen. Es lag nicht an mir. Du warst nicht dafür da! »Hättest du mir das nicht vor dreizehn Jahren sagen können?«

»Warum? Ich wollte in Big Stone Gap keine Beziehungen mit Männern anfangen.«

»Natürlich nicht.«

»Und wir waren zusammen.«

»Das stimmt.« Wir waren zusammen. Viele Jahre lang brauchte ich nicht mehr als das. Warum kommt mir meine Vergangenheit als unverheiratete Frau jetzt so himmlisch, so unkompliziert vor? War sie das wirklich? »Seit wann weißt du es?«

»Ich glaube, ich habe es immer gewusst. Aber ich habe mich nicht von Anfang an dazu bekannt. Ich habe einfach gedacht, ich sei ein Einzelgänger und würde mich nie mit jemandem zusammentun, weil ich es nicht brauche. Ich kann in meinem Leben kreativ sein, und das macht mich reich. Ich war nicht unglücklich. Ich war immer erfüllt. Um mich herum habe ich gesehen, dass Leute, die als Paare lebten, nicht besonders glücklich waren, also dachte ich, das sei nichts für mich. Und als wir uns kennen lernten, waren wir ein Herz und eine Seele.«

»Das stimmt allerdings.«

»Bei dir habe ich mich nie schlecht gefühlt, weil ich ein Einzelgänger war. Du warst ja auch einer.«

»Ich weiß. Das erklärt schon ziemlich viel.«

»Klar. Es erklärt alles. Es war das Stück, das fehlte, und erst dann passen alle anderen zusammen. Ich habe gegen meinen Instinkt gekämpft, der mir sagte, was mit mir ist. Das ist immer schlecht.«

»Gibt es jetzt jemanden in deinem Leben?«

»Es gab jemanden. Einen Biochemiker, der hier ein Forschungsstipendium hatte und mit irgendwelchen Zellen experimentierte, um einen Wirkstoff gegen irgendeine Krankheit zu finden. Er war wunderbar, aber er lebt in Boston, und ich wollte nicht weg von hier, und das war das Ende.«

»Ich hätte ihn gern kennen gelernt.« Und das stimmt. Ein paar Minuten lang sitzen wir und schweigen, aber mit Theodore machen mir lange Redepausen nichts aus. Das gehört zu unserem Rhythmus.

»Übrigens, es hat nichts mit dir zu tun, dass ich schwul bin.«

»Ich nehme zwar gern die Schuld für alles Mögliche auf mich, von verfärbter Wäsche bis hin zu dem verkorksten Weltfrieden, aber ich habe nichts damit zu tun, dass du schwul bist.« Ich tätschle ihm die Hand.

»Gut.«

»Zum Glück bist du darauf gekommen, solange du noch jung bist.«

»Allerdings. Gerade noch rechtzeitig.«

»Vielleicht ist es das, wovor ich Angst habe. Ich habe das Gefühl, mein Leben ist wie ein Stück Eis in meiner Hand. Es geht so schnell vorbei, und ich bin kein bisschen weiser. Ich habe nicht den Frieden, von dem in den Zeitschriften immer die Rede ist. Ich bin zwar alt genug, um weise zu sein, aber ich bin es nicht. Und ich will nicht alt werden. Ich habe das Gefühl, dass ich nie jung war. Vielleicht habe ich gedacht, die Liebe würde mich verjüngen.«

»Bevor wir damit anfangen«, sagt Theodore, »lass mich nur schnell sagen, dass das Älterwerden für zwei Gruppen besonders schwierig ist: für Frauen und für Schwule. Heterosexuelle Männer lernen, dass sie ihr Leben lang potent sind und bis ins hohe Alter Kinder zeugen können und so. Ich weiß genau, was du meinst – dass du dich alt fühlst und nicht weiser. Ich bin kein studierter Psychologe, aber ich glaube, was hier los ist, abgesehen von irgendwelchen Problemen mit der Verständigung zwischen dir und deinem Mann und deiner Trauer um Joe, ist viel persönlicher. Es hängt mit dir zusammen. Du bist eines Morgens aufgewacht und hast gemerkt, dass die Hälfte deines Lebens vorbei ist. Dass du mittleren Alters bist.«

»Das stimmt nicht! Mit fünfzig ist man in der Mitte.«

»Gut, wir streiten um Zahlen. Aber hier sind die Tatsachen: Du hast eine Menge hinter dir. Du hast einige Kilometer auf dem Buckel. Du bist kein süßes junges Ding mehr.«

»Ich war nie ein süßes junges Ding! Und denk ja nicht, dass mir das nichts ausmacht.«

»Hör auf zu jammern und lass mich ausreden. Älterwerden ist schwer. Es ist deprimierend. Aber es passiert uns allen. Sie mich an. Ich stemme Gewichte, die ein Sumo-Ringer nicht hochkriegen würde, weil ich Muskeln aus Stahl haben möchte. Weil ich glaube, dass Muskeln die Jugend erhalten, so wie die Säulen die Akropolis aufrecht halten. Das tun sie aber nicht. Und du musst es akzeptieren. Gib dein Bestes, aber akzeptier es.«

»Bin ich so oberflächlich?«

»Wir sind alle oberflächlich. Aber du hast es besser getroffen als die meisten von uns. Du siehst nicht aus wie über vierzig. Du kannst eine von diesen zeitlosen Schönheiten sein mit toller Haut. Du kannst enge Pullover anziehen und ein bisschen Lippenstift auftragen, und niemand wüsste, ob du dreißig oder sechzig bist. Verstehst du?«

»Ich komme mir so dumm vor.« Ich schwenke meine Beine seitlich in der Nische und lasse den Kopf sinken.

»Das kommt, wenn man eitel ist.«

»Es stimmt, ich bin eitel.«

»Und ein bisschen paranoid. Du hast eine dreistündige Busfahrt gemacht, um mir zu erzählen, dass dein Mann keine Affäre hat. Sieh dich an. Du erlaubst einer Frau in engen Jeans, dass sie dein ganzes Leben aus dem Gleis bringt. Du hast eine wunderbare Ehe verdient, weil ihr, du und Jack, das Schlimmste durchgemacht und überstanden habt. Und ihr habt immer noch eure Tochter. Ihr seid immer noch eine Familie, obwohl Joe tot ist. Und ihr liebt euch! Hör auf. Denk nach. Was tust du da? Diese Frau ohne Namen hat dir dein Selbstvertrauen genommen und ist damit getürmt. Wieso hast du das zugelassen?«

Das Gästezimmer bei Theodore ist schlicht und bequem. Es steht ein altes schokoladenfarbenes Himmelbett darin, eine dazu passende Kommode und eine kleine Tiffany-Lampe. Es gibt eine Ablage für meine Reisetasche und einen langen Spiegel hinter der Tür. Die Wände, die Bettwäsche, der Teppich – alles ist weiß. Dies ist das erste Mal, seit ich mit Jack MacChesney verheiratet bin, dass ich allein im Bett liege. In der ganzen Zeit bin ich nie allein weggefahren und er nicht ohne mich. Ich frage mich, ob er zu Hause in unserem Bett das Gleiche denkt. Ich strecke meine Arme nach beiden Seiten aus und spreize meine Beine so weit wie möglich. In dieser Schneeengel-Position bleibe ich liegen, bis ich einschlafe.

»Big Orange« beschreibt nicht annähernd die Football-Erfahrung der University of Tennessee. Eher schon »All Orange«, und zwar die ganze Zeit. Tausende von Fans kommen nach Knoxville geströmt und tragen die Team-Farbe, und viele haben sich noch die Haut orange angemalt. Ihre Hingabe beginnt anscheinend schon auf der Ebene der Zellen. Nie habe ich eine solche Football-Manie erlebt (und dabei bin ich auf das Saint Mary's College in South Bend, Indiana, gegangen!). Von den angemalten Menschen einmal abgesehen, ist Knoxville eine vornehme Stadt des Südens, berühmt für ihr Hartriegel-Festival und ihre Debütantinnen. Man hat das Gefühl, in vergangene Zeiten zu tauchen, wenn man hier durch die Straßen geht.

Als ich beim Stadion ankomme, schlängele ich mich durch die Stehpartys davor (ich sehe einen Mann, der im offenen Kofferraum seines Kombis Brathähnchen grillt). Theodore hat mich ausschlafen lassen und ist ohne mich gegangen. Er holt mich am Mitarbeiter-Eingang ab und geht mit mir in eine der Kabinen, wo das Spiel aufgezeichnet wird. Hier hat auch Theodore seinen Platz und kann die einhundertfünfundzwanzig ausgezeichneten Musiker beobachten, aus denen die Marschkapelle der Universität besteht. »Theodore, erinnerst du dich noch an die Kapellen-Wettbewerbe?«

»Klar. Wir haben die Tricky Sixty aus Appalachia jedesmal geschlagen«, weiß Theodore noch.

»Die Mitgliederzahl ist deutlich zurückgegangen, seit du weg bist. Jetzt nennen wir sie die Dirty Thirty.«

Theodore lacht. Ich kann kaum glauben, dass er es in weniger als zehn Jahren von lokalen Wettbewerben in Wise County zum nationalen Fernsehen gebracht hat.

Von der ersten Spielhälfte bekommen wir nicht viel zu sehen, weil Theodore über Kopfhörer die Kamera-Teams abruft, die die Einlage in der Spielpause filmen. Er ist eine gefeierte Berühmtheit – Leute sprechen ihn an und wollen sein Autogramm. Theodore nimmt jedoch alles gelassen hin; er weiß, dass seine Beliebtheit mit dem Erfolg des Football-Teams steht und fällt – keiner braucht eine siegreiche Band für ein Verliererteam.

Als die Band in der Halbzeit aufs Feld geht, toben die Zuschauer. Wenn man in dem Moment die Energie im Stadion nutzen könnte, würde man einen Krieg gewinnen oder eine Pyramide versetzen können. Theodore weiß genau, was die aufgepeitschte Menge will. Die Majoretten sind grandios, hübsch wie die Bilder in Hochglanzzeitschriften, und das ganze Wochenende ist eine Hommage an die Jugend, an körperliche Fitness und an Sex-Appeal mit strahlendem Lächeln und weißen Zähnen.

Theodores Shows sind jetzt technisch versierter und komplexer als damals in Big Stone Gap. Natürlich bewegt er sich hier auf einer anderen Ebene. Aber es ist wunderbar zu sehen, wie er an der Herausforderung von College Football gewachsen ist und sich jetzt mit Spielen befasst, die in der Regel im Fernsehen übertragen werden. Er ist ohne großen Wirbel in seine neue Rolle geschlüpft. Der Dank für diese Chance gebührt Elizabeth Taylor, und das weiß er. Hätte sie nicht diesen schicksalhaften Besuch in Big Stone Gap gemacht, wäre Theodore nie entdeckt worden.

Als die Band auf den Platz kommt, ist Theodore ruhig und gelassen. Vor uns nimmt eine Reihe von Kameras die Show aus verschiedenen Blickwinkeln auf. Theodore macht sich

Notizen, flucht ab und zu und lächelt zwischendurch. Ich weiß nicht, wie er das, was er sieht, beurteilt. Ich weiß nur, wenn ich von dem Glaskasten hoch oben auf den grünen Platz hinunterblicke, der von vorn bis hinten mit orange und weiß gekleideten Gestalten gefüllt ist, die sich so glatt und geschmeidig bewegen wie ein Schweizer Uhrwerk, hätte ich Mühe, einen Fehler zu finden. Ich sehe einfach eine erstaunliche sich bewegende Skulptur, und die Zuschauer sind begeistert, sie stehen von ihren Sitzen auf und ergötzen sich an dem Anblick und den Klängen der Show.

»Nicht schlecht«, sagt Theodore, als die Band vom Platz zieht. »Gehen wir.«

Wir verlassen den Glaskasten und eilen irgendwelche geheimen Treppen hinunter in das Innere des Stadions. Als wir ans Tageslicht kommen, sind wir auf der Ebene des Sportplatzes; mit den Plastikausweisen, die wir um den Hals hängen haben, erhalten wir überall Zutritt. Die Leute von der Aufsicht nicken Theodore respektvoll zu, VIPs beugen sich aus ihren Logen und rufen: »Gute Show! Gut gemacht!« Theodore nimmt mich bei der Hand und führt mich über eine enge Treppe zu der unteren Ebene der Band-Tribüne. Als ich aufblicke, sehe ich ein Muster aus Orange und Weiß, so weit das Auge reicht. Der Bandleiter und Theodore besprechen sich, die Mitglieder der Band sehen interessiert zu. Dann bläst der Kapitän in seine Trillerpfeife, und die Band fängt an, »The Tennessee Waltz« zu spielen. Die Zuschauer toben auf den Rängen. Theodore lässt den Blick durchs Stadion schweifen, und einen Moment lang, als er so vor den orange und weiß gekleideten Musikern steht und eine Brise ihm durchs Haar fährt, sieht er ein bisschen aus wie ein griechischer Gott, und dennoch ganz der Künstler. Er nimmt mich in den Arm, und wir drehen uns zu der Musik.

Am Sonntag lümmeln wir ein bisschen herum, und viel zu schnell ist es Zeit, zum Bus zu gehen und nach Hause zu fahren. Ich habe eine zweite Tasche, voll mit Souvenirs und Geschenken, die Theodore für Etta gekauft hat – ein Puzzle und Spiele und ein Origami-Kasten. Durch Theodore weiß Etta etwas über internationales Handwerk. Er ist weit mehr als ein abwesender Onkel ehrenhalber.

»Ich wünsche mir, dass du die Ruhe bewahrst«, sagt Theodore zu mir und umarmt mich zum Abschied.

»Versprich, dass du Weihnachten zu uns kommst«, sage ich zu ihm und lasse ihn erst los, als er sein Versprechen gibt.

»Ich komme. Und ich bringe den Eierlikör mit.«

»Ich liebe dich.«

»Ich dich auch.«

Ich klettere in den Bus und setze mich auf meinen Platz, direkt hinter dem Fahrer. Theodore kommt um den Bus herum und klopft ans Fenster. Mit beiden Händen ziehe ich das Fenster auf.

»Du bist nicht alt. Du bist schön.«

»Danke«, sage ich. Und ich bin dankbar und fühle mich erholt nach dem wunderbaren Wochenende. Ich bin nicht verrückt, ich bin normal. Alles ist einfach menschlich. Ich kriege manchmal Angst, aber es gibt auch Trost. Das ist das Wunderbare an Theodore Tipton. Wenn er da ist, wird alles besser.

Als der Bus losfährt, bin ich nicht traurig. Bis Weihnachten ist es nicht mehr lang, und ich will nach Hause. Ich vermisse Etta schrecklich. Und die Trennung von Jack, trotz all unserer Probleme, hat die Sehnsucht nach ihm in mir geweckt. Ich habe ihn lange nicht mehr innig geküsst. Aber das tue ich, sobald ich ihn sehe. Ich kann es kaum abwarten.

Als der Bus durch das Wildcat-Tal nach Big Stone Gap runterfährt, bin ich erfüllt von Vorfreude. Die Aprikosensonne vergeht hinter den blauen Bergen im Zwielicht. Die Baumstämme, knorrig gen Himmel gestreckt und regennass, sehen aus, als wären sie mit glänzenden Perlen bestickt. Sie stehen wie ein Zaun beiderseits der Straße, und ich fühle mich beschützt, aber dahinter kann ich die Berge sehen, die in Stufen ins Tal abfallen wie Pfannkuchenteig. Da, wo die Blue Ridge Mountains an Tennessee grenzen, verläuft der

Appalachian Trail von einer ehrfurchterweckenden Schönheit. Bald werde ich wieder von Bergen umschlossen sein, in Gap, zu Hause.

Jack holt mich vom Busbahnhof ab. Wie ein Kind sitze ich auf der Kante und kann es kaum abwarten, meine Geschichten zu erzählen. Ich will Jack alles erzählen. Ich will ihm erzählen, dass ich voller Angst gefahren bin und jetzt guten Mutes nach Hause komme. Ich winke ihm vom Bus aus zu, und er winkt zurück. Etta ist nicht dabei, wie romantisch! Ich bin schon aufgestanden, Taschen in den Händen, bevor der Bus richtig hält. Die schmalen Augen des Busfahrers werden noch schmaler vor Verärgerung, als er auf die Bremse tritt und ich nach vorn stolpere. Ich rufe ihm ein Danke zu, als ich die Stufen hinunterhaste. Ich werfe mich meinem Mann in die Arme und küsse sein liebes Gesicht. Er lässt es geschehen, küsst mich aber nicht zurück.

»Was ist los?«

»Hattest du ein gutes Wochenende?«, fragt er kühl.

»Es war fantastisch. Ist was mit Etta?« Jetzt bin ich besorgt. Warum verhält er sich so merkwürdig?

»Etta geht es prächtig. Das Stück hat ihr gut gefallen«, sagt er und nimmt meine Tasche.

»Das Musical.«

»Musical. Theaterstück. Ist das nicht egal?«

»Warum brüllst du mich so an?«, brülle ich ihn an.

»Die ganze Stadt redet davon, dass Pearl dich zu ihrer Geschäftspartnerin gemacht hat.«

»Was?« Einen Moment lang vergesse ich Zeit und Ort. Ich war so froh, nach Hause zu kommen, und habe den letzten Freitag, die Abmachung und die Papiere, ganz vergessen.

»Warum hast du es mir nicht gesagt?«

»Moment mal. Ich wollte es dir Freitagabend erzählen, aber da hattest du meine Fahrt schon geplant. Es war keine Zeit.«

»Du hättest es mir sagen können, bevor du gefahren bist. Es gibt dafür keine Entschuldigung. Absolut keine.«

»Jack. Das ist doch lächerlich.«

»Weißt du, das, was in deinen Augen lächerlich ist, ist für mich wichtig. Und da liegt, soweit ich sehe, unser Problem.« Jack wirft meine Tasche hinten in den Wagen. Wenn ich nicht so wütend wäre, würde ich laut lachen. Das Wort »Problem« – das ist mein Wort, er hat es bisher noch nie benutzt. Männer benutzen das Wort nicht, wenn sie über Beziehungen sprechen, sie benutzen es, wenn ihr Auto nicht anspringt oder irgendwelche Geräte nicht funktionieren.

»Schmeiß meine Sachen nicht so!«, brülle ich und klinge wie eine Fünfjährige.

»Setz dich rein.«

»Kommandier mich nicht rum!«

»Den Menschen, der dir sagt, was du tun sollst, und du tust es auch, den möchte ich gern kennen lernen. Dem würde ich gern die Hand schütteln.«

»Was ist nur los mit dir? Ich kann aber auch nichts richtig machen. Ich habe mich nur bereit erklärt, Geschäftspartnerin von Pearl zu werden, damit du den Rücken frei hast und das Bauunternehmen aufziehen kannst. Ich dachte, wenn ich dir die finanzielle Bürde abnehme, kannst du deinen Traum verwirklichen.«

»Du bringst mich um.«

»Was?«

»Seit wann interessierst du dich für meine Träume?«

Ich antworte nicht. Ich setze mich ins Auto. Er springt hinters Steuerrad und dreht sich zu mir um. »Du glaubst, ich kann euch nicht versorgen. Du glaubst, ich schaffe das nicht mit meinem Unternehmen, also triffst du eine Abmachung hinter meinem Rücken, damit du dich sicherer fühlst.«

»Das stimmt nicht! Ich denke nicht an mich, ich denke an Etta. Verstehst du? Wenn ich deswegen ein schlechter Mensch bin, dann bin ich eben ein schlechter Mensch!«

»Du vertraust mir nicht. Wenn du mir vertrauen würdest, wärst du nach Hause gekommen und hättest die Sache mit mir besprochen. Und wir hätten zusammen eine Entscheidung getroffen. Eine, die für unsere Familie das Beste ist. Stattdessen wird es in der ganzen Stadt erzählt. Die Leute finden es ziemlich lustig, dass ich eine Frau brauche, die mich versorgt, damit ich meinem Hobby als Heimwerker nachgehen kann.« Jack lehnt sich zurück, er ist zerschmettert. Ich kann es nicht ertragen, dass er denkt, so wäre es tatsächlich.

»Ich habe nie gesagt, dass du ein Heimwerker bist. Außerdem, was geht es uns an, was die Leute denken?«

Jack antwortet nicht; er lässt den Wagen an und fährt los, schnell, das Tal hoch. Er hält vor dem Haus. Ich springe raus und nehme die Tasche hinten aus dem Wagen. Ich sehe mich nicht um. Ich gehe die Stufen zum Haus hoch, Etta steht schon an der Tür. Sie ist glücklich und zeigt mir das Programm von *Anatevka*. Ich höre das Knirschen von Kies, als der Wagen wieder den Berg runterholpert.

»Wo fährt Daddy hin?«

»Ich weiß es nicht.«

»Ist er böse?«

»Ich glaube.«

»Hab ich was gemacht?« Etta runzelt bekümmert die Stirn.

»Nein, gar nichts. Daddy hat nur viele Sorgen im Moment.«

Ich lenke sie mit Theodores Geschenken ab. Etta reißt die Origami-Packung auf. Wir sitzen auf dem Fußboden und legen aus dem feinen Reispapier Figuren zusammen. Ich muss sie mit beiden Händen festhalten, so sehr zittere ich. Das Papier ist so zart und dünn, dass ich Angst habe, es zu zerreißen. »Lass mal, Mommy, ich mach das.« Etta nimmt das Papier und legt die Formen auf dem Fußboden aus.

Ich mache Etta noch etwas zu essen und bringe sie ins Bett. Ich gucke auf die Uhr: fast neun, und Jack ist immer noch nicht zu Hause. Ich habe Etta nicht die Wahrheit gesagt, aber das Kind kriegt alles mit. Sie weiß Bescheid. Ich schalte das Nachtlicht an und will nach unten gehen, aber stattdessen gehe ich in Joes Zimmer. Vor zwei Jahren haben wir es in ein Spielzimmer für Etta umgewandelt. Über sein altes Bett habe ich eine rote Corddecke gelegt, so dass es jetzt eher wie eine Couch aussieht. Etta hat eine Schultafel und ein paar Stühle aufgestellt. Ich lege mich auf die Couch.

In den ersten Monaten nach Joes Tod bin ich mit meinem Mann zu Bett gegangen, habe gewartet, bis er eingeschlafen war, und bin dann wieder aufgestanden. Dann bin ich durchs Haus gewandert, und schließlich bin ich in Joes Zimmer gekommen und habe mich auf sein Bett gelegt. Es war der einzige Platz im ganzen Haus, wo ich zur Ruhe kommen konnte. Ich hatte die Sonnenveranda und das Sofa im Wohnzimmer ausprobiert, aber ich konnte nie einschlafen. Als ich merkte, dass ich in Joes Zimmer schlafen konnte, habe ich mich jede Nacht hierhin gelegt.

Ich habe Jack nie erzählt, warum ich das tat. Jedes Gespräch über Joes Tod war einfach zu schmerzhaft. Und ich konnte ihm nicht von meinem Traum erzählen, dem eigentlichen Grund, warum ich herkam. Ich konnte kaum abwarten, dass es Abend wurde, damit ich den Traum wieder träumen konnte, den gleichen Traum, Nacht für Nacht, so tröstlich. Joe und ich sind darin durchs Haus gerannt. Und wir haben gelacht und gelacht. Das Lachen war so wirklich. Es klang nach seinem Lachen und nach meinem Lachen. Und dann, wenn wir schon Bauchschmerzen bekamen vor lauter Lachen, wurde das Dach vom Haus weggerissen, ganz glatt und sauber, als wäre es ein Deckel auf einem Topf, der hochgehoben wurde. Und der Himmel über unserem Haus hatte die erstaunlichsten Farben, Rosa und Dunkelblau, die ineinander übergingen und leuchteten und sich bewegten wie schillernde Wellen auf öligem Wasser. Und dann machte Joe die Arme auf … es war immer gleich … und sah mich lächelnd an und sagte: »Ich möchte fliegen!« Und er erhob sich von dem geknüpften Teppich im Wohnzimmer und stieg aus unserem Haus auf in den Wirbel der wunderbaren Farben darüber. Dann flog er darin herum. Ich versuchte mit aller Macht, auch zu fliegen und zu ihm hochzusteigen, aber ich konnte nicht vom Boden abheben. Es war, als wären meine Glieder zu Stein geworden. Dann rief ich nach Joe, aber er war davongeflogen. Manchmal hörte ich seine Stimme aus der Ferne. Und die Farben am Himmel verschwanden, sie verblichen wie Bleistiftstriche, und es blieb eine glatte Fläche, blau wie Kohlepapier, ohne Bewegung, ohne Tiefe, nur eine monotone Farbe, und ich wollte immer noch wegfliegen, aber so sehr ich mich auch bemühte, es gelang mir nicht. Ich wollte sogar an den Hauswänden hochklettern, aber ich rutschte wieder runter. Immer wieder versuchte ich hochzuklettern, und immer wieder rutschte ich runter. Und dann wachte ich erschöpft auf, aber das war mir gleichgültig. Ich war glücklich, weil ich die ganze Nacht mit Joe zusammen gewesen war, und es hatte sich ganz wirklich angefühlt. Und im Großen und Ganzen war es ein glücklicher Traum. Joe hatte nicht geweint, er war auch nicht wütend geworden oder war eingeschlafen. Er gehörte ganz mir, und wir waren zusammen, Mutter und Sohn, obwohl der Hintergrund eigentümlich und befremdlich war; wir waren einfach zusammen.

»Ave?« Jacks Stimme schreckt mich auf.

»Hallo.«

»Hallo.« Er setzt sich auf die Spielzeugkiste. Er faltet die Hände und betrachtet sie.

Ich kenne meinen Mann. Er bleibt einfach sitzen und sieht mich an, bis ich etwas sage. Warum ist es immer Aufgabe der Frau, alles aus dem Mann herauszuziehen? Warum kann er mir nicht sagen, was er fühlt? Aber so ist es nun einmal, und ich werde heute Abend daran nichts ändern. Deshalb atme ich tief ein und sage: »Wo warst du?«

»Ich bin zu Big Cherry Holler gegangen und um den See gelaufen.«

Bevor wir geheiratet haben, sind wir oft zu dem See bei Big Cherry Holler gegangen. Manchmal haben wir uns ans Ufer gesetzt, manchmal hat Jack mich in einem Boot über den See gerudert. Da haben wir richtig miteinander gesprochen, über alles, was uns zugestoßen war und was wir erlebt hatten. Es war ein magischer Ort für uns, ganz abgeschieden, nur klares blaues Wasser, so weit das Auge reichte, umrandet von einem ebenmäßigen Kranz majestätischer Kiefern.

»Wir sind schon lange nicht mehr da oben gewesen, Jack.«

»Seit Jahren nicht.«

»Vielleicht sollten wir mal wieder hinfahren.«

»Vielleicht.«

Jacks Ein-Wort-Antworten sind typisch. Aber mit »typisch« kann ich mich heute Abend nicht zufrieden geben. Wir stecken in einer misslichen Situation und müssen darüber reden.

»Ich will dich nicht verletzen. Irgendwie mache ich immer das Falsche. Ich möchte aber, dass du verstehst, dass das nicht meine Absicht ist.«

»Das weiß ich«, sagt er leise und lehnt sich ans Fenster.

»Ich weiß manchmal nicht, wie ich mit dir sprechen soll. Vielleicht habe ich das nie gewusst.« Warum benutze ich ein Wort wie »nie«?

»Das stimmt nicht. Am Anfang haben wir uns gut verstanden.«

Panik überflutet mich. Das hört sich an wie die Einleitung zu einer »Ich werde dich verlassen«-Ansprache. »Am Anfang« bedeutet: jetzt aber nicht mehr, und wir sind am Ende angekommen.

»Warum bleibst du bei mir?« Das kann ich ruhig fragen, wo wir endlich über das Wesentliche sprechen.

»Ich liebe dich, Ave Maria.«

»Wirklich?«

»Natürlich liebe ich dich.«

Unsere Blicke treffen sich, und ich weiß, dass ich ihn auch liebe. Aber dass ich ihn liebe, bringt unsere Ehe nicht in Ordnung. Dass ich Joe geliebt habe, hat ihn nicht lebendig erhalten; dass ich meine Mutter geliebt habe, hat nicht verhindert, dass sie Krebs bekam und sterben musste; und dass ich Jack MacChesney liebe, hilft uns noch nicht, zusammenzubleiben. Was kann uns dann helfen?

»Jack?« Er sieht mich an, und ich muss gestehen, dass ich diesen Blick liebe. Er ist ganz da, wenn er zuhört. (Ich glaube nicht, dass das bei mir auch so ist.) »Als wir geheiratet haben, dachte ich, dass jetzt alles vollkommen sein würde, weil ich so lange ohne Liebe gelebt hatte. Ich dachte, die Zeit hätte einen perfekten Kokon für uns geschaffen, weil ich so lange gewartet hatte, und wir müssten nur noch hineinklettern und darin herumschweben, bis wir alt sind und zusammen sterben.«

»Ach komm, Ave.«

»Nein, ehrlich. Das habe ich gedacht. Ich dachte, weil ich so lange so traurig war, sagen wir mal, die erste Hälfte meines Lebens, würde alles wunderbar, sobald ich mein Herz geöffnet hatte... und ganz leicht. Vielleicht sind wir jetzt an der Stelle, wo meine unerfüllten Erwartungen uns in den Hintern beißen.«

»Warum hast du gedacht, es würde leicht sein?«

»Ich dachte, das Schwierigste wäre, die Liebe zu finden.«

»Du hast mich nicht gefunden, du hattest beschlossen, dass du mich verdient hast.«

»Meinst du?« Ich richte mich auf.

»Ja.«

»Und du?«

»Ich wusste, was auf uns zukam.«

»Bin ich so schlimm?«

»Nein, du bist nicht schlimm. Du bist überhaupt nicht schlimm. Du denkst nur nicht als Erstes an mich.«

Ich will ihm widersprechen, aber ich weiß, dass er Recht hat.

»Du bist nicht glücklich, Ave.«

»Manchmal schon.«

»Wann warst du das letzte Mal wirklich glücklich? Ganz ehrlich.«

»Am 15. Januar 1983. Du hattest ein Chili-Gericht gemacht. Draußen hat es geschneit. Erinnerst du dich? Wir haben alle zusammen, du und ich und Etta und Joe, einen Schokoladenkuchen gebacken. Wir haben in den Zuckerguss einen Schneemann gemalt. Und dann haben wir Go-Fish gespielt. Und den ganzen Abend gelacht.«

Jack sitzt einen Moment lang still da. Ich sehe, dass er sich auch an den Chili-Abend erinnert, und in dem Moment bin ich voller Hoffnung, dass wir unsere Probleme lösen können und wieder glücklich werden. Das will ich schon sagen, als er meine Gedanken unterbricht. »Er ist nicht mehr bei uns, Liebes. Aber du und ich und Etta, wir sind noch hier.«

»Ich weiß.«

»Wir sind wichtig.«

Jack sagt das ganz schlicht, und ich weiß, dass er Recht hat. Aber ich fühle mich nur noch mehr wie eine Versagerin. Meine Mutter war der Mittelpunkt meines Lebens und in unserer Familie damals, und hier in meiner kleinen Familie habe ich alle enttäuscht. Ich habe einen Mann, der sich abgelehnt fühlt, und eine Tochter, die nicht richtig glücklich sein kann, weil sie nicht sie selbst und gleichzeitig ihr kleiner Bruder sein kann. Sie kann seine Stelle nicht füllen. Aber sie versucht es. Vielleicht machen wir das alle drei. Wir versuchen, die Leere zu füllen, die Joe hinterlassen hat, und keiner von uns schafft es, und je mehr wir es versuchen, desto größer wird die Leere.

»Ave?«

»Ja?«

»Du willst nicht wieder hier oben schlafen, oder?«

Einen Moment lang will ich Jack von dem Traum erzählen, aber es geht nicht. Stattdessen sage ich: »Nein. Ich will bei dir sein.« Ich nehme seine Hand und gehe ihm voran die Treppe runter. Manchmal, auch da, wo ich Fehler mache, mache ich auch etwas richtig.

KAPITEL

4

Iva Lou und ich sitzen auf der alten Steinbank vor der Slemp-Bücherei und essen unser Lunch. Wir haben uns warm angezogen, denn es ist ein trüber Tag Ende November, aber wir brauchen die frische Luft. Außerdem liegt noch der ganze Winter vor uns, in dem wir uns zu unseren wöchentlichen Treffen in Iva Lous winziges Büro quetschen müssen. Die Bank ist ein niedriger Halbmond aus blauem Schiefer auf schmuckvoll geformten Betonfüßen. Sie steht bei einem alten Brunnen, der ein kleiner Wasserfall aus groben, an einem kleinen Hügel kunstvoll aufgeschichteten Natursteinen ist. Oben drauf sitzt ein bronzener Kardinalvogel und hält einen Krug, aus dem Wasser über die mit grünem Moos bewachsenen Steine strömt. Unten läuft das Wasser in ein kleines dreieckiges Becken, in dem lauter Cent-Stücke liegen. Es ist ein romantischer, hinter Pappeln verborgener Ort. Im Dunkeln treffen sich hier die jungen Leute, und Liebende werfen ihre Pennies in das Becken (ziemlich viele) in dem Wunsch, dass das Glück ihnen hold bleiben möge.

Delphine Moses hat uns Frikadellen-Sandwiches gemacht. Iva Lou schält ihr langes Brötchen aus der Alu-Folie, als wäre es eine Banane.

»Isst du nichts?«, fragt Iva Lou und beißt in ihr Brötchen.

»Keinen Hunger.«

»Was ist los?«

»Ach, mit Jack.«

»Was ist passiert?«

»Er ist böse auf mich, weil ich eingewilligt habe, die Geschäftsführung der Apotheke zu übernehmen, ohne ihn vorher zu fragen.«

»Und warum hast du ihn nicht gefragt?« Iva Lou nimmt einen Schluck von ihrer Cola.

Sie stellt die Frage so sachlich, dass man denken könnte, ich hätte eine ebenso sachliche Antwort. Habe ich aber nicht.

»Du musst wissen, dass Männer immer das Gefühl brauchen, sie haben das Sagen. Auch wenn das nicht der Fall ist. Man muss ihnen das Gefühl geben.«

»Iva Lou, ich bin zu alt für solche Spiele.«

»Also, ich sag's dir nicht gern, aber das Spiel geht so lange, bis du im Grab bist. Ich habe noch nie einen Mann kennen gelernt, der sich nicht für den Mittelpunkt des Universums gehalten hat.«

»Glaubst du, Jack Mac ist mich leid?«

»Nein. So wie es sich anhört, ist er sauer auf dich.«

»Gut.«

»Keineswegs. Eigentlich ist es schlimmer. Wenn Männer sauer sind, bleiben sie nicht ruhig sitzen. Sie tun etwas. Du verstehst mich, oder? Sie sehen sich um, nach ... was weiß ich ... nach Ablenkung.«

»Andere Frauen?«

Iva Lou nickt. »Und ich sollte es wissen, denn ich war einmal die beste Ablenkung in ganz Wise County. Jetzt bin ich einfach nur eine verheiratete Frau, die auf ihre Figur achtet.« Sie streckt den Rücken, atmet ein und zwickt sich in die schmale Taille.

»Muss ich wegen anderer Frauen auf der Hut sein?« Ich lehne mich zurück, als wäre ich ganz entspannt, aber meine Wirbelsäule ist steif wie ein Stahlrohr.

»Als Frau musst du immer auf der Hut sein. Du hast einen gut aussehenden Mann. Und es gibt immer Frauen, die auf der Suche nach, sagen wir, nach Gesellschaft sind.«

»Ich werde ihm wohl kaum hinterherlaufen.«

»Das solltest du auch nicht. Nein, du solltest so tun, als wäre alles in Ordnung, und dem Ganzen langsam wieder eine positive Richtung geben. Du musst so tun, als wäre deine Ehe gut, und im Laufe der Zeit, während du immer so tust, wird sie auch wieder gut.«

»Und wie macht man das?«, frage ich sie.

Iva Lou erläutert: »Es sind immer kleine Sachen. Mach es ihm bequem. Gib ihm einen Kuss, wenn er fernsieht und du an ihm vorbeigehst. Auch wenn er dich nicht zurückküsst.«

»Gut. Das geht ja noch.«

»Wie sieht es mit dem Sex bei euch aus?«

»Mann, Iva Lou.«

»Schlaft ihr zusammen?«

»Manchmal.«

»Regelmäßig?«

»Nicht so regelmäßig wie früher.«

»Also, Mädel, halt dich ran. Ergreif die Initiative. Damit habt ihr eine Verbindung, bis er kuriert ist.«

»Meinst du das im Ernst?«

»Und wie, natürlich. Ein Mann würde sich lieber den Arm absägen, als ohne Sex leben. Wir Frauen, wir sind da eher wie Kamele. Wir können viele Monate ohne aushalten, obwohl ich das nicht empfehlen kann. Wir denken gern an Sex, und manchmal reicht uns das. Warum, meinst du, heiraten Frauen Männer, die im Gefängnis sind und nicht andersrum? Uns reicht es, wenn ein Mann uns sagt, er liebt uns, auch wenn er lebenslänglich einsitzt. Er muss nicht unbedingt körperlich anwesend sein. Männer sind da anders: sie brauchen eine Frau, die da ist und sich um sie kümmert.« Iva Lou sieht mich an und hebt die linke Augenbraue, um zu zeigen, wie ernst es ihr ist. »Und ich meine wirklich, sich um sie kümmert.«

»Dreht sich denn alles immer um Sex?«

»Allerdings.« Iva Lou legt ihr Frikadellen-Brötchen auf die Bank neben sich. »Für einen Mann ist Sex eine Frage der Gesundheit. Wenn der Sex funktioniert, dann funktioniert er selbst auch. Kapiert?« Ich nicke. »Geh beim Gemeindehaus vorbei. Sie arbeiten doch noch an der Küche, oder? Überrasche den alten Jack Mac. Bring ihm ein Stück Kuchen oder eine Thermoskanne mit Kaffee. Und mach dich hübsch, wenn du gehst. Sei lieb. Hast du begriffen?« Ich nicke, aber irgendwie widerstrebt es mir, so handeln zu müssen. Warum muss immer ich alle Anstrengungen machen?

Ein Eichhörnchen mit einem Fell von der gleichen braunen Farbe wie die kahle Erde huscht die Pappel hinter Iva Lou hinunter. Es bleibt hocken, schnattert, dreht den Hals hierhin und dorthin und sieht sich um. Dann rascheln die Blätter in der Krone, und den Stamm hinunter, hurtig wie ein Gummiball, der ein Rohr runtersaust, kommt ein zweites Eichhörnchen. Das erste wartet auf das zweite, und als das wenige Zentimeter vor seinem Schwanz ist, huscht das erste davon. Das erinnert mich an etwas, das Otto mir vor vielen, vielen Jahren gesagt hat. Er sagte: »Ave, du musst im Leben drei Dinge entscheiden: wovor du wegläufst, wohin du läufst, und warum.« Was Otto damals nicht gesagt hat, aber hätte sagen sollen: Auf der Stelle rennen gibt es nicht.

Fleeta lehnt in der Tür zum Erfrischungsraum in der Apotheke. »Hier stehe ich, an den Toren zur Hölle.«

»Wie oft soll ich dir noch sagen, dass du hier nicht zu arbeiten brauchst.«

»Wollen wir mal sehen. Wahrscheinlich ist es so wie damals, als es hieß, ich bräuchte keine Bestellungen zu machen. Jetzt bin ich die Einzige, die Bestellungen macht.«

»Ist doch hübsch geworden, nicht?«, sage ich zu ihr und drehe mich auf einem der Barhocker. Pearl hat alte Spiegel mit Gravur gefunden, die sie mit weißen Rahmen versehen und hinter der Theke aufgehängt hat. Sie hat die Theke mit dem gleichen marmorisierten grünen Linoleum gedeckt, das auf den alten Fotos zu sehen war. In den hellgrünen Nischen mit den weißen Tischen verbreiten Wandleuchten in Messinghalterungen ein sanftes Licht.

»Ja, es ist wirklich hübsch geworden. Aber wie das so werden konnte, wo Pearl doch dauernd in Gedanken überall in Wise County ist, nur nicht hier, weiß ich nicht.«

»Hast du was gegen ihre Erweiterungspläne einzuwenden?«

»Das meine ich nicht. Ich meine, weil Pearl verliebt ist.« Fleeta verdreht die Augen bei dem Wort »verliebt«. »Du kennst ihn. Der indische Doktor in Saint Agnes. Bakagese. Gut aussehender Typ. Dunkel wie Mahagoni, meine Gute. Schwarz.«

»Er hat Joe behandelt.«

Fleeta denkt einen Moment nach. »Richtig. Genau. Wahrscheinlich haben sie sich bei euch kennen gelernt. Er ist dunkel. Aber das schadet ja nichts. Pearl ist Melungeon, also hat sie gemischtes Blut. Also passen sie irgendwie zusammen. Obwohl viele Melungeons es nicht mögen, wenn ich sage, sie sind gemischt.«

»Ich dachte, du wärst auch Melungeon.«

»Teils.«

»Das schadet ja nichts«, sage ich.

»Allerdings nicht.«

»Seine Hautfarbe ist nicht wichtig.«

»Das sagst du so, aber natürlich, du bist Ital-jänerin. Und die Ital-jäner sind die, die sich am meisten in der Welt mischen. Es gibt kein Land, in dem deine Landsleute keine Spuren hinterlassen hätten. Und jeder weiß, dass Italien nur eine kurze Strecke mit dem Ruderboot von Afrika entfernt ist.«

»Du kennst dich in Erdkunde aber gut aus. Vielleicht solltest du bei *Club Quiz* mitmachen, wenn wir mal wieder ein Team stellen.« Ich gebe Fleeta einen Zettel, auf dem eine Bestellung für Medikamente vermerkt ist. »Ich kann deine Schrift nicht lesen.«

»Jemand hat angerufen. Es soll geliefert werden. An … Alice Lambert.«

»Aha.«

»Ich weiß.« Fleeta schnalzt mit der Zunge. »Sie sollte ihre Pillen besser nicht hier kaufen, nach dem ganzen Ärger, den sie dir gemacht hat.« Fleeta hat recht. Alice Lambert ist die Schwester von Fred Mulligan. Als ich herausfand, dass er nicht mein leiblicher Vater war, behauptete sie, ich sei unehelich und deswegen nicht die rechtmäßige Erbin; sie wollte mich sogar vor Gericht bringen. Das war vor fast zehn Jahren, und seither habe ich sie nicht gesehen.

»Wenn du krank bist, ist es dir wahrscheinlich egal, woher deine Pillen kommen.«

»Was braucht sie denn?«

»Nervenmittel.«

»Mmhhm. Sie hat ganz schön Nerven, sie hier zu besorgen.« Otto kommt mit seiner Werkzeugkiste rein. »He, Otto. Kannst du Alice Lambert ihre Medikamente vorbeibringen?«

»Das müsste eigentlich gehen. Aber ich muss erst mal dahinten den Herd anschließen. Meinst du, Jack Mac könnte mir helfen?«

»Ich gehe mal fragen.« Gut. Genau das Richtige: Eine Entschuldigung, um bei meinem Mann vorbeizuschauen. Iva Lou wäre bestimmt einverstanden.

Die Parkplätze vor der Methodistenkirche sind belegt, also parke ich in zweiter Reihe hinter Jacks Wagen, in dem lauter Sperrholzplatten liegen. Ich prüfe meinen Lippenstift; er bedarf der Erneuerung, also ziehe ich ihn nach. Ich fahre mir mit dem Kamm durchs Haar und schüttle es. Ich sehe ziemlich gut aus, finde ich und klettere aus dem Jeep.

Die Spannungen zwischen mir und Jack haben etwas nachgelassen, und ich sehe diese Phase des Waffenstillstands als eine Chance, dass wir uns wieder näher kommen. Es hat auch kleine Anzeichen gegeben, dass er sich Mühe gibt. Er hat meine Hand gehalten, als ich zum Dachboden raufgestiegen bin, um den Weihnachtsschmuck zu holen. Er hat mich umarmt und geküsst, als ich ihm richtige Ravioli gemacht habe. Und er hat mir den Hals massiert, als ich gestern abend noch über den Rechnungen saß, nachdem Etta schon schlief.

Die Tür zum Untergeschoss des Gemeindehauses wird mit einer Tonne aufgehalten, die bis oben voll mit alten Rigipsplatten ist. Ich hätte Jack was zu essen mitbringen sollen, denke ich, als ich die Treppe runtergehe; Iva Lou würde mich tadeln, weil ich nicht so vorausschauend war. Ich höre Lachen und bemerke, dass die gelbe Farbe den Treppenaufgang wirklich sehr viel heller wirken lässt.

»Hallo?«

»Hier«, antwortet die Stimme meines Mannes.

Ich betrete vorsichtig den Raum. Der Fußboden ist rausgerissen worden, und die Wände werden mit Rigips verkleidet. Jack ist dabei, eine Platte auszumessen, die auf zwei Böcken liegt, und Mousey bringt eine andere Platte an der Wand an.

»Hallo!«, sage ich freundlich und lächle breit.

»Hallo, Schatz«, sagt Jack.

»Das Gelb gefällt mir. Es ist hübsch. Es wird richtig gut hier«, sage ich und begutachte die Veränderungen. Und dann, wie in einem Traum, sehe ich, wie eine Frau aus dem Flur kommt, der zu der hinteren Treppe in die Sakristei führt. Es ist dieselbe Frau. Die gebräunte Frau vom Halloween-Fest.

»Schatz, das ist Karen Bell aus Coeburn. Meine Frau Ave Maria«, sagt Jack sachlich.

»Was für ein hübscher Name.«

»Danke.«

»Sie ist Italienerin«, sagt mein Mann. Vermutlich soll das meinen Namen erklären.

»Aha, ich heiße einfach nur Karen. Davon gibt's Millionen«, sagt sie und zuckt die Schultern.

Meine Gedanken überschlagen sich: Karen, der Name. Ich habe ihn schon mal gehört. In der Apotheke? Jemand, die Karen hieß, hat für Jack angerufen, kurz bevor ich nach Knoxville gefahren bin. Wieso habe ich das Gefühl, meinen Mann ertappt zu haben?

Karen Bell trägt einen blau-braun karierten Faltenrock und einen hellblauen Pullover mit einer Strickjacke darüber. Sie hält ein Klemmbrett in der Hand und hat einen Bleistift hinters Ohr gesteckt (ganz geschäftlich). Sie ist viel kleiner, als sie mir auf dem Fest vorkam. Sie gehört zu der Sorte Frauen, die ein Mann wie eine Puppe auf Händen tragen kann. Und wie sie sich bewegt – sie kommt Schritt für Schritt auf mich zu, wie die Marionette, die mein Vater aus Italien für Etta geschickt hat. Jede Bewegung ist bedacht.

»Karen beliefert uns.«

»Was liefert sie?« Wahrscheinlich sage ich das in einem merkwürdigen Ton, denn sie lacht.

»Ich liefere den Ärger«, sagt sie.

»Das kommt bestimmt teuer.«

»Kommt drauf an.« Sie sieht mich zum ersten Mal an. Oder vielleicht nimmt sie mich jetzt erst wahr. Sie hebt eine Pobacke auf einen Tischbock. Dann nimmt sie den Bleistift und reibt ihn zwischen den Händen; er klackert gegen die Ringe. (Kein Ehering dabei.)

»Karen macht den Verkauf bei Luck's Lumber, dem Holzhandel«, erklärt Jack.

»Ja, da haben wir uns kennen gelernt«, sagt sie.

Kennen gelernt? Ein merkwürdiger Ausdruck für eine Verkäuferin. »Hat Jack Ihnen erzählt, wie *wir* uns kennen gelernt haben?«, sage ich und schlinge meine Arme um ihn.

»Nein.«

»Im Kindergarten.«

»Wie hübsch. Eine Sandkastenliebe«, sagt Karen unaufrichtig.

»Nein, eigentlich nicht«, sage ich.

»Man könnte sagen, wir haben uns erst später im Leben gefunden«, ergänzt Jack.

»Aber nicht zu spät.« Ich nehme einen Hammer und schlage damit auf meine offene Hand. Nachdem ich das ein paarmal gemacht habe, nimmt Jack mir den Hammer aus der Hand.

»Jack, willst du noch einen Blick auf diese Pläne werfen?«

Karen stellt ihm eine Frage, aber sie sieht mich dabei höflich an, als wollte sie sagen: »Könntest du dich bitte aus dem Staub machen? Wir haben Geschäftliches zu erledigen.«

»Entschuldigung. Ich bin einfach reingeplatzt. Ihr habt zu tun, lasst euch nicht stören«, sage ich freundlich und gehe zur Wand hinüber, um die Rigipsverkleidung, die mein Mann angebracht, in Augenschein zu nehmen. Ich lehne mich an den Heizkörper, um besser sehen zu können, und lege meine Hand darauf – er ist sehr heiß und verbrennt mir die Hand; ich glaube, ich habe mir Verbrennungen dritten Grades zugezogen, aber ich schreie nicht. Ich stopfe meine Hand einfach in die Tasche.

Karen entrollt eine Zeichnung, die für mich – ich gucke aus dem Augenwinkel zu ihnen rüber – wie eine komplizierte geometrische Figur aussieht. Wie schwierig ist es denn, Mauern einzureißen und wieder hochzuziehen, um eine Küche neu zu gestalten? Der Größe des blauen Papiers und den vielen komplizierten Linien nach zu urteilen sehr schwierig. Ich gucke zu, wie Karen, kompetent und professionell, Jack und Mousey erklärt, wie sie vorgehen müssen. Was sie brauchen. Wie sie bei der Isolierung Kosten sparen können. Welche Größe die Platten haben müssen, wenn sie die Theke in der Küche verlängern wollen. Mein Mann hört sich aufmerksam an, was sie zu sagen hat. Sie hat eine kluge Antwort, als er eine kritische Frage stellt. Auf seinem Gesicht zeigt sich Respekt, als sie eine Lösung für ein Problem vorschlägt, das er nicht lösen konnte. Sie tippt mit dem Fuß auf den Boden und rollt wieder den Bleistift zwischen den Händen hin und her. Sie hat Jacks Projekt sorgfältig bedacht. Hier haben wir eine Frau, die mitdenkt. Eine Frau, die immer einen Plan hat.

»Jetzt muss ich aber wieder ins Büro.« Sie rollt die Zeichnung auf. Sie sieht zu mir rüber, als wollte sie sagen: »Jetzt kannst du ihn haben. Du kannst mit ihm besprechen, was er zu Abend essen möchte, wann der Elternabend beginnt und ob er neue Unterwäsche braucht.« Die Ehefrau ist für langweilige Sachen zuständig, nicht für die faszinierenden wie Architektenzeichnungen, Baumaterial, Statik und Baukunst – das ist Karen Bells Bereich.

Sie steckt sich den zusammengerollten Plan wie einen Dirigentenstab unter den Arm und geht zu ihrem Mantel, der an einem Nagel hängt. Mousey sieht ihr nach. Wenn sie geht, beschreibt ihr Po einen kompletten Kreis. Klug und sexy, genau wie es in der Zeitschrift *Redbook* beschrieben wird, denke ich, als sie durch den Raum geht. So wie ich mich bewegen sollte, denke ich. Jack hat den Blick auf die Wand gerichtet.

»Sagt mir Bescheid, wenn ihr noch was braucht. Ihr wisst ja, wo ich bin«, sagt sie und entschwindet nach oben.

»Nett, Sie kennen gelernt zu haben«, rufe ich ihr nach.

»Ganz meinerseits«, ruft sie hinunter.

»Ich habe ein Problem, ihr beiden.« Jack und Mousey sehen mich an. Vermutlich klingt meine Stimme etwas schroff. »Otto und Worley brauchen Hilfe mit dem Herd.« Mein Gott, das ist wohl die lausigste Erklärung, die eine Ehefrau je vorgebracht hat, um zu erklären, wieso sie ihren Mann mit einer geheimnisvollen Blonden aufgestöbert hat.

»Wir gucken uns das mal an. Später, wenn das okay ist?«

»Das wäre gut. Es gibt da ein Problem mit der Elektrik und dem Starkstromkabel vom Ofen. So was in der Richtung. Vielleicht müssen wir eine Wand aufstemmen.« Wovon rede ich bloß? Ich habe keine Ahnung vom Wändeaufstemmen. Ich wiederhole hier Teile eines Gesprächs, das ich zwischen Otto und Worley aufgeschnappt habe. Bei wem will ich denn Eindruck schinden? Bei meinem Mann? »Also, Genaues weiß ich auch nicht. Ich weiß nur, dass wir einen Termin einhalten müssen.«

»Wir kommen nachher vorbei«, verspricht Jack und gibt mir einen Kuss auf die Stirn, als wäre ich Shoo die Katze.

Als ich die Treppe hochkomme, hängt Karens Parfum noch in der Luft. Es ist Charlie-Cologne, das Fleeta immer zum Niesen bringt. Es ist zu süß, selbst als Nachduft. Gut, dass ich wieder an der frischen Luft bin.

Weihnachten in Gap dauert einen vollen Monat. Natürlich wurden die Festlichkeiten mit der Eröffnung des neuen Erfrischungsraumes in der Mutual-Apotheke eingeleitet. (Dank an MR. J's Construction für die elektrische Hilfeleistung in den frühen Morgenstunden des 30. November.) Pearl hatte die kluge Idee, in der ersten Woche die Getränke und Speisen zu den Preisen des alten Erfrischungsraums anzubieten: Cola für einen Nickel, Eis für einen Dime und so weiter. Es ist schon ein richtiger Treffpunkt geworden. Auch Leute, die gar nicht nach Gap wollen, sondern nur durchfahren, halten an und trinken Kaffee und essen ein Stück Kuchen. Ein Mann aus Middlesboro, Kentucky, der auf dem Weg nach Bristol war, ließ sich von Tayloe ein Autogramm geben. Er hatte sie im Lokalfernsehen in einem Werbespot für Doppelglasfenster gesehen und war so erfreut, ihr persönlich zu begegnen, dass er ihr ein großes Trinkgeld gegeben hat.

Inez Eisenberg leitet das Komitee für die Weihnachtsdekorationen in der Stadt; sie hat angeregt, dass alle Geschäfte auf der Main Street einen Kranz mit kleinen weißen Lichtern an ihren Türen aufhängen. Alle haben diesen Vorschlag aufgegriffen, nur Zackie Wakin hat einen Kranz mit blauen Lichtern aufgehängt (er verkauft sie, also hat er sie auch benutzt). Der Methodisten-Nähzirkel hat zu einem Türschmuck-Wettbewerb der privaten Anlieger aufgerufen. Louise Cambols hat sogar den Eingang zu ihrer Hundehütte geschmückt – so begierig sind die Leute mitzumachen.

Die Gärtnerclubs leisten mit verschiedenen Blumenschauen einen Beitrag zu der weihnachtlichen Stimmung. Der Dogwood Garden Club hat das Southwest Virginia Museum geschmückt; der Intermont Club übernimmt das John-Fox-Jr.-Haus, und die Damen vom Green Thumb Club schmücken das June-Tolliver-Haus beim Freilichttheater. Die Schiedsrichter, die extra aus Ost-Virginia geholt wurden, mussten Pflanzen- und Blumenarrangements (Betty Clines Weihnachtskaktus ist eine einzige Pracht), Stilleben (Arline Sharpes Tischdekoration aus einer Pyramide von Rome-Äpfeln auf dem großen Tisch im Museum ist atemberaubend) und Skulpturen wie die Madonna mit Kind inmitten von goldenen Kürbissen beurteilen.

Iva Lou, Fleeta und ich verbringen den Sonntag damit, uns die Ausstellungen anzusehen. Gerade als wir die Räume der historischen Epochen betreten wollen, kommt Joella Reasor uns in dem schmalen Flur entgegen.

»Hallo, ihr da«, sagt sie in einem Ton, der verrät, dass es eine Neuigkeit gibt. Mit Daumen und Zeigefinger wischt sie sich die Mundwinkel sauber, wo ihr orangefarbener Lippenstift angetrocknet ist.

»Komm schon raus damit, Joella, wir haben nicht den ganzen Tag Zeit«, sagt Fleeta ungeduldig.

»Pearl Grimes ist mit ihrem Arztfreund im Viktorianischen Raum.«

»Von jetzt an müssen wir ihn den Indischen Raum nennen.« Fleeta kichert und reckt den Hals, um einen Blick auf Pearl und ihren Begleiter zu erhaschen.

Eine drei Meter hohe Blautanne ist mit winzigen handgemachten Fächern aus Spitze dekoriert. Um die Zweige sind Hunderte von mitternachtsblauen Satinschleifen gebunden. Ketten mit winzigen lavendelblauen Perlen sind um die Äste geschlungen. Um den Stamm herum sind aus altem Blech gestanzte böhmische Sterne angebracht, die im Raum funkeln. »Fantastisch«, sagt Iva Lou. »Ob sie mir den verkaufen?«

»Da sind sie!« Fleeta schnalzt mit der Zunge. Pearl und ihr Doktor küssen sich unter dem Mistelzweig, der am Türrahmen zwischen dem Viktorianischen Raum und dem Antebellum-Raum für die Sachen aus der Zeit vor dem Bürgerkrieg aufgehängt ist.

»Doktor Bakagese. Es freut mich, Sie wieder einmal zu sehen.« Ich umarme ihn. Wir Ausländer sollten zusammenhalten. Außerdem, wenn die Liebesgeschichte mit Pearl Bestand hat, gehört er bald zur Familie.

»Joes Arzt«, flüstert Iva Lou, und merkt nicht, dass man sie hören kann.

Ich rette sie und sage: »Iva Lou, erinnerst du dich an Dr. Bakagese?«

»Ja, natürlich. Wie geht es Ihnen.«

»Gut, danke.«

Fleeta sieht mich traurig an; alle hundert Jahre einmal ist sie zu Mitgefühl fähig, und jetzt ist so ein Moment.

Dr. Bakagese lächelt mir zu. Sofort habe ich Schuldgefühle. Wie oft wollte ich ihn in den letzten Jahren anrufen und mich bei ihm bedanken für alles, was er für uns und für Joe getan hat. Aber ich habe ihn nicht zum Essen eingeladen, wie ich es vorhatte, und ich habe ihn nicht besucht. Ich wollte es immer tun, habe es aber nie geschafft. Als ich ihn ansehe, glaube ich, dass er mich versteht. Meine Gedanken rasen zurück zu dem Tag, als ich ihn kennen lernte; das war der Tag, an dem für meine Familie mit einem Schlag alles anders wurde.

»Mama! Joe ist hingefallen!«, rief Etta von oben.

Der Junge macht mich noch wahnsinnig, dachte ich und ging nach oben.

»Ist nichts«, sagt Joe und reibt sich die Hüfte.

»Wie bist du gefallen?«

»Auf meinen Po.«

»Gut.«

»Warum? Ihm würde es auch nicht wehtun, wenn er auf den Kopf fällt.«

»Du bist gemein!« Joe gab Etta einen Stoß. Bevor sie sich prügeln konnten, trennte ich sie.

»Hört auf, alle beide. Ich halte das nicht mehr aus!« Der Ton meiner Stimme schüchterte sie ein (ein bisschen), und Etta ging schmollend in ihr Zimmer.

»Komm, du musst dich anziehen.«

Joe zog sich den Schlafanzug aus und wartete, dass ich ihm seine Sachen gab. Als er in seine roten Hosen stieg, fiel mir ein Fleck an seinem Knie auf.

»Woher hast du den?«, fragte ich ihn.

»Was denn?«

»Den blauen Fleck.«

»Weiß nicht.«

»Du musst besser aufpassen.«

»Er tut gar nicht weh.«

Im Zimmer war es dunkel, weil es ein grauer Tag war, und ich zog die Vorhänge zurück, um mehr Licht einzulassen. Ein paar Sonnenstrahlen lugten zwischen schwarzen Wolken hindurch, so dass ich besser sehen konnte. Ich half Joe mit seinem Hemd. Unter dem Schulterblatt hatte er noch einen Fleck.

»Himmel, Joe, du bist voller blauer Flecken.«

Seine Haut sah irgendwie durchsichtig aus, mit dunklen Schatten unmittelbar unter der Haut, fast wie Prellungen, die langsam gelb werden, wenn sie abheilen.

»Mir gefällt das nicht, wie das aussieht«, sagte ich zu ihm, und Joe schlüpfte mir aus den Händen. Ich packte die Kinder in den Jeep und fuhr zum Saint Agnes Hospital. Rückblickend scheint das eine extreme Maßnahme – schließlich waren es nur ein paar blaue Flecken. Aber irgendwie wusste ich, dass es etwas Schlimmes war.

Joe saß vorn und hielt sich fest, während wir die holprige Straße runterfuhren. Ich erinnere mich, dass ich ihn ansah und dachte, wie sehr ich sein Gesicht liebte. Er hatte ein vollendetes Profil, mit einem Kinn, das ein wenig vorragte, wie das eines Kaisers. Etta stand zwischen den Sitzen und legte ihren Kopf auf meine Schulter. Ich schrie sie nicht an, sie solle sich hinsetzen und anschnallen. Sie hatte ihrem Bruder eine Hand auf den Nacken gelegt, wie sie es auch getan hatte, als wir ihn zum ersten Mal zu einem Football-Spiel mitnahmen. Zum ersten Mal seit langer Zeit waren die Kinder still. Keins von beiden sprach. Man hörte nur das Geräusch der Scheibenwischer, der Räder auf der unebenen Straße und unseren Atem.

Am Empfangstisch meldeten wir uns bei Schwester Ann Christine. Sie war höchstens einssechzig groß, trug eine weiße Tracht, die in der Mitte gebunden wurde, und eine weiße Haube. Damals muss sie ungefähr sechzig gewesen sein, aber ihrer Haut sah man das nicht an. Die war glatt und rosa, ohne jede Falte. Sie hatte ein zierliche, gerade Nase, und ihre blauen Augen waren wie Flecken von blauem Himmel, umgeben von weißen Wolken. Als sie sich vorbeugte, um meine Kinder zu umarmen, stellte ich mir vor, dass meine Mutter sie so umarmen würde, und hätte beinahe geweint.

Dr. Bakagese kam mit einem strahlenden Lächeln in das Behandlungszimmer. »Was ist mit dir passiert, kleiner Kerl?« Sein Amerikanisch hatte einen indischen Akzent. Er war groß und schlank. Er hatte wunderschöne Hände mit langen, schmalen Fingern. Sein Haar war pechschwarz und kurz geschnitten. Seine Hautton war Café au lait. Er hatte eine kleine Nase, einen vollen Mund und große braune Augen. Mir ist es nie leicht gefallen, meine Kinder einem Arzt zu überlassen, aber diesmal konnte ich es mühelos. Ich vertraute ihm.

»Ave. Halloo.« Iva Lou holt mich in die Gegenwart zurück.

»Entschuldigung.« Ich sehe Pearl an, auf deren Gesicht ein Ausdruck steht, den ich noch nie gesehen habe. Ein mütterlicher Ausdruck. Sie weiß, woran ich denke. Pearl weiß das immer. »Wisst ihr was? Ich möchte euch beide zum Weihnachtsessen einladen.« Ich drehe mich zu Iva Lou und Fleeta um. »Und euch auch. Lyle. Dorinda. Baby Jeanine. Alle.« Ich drehe mich zu Pearl um. »Deine Mom. Otto und Worley.«

»Lieber Himmel. Lass mich mal eben in meinem Kalender nachsehen.« Fleeta kramt in ihrer Tasche nach Zigaretten. »Sieht so aus, als könnten wir es einrichten.«

»Bist du sicher?«, fragt Pearl. Sie weiß, dass ich seit Joes Tod kein richtiges Weihnachten gefeiert habe. Etta bekommt immer ihren Baum, aber wir haben nie mehr ein Essen gemacht oder eine Party gefeiert.

»Ja. Ich glaube, es ist Zeit dazu. Es gibt allerlei zu feiern. Jacks neue Arbeit. Den Erfrischungsraum. Es ist viel Gutes passiert.« Ich sehe meine Freunde an und versichere ihnen, dass ich es wirklich so will. Sie sagen alle zu; was jeder mitbringt, besprechen wir später. Wenn man in Gap zu einem Essen einlädt, bringt immer jeder etwas mit. Wir leben dafür, dass wir unsere Töpfe und Pfannen hervorholen und unsere besten Gerichte zubereiten können. Pearl und Dr. B. gehen weiter, in den Raum der Wilden Zwanziger.

Iva Lou sieht ihnen nach. »Sie sind so süß. Wie auf einer romantischen Postkarte.«

»Irgendwo aus dem Nahen Osten.«

»Himmel, Fleeta«, herrscht Iva Lou sie an.

»Was denn?«

»Indien ist nicht im Nahen Osten. Guck mal auf die Landkarte.«

»Ist doch egal. Der Mann weiß, dass er schwarz ist.«

»Er ist Inder«, berichtigt Iva Lou sie.

»Schwarz. Inder. Braun. Alles Ausländer. Wo ist da der Unterschied?« Fleeta hat genug von der viktorianischen Ära und will in den nächsten Raum. Etta kommt zu uns gerannt.

»Mommy, ich habe Mrs. Arnolds Lebkuchenhaus nur ein ganz bisschen angefasst, und das Dach ist eingebrochen!«

»Ich habe dir gesagt, wir gehen sofort nach Hause, wenn du was anfasst.«

»Ich habe nur ein kleines Stück von ganz oben gegessen.«

»Du hast das Dach gegessen? Etta, du gehst sofort hin und entschuldigst dich.«

»Nimm's nicht so ernst«, sagt Iva Lou, als Etta abzieht, um sich zu entschuldigen. »Es ist nicht so schlimm. Patsy Arnold schadet das nicht. So wie sie tut, könnte man denken, ihr Lebkuchenhaus ist die Sixtinische Kapelle.«

Ich schlängle mich durch die Menschen zum Erdgeschoss runter, wo die Lebkuchenhäuser ausgestellt sind. Patsy sitzt in einer Ecke und repariert das Loch im Dach ihres Lebkuchenhauses mit frischem Zuckerguss.

»Patsy, es tut mir Leid.«

»Ist schon gut. Corey Stidham hat die Tür ausgerissen, bevor Etta sich über das Dach hergemacht hat.«

»Bist du sicher?«

»Meine Liebe, es ist ein Kompliment. Schließlich soll es zum Reinbeißen gut aussehen.«

Ich suche im ganzen Haus nach Etta. Als ich die hintere Treppe raufgehen will, sehe ich sie auf der Veranda sitzen, die als Laderampe für das Tolliver House dient.

»Ich hab Mrs. Arnold gesagt, es tut mir Leid.«

»Und mir tut es Leid, dass ich dich angeschrien habe. Aber die Schiedsrichter gucken sich das an, und die Leute geben sich große Mühe mit ihren Bastelarbeiten.«

»Ich will nach Hause.«

»Aber wir haben noch nicht alles gesehen.«

»Mir egal.«

»Was ist los?«

»Ich mag Weihnachten nicht.«

»Komm mal mit, Etta«, sage ich und nehme sie an der Hand. »Ich will dir was zeigen.«

In einem Raum sind handgearbeitete Quilts von lokalen Künstlern ausgestellt. Sie sind dem John-Fox-Jr.-Haus von den Familien gestiftet worden. Zwei Quilts, die Ettas Großmutter MacChesney gemacht hat, sind auch dabei. Ein Doppelbett-Quilt mit einem Zickzackpfad aus bunten Paisley-Mustern, roten, blauen und rosafarbenen Karos und pastellfarbenen

Blumenmustern. An einer Wand hängt ein Quilt mit einem roten, weißen und grünen Kästchenmuster auf einem weißen Hintergrund. Eine Karte hängt daneben: Nan Gilliam MacChesney, 1907-1978. Ich zeige meiner Tochter die Karte.

»Aha«, sagt Etta gelangweilt. Für sie ist das nur ein Raum, voll mit bunten alten Decken, die einen Zederndufft verströmen.

»Guck dir mal die Stiche an. Wie klein sie sind. Und das Ganze besteht aus vielen Schichten. Sie hat ein ganzes Jahr gebraucht, um so einen Quilt zu machen. Dabei hat sie schnell gearbeitet.«

»Warum machst du so was nicht?«

»Ich weiß nicht. Ich kann ein bisschen nähen.«

»Deine Mama hat auch genäht.«

»Das stimmt.«

Etta zieht ab zu dem Diorama des Freilichttheaters. Ich denke an das, was ich meiner Tochter versucht habe beizubringen über das Leben und die Liebe und die Familie. Was ich Etta geben wollte, und was meine Mutter mir nicht geben konnte, war die Erfahrung einer glücklichen Ehe. Ich erinnere mich, dass Jack vor vielen Jahren gesagt, das Wichtigste, was ein Vater für seinen Sohn tun könne, sei, dessen Mutter zu lieben. Vielleicht ist das Wichtigste, was eine Mutter für ihre Tochter tun kann, deren Vater zu lieben.

Wenn man einen guten Weihnachtsbaum bei dem jährlichen Weihnachtsbaumverkauf des Kiwanis Club ergattern will, muss man wissen, wann die Bäume geliefert werden; wenn man einen Ehemann hat, der Clubmitglied ist, ist man gut dran. Dann muss man beim Ausladen der Bäume dabeistehen, wofür es eine Rangordnung gibt. Erst die Krankenhäuser und Kirchen, dann normale Bürger. Der Kwianis Club beherrscht den Markt, niemand sonst verkauft Weihnachtsbäume. Man könnte denken, wir bräuchten keine Weihnachtsbäume von außerhalb, weil wir in diesen reich bewaldeten Bergen leben. Jeder normale Mensch nimmt an, dass wir mit einer Axt in den Wald gehen, einen Baum aussuchen und ihn fällen. Ich weiß nicht, warum, aber so funktioniert die Sache nicht. Wir fällen keine Bäume in Big Stone Gap. Wir warten darauf, dass die Kiwanis sie aus Kanada bringen.

Otto und Worley graben Löcher in den Boden, in denen die Bäume stehen bleiben, bis sie verkauft sind. Der Bauplatz gegenüber der Baptistenkirche wurde notgedrungen zum Verkaufsplatz, denn als Buckles Supermarkt, wo die Bäume anfangs verkauft wurden, mehr Parkplätze brauchte, haben sie den ganzen Platz asphaltiert und die Kiwanis vertrieben. Otto schwört Stein und Bein, dass die Bäume länger frisch bleiben, wenn sie eingegraben werden, und die Männer wässern und pflegen sie wie edle Rennpferde. Ich muss immer lachen, wenn die Bäume am Tag nach Weihnachten verschwunden sind. Dann ist der Platz übersät von Löchern und sieht aus, als hätte sich eine Meute mordlustiger Igel eine Schlacht geliefert. Und so bleibt es dann, bis zum nächsten Weihnachten.

Mein Mann ist dem Kiwanis Club gerade beigetreten, denn nach Jahren der Arbeit im Bergwerk hat er jetzt endlich die Zeit, zu ihren monatlichen Mittagessen bei Stringer's zu gehen. (Offensichtlich ist es das, was den Kiwanis Club zusammenhält – man muss die Zeit für das Mittagessen haben.) Weil Jack manchmal im Orchester des Freilichttheaters einspringt und in der Pause, wenn das Theater sehr voll ist, Popcorn und Chili-Hotdogs am Imbissstand des Kiwanis Clubs verkauft, dachten viele der Clubmitglieder, er gehöre bereits dazu, und waren überrascht, seinen Namen auf der Liste der Neuzugänge zu sehen. Er wurde sofort zum Schatzmeister gewählt.

Als wir den Poplar Hill runterkommen, sehen wir, dass um den Weihnachtsbaummarkt schon lauter Autos geparkt sind. Ich parke bei der Kirche.

»Komm, wir suchen uns einen Baum aus.«

»Du kannst gehen. Mir ist kalt.«

»Komm mit. Es macht doch Spaß.« Ich gucke in den Rückspiegel und ziehe mir die Lippen nach. »Etta, ich mag nicht betteln. Und ich brauche keinen Sauertopf im Haus, der unser Weihnachten kaputtmacht.« Etta lacht. »Ich meine es ernst. Komm jetzt. Es gibt dort heißen Kakao.«

Widerstrebend steigt sie aus dem Jeep, dann sieht sie Jack. »Daddy!«, ruft Etta und rennt auf ihn zu.

»Ich habe drei Blautannen und eine Douglas-Tanne verkauft«, sagt Jack und gibt mir einen Kuss auf die Wange.

»Ich bin beeindruckt.«

»Dazu musste ich erst Weihnachtbäume verkaufen?«, sagt er lächelnd.

Seit Iva Lou mir erklärt hat, dass ich neuen Schwung in meine Ehe bringen muss, höre ich immer sehr genau auf das, was mein Mann mir sagt. Und deswegen fallen mir kleine Sticheleien auf. Wie gerade eben. Er hat es witzig gesagt, aber dahinter steckt eine tiefere Bedeutung. Er glaubt, ich bewundere ihn nicht, und deshalb ist es meine Aufgabe, in dieser Phase, in der ich sein Herz zurückgewinnen möchte, mir eine witzige Antwort zu verkneifen und stattdessen seine falsche Vorstellung sanft zu korrigieren.

»Ich bin doch immer beeindruckt, von allem, was du tust.« Ich umarme hin. Er sieht mich an, als wäre ich verrückt. (Vermutlich bedarf meine Methode der Verfeinerung.) »Hast du schon einen Baum für uns ausgesucht?«

»Ich habe auf euch gewartet.«

»Und was meinst du?« Ich gehe hinter ihm her, zwischen duftenden Douglas-Tannen. Ich bleibe stehen und atme tief ein. Die kalte Luft und der saubere Harz vermischen sich zu einem Duft von Tannengrün und Kiefernzapfen, der mich ganz benommen macht.

»Du siehst hübsch aus«, sagt mein Mann. Und statt zu erwidern: »Du solltest mal zum Augenarzt gehen«, wie die alte Ave Maria gewitzelt hätte, sage ich: »Danke.« Dabei möchte ich ihn am liebsten packen und gegen die Tannen werfen und sagen: »Betrügst du mich?« Aber das tue ich nicht. Mitnichten. Ich habe einen Plan. Und der Plan sieht so aus: Ich halte meine Gefühle unter Kontrolle und erobere ihn zurück. Ich werde so begehrenswert sein, dass kein Gedanke an eine andere Frau in seinem Kopf Platz hat. Iva Lou schwört darauf, dass dies die einzige Möglichkeit ist, die Liebe eines Mannes zu bewahren, und da ich keine eigenen Strategien habe, übernehme ich ihre.

»Ma, guck mal. Kleine Bäume!« Etta winkt uns vom Ende der Reihe zu.

»Etta, Schatz, wir haben den ganzen Dachboden voller Weihnachtsschmuck. Der Baum ist viel zu klein.«

»Einen großen will ich auch. Für unser Haus.«

»Zwei Bäume?«

»Einen für Joe.« Etta dreht den kleinen Baum herum. »Den bringen wir nach Glencoe.«

Jack und ich sehen uns an. Wir sind beide überrascht, dass Etta einen Baum zum Friedhof bringen will.

»Ich kann ihn selbst schmücken. Aber vielleicht magst du mir helfen.« Etta sieht mich an. »Du hast zu viel zu tun, Daddy.« Gut gemacht, Etta. Sag es ihm. Er ist seit Wochen nicht zum Essen nach Hause gekommen, wahrscheinlich trifft er sich mit Karen Bell zum Lunch – wenn er bei uns zu Hause sein sollte.

Jack kniet sich neben Etta hin. »Es tut mir Leid, dass ich so viel arbeiten muss. Das Geschäft ist ganz neu und nimmt viel Zeit in Anspruch.«

»Ich verstehe schon, Daddy.« Etta hält einen Mistelzweig über Jacks Kopf und sagt mit einem grinsenden Blick zu mir: »Mommy?«

»Einen Moment mal«, sage ich zu Etta. Dann werfe ich Jack zu Boden und setze mich rittlings auf ihn und küsse ihn. Ich küsse ihn richtig. Nicht ein kleiner Kuss. Nicht ein Streifen mit den Lippen. Nein, ein tiefer Zungenkuss, wie die, von denen die attraktiven Mädchen nach einer wilden Party am Huff Rock am Montagmorgen in der Schule erzählen.

»Großer Himmel! Holt Spec. Jack braucht eine Sauerstoffmaske, schnell!«, ruft Zackie laut. »Pass auf, Ave! Die Baptisten jagen uns hier noch weg!« Jacks Kollegen vom Kiwanis Club pfeifen und applaudieren.

»Holla.« Ich stehe auf und klopfe mir den Staub vom Mantel. »Manchmal muss man seinen Mann einfach küssen.«

»Solange es dabei bleibt«, sagt Nellie Goodloe von ihrem Stand mit heißer Schokolade. Ich sehe auf meinen Mann runter, der mich anstarrt, als hätte er mich noch nie gesehen. Gut. Er will eine neue Frau? Er hat eine neue Frau.

KAPITEL
5

Im Winter schlängelt sich der Powell River neben der Beamontown Road entlang wie ein rostiges Rohr; rote Erde, graue Steine und schwarze Äste bahnen sich dort einen Weg, wo im Frühling das Wasser entlangrauschen wird. Ich habe immer gefunden, dass der Hügel neben dem Fluss ein sehr guter Platz für einen Friedhof ist, aber das war, lange bevor einer meiner Lieben in seiner Umfriedung lag.

Ein verschnörkeltes schmiedeeisernes Gittertor verschließt den Eingang zwischen den beiden stattlichen gemauerten Pfeilern. Die schwarzen Buchstaben *Glencoe Cemetery* sind von filigranen schmiedeeisernen Blumenranken umgeben. Hinter dem Tor gibt es einen hübschen Brunnen, und in der warmen Jahreszeit sprudelt das Wasser über die Marmormuscheln in ein tiefes Becken.

Früher bin ich mit den Kindern an Festtagen hergekommen, an jedem Memorial Day, am Geburtstag meiner Mutter und an Weihnachten. Während wir über den Friedhof spazierten, erzählte ich den Kindern Geschichten von ihren Großmüttern. Jack fand es immer ein bisschen gespenstisch, aber mir gefiel der Friedhof und ich fühlte mich irgendwie getröstet. Ich versuchte zu erklären, dass das Teil meines katholischen Glaubens und meiner italienischen Herkunft sei: Bei uns sind die Gräber so wichtig wie die Wohnzimmer. In Jacks schottisch-irischer Tradition ist der Friedhof ein Ort, an den man am Tag der Beerdigung geht und danach eigentlich so selten wie möglich. Also kam ich entweder mit den Kindern oder allein her, und manchmal wollte ich einfach ein bisschen mit meiner Mutter reden.

Weihnachten vor vier Jahren war ich mit den Kindern hier, und wir haben grüne Stechpalmenkränze mit roten Bändern und Glitzer auf das Grab von Nan MacChesney und das meiner Mutter gelegt. Joe rannte zwischen den Steinen umher, lachte und rief nach Etta, dann versteckte er sich und heulte wie eine Eule. Etta tat, als würde sie sich fürchten, und ich tadelte ihn, natürlich scherzhaft, wegen seines Mangels an Respekt gegenüber den Toten.

Jetzt holpert Jacks Wagen über den Kiesweg zu der Grabstelle der MacChesneys. Der kleine Baum, den Etta für Joe ausgewählt hat, liegt sicher verstaut auf der Ladefläche unter einer Plane. Als Baumschmuck hat sie einen Beutel mit Glocken dabei, die sie mit Vogelsamen beklebt hat, und die mit roten Bändern an die Äste gebunden werden. Sie hat zwei Backsteine wie Geschenke in Alufolie eingewickelt, damit soll der Baum an der Basis gesichert werden.

Etta und ich plaudern die ganze Zeit. Jack wird in dem Moment ernst, als wir durchs Tor fahren. Er parkt den Wagen unter dem alten Baum, der den Boden jeden Herbst mit glänzend schwarzen Rosskastanien übersät (wir sammeln sie als Glücksbringer). Der Grabstein unseres Sohnes aus schlichtem schwarzem Marmor mit der weißen, geschwungenen Schrift steht ganz nah bei den knorrigen Wurzeln dieses Baumes.

Ich helfe Etta beim Aussteigen. Jack hebt den Baum von der Ladefläche und stellt ihn neben den Grabstein. Etta legt die Backsteine seitlich an den Stamm. Dann legt sie ihren Schmuck aus und fängt an, den Baum damit zu behängen, während Jack den Baum festhält.

Ich gehe zu dem Grab meiner Mutter; auch dort steht ein Stein aus schwarzem Marmor. Ich zupfe das Unkraut um den Stein herum aus. Ich gehe zu Fred Mulligans Grab hinüber und rupfe auch dort ein paar Gräser aus. Meine Eltern liegen nur wenige Meter von der Grabstelle der MacChesneys entfernt (eins dieser ironischen Details, die das Leben bereithält). Ich stehe schon eine Weile am Grab von Mrs. Mac, als ich spüre, dass mein Mann die Arme um mich legt.

»Wie kommt Etta mit den Bändern klar?«, frage ich ihn.

»Sehr gut.«

Zusammen sehen wir unserer Tochter zu, die den Baum schmückt. Wie sie da steht und die kleinen, mit Vogelsamen bedeckten Glocken am Baum anbringt, fühle ich mich an eine Hummel-Figur erinnert, die meine Mutter auf ihrem Nachttisch stehen hatte.

»Weißt du, was ich manchmal denke?«, sagt mein Mann und zieht mich näher zu sich.

»Was?«

»Dass es alles wie ein schlimmer Traum ist.«

»Ich weiß.«

»Weißt du noch, der Tag, an dem wir Joes Freunde eingeladen hatten?«, fragt Jack. Wir hatten Joe aus dem Krankenhaus geholt, damit er bei uns sein konnte und bei Shoo der Katze, in seinem eigenen Bett. An dem Morgen fühlte sich Joe ganz gut und wollte alle seine Freunde von der Schule sehen. Also rief ich deren Mütter an und organisierte eine kleine Party.

»Die Jungen rannten im Haus herum und spielten, und plötzlich stürmte die ganze Meute nach draußen in den Schnee. Und Joe ist ihnen nachgelaufen. Aber auf halber Strecke konnte er plötzlich nicht mehr rennen. Und dann hat er sich, ganz allein, wie er war, hingekniet, mitten auf die Wiese. Er hat uns nicht gerufen. Er hat einfach nur gekniet. Und gewartet. Das hat mir das Herz gebrochen. Dass er nicht mehr rennen konnte.«

»Ich hoffe, wir vergessen ihn nie.« Ich drehe mich zu meinem Mann um.

»Wie könnten wir?«

»Ich weiß nicht. Manchmal passiert es.« Ich halte meinen Mann ganz fest, so dass es scheint, dass er in Stücke zerbrochen ist und ich allein ihn zusammenhalten kann. Ich schließe meine Augen und denke daran, wie nah wir uns waren. Was in diesem Leben ist es wert, bewahrt zu werden? Was ist es wert, dass man es festhält? Weiß man das je, bevor man es verliert?

Ich sehe zu unserer Tochter hinüber. Etta hält ein rotes Band in der Hand und beobachtet uns. Sie lächelt.

Das Weihnachtsfest ist unser bestes seit langem. Vielleicht liegt es daran, dass Etta das Gefühl hat, es ist wieder ein richtiges Fest, oder daran, dass Theodore sein Versprechen eingelöst hat und die Feiertage mit uns verbringt, oder daran, dass Jack und ich in eine gute Phase in unserer Ehe eingeschwenkt sind (vielleicht ist es nur zeitweilig, vielleicht liegt es an der festlichen Zeit, aber das kümmert mich nicht, denn ich finde es schön!). Wir sitzen auf einem ruhig treibenden Seerosenblatt, inmitten eines Jahres der Enttäuschungen und Auseinandersetzungen. Als ich zu Jack sage, dass wir auf einem Seerosenblatt sitzen, pocht er sich scherzhaft mit dem Finger an die Stirn. Aber je mehr ich über das Bild nachdenke, desto passender finde ich es. Seerosen blühen auf dunklem, trübem Wasser. Auch bei uns verbirgt sich eine Menge unter der Oberfläche, und ich vergesse das keine Minute.

»Kann ich helfen?« Theodore steht hinter mir, als ich den Truthahn noch einmal zurück in den Ofen schiebe.

»Kannst du die Kartoffeln holen, bitte?«

»Schatz, wo ist der Wein?«, fragt Jack, der Etta und unsere Gäste um den Tisch versammeln will.

»Auf der Veranda in der Kühlbox. Ich musste im Kühlschrank Platz schaffen für Ettas Wackelpudding.«

»Den keiner essen möchte«, flüstert Theodore.

»Er sieht aber nett auf dem Tisch aus.«

»Bis er zu einer grünen Soße zerläuft.«

»Schließlich ist Weihnachen. Grün ist eine gute Farbe«, sage ich zu ihm. »Danke, dass du gekommen bist. Und bei uns bist. Besonders in diesem Jahr. Danke.«

»Du stehst in meiner Schuld. Ich bin bis halb fünf aufgewesen und habe die Barbie-Sachen für Etta zusammengebaut.«

»Ich weiß.«

»Ich weiß, dass du das weißt«, sagt Theodore und gibt mir einen Kuss auf die Stirn.

Das Telefon klingelt, mindestens viermal, und gerade, als ich losbrüllen will, dass mal jemand drangehen soll, höre ich Etta im Flur.

»Ciao, Nonno!«, sagt sie und kichert. Jack nimmt mir das Tranchierbesteck aus der Hand und bedeutet mir, ich solle ans Telefon gehen.

»Frohe Weihnachten, Papa.«

»Wie geht es meiner Tochter?«

»Sehr gut. Schade, dass du nicht bei uns bist.«

»Und wie ist Weihnachten?«

»Hektisch. Verrückt. Und wie ist es bei euch?«

»Mama hatte einen kleinen Sturz, und –«

»Wie das? Geht es ihr gut?«

»Nichts gebrochen. Zum Glück. Sie kommandiert alle von ihrem Stuhl aus.«

»Kann ich mit ihr sprechen?« Mein Vater gibt mir meine Großmutter; sie klingt kräftig, robust, kein bisschen gebrochen. Sie erzählt mir alle Neuigkeiten in Schilpario in einem Endlossatz und erwähnt am Schluss, dass mein Vater sich ernsthaft mit einer Frau eingelassen hat. Sie heißt Giacomina und ist erst vierundvierzig! »Gib mir noch mal Papa«, sage ich zu ihr. Ich weiß sofort, dass sie eine wichtige Frau für ihn ist; mein Vater hatte immer viele Freundinnen, deswegen muss es jemand Besonderes sein, wenn er sie nach Hause bringt, und wenn meine Großmutter davon spricht, muss es erst recht ernst sein.

»Ja, ja, es stimmt. Ich liebe diese Frau«, sagt Papa und lacht.

»Willst du sie heiraten?«, frage ich.

»Ich denke darüber nach. Ja. Am liebsten würde ich nur darüber nachdenken und es nie tun.«

»Mach bloß nichts, solange ich nicht da sein kann!«, sage ich ganz aufgeregt.

»Wann kommst du denn?«

»Ich weiß es noch nicht. Aber warte, bis ich kommen kann. Versprochen?«

»Versprochen!«

Jack nimmt den Hörer und spricht mit meinem Vater. Ich gehe ins Esszimmer und erzähle Theodore die Neuigkeiten aus Italien, während er die Untersetzer auf den Tisch legt.

Der Esszimmertisch, ein Bauerntisch mit kräftigen Beinen, ist mit dem elfenbeinfarbenen Porzellan meiner Mutter gedeckt, einem Service, das »English Ivy« heißt und das ich immer gemocht habe. An beiden Tischenden stehen Kristallteller mit Stangensellerie, Möhren und schwarzen Oliven. Filigrane Körbe aus Sterlingsilber stehen in der Mitte, und die Buttermilchbrötchen (dank Hope Meade) habe ich, versehen mit jeweils einem Stück Butter in der Form einer Glocke, auf die kleinen Teller neben jedem Gedeck verteilt. Ich drehe den Dimmer (an dem schlichten Kristallleuchter aus dem Haus meiner Mutter in Poplar Hill) runter und zünde die gedrehten roten Kerzen in ihren speziellen Kerzenhaltern an (ein Sonderangebot aus der Apotheke).

Etta kommt rein und bietet sich an, die Glocke zum Essen zu läuten. Sie nimmt sie und rennt durch das Haus und läutet in jedem Zimmer, als müsste sie eine Ziegenherde zusammensuchen. Jack verabschiedet sich von meinem Vater und geht in die Küche, um den Truthahn zu holen. Die Gäste kommen ins Esszimmer, obwohl es eigentlich keine Gäste sind, denn sie gehören zur Familie. Iva Lou und Lyle setzen sich Jack gegenüber an den Tisch, Etta sitzt neben Iva Lou. Pearl und Dr. B. sitzen auf der einen Seite von mir, Theodore auf der anderen. Fleeta, Dorinda und das Baby Jeanine sitzen in der Mitte, Otto, Worley und Leah ihnen gegenüber. In diesem ergreifenden Moment, umgeben von den liebsten Menschen in meinem Leben, möchte ich anfangen zu weinen.

»Nicht, Ma«, flüstert Etta.

»Nein, ist schon gut. Ich bin glücklich. Ich habe nur gedacht, welches Glück es ist, dass wir uns haben. Das ist alles.«

Meine Freunde stimmen mir murmelnd zu, doch keiner wird sentimental, und vielleicht möchten sie sich ihren Gefühlen auch nicht stellen. Ich vermisse meine Mutter sehr; mein Vater ist weit weg, jenseits des Ozeans; Mrs. Mac ist nicht mehr da. Mein Sohn, der Weihnachten über alles geliebt hat, ist nicht hier. Ich wüsste gern, ob sie alle auf uns herunterblicken, ob sie traurig sind, dass sie nicht dabei sein können. Ich blicke in die Kerzenflamme und hoffe, das weiße Licht gibt mir Festigkeit und verhindert, dass ich in Tränen ausbreche und in den überkrusteten Süßkartoffelauflauf weine. Dr. Bakagese zwinkert mir zu. Vielleicht weiß er, wohin meine Gedanken gewandert sind.

»Schatz, warum sprichst du nicht das Tischgebet?«

»Katholisch oder baptistisch?« Etta stellt uns vor die Wahl.

»Wenn es nach der Mehrheit geht, dann baptistisch. Wir sind den Katholiken mit sechs Leuten überlegen.« Fleeta zählt die Protestanten am Tisch. »Natürlich weiß ich nicht, was für einer Religion Sie angehören, Doc, aber ich bin mir ziemlich sicher, es ist eine von denen, wo man meditiert.«

»Fleeta, bei allem Respekt, meine Tochter ist Katholikin«, sagt Jack, um religiösen Unfrieden in Cracker's Neck zu vermeiden.

»Na, ist auch egal. Jesus ist Jesus.« Fleeta lässt sich nicht beirren.

»Ich bin ja auch halb baptistisch«, sagt Etta mit einem Blick auf ihren Daddy. »Denn du bist ein richtiger Baptist. Deswegen sage ich ein Gebet halb und halb. Lasst uns beten. Lieber Gott, die Baptisten danken dir für den Truthahn. Die Katholiken danken dir für den Kuchen …«

»Und ich möchte dem ABC-Laden für den Whiskey danken. Amen«, sagt Lyle und beendet Ettas Gebet. Etta bekreuzigt sich und sieht mich mit einem Schulterzucken an. Dann klingelt das Telefon, und Etta springt auf, entschuldigt sich und geht dran.

»Sag, dass wir gerade beim Essen sind, Etta«, rufe ich hinter ihr her und reiche Pearl die Bratensoße.

»Wahrscheinlich irgendso eine Werbefirma«, brummelt Fleeta.

»Weihnachten?«, wundert sich Dorinda.

»Die beste Zeit. Da wissen sie, dass du zu Hause bist.« Fleeta nimmt noch einen Zug von ihrer Zigarette und tunkt sie dann in ihr Glas mit geeistem Wasser. Es ist so still um den Tisch, dass ich das Zischen höre. Dann legt sie den feuchten Stummel auf ihren Brotteller.

Etta kommt wieder ins Zimmer. »Es ist für dich, Mama.«

»Wer ist es denn?«

»Captain Spec.«

»Ich wette, dieser Knabe von den Edens hat sich wieder mal einen Knopf in die Nase geschoben. Der Junge verstopft sich doch dauernd sämtliche Löcher in seinem Kopf mit den unmöglichsten Dingen.«

Ich entschuldige mich, stehe auf und gehe ans Telefon im Flur. Kaum dass ich den Hörer aufgelegt habe, renne ich auch schon zu meinen Gästen und erkläre: »Es tut mir Leid, ich muss weg. Am Trail-Kino ist Feuer ausgebrochen.« Stühle werden zurückgeschoben, alle stehen auf, blasen die Kerzen aus, ziehen sich Mäntel über, suchen Taschen, Handschuhe und Hüte. »Himmel, wir kommen alle mit«, sagt Fleeta. »Das Feuer könnte auf die Apotheke übergreifen.« Statt mit Fleeta zu streiten, sage ich zu Iva Lou. »Kannst du auf Etta aufpassen, bitte?«

»Ich komme auch mit, Ma!«

»Keine Sorge, sie bleibt bei mir.«

»Ich fahre dich runter«, sagt Jack und hilft mir, meine Sachen zu sortieren.

Als wir in die Stadt kommen, stehen vier Feuerwehrwagen vor dem Kino. Aus den Fenstern im ersten Stock dringt schwarzer Rauch, Flammen schießen aus dem Eingangsbereich unten. Jim Roy Honeycutt läuft verstört hinter den Wagen hin und her, sein weißes Haar steht ihm wild vom Kopf ab.

»Was ist passiert?«

»Meine Filmrollen! Alle meine Filme sind da drin! Alles, von Anfang an!«

Ich überlasse Roy seiner Frau und ducke mich unter den Schläuchen durch, die von den riesigen Winden gerollt werden. Ein Feuerwehrmann aus Appalachia schließt einen Schlauch an den Hydranten vor Gilley's Jewelers an. Barney und sein Sohn sind dabei, die Schaufensterauslage hastig in einen Sack zu verpacken. Der Anblick, wie sie die mit Perlenketten dekorierten Samtdekolletés verstauen, erinnert mich an Cary Grant in dem Film *Über den Dächern von Nizza*. Das Knarren und Quietschen der Leitern ist so laut, dass ich Specs Stimme nicht höre, als er mich ruft. Jack, der einem Feuerwehrmann mit einem störrischen Schlauch hilft, gibt mir ein Zeichen, ich solle zu Spec gehen.

Eine Reihe von Wahnsinnsexplosionen ist zu hören, und gleich darauf strömt schwarzer Rauch aus dem Gebäude. Verkohlte Splitter von der Holzverkleidung tänzeln orange glühend zu Boden.

»Das war der Lagerraum. Das Öl und das Popcorn«, sagt Spec. Seltsam, der Geruch von brennendem Popcorn. Jim Roys Popcorn war so gut, dass die Leute manchmal eine Tüte kauften, auch wenn sie nicht in den Film gehen wollten

»Es ist noch jemand im Haus«, ruft ein Feuerwehrmann. Spec und ich gehen los, Sauerstoffmasken und Trage haben wir dabei.

Auf der Straße stehen Schaulustige, in erster Linie die Inhaber der benachbarten Geschäfte. Zackie und ein Postbeamter drängen sie auf die andere Straßenseite, bis zu den Stufen des Postgebäudes zurück.

Dann kommt der erste Feuerwehrmann aus der Seitentür des Gebäudes, umhüllt von grauem Rauch, und trägt einen Mann über der Schulter. Spec und ich helfen ihm, den Mann auf die Trage zu legen. Der Mann atmet nicht. Wir legen ihm die Sauerstoffmaske über. Doc Daugherty tritt hinzu und übernimmt.

»Wer ist das?«, frage ich Spec. Ich kenne den Mann nicht. Spec zuckt die Schultern.

Auf der anderen Straßenseite stehen unsere Weihnachtsgäste vor der Apotheke und sehen zu. Pearl greift nach Fleetas Hand, als sie sieht, wie Dr. Bakagese einem Feuerwehrmann hilft, der zu viel Rauch eingeatmet hat. Ein Seufzen geht durch die Menge, als rote Funken aus dem Dach hochstieben und in der kalten blauen Luft verschwinden.

Spec sucht in den Taschen des Mannes nach Papieren, findet seine Brieftasche und klappt sie auf. »Er heißt Albert Grimes. Er kommt aus Dunbar.« Dunbar ist eine Zechenstadt in der Nähe von Appalachia. Was hat er am Weihnachtsabend in dem verschlossenen Kino gemacht?

»Vielleicht ist er ein Verwandter von Pearl«, sagt Spec und winkt Pearl rüber.

»Ich weiß es nicht.«

»Lass mal gucken«, sagt Pearl und tritt hinter mich. Sie beugt sich über die Bahre. »Das ist mein Vater.« Spec sieht sie an – »Was?« – und sieht mich an; ich habe nicht gewusst, dass Pearls Vater lebt und in der Nähe ist. Ich betrachte Pearl, die auf den Mann auf der Trage blickt. Sie hat keine Angst um ihn; in ihrem Blick liegt distanziertes Interesse, aber bestimmt keine Angst. Spec und ich heben ihn in den Rettungswagen. Ich sehe wieder zu Pearl hinüber und halte tausend Fragen zurück – das ist nicht der richtige Moment.

»Das Gebäude ist leer!«, ruft der erste Feuerwehrmann. »Dreht voll auf, Jungs!« Und die Männer halten die Schläuche entschlossen auf die Fenster; die goldenen Flammen erlöschen, stattdessen quillt schwarzer Rauch hervor.

Doc Daugherty steigt hinten in den Rettungswagen zu Albert Grimes. Spec und ich fahren zur Notaufnahme am Lonesome Pine Hospital, eine Fahrt von kaum fünf Minuten, quer durch die Stadt und am Südende wieder raus. Der Feuerwehrmann, den Dr. Bakagese behandelt hat, brauchte keinen Sauerstoff, aber er ist in einem Rettungswagen von dem Rettungsteam aus Appalachia hinter uns und soll im Krankenhaus gründlich untersucht werden.

Albert wacht aus seiner Ohnmacht auf und stöhnt; seine blauen Augen sind verhangen, er kann nichts erkennen. Als wir ihn in die Notaufnahme rollen, will Tozz Ball ihm ein paar Fragen stellen, aber Spec sagt, er solle es später machen. Pearl und Leah kommen durch die automatischen Türen und sehen sich nach Albert um. Pearl entdeckt ihn durch das Fenster in der Intensivstation. Leah tritt zu Spec und mir.

»Geht es ihm einigermaßen?«

»Wir glauben schon. Er hat sehr viel Rauch eingeatmet.«

»Er hat bestimmt keine böse Absicht gehabt.«

»Bestimmt nicht.« Ich lege den Arm um Leah.

»Eigentlich ist er ein guter Mann. Er hat nur viel Pech gehabt.«

»Womit?«

»Mit allem. Mit uns ist es nicht gut gegangen. Er hat seine Arbeit bei der Eisenbahn verloren, wegen seiner Behinderung, und danach ging es nur noch bergab. Er hat die Orientierung verloren, verstehst du?« Leah geht in die Intensivstation. Sie legt den Arm um Pearl, und Pearl lässt ihren Kopf auf die Schulter ihrer Mutter sinken.

Ich bin ganz erschüttert, dass Leah Entschuldigungen für einen Mann vorbringt, der sie mit einem kleinen Kind allein gelassen hat. Sie liebt ihn nicht mehr und wird Worley heiraten. Vielleicht hat sie Mitleid mit Albert. Mitleid ist eine gefährliche Sache bei Frauen. Es gibt dem Mann die Macht, die Frau so zu behandeln, wie er will: Er kann bleiben und grausam sein, oder er kann die Frau verlassen. Als ich Pearl sehe, wie sie sich an ihre Mutter schmiegt, denke ich an meine Mutter und daran, dass sie immer für mich da war, wenn es mir schlecht ging. Meine Mutter empfand Mitleid für meinen Stiefvater Fred Mulligan und war nachsichtig mit einem Mann, der zu keinen Gefühlen fähig war, und ich war in der Mitte und hatte auch Mitleid für einen Mann, der mich nicht lieben konnte.

»Ich glaube, wir sollten zurückfahren und uns um Jim Roy kümmern. Er könnte leicht einen Nervenzusammenbruch erleiden«, sagt Spec, und ich gehe hinter ihm her zu unserem Rettungswagen.

Wir parken vor der Apotheke. Fleeta hat aufgeschlossen und alle Lichter angedreht, und es sieht aus, als hätte sich die ganze Stadt dort im Warmen versammelt. Der Puppenchor im Fenster nickt und winkt, als wäre nichts geschehen. Ein Feuerwehrwagen steht noch auf der Straße neben dem Kino. Jack Mac und Etta stehen auf dem Gehweg vor der Apotheke und sehen zu, wie die Feuerwehrleute das Gebäude sichern.

»Mama, guck mal!« Etta zeigt zu der Anzeigentafel am Vorbau des Kinos, die fast ganz verbrannt ist.

Auf der weißen Tafel hatte in großen Buchstaben THE TRAIL gestanden. Unter THE TRAIL war immer der Titel des jeweiligen Films aufgeführt gewesen, soweit Jim Roy noch die Buchstaben hatte, den Titel voll auszuschreiben, denn im Laufe der Jahre gingen sie verloren oder zerbrachen, und Jim Roy hat keinen Ersatz beschafft. Man konnte also Titel lesen wie *Winde weht* für *Vom Winde verweht* oder *Som '42* für *Sommer '42*. Jetzt ist die moderne Plastikanzeigentafel weg, und darunter steht in fetten Buchstaben auf dem Holz *AMAZU*.

»Was heißt Am-a-zoo?«, frage ich meinen Mann.

»Amaze You.«

»Und was bedeutet ›Amaze You‹?«

»Das war das erste Kino in Big Stone Gap. Lange bevor Jim Roy es gekauft und modernisiert hat. Meine Mama hat mir davon erzählt. Sie hat dort Stummfilme gesehen. Lillian Gish. Buster Keaton. Charlie Chaplin. Es gab eine Orgel und eine Bühne. Und vor jeder Vorführung kam Possum Hodgins, der Besitzer des Kinos, auf die Bühne und sagte zu den Zuschauern: ›Heute werden wir Sie zum Staunen bringen!‹«

Ich blicke zu der kaputten Anzeigentafel und erschaudere. Wie seltsam, wenn die Vergangenheit unter Schichten der Gegenwart zum Vorschein kommt.

»Schatz, es ist kalt, geh rein«, sage ich zu meiner Tochter.

»Fleeta hat den Erfrischungsraum aufgemacht. Sie verkauft Kekse und Kuchen und Kaffee«, sagt Jack Mac. Das wundert mich nicht. So sehr Fleeta sich auch beklagt – wenn sie nicht im Mittelpunkt steht, fehlt ihr was.

Spec steht bei den Feuerwehrleuten am Kino. Auch Jim Roy steht dabei und redet auf sie ein. Ich nehme Jacks Hand, und gemeinsam gehen wir über die Straße, zu ihnen.

»Es ist alles weg. Alles weg«, sagt Jim Roy traurig. »Alle meine Filme. Meine Kopien, alle verbrannt. Die ganzen Jahre, in denen ich sie gesammelt habe. Weg.«

»Ein paar konnten wir retten, Sir.« Ein Feuerwehrmann

kommt zu uns, ein ganz junger Mann, vielleicht zwanzig, und zeigt Jim Roy einen Stapel schwarzer Blechkästen, die er aus dem Kino gerettet und auf den Stufen zu Gilley's Jewelers abgelegt hat. Jim Roy sieht die Kästen, und seine Augen fangen an zu leuchten.

»Hier, ich habe eine Stablampe«, sagt Spec zu Jim Roy. Der liest die Titel, und ich halte die Stablampe für ihn: »*Mordsache Dünner Mann, Dancing Lady, Mein Mann Godfrey, Ringo, Die Erbin, Enthüllung um Mitternacht* mit Don Ameche und Claudette Colbert. Das wäre eine echte Tragödie gewesen, wenn die alle verbrannt wären.« Spec schiebt die restlichen Dosen umher: »Hier ist noch *Bachelor Mother*, ja, Ginger Rogers war sexy darin; *The Barretts of Wimpole Street, Topas, Stolz und Vorurteil, Jezebel – die boshafte Lady, Es geschah in einer Nacht* ...«

»Clark Gable!«, rufe ich begeistert. Spec wirft mir einen Blick zu.

»Und hier, *Ein Gespenst auf Freiersfüßen*, *Das Lied von Bernadette, Test Pilot, Stürmische Höhen, Dinner at Eight; Goodbye, Mr. Chips, The Women, Sullivans Reisen*, noch einer mit Claudette, *Atemlos nach Florida,* und Duke in *Der Sieger, Schlagende Wetter*, Gott sei Dank, sieht so aus, als hätten wir die meisten Filme mit Maureen O'Hara gerettet. Und hier! Was für ein Glück! Guck mal, Henry Fonda in *The Trail of the Lonesome Pine*. Der ist auch hier, Jim Roy!«

»Was ist mit Kay Francis? Ich hatte die meisten Filme mit Kay Francis«, sagt Jim Roy nervös.

»Hier sind sie!« Spec zeigt Jim Roy einen Stapel mit ihren Filmen, die auf dem Boden liegen. Er legt eine Doppelspule auf den Stapel. »*National Velvet*... das ist doch Ettas Lieblingsfilm, oder?« Ich nicke.

Jim Roy atmet tief ein. Die meisten seiner Schätze sind gerettet worden, und von einem Jungen, der wahrscheinlich Spencer Tracy nicht von Joel McCrea unterscheiden kann. Kinosessel, Leinwand und Popcorn-Maschine – die können ersetzt werden, aber nicht die Filmkopien, die Jim Roy in all den Jahren gesammelt hat.

»Kommen Sie, Jim Roy, Sie und Mrs. Ball, Sie sollten in die Apotheke mitkommen. Fleeta hat Kaffee gemacht.« Jack legt den Arm um Jim Roy. Der aber rührt sich nicht von der Stelle und guckt auf sein Kino.

»Ich kann es nicht fassen. Und das an Weihnachten.« Er seufzt traurig.

Als wir in die Apotheke kommen, scharen sich die Leute um Jim Roy und seine Frau. Nach und nach bilden sich kleinere Gruppen, und wir setzen uns in die Nischen oder an die Theke und ergehen uns in Erinnerungen an unsere Lieblingsfilme oder an den ersten Film, den wir im Trail gesehen haben. Theodore ist von Fleeta als Kellner engagiert worden und geht mit dem Kuchentablett herum. Fleeta reißt die Zellophanhülle und die rote Weihnachtsschleife von einer Konfektschachtel und reicht die Pralinen herum.

Leah und Pearl kommen leise durch die Küche herein; Worley eilt zu Leah, und sie erklärt ihm die Lage mit Albert. Als die anderen Pearl bestürmen, erzählt sie, dass Albert keinen Schaden genommen hat. Die Leute kennen Albert gar nicht, aber sie sind trotzdem besorgt.

»Er hat das Feuer nicht gelegt«, sagt Otto zu mir.

»Woher weißt du das?«

»Hat mir der erste Feuerwehrmann gesagt. Er sagt, es war ein Defekt in der Verkabelung des Tonsystems. Das sollte ich Pearl sagen, oder?« Otto geht zu Pearl und überbringt ihr die Nachricht.

Nellie Goodloe, die ihr rotes weihnachtliches Samtkostüm mit einer funkelnden Weihnachtsbaum-Brosche am Revers trägt und kleinere juwelenbesetzte Weihnachtsbäume an den Ohren, steht auf und ruft die Anwesenden zur Ordnung.

»Jim Roy, ich will dir mal was sagen. Ich bin 1942 zum ersten Mal geküsst worden, und zwar im Trail-Kino.« Pfeifen und Johlen erfüllt den Raum. »Jawohl, Sir. Robert Taylor hat sich über Vivien Leigh gebeugt und sie geküsst, und oben, auf dem Balkon, hat sich Spec Broadwater über mich gebeugt und mich geküsst. Das weiß ich noch bis heute.«

Die Menge applaudiert, und Spec wird so rot wie sein Flanellhemd. Specs Frau Leola, in einem Jogging-Anzug mit lauter kleinen Schneemännern drauf, wirft Spec einen bösen Blick zu. Dann besinnt sie sich eines Besseren und kichert. Fleeta stellt sich auf einen Schemel hinter der Theke. »Nellie, eins will ich aber noch wissen. Wusste Spec damals, was er tat?«

Die Menge dreht sich zu Nellie um. »Liebes, ich kann dir sagen, er wusste es ganz genau.«

Fleeta schwingt ein Handtuch über dem Kopf wie das weiße Tuch des Waffenstillstands. Etta lacht mit den anderen; plötzlich kommt sie mir richtig erwachsen vor.

»Ich glaube, Etta hat gerade ihren ersten Sexualkundeunterricht bekommen«, flüstere ich Jack zu.

»Könnte schlimmer sein«, flüstert er zurück.

Brand hin oder her – als ich nach Hause komme, muss ich mich um den Abwasch kümmern. Ich gehöre zu den Menschen, die alles abgewaschen und weggeräumt haben müssen, bevor sie schlafen können. Zum Glück gehört auch Theodore dazu. Mein Mann jedoch nicht. Er hat sich hingelegt, nachdem er Etta ins Bett gebracht hat.

»Ich könnte morgen mit Etta zu Cudjo's Cavern gehen«, sagt Theodore und stellt noch mehr Reste in den Kühlschrank. »Sie wäre begeistert.«

»Und was machst du, wenn du einen freien Tag mit Jack hast?«

»Ich weiß nicht.« Und ich weiß es wirklich nicht. Mit Jack habe ich nie einen freien Tag.

»Vielleicht fällt euch etwas Gutes ein. Und ich meine nicht, dass ihr den Ofen sauber machen sollt. Ich bin mit Etta bis zum Abendessen unterwegs. In der Zeit könnt ihr ausschweifenden Sex haben.«

»Großartig.«

»Du wirst noch nicht mal rot. Was ist nur passiert?«

Ich sehe ihn an, und er lacht. Er geht ins Esszimmer und räumt die letzten Teller ab, während ich das Becken putze und über ausschweifenden Sex nachdenke. Eigentlich denke ich nicht über ausschweifenden Sex nach, sondern darüber, wo mein Liebesleben hin ist. Unser Liebesleben. Vor unserer Heirat hätte ich mir nicht im Traum vorstellen können, dass ich Leidenschaft gegen Bequemlichkeit tauschen würde und dann gegen Routine und jetzt, wie soll ich es sagen, gegen meine Privatsphäre. Ich hatte gedacht, das Bedürfnis, miteinander verbunden zu sein, körperlich verbunden zu sein, würde in der Ehe wachsen. Niemand hat mir erzählt, und vielleicht konnte das auch niemand, wie es in Wahrheit darum bestellt ist. Sex ist eine andere Methode der Kommunikation, und wenn man sich nicht mehr berührt, dann ist es so, als würde man nicht mehr miteinander sprechen. Wenn alles aufhört außer den flüchtigen Küssen und Umarmungen zur Begrüßung und zum Abschied, und wenn man sich damit eher abschirmt, als dass man seine Gefühle ausdrückt, dann hat man ein Riesenproblem. Aber es ist nicht so, dass an einem bestimmten Tag oder bei einer bestimmten Sache plötzlich der Riesenproblem-Alarm ausgelöst wird. Erst hört man auf, sich zu küssen, weil man sich geärgert hat und den anderen auf diese Weise seinen Ärger spüren lässt. Und wenn die Botschaft angekommen ist, dass es für den Kussstopp einen Grund gibt, passt sich das Verhalten des anderen daran an: Du hast mir wehgetan, du hast mich verletzt, du hast mich enttäuscht, also gibt es keine Küsse mehr. Und wenn zwischen den zärtlichen Küssen immer mehr Zeit verstreicht, kommt es auch nicht mehr zum Sex. Es ist unmöglich, mit jemandem zu schlafen, wenn man ihn nicht küsst. Es hat mal einer gesagt, dass Sex das Barometer einer Ehe ist; nur wenn etwas schief läuft, ist Sex ein Problem. Und das stimmt. Aber niemand sagt einem, wie schwierig es ist, die Verbindung wieder herzustellen, wenn sie einmal unterbrochen ist. Manchmal beobachte ich meinen Mann bei alltäglichen Tätigkeiten – wenn er zum Beispiel den Wagen belädt oder Holz aufschichtet, oder heute, als er den Truthahn zerteilt hat – und dann habe ich das Bedürfnis, zu ihm zu laufen und zu sagen, wie wichtig er mir ist und wie sehr ich ihn begehre, und können wir nicht alles stehen und liegen lassen? Aber ich tue es nicht. Vielleicht habe ich Angst, dass er mich zurückweist, oder vielleicht ist es einfach das Leben – irgendwas kommt immer dazwischen: die Zeit, die Arbeit, Etta, Besuch. Oder irgendwas muss erledigt werden. Und dann vergisst man es wieder. Sex ist immer das Erste, was man lässt, weil es die Sache ist, die warten kann. Wer hätte schon geahnt, dass die natürlichste Sache der Welt so schwer zu fassen sein würde?

Jack schnarcht, als ich neben ihm ins Bett krieche; ich stoße ihn sanft an, und er dreht sich um. Ich freue mich darauf, ausschlafen zu können, denn Theodore wird mit Etta einen Ausflug machen. Ich lasse mich in die weichen Flanelllaken sinken wie ein Löffel in die Soße. Jack macht die Augen auf.

»Ich dachte, du schläfst.«

»Ich habe eine Idee«, sagt Jack und legt sich auf den Rücken.

»Und?«

»Ich finde, wir sollten nächstes Jahr mit Etta nach Italien fahren und deinen Vater besuchen.«

»Wirklich?«

»Meinst du nicht, dass sie alt genug dazu ist?«

»Doch!«

»Wir haben den Zuschlag für das Sportzentrum in Appalachia bekommen. Ich glaube, wir werden finanziell ziemlich gut dastehen. Wenn wir jetzt die Flugtickets kaufen, können wir bestimmt einen guten Preis bekommen.«

»Gut. Ich kümmer mich drum.«

»Macht dich das glücklich?«, fragt er mich.

»Und wie!« Ich gebe ihm einen Gutenachtkuss.

Jack dreht sich auf die andere Seite und gähnt. Bald wird er eingeschlafen sein. Ich kenne keinen Menschen, der so schnell einschläft wie mein Mann. Italien. Im nächsten Sommer. Das ist noch so lange hin. Und es macht mich froh, dass er den Zuschlag in Appalachia bekommen hat. Doch komisch, er hat nie wieder von meiner Partnerschaft mit Pearl gesprochen, seit wir darüber gestritten haben. Ich fand es besser, nicht mehr von mir aus davon zu sprechen. Trotz meiner hohen Meinung von Jack MacChesney kann er mich immer noch überraschen. Wie er reagiert. Was ihn verletzt. Dinge, mit denen ich nicht gerechnet habe. Manchmal ist da eine Kluft zwischen uns – er weiß nicht, was ich denke, und ich weiß nicht immer, was er fühlt. Ich hätte nie gedacht, dass die Familienfinanzen je ein Problem sein würden. Am Anfang waren wir beide so begierig, alles zu teilen und gemeinsam zu tragen. Als ich die Kinder bekam, schien es nur natürlich, auf eine Halbtagsstelle zu wechseln. Schließlich war das Haus bezahlt, und sein Gehalt reichte aus. Vielleicht hat er sich auf altmodische Weise mächtig gefühlt, als er der Hauptverdiener war. Vielleicht hat es ihm gefallen, dass er für uns gesorgt hat. Hat Iva Lou Recht? Geht es immer um das männliche Ego? Oder geht es in unseren Auseinandersetzungen über Geld in Wirklichkeit um etwas ganz anderes – etwas, wovor wir beide zurückschrecken, so dass wir das Geld vorschieben? Manchmal liegt ein Fremdkörper im Bett, und ich glaube, dass ich das bin.

Mein Nach-Weihnachtsgeschenk für mich selbst ist ein Anruf im Reisebüro von Gala Nuccio. Gala ist zu einer wichtigen Person in unserem Leben geworden, nachdem Jack ihren Namen in der New Yorker Zeitung gesehen hatte und sie die Reise geplant hat, die meinen Vater und meine Nonna zu mir gebracht haben.

Galas Reisen sind inzwischen der Goldstandard für italienisch-amerikanische Busreisen; vor kurzem hat sie ihren ersten Werbespot fürs Fernsehen gedreht (der in New York, Connecticut, New Jersey und Pennsylvania ausgestrahlt wird). Sie hat uns ein Video davon geschickt: Da saß sie, eine italienische Göttin mit bronzefarbener Haut, einer prachtvollen Mähne schwarzer Locken mit roten Strähnchen, vollen, rotbraun glänzenden Lippen, geschwungenen Augenbrauen und einem todschicken hellblauen Chanel-Kostüm mit Goldkettchen an den Taschen. Mit perfekt manikürten Nägeln zeigte sie auf Ansichten im schönen Italien: Rom, Florenz, Capri und Mailand sausten vorbei, eine Überschall-Abenteuershow. Am Schluss zeigt Gala, auf einem Koffer sitzend, auf ihre 800er-Nummer die in Rot-Weiß-Grün aufleuchtet.

»Gala Tours«, sagt das Mädchen am Telefon, als ich die Nummer wähle.

»Ist Gala zu sprechen?«

»Wen darf ich Miss Nuccio melden?«

»Sagen Sie, es ist die Tochter von Mario da Schilpario.«

»Einen Moment, bitte.« Ich muss kaum zehn Sekunden warten, da ist Gala schon am Apparat.

»Heilige Mutter Gottes, bist du es wirklich?«, ruft Gala ins Telefon.

»Ich bin's. Du hast das Nuccio aus dem Namen weggelassen? Du bist jetzt ein Star mit nur einem Namen wie Cher oder Liberace?«

»Oder Gott.« Gala lacht laut.

»Wie geht es dir?«

»Mir geht es fan-ta-belhaft.« Dann senkt sie die Stimme und sagt: »Jawohl, Ma'am.«

»Wer ist er?«

»Er heißt Toot Ruggerio. Er lebt in Manhattan. Little Italy. Er hat viel zu tun. Und er ist sparsam. Er wohnt immer noch in der gleichen Wohnung, in der er aufgewachsen ist. Mietpreisbindung, verstehst du? Hat eine enge Verbindung zu dem Senator da oben. Senator Schlagloch, nennen sie ihn.«

»Ach, Toot ist in der Regierung.«

»Nein. Im Baugewerbe. Liebes, sie nennen das immer Politik, aber im Ernst, es ist alles Baugewerbe.«

Ich erzähle Gala von Jacks neuem Unternehmen.

»Ich kann es kaum ge-lauben, dass dein Jack und mein Toot im gleichen Gewerbe sind. Wir sind in einer riesigen Karma-Blase miteinander verbunden, du und ich. Ich sage dir, wir kannten uns in einem früheren Leben. Meine Wahrsagerin sagt mir, dass ich einmal Gemmologin in Kalabrien war. Ich muss sie nächstes Mal fragen, was du warst. Sie kann aus Bildern lesen. Sie empfängt Schwingungen. Ich nehme ein Bild von Etta mit.« Gala erzählt mir von ihrem Geschäft, das rasant expandiert; wenn sie einkaufen geht, wird sie von den

Leuten bestürmt, weil sie sie im Fernsehen gesehen haben. »Aber mach dir keine Sorgen, Liebes. Ich bleibe realistisch. Der Erfolg hat La Nooch nicht verändert. So nennt Toot mich: La Nooch. Okay, im Moment habe ich Geld und Einfluss und ich bin im Fernsehen zu sehen. Aber glaub mir, in meinem Innersten, in meinem Kern ist mir der Erfolg nicht zu Kopf gestiegen.«

»Gala, ich habe was zu tun für dich.«

»Ich hole mir einen Stift. Gib mir die Daten.«

Als ich Gala die Daten durchgebe, sehe ich Jack und mich in Santa Margherita, an der Mittelmeerküste mit dem strahlend blauen Wasser, und die Segelboote hüpfen darauf wie bunte Preisschilder und die Netze sind voller rosafarbener Fische und im Mondschein sehen die Pflastersteine aus, als wären sie mit Silberfarbe gestrichen. Da, in dem Licht, wird sich mein Mann wieder in mich verlieben. Ich weiß es einfach.

Ich fahre auf der Valley Road nach Norton. Pearl will mir das neue Gebäude zeigen; die Verträge wurden in der Woche nach Weihnachten unterschrieben. Ich habe keine Mühe, die Mutual Pharmacy II zu finden, denn an den Schaufenstern kleben die Zettel mit der Baugenehmigung. Pearl wartet drinnen auf mich.

»Ich wollte MR. J's haben, aber sie waren ausgebucht.«

»Macht doch nichts. Wie geht es deinem Vater?«

»Er ist auf dem Weg der Besserung.«

»In der Stadt erzählt man sich alle möglichen Geschichten.«

»Ich weiß.« Pearl runzelt die Stirn.

»Was hat er im Kino gemacht?«, frage ich sie.

»Er hat dort geschlafen.«

»Aber es heißt, er wohnt in Dunbar.«

»Eigentlich nicht. Als er Mama und mich verlassen hat, ist er bei einer Frau in Dunbar eingezogen, und zwei Jahre später hat sie ihn vor die Tür gesetzt.«

»Wann hattest du ihn das letzte Mal gesehen?«

»Vor ungefähr einem Monat. Zweimal im Jahr kommt er zu mir. Und will Geld.« Pearl senkt den Blick. »Ich gebe ihm immer was, und er verspricht, dass er es mir zurückzahlt, und dann verschwindet er.«

»Wie hat er dich gefunden?«

»Er hat mein Bild gesehen, als ich meinen Abschluss am College gemacht habe.«

»Wusste deine Mom davon?«

»Ja, und sie hat mich nicht davon abgehalten, ihn zu treffen. Ich mache mir Vorwürfe. Mr. Honeycutt wusste nicht, dass er dort schlief. Er ist durch einen alten Luftschacht hinter der Leinwand reingekommen.«

»Mach dir keine Sorgen. Mr. Honeycott ist einfach nur froh, dass seine Sammlung gerettet ist.«

Pearl zeigt mir die Pläne für die Apotheke – hier wird es keinen Erfrischungsraum geben, sondern nur die Theke für Rezepte und Ständer für Gesundheitsprodukte und Toilettenartikel. Sie erzählt mir, dass der Erfrischungsraum ein solcher Erfolg ist, dass sie das Darlehen innerhalb eines Jahres abbezahlen kann.

»Ich sollte zurückfahren. Der Schlussverkauf läuft auf Hochtouren.« Ich drehe mich zum Gehen.

»Wo ist dein Dad jetzt, Pearl?«

»Ich habe ihm eine Wohnung in Appalachia besorgt. Ich weiß aber nicht, ob er da bleibt.«

»Es ist alles sehr schwierig, oder?«

»Begreifen werde ich es nie, glaube ich«, sagt Pearl, statt mir zu antworten.

»Hast du ihn mal gefragt, warum er euch verlassen hat?«

»Ja, schon.«

»Und was hat er gesagt?«

»Er hat gesagt, es war zu schmerzhaft zu bleiben.« Pearl zuckt die Achseln. »Ich verstehe das nicht, aber so ist es nun mal.«

Der Weihnachts-Schlussverkauf in der Apotheke ist der reinste Zirkus. Der ganze Weihnachtsschmuck, Geschenkpapier, Bänder und Geschenkpackungen werden zum halben Preis verkauft. Jean Hendrick hat ihren Wagen zweimal mit

Sachen vollgeladen. Mrs. Spivey und Liz Ann Noel hätten sich beinahe über unseren letzten aufziehbaren Engel in die Haare gekriegt (obwohl ihm ein Flügel fehlt), der auf ein Viertel seines ursprünglichen Preises runtergesetzt war. Peggy Slemp hat die letzten drei Kartons mit Whitmans-Pralinen (die anderen haben wir in der Nacht, als das Kino brannte, verzehrt) zum halben Preis gekauft (sie friert sie ein!). »Sie bietet sie das ganze Jahr an. Sie ist so knickrig. Eine echte Schottin«, hat Fleeta geschnaubt, aber sie hat sie ihr trotzdem verkauft.

Zur Mittagszeit ist es so voll im Erfrischungsraum, dass es nur noch Stehplätze gibt. In dem Nach-Weihnachtsgetriebe ist Tayloe Lassiter zur Platzanweiserin befördert worden. Zwei Jugendliche aus Curry's Future Business Leaders Club helfen im Service aus, solange Ferien sind. Otto und Worley haben sich bereit erklärt, an ihren freien Tagen zu kochen, und sie sind gar nicht mal schlecht.

Bei Geschäftsschluss sind wir völlig erschöpft. Fleeta schließt hinter Reida Rankin ab, die die letzten Kartons mit Lichtergirlanden gekauft hat. »Sie würde den ganzen Abend bleiben, wenn wir sie lassen würden«, sagt Fleeta und zündet sich eine Zigarette an.

»Was für ein Tag!«, sagt Pearl, als sie aus dem Büro kommt.

»Hat jemand Hunger?«, fragt Fleeta.

»Ich gehe sofort nach Hause«, sage ich zu Fleeta.

»Nein, noch nicht«, sagt sie, und es duldet keinen Widerspruch.

Es klopft an der Tür. »Sag, sie sollen sich verpissen«, ruft Fleeta auf dem Weg zum Erfrischungsraum. Aber es ist Iva Lou, also lasse ich sie rein.

»Hast du mir die Karten mit dem verschneiten Dorf von Delacroix aufgehoben?«

»Die letzten drei Kartons stehen hinten bei der Kasse.«

»Gut, danke.«

»Hast du Hunger?«

»Schon überredet.«

Wenn die Verkäuferinnen (Fleeta und ich) zum Umfallen müde sind, dann sind die im Erfrischungsraum noch schlimmer dran. Otto schenkt sich eine Cola ein. Worley, der auch bedienen musste, weil eine der Aushilfen dem Ansturm nicht gewachsen war, sitzt in einer der Nischen und hat die Füße auf den Tisch gelegt.

»Ich sage euch, die Leute waren so hungrig, dass sie auch tote Ratten gegessen hätten«, sagt Otto.

»Der Ausverkauf hat sie hungrig gemacht«, sagt Pearl.

»Wie meinst du das?«, fragt Fleeta und beißt in einen alten Doughnut.

»Wenn es einen Ausverkauf gibt, läuft den Menschen der Speichel im Mund zusammen, weil sie denken, sie könnten ein Schnäppchen machen. Es ist eine körperliche Reaktion. Einen guten Fang zu machen ist aufregend, und der Körper reagiert darauf.«

»Das passiert nur Frauen«, sagt Worley.

»Nein, es passiert allen. Du musst dir nur die Männer ansehen, wenn Legg's Auto die neuen Wagen bekommt. Schau dir das mal an«, erklärt Pearl.

»Ich dachte schon, es würde zu einer echten Schlägerei zwischen den Baptisten und den Methodisten kommen wegen der Karten mit den religiösen Motiven, die ihr zum halben Preis verkauft habt«, sagt Otto.

»Die Baptisten haben gesiegt. Jeder weiß, dass die Baptisten mehr Ausdauer haben.« Fleeta stellt Teller raus. »Kommt alle her, die Reste gibt's als Buffet.« Fleeta hat alles, was an Esswaren übrig geblieben ist, aufgestellt. Drei Stück Pie, Kokosnuss oder Kirsch (»Die Qual der Wahl«, knurrt Fleeta.), ein Teller mit Haferflockenkeksen, zwei Croissants mit Käse, und ein paar Schälchen mit Wackelpeter, in der Mitte ein kleiner Stern aus Schlagsahne. »Der Kaffee ist aber frisch«, sagt Fleeta als Entschuldigung für die kläglichen Speisen.

»Und dafür bin ich hiergeblieben?«

»Nicht nur. Die Versammlung wird hiermit zur Ordnung gerufen. Wer erzählt Ave jetzt, was wir drüben in Coeburn gehört haben?«, fragt Fleeta. Iva Lou sieht sie an, als wollte sie sie erdrosseln.

»Was hast du denn gehört?«

»Also, Ave, werd nur nicht sauer auf den Boten, das sage ich dir.«

»Ist in Ordnung, Fleeta.«

»Also gut. Jetzt sagen wir dir, was wir wissen und wie wir es erfahren haben. Pearl hat mich nach Norton geschickt, um ein paar Dinge für das neue Geschäft zu klären.« Fleeta sieht Pearl an, und Pearl nickt. »Und als ich in Norton war, da hab ich was läuten hören. Aber meine Mama hat immer gesagt, man kann das, was ich gehört hab, und das, was du gehört hast, zusammentun, und dann hat man gar nichts gehört.« Ich nicke. Was sie sagt, ist mir völlig unverständlich, aber es scheint, sie hat es so eingeübt, und deswegen unterbreche ich sie nicht. »Ich hab da oben eine Cousine. Ich glaube, du kennst sie. Veda Barker. Zierliche Frau. Sehr christlich. Also, sie war bei der Stadtverordnetenversammlung in Coeburn, und da wurde über die Renovierung des Rathauses gesprochen, und da haben sie gesagt, MR. J's hat den Auftrag bekommen.«

»Ich weiß, dass sie den Auftrag in Coeburn bekommen haben.«

»Ja, aber was du nicht weißt, ist, dass Karen Bell sich für MR. J's ins Zeug geworfen hat.«

»Sie unterstützt Jacks Firma. Na und? Sie arbeitet bei Luck's Holzhandel, und die beliefern MR. J's.«

»Karen Bell ist hinter deinem Mann her. Du musst den Tatsachen ins Auge sehen.«

»Fleeta. Dein Ton«, sagt Pearl sanft.

»Welchen Tatsachen muss ich ins Auge sehen?«, frage ich unschuldig. Plötzlich erkenne ich, dass Frauen sich seit Jahrhunderten so verhalten. Wir spielen auf Zeit und tun so, als wüssten wir nicht, wovon die Leute reden, wenn sie von unseren Männern reden und darüber, wie unsere Männer ihre Zeit verbringen und mit wem. Wenn ich so tue, als wüsste ich von nichts, komme ich hier raus, dann kann ich durchatmen und nachdenken.

»Karen Bell geht rum und erzählt allen, dass sie in deinen Mann verliebt ist. Vielleicht ist es nichts. Vielleicht ist es nur Gerede.« Pearl legt den Arm um mich.

»Von wegen. Das ist eine von den Geschichten, die im Wise County umgehen, an denen was dran ist. Du musst die Sache ernst nehmen. Du kannst deinen Mann nicht in Coeburn frei herumlaufen lassen und damit rechnen, dass er den Weg nach Hause findet. Das ist zu weit weg von Cracker's Neck. Er verläuft sich da. Du musst ihn wieder nach Hause holen. Sonst, das sage ich dir, sonst ist er weg.« Fleeta setzt sich. Ich habe sie noch nie so unglücklich gesehen.

Ich setze mich auch. Ich kann gar nicht mehr stehen. »Also gut. Ich höre zu.«

»Ich bin der Frau nachgegangen«, verkündet Otto. »Nicht, dass ich stolz darauf wäre. Aber ich habe es getan. Ich weiß, wo sie wohnt. Und mit wem sie umgeht.«

»Du hast gesehen ...« Ich sehe Otto an, und er wendet seinen Blick ab. »Ach so.«

Ich blicke auf meine Hände, als wären sie brandneu und ich sähe sie zum ersten Mal. Ich weiß nicht, was ich zu meinen Freunden sagen soll. Soll ich sagen, dass ich auch Anzeichen bemerkt habe? Dass ich dieses Gefühl hatte, als ich Karen Bell das erste Mal sah? Ich will ihnen mein Herz ausschütten und alles erzählen, aber ich kann es nicht. Meine Loyalität gegenüber meinem Mann, der mich wahrscheinlich hintergangen hat, hindert mich daran.

»Ich muss an die frische Luft«, sage ich zu meinen Freunden und stehe auf. Sie stehen auch auf. Das Stühlescharren ist ohrenbetäubend.

Iva Lou kommt mir nach und setzt sich in meinem Jeep auf den Beifahrersitz. Ich weiß genau, dass ich nur den Schlüssel zu drehen brauche, um den Motor anzulassen, aber ich bringe es nicht fertig.

»Hör zu, es ist noch nichts passiert.«

»Glaubst du, es stimmt?«

»Ich habe versucht, es dir zu sagen. Ich habe hier und da was gehört. Du weißt doch, wie die Leute reden.«

»Und was soll ich tun?«

»Nichts.«

»Nichts? Wie kann ich untätig da sitzen?«

»Wir wissen nicht, wie weit es gegangen ist. Ich kenne deinen Mann ziemlich gut. Ich glaube nicht, dass er sie liebt. Ich glaube, das könnte er nicht. Ich glaube, er liebt nur dich. Bestimmt. Das ist also das Gute. Aber du hast ein noch größeres Problem.«

»Was soll das sein?« Wovon redet Iva Lou? Was gibt es Schlimmeres?

»Dein eigentliches Problem ist Karen Bell. Sie ist hinter ihm her. Sie will ihn unbedingt. Das ist eine Tatsache. Das habe ich aus dem Mund ihrer besten Freundin Benita Hensley in der Bücherei gehört. Sie arbeitet da und hat es mir selbst erzählt.«

Wer sind alle diese Menschen, diese Fremden, die meinen Namen kennen und über mich Bescheid wissen? Was wollen sie? Was kümmert sie mein Leben und meine Situation? Das Rauschen in meinem Kopf wird immer lauter, während Iva Lou weiterspricht.

»Denn über Karen Bell hast du keine Kontrolle. Sie ist unberechenbar und undurchschaubar. Außerdem ist sie ein Genie, denn sie gibt sich als durch und durch professionelle Frau. Sie hat mit mehreren Männern ein Verhältnis gehabt. Nicht, dass das unbedingt gegen sie spricht.« Natürlich nicht. Schließlich sagt das Iva Lou, die Sirene und Liebesgöttin von Big Stone Gap.

»Ich will kein Wort mehr hören.«

»Hör mir zu. Ich habe Erfahrung als ›die Andere‹. Ich glaube nicht, dass es irgendeine Variante des Spiels gibt, die ich nicht irgendwann mal selbst erlebt habe. Du hast also gewissermaßen eine Geheimwaffe in mir, weil ich deine Freundin bin. Ich weiß, was Karen Bell vorhat. Sie kann nichts im Schilde führen, was ich nicht schon kenne oder selbst gemacht habe.« Iva Lou kramt in ihrer Handtasche nach einer Zigarette. »Hör mir also gut zu, denn ich weiß, wovon ich spreche. Es gibt ›die Andere‹, die ein bisschen rumspielen will. Sie will zum Essen und ins Kino ausgeführt werden und aufregenden Sex haben. Und dann gibt es ›die Andere‹, die will einer Frau den Mann abjagen. Und die ist erbarmungslos. Sie gibt nicht auf, bis sie dir den Mann ausgespannt hat, und dann ist es für alle Beteiligten zu spät. Karen Bell ist vierunddreißig Jahre alt –«

»Sie ist mindestens vierzig.«

»Liebes, sie ist vierunddreißig. Spec hat das bei der Zulassungsstelle überprüft.«

»Spec!« Ich schlage mit der Faust aufs Steuerrad. Wissen alle in Wise County über diese Sache Bescheid?

»Er kennt jemanden bei der Zulassungsstelle. Wir mussten ihn einweihen. Liebes, es sieht folgendermaßen aus. Sie will heiraten und Kinder haben, und sie findet, dass Jack Mac ganz fantastische Gene zu verteilen hat. Sie hat Benita Hensley erzählt, dass Jack MacChesney einer der klügsten Männer ist, die sie kennt, und dass er ein Mann mit einer Menge ungenutztem Potenzial ist. Wie gefällt dir das? Karen Bell erkennt das Potenzial. Mir war speiübel.«

»Mir ist auch übel.«

»Ich weiß, ich weiß. Ich bin so froh, dass ich verheiratet bin und nicht mehr rumspiele, denn ich fühle mich schlecht, wenn ich nur dran denke, welchen Schmerz ich anderen zugefügt habe. Ich verabscheue mich dafür, also nicht richtig, aber doch deinetwegen.«

»Was soll ich tun?« Ich sehe Iva Lou an. Am liebsten würde ich ihr die Zigarette aus dem Mund reißen und sie selbst rauchen.

»Du darfst Jack nicht wissen lassen, dass du Bescheid weißt.«

»Warum nicht? Wenn ich es verhindern kann …« Ich spreche nicht weiter. Was soll ich verhindern? Den ersten Kuss? Ihre erste Verabredung? Dass sie sich verlieben? Dass er seine Sachen nimmt und mich verlässt? Ihre Hochzeit unter freiem Himmel am See von Big Cherry Holler, und Etta als Brautjungfer?

»Ich sage dir, was du tun musst. Hörst du mir zu?«

»Schon gut, schon gut, ich höre.«

»Sie rechnet damit, dass du die Sache verpatzt. Sie weiß ja jetzt schon, weil sie deinen Mann an der Angel hat, dass er nicht glücklich ist. Also muss sie nur umwerfend süß sein. Unkompliziert. Und dann kommt er immer wieder zu ihr. Wenn du ausrastet und ihm nachgehst und die Hölle heiß machst mit Anschuldigungen, dann hat sie einen Vorteil. Du bist dann die nörgelnde Ehefrau, und sie kann das süße junge Ding sein.« Iva Lou sieht mich an. »Du Ärmste.«

»Wie ist es so weit gekommen?«

»Es ist so weit gekommen, weil es um einen Mann geht. Und Männer sind verletzbar, weil sie ihren Willen ihrem Ego unterordnen. Das musst du dir merken: Sie ordnen ihren Willen ihrem Ego unter. Denn ihr Ego macht sie erst zum Mann. Hast du das kapiert?«

»Ich will diesen Mist nicht in meinem Leben! Ein Mist ist das. Ich will das nicht!«

»Ave, es gibt immer einen Punkt in einer Affäre, wo noch nichts passiert ist – nichts Körperliches, meine ich. Der Mann und die Frau haben sich angenähert. Sie sind gute Freunde. Sie arbeiten zusammen. Wahrscheinlich unterhalten sie sich. Auch über persönliche Dinge. Sie erzählt ihm ein paar vertrauliche Dinge, und vielleicht wendet sie auch manchmal einen kleinen Trick an und sagt, sie hat ein Problem zu Hause und keinen Mann, der es richten kann, und eine Leitung oder ein Anschluss muss repariert werden, und er sagt, er kommt mal vorbei, und bevor er weiß, wie ihm geschieht, ist er ins Netz gegangen.«

»Was für ein Netz?«

»Ihr Netz. Ihre kleine Inszenierung. Du musst dir das so vorstellen: Er repariert, was repariert werden muss, dann macht sie einen schönen Kaffee und ein gutes Sandwich für ihn. Er setzt sich. Und sie fangen an zu reden, über dies und jenes, und plötzlich weiß er nicht, wo die Zeit geblieben ist. Also steht er auf und sagt: Ich muss zu meiner Frau und meinem Kind, oder was auch immer. Und sie nickt, traurig, aber verständnisvoll. Das ist das Wichtige daran. Sie ist verständnisvoll.«

»Wieso verständnisvoll?«

»Weil sie versteht, wie sein Leben ist. Was er durchmacht. Was er braucht. Was er für Probleme hat. Sie ist seine Freundin, verstehst du?«

»Weil Männer nicht mit anderen Männern über ihre Beziehung sprechen, brauchen sie andere Frauen, mit denen sie darüber sprechen?«, frage ich. Langsam verstehe ich. Jack spricht mit Karen Bell über mich. Über Etta. Über seine Arbeit. So wie ich mit Iva Lou spreche. (Wenn es nicht um mich ginge, wäre ich begeistert von diesem Durchbruch in den Beziehungen zwischen Männern und Frauen.)

»Jetzt verstehst du, was ich meine.« Iva Lou lehnt sich zurück.

»Oh, ich verstehe nur zu gut.« Iva Lou weiß nicht, wie gut ich alles verstehe.

»Jack Mac ist ins Netz gegangen, obwohl er das nicht wollte. Er ist hineingeraten, weil er so nett ist. Männer verstehen nicht, wie etwas Unschuldiges zur Routine wird, und eine Routine zu einer Beziehung. Du hast keine Ahnung, wie viele Männer mir in meinem Leben erzählt haben, dass sie überrascht sind, weil sie plötzlich eine Affäre haben. Sie haben es weder kommen sehen, noch haben sie es geplant. Aber irgendwie, weil sie so nett sind, landen sie plötzlich mit jemandem im Bett. ›Die Andere‹ bittet sie ganz unschuldig um ihre Aufmerksamkeit, und sie sagen: Klar, ich helfe dir, und dann sagt sie: Küss mich, und er sagt: Klar, und der Kuss führt zum nächsten ›Klar, mach ich‹.«

»Ich will aber nicht, dass er sich auf diese ›Klar, mach ich‹-Weise von mir entfernt.«

»Das tut er auch nicht. Aber du musst klug sein. Ave Maria, in dem Punkt musst du klüger sein als sie. Er will ja nicht, dass das passiert. Er weiß, dass es falsch ist. Aber du kannst ihn nicht beschuldigen wegen einer Sache, ohne dass du sicher bist, dass er sie auch gemacht hat, denn das wird ihn direkt in ihre Arme treiben, dann braucht er nämlich jemanden, mit dem er darüber sprechen kann.« Iva Lou holt tief Luft. »Ich wäre lieber an deiner Stelle als an ihrer.«

»Warum?«

»Weil er ein guter Mann ist. Und er versucht sicherlich, sich korrekt zu verhalten. Ich sage nicht, dass er ein Heiliger ist. Aber er wird sich ziemlich quälen, bevor er nachgibt.«

»Meinst du wirklich?«

»Ich weiß es.«

Ich weiß, dass ich Iva Lou danken sollte, weil sie mir hilft, das zu sehen, was ich schon längst wissen müsste. Aber in diesem Moment verspüre ich nicht allzu viel Dankbarkeit. Ich spüre vielmehr die Ausweglosigkeit und Verzweiflung aller Frauen, die je in meiner Lage waren, in der schrecklichen Situation, nichts zu wissen und doch alles zu wissen. Der Trick besteht darin, dass man sich in der Mitte halten muss. Ich bin gespannt, ob ich das schaffe. Mit Sicherheit werde ich meinen Mann nicht einer anderen überlassen wie einen selbst gebackenen Kuchen bei einem Basar. Wenn sie sich Jack nimmt, dann nur, weil ich sie lasse. Vermutlich werde ich so herausfinden, ob ich kämpfen kann. Ich drehe meinen Ehering an meinem Finger; er fühlt sich lose an. »Die kleinste Handschelle der Welt«, hat Lyle Makin ihn mal genannt. Er hatte Recht.

KAPITEL
6

Eins ist in einer Kleinstadt sicher: Wenn du heute heiße Ware bist – morgen bist du kalter Kaffee. Und wenn es ein Gerücht gibt, dass dein Mann eine Affäre hat, dann musst du nur lange genug warten, bis jemand mit einer noch größeren Geschichte aufwartet. Ich möchte Tozz Ball dafür danken, dass er eine Zweitfrau und eine Zweitfamilie in Middlesboro, Kentucky, hat und bei einem Sonntagsgottesdienst der Methodist Church mit seiner ersten Familie hier in Gap reinen Tisch gemacht hat. Tozz bestimmt jetzt die Schlagzeilen, und ich bin froh, Schnee von gestern zu sein.

Jack Mac und ich haben auf unsere Art und Weise über die Gerüchte gesprochen. Weder habe ich jemanden (Karen) klar genannt, noch hat er irgendwas (Karen) zugegeben. Er hat mir gesagt, dass der Beruf diese Art von Gerede mit sich bringt; er arbeitet mit Frauen zusammen, und die Leute reden darüber. Ich habe gesagt, das verstehe ich, aber ich wolle nicht, dass er den Leuten Grund zum Reden gebe.

Ich weiß nicht, ob ich Iva Lous Ratschläge inzwischen besonders gut beherzige oder ob ich aus reiner Angst an meinem Plan festhalte, die perfekte Ehefrau zu sein. Dieses Frühjahr war es eine einzige Freude, mit mir zu leben: fröhlich, warmherzig und zärtlich, unkompliziert und liebevoll. Ich mache niemandem Probleme. Man hätte mich zu Teig verarbeiten und zu Keksen backen können, so süß war ich. Bestimmt hat sich Etta gewundert, wo meine schlechten Launen und meine gelegentlichen trüben Stimmungen geblieben sind, aber auch wenn es ihr seltsam vorgekommen ist, hat sie doch nichts darüber gesagt.

Jetzt sind wir in der letzten Aprilwoche, und das heißt, dass mein Hochzeitstag näher rückt. Am 29. April sind wir acht Jahre verheiratet. An unserem ersten Hochzeitstag hat mein Mann mich gefragt, was ich mir wünsche, und natürlich habe ich mir gewünscht, dass unser Kind gesund auf die Welt kommen möge, und es war gesund. Aber er wollte mir etwas kaufen. Deswegen habe ich ihn um ein Tagebuch gebeten. Also ist er zum Einkaufszentrum gegangen und hat ein hübsches Heft mit blauem Samteinband gekauft, hat es eingepackt und mir gegeben. Ich habe es ausgepackt, mich bei ihm bedankt und es ihm zurückgegeben. Er hat mich verwirrt angesehen, und ich habe ihm erklärt, mein Wunsch bestehe aus zwei Teilen. Ich wünschte mir, dass er mir jedes Jahr zu unserem Hochzeitstag einen Brief schreibe, und ich würde ihm auch einen schreiben, und eines Tages würden wir in dem Buch lesen können und wissen, was hinter uns liegt. Jack ist ja kein großer Briefeschreiber, und ich auch nicht, aber ich dachte, selbst ein Mann von wenigen Worten könnte einmal im Jahr eine Seite schreiben. Und er hat es gemacht. Manchmal vergesse ich das Buch im Lauf des Jahres, aber wenn unser Hochzeitstag näher rückt und es darum geht, wer zuerst in das Buch schreibt, vollführen Jack und ich einen seltsamen Tanz umeinander; wir tun so, als würden wir streiten, und er benimmt sich, als würde ich ihn auffordern, sich selbst einen Zahn zu ziehen, aber wir haben uns noch jedes Jahr einen Brief geschrieben.

In letzter Zeit hat mir das Buch einen Dienst erwiesen, denn ich brauchte Rückenstärkung. Ich wollte Beweise, dass ich mir das nicht alles zusammengeträumt habe – mein großes Glück, dass ich mich in einen guten Menschen verliebt und zwei großartige Kinder mit ihm bekommen habe. Ich will an der Sache festhalten, und ich muss wissen, warum. Ich lasse mich sehr von meiner Intuition leiten, und meine Intuition sagt mir, dass uns Schwierigkeiten bevorstehen. Ich stelle mir alle möglichen Szenarien vor, immer die schrecklichen: den Tag, an dem er seine Sachen packt und auszieht, den Tag, an dem ich die Scheidung einreiche, den Tag, an dem er neu verheiratet und ich wieder allein bin. Das ist verrückt, ich weiß, aber es ist eine verrückte Zeit.

Die letzten Jahren waren so schwierig, dass wir uns nur sehr kurze Briefe geschrieben haben. In dem Jahr, als Joe starb, schrieb Jack: *Ich liebe dich, Schatz. Und es tut mir Leid.* Und ich schrieb von Joes Tod. Aber das war das schlimmste Jahr überhaupt, und statt mich damit aufzuhalten, nehme ich das Buch aus der Schublade und lese Jacks ersten Brief.

29. April 1980
Liebe Ave,
ich weiß, dass es auf der Welt viele Männer gibt, denen das Glück hold ist. Und ich weiß das, weil ich ein paar kennen gelernt habe. Und alle Männer, denen das Glück hold ist, haben eins gemeinsam. Sie haben eine gute Frau, die sie liebt. Ich weiß, dass Du Dir Dein Leben lang Gedanken gemacht hast, ob Du hübsch genug bist, und ich möchte Dir gern sagen, dass hübsch gar nicht ausreicht. Ich sehe mehr in Dir, wenn Du schläfst, als Du Dir vorstellen kannst. Man sagt, die Seele kommt heraus, wenn man schläft, und bei Dir stimmt das. Wenn Deine Augen geschlossen sind, liegen Deine Wimpern auf den Wangen, und Du machst einen Mund, dass es aussieht, als würdest Du lächeln. Von Dir geht ein Frieden aus, und das ist es, was ich bei Dir gefunden habe. Frieden. Ich bin der glücklichste Mann der Welt. Ich liebe Dich. J.

Ich nehme das Buch und lege es mit einem Stift auf Jacks Nachttisch. Wenn er liest, was er geschrieben hat, vielleicht merkt er dann, dass es eine Menge gibt, wofür es sich lohnt zu kämpfen.

Juni, der Monat, in dem unsere große Reise nach Italien stattfinden soll, konnte gar nicht schnell genug kommen. Jetzt ist er endlich da, und ich bin wieder voller Hoffnung. Ich werde mit meinem Mann an einen romantischen Ort fahren, wo wir zusammen sein können, wo wir sprechen und lachen werden und wo uns keiner kennt. Den ganzen Winter hatte ich das Gefühl, die Berge schließen uns ein. Jack hat den Frühling über viel gearbeitet. Da es nur wenig geregnet hat, konnten er und Mousey und Rick lange arbeiten. Das Baugewerbe hat viel mit dem Wetter zu tun.

Ich weiß noch, welche Sachen zum Anziehen Jack auf unserer Hochzeitsreise nach Italien dabei hatte, und ich versuche, mich zurückzuversetzen. Ich habe ihn immer mal wieder gefragt, was ich für ihn packen soll, und er hat immer geantwortet: »Entscheide du.« Also habe ich für ihn gepackt.

Am Abend vor unserem Flug von Tri-Cities über New York nach Mailand gehe ich noch einmal zu Etta. Sie ist so aufgeregt, dass sie nicht schlafen kann, deswegen habe ich ihr erlaubt, das Licht anzulassen und zu lesen. Das hat funktioniert. Als ich ihr Beverly Clearys *Fifteen* aus den Händen nehme und das Lesezeichen zwischen die Seiten stecke, dreht sie sich auf die Seite, ohne die Augen aufzumachen, und nimmt ihr Kissen in den Arm. Ich gebe ihr einen Kuss auf die Stirn. Ihre Taschen sind gepackt und stehen in einer Reihe neben der Tür. Ich kann es kaum erwarten, dass sie zu ihrem ersten Besuch nach Schilpario aufbricht.

Ich höre Jacks Wagen vor dem Haus. Ich freue mich auf den langen Flug. Etta kann schlafen, und Jack und ich werden endlich Gelegenheit haben, miteinander zu sprechen und alles voneinander zu erfahren. Unsere glücklichsten Momente hatten wir in unseren Flitterwochen, und jetzt dürfen wir das alles noch einmal erleben.

Ich begegne Jack im Flur, wo er sich die Post ansieht. Ich lege ihm von hinten die Arme um den Körper.

»Wie war dein Tag?«, frage ich ihn.

»Hart.«

»Ich habe dir neue Socken gekauft.«

»Warum?«

»Die alten waren zu abgetragen für Italien.«

Jack bewegt sich und ich lasse meine Arme fallen. Er legt den Arm um mich und geht zur Küche.

»Und ich habe kein Dreierpack gekauft, sondern die guten aus Dave's Department Store, die auf diesen kleinen Bügeln hängen. Nur das Beste ist gut genug für meinen Mann.«

»Ich muss mit dir reden.« Er setzt sich an den Küchentisch. Ich setze mich ihm gegenüber.

»Was ist los?«, frage ich munter. Ich habe Grund, munter zu sein. Morgen schon sind wir in Italien.

»Ich komme nicht mit.«

»Warum nicht?«, frage ich. Er antwortet nicht. »Hat es mit der Arbeit zu tun? Können sie dich nicht entbehren?«

»Nein, daran liegt es nicht.«

»Was ist es dann?«

»Ich glaube, wir brauchen eine Zeit, in der wir getrennt sind.« Jack lehnt sich auf seinem Stuhl zurück und sieht mich intensiv an.

»Warum?«

»Ich glaube, du weißt, warum.«

Das Gerede in der Stadt? Das lange Schweigen in unserem Schlafzimmer? Weil wir uns voreinander in unserer Arbeit verstecken und nur rauskommen, wenn es um Etta geht?

»Ich weiß nicht, was du meinst.« Soll er das erklären. Ich bin es leid, immer die Leerstellen auszufüllen.

»Ich glaube, du willst nicht mehr mit mir verheiratet sein.«

»Das stimmt nicht! Das ist nicht wahr!«

Jack steht auf und dreht den Wasserhahn auf. Er lässt ein Glas volllaufen und trinkt. »Ave, du willst der Sache nicht ins Auge sehen.«

»Welcher Sache?«

»Du machst alle Arbeiten: Du kümmerst dich um Etta, das Haus, mich. Und du bist sehr lieb. Das ganze Frühjahr über warst du richtig lieb. Aber du bist nicht richtig hier, in unserer Ehe, es ist nur gespielt.«

»Das kannst du nicht sagen. Was ich tue, tue ich aus Liebe. Ich spiele das nicht.«

»Vielleicht ist ›spielen‹ das falsche Wort. Du machst alles automatisch. Es ist einstudiert. Du tust das, was deiner Meinung nach von dir erwartet wird. Und du machst es gut. Es ist alles sehr angenehm. Oberflächlich betrachtet. Sehr angenehm.«

»Ich tue es für dich! Es ist nicht automatisch!«

»Aber es ist nicht das, was ich will«, sagt Jack schlicht. Er stellt sich ans Fenster, aber er sieht mich die ganze Zeit an.

»Es tut mir Leid, dass ich dich so enttäusche.«

»Nein. Es tut mir Leid, dass ich dich so enttäusche«, sagt er, dann setzt er sich neben mich.

»Ich habe jetzt richtig Angst. Was du da sagst, klingt so endgültig.« Ich nehme seine Hand. Ich liebe diese Hände, und ich will sie nicht loslassen. »Liebst du micht nicht mehr?«

»Das war noch nie die Frage. Ich liebe dich so sehr, dass ich bereit bin, deinetwegen ein unglückliches Leben auf mich zu nehmen.«

»Das verstehe ich nicht.«

»Das hatte ich auch nicht erwartet«, sagt er leise.

»Jack, du musst mir erklären, was du fühlst. Denn ich verstehe das nicht. Hilf mir, dass ich es verstehe.«

»Als ich dich geheiratet habe, wollte ich dich glücklich machen.«

»Das hast du auch.«

»Ich habe mich darauf eingelassen, weil ich das wollte.«

»Worauf hast du dich eingelassen?«

»Dich. Dein Wesen.«

»Niemand ist einfach, Jack. Wir sind alle kompliziert. Die Menschen sind so. Und wenn du denkst, dass es jemanden gibt, der nicht kompliziert ist, dann glaub mir, er ist es nicht.« Am liebsten würde ich sagen: »Wenn du glaubst, mit Karen Bell hast du es leichter, dann bist du verrückt.« Aber ich kann es nicht. Ich will ihren Namen nicht in unserem Haus sagen.

»Ich wusste, dass es nicht leicht sein würde. Ich weiß, dass man für eine gute Ehe hart arbeiten muss. Aber damals habe ich gedacht, du würdest mitmachen, wir würden zusammen arbeiten. Ich dachte, dass wir alles teilen würden, was immer passiert.«

»Haben wir nicht alles geteilt?«

»Nein.«

»Ich dachte doch.« Das ist gelogen. Wir haben nicht alles geteilt, und ich weiß, dass es so ist. »Du sprichst von Joe.«

»Es hat mir das Herz gebrochen, als er starb.«

»Ich weiß.« Jack nimmt meine Hand.

»Und es ist immer noch zerbrochen. Ich bin bereit, darüber zu sprechen, aber du bist so fern, und ich habe es aufgegeben. Das einzige Mal, dass du etwas zugelassen hast, mit mir, war zu Weihnachten, als wir auf dem Friedhof waren. Da hatte ich gehofft, dass es der Anfang einer neuen Zeit für uns sein würde. Ich dachte, vielleicht würdest du dich mir öffnen. Mit mir trauern. Aber dieser eine Tag verging, und es war wieder vorbei.« Jack lässt meine Hand los.

»Du solltest mir keine Vorwürfe machen, wie ich mit dem Tod unseres Sohnes umgegangen bin. Das ist nicht fair.«

»Ich mache dir keine Vorwürfe«, sagt er leise.

»Es gibt kein Handbuch, in dem man nachlesen kann, wie man mit dem Tod eines Kindes umgeht. Selbst andere Eltern, die das erlebt haben und mit denen ich gesprochen habe, konnten mir nicht helfen. Konnten uns nicht helfen. Ich habe mich nicht gut verhalten. Aber wie verhält man sich gut bei so was? Kann man das überhaupt?«

Jack Mac sieht mich an. Er schließt die Augen und denkt einen Moment lang nach, dann macht er sie auf und sieht mich wieder an. »Ich weiß, dass er durch deinen Körper kam, und das ist etwas, was ich nicht verstehe, aber du hast mich weggeschoben.«

»Das wollte ich nicht.«

»Um das ein für allemal klarzustellen. Du *hast* es gewollt. Du glaubst, es gibt nur einen Menschen auf der Welt, der die Dinge richtig macht, und das bist du. Du hast mir nie richtig vertraut.« Ich will dagegen protestieren, aber er unterbricht mich. »Du glaubst, ich bin nicht in der Lage, unsere Familie, dich, zu versorgen. Aus irgendeinem Grund glaubst du, ich bin dem nicht gewachsen. Vielleicht wärst du bei jedem Mann so, aber ich weiß nur, wie du bei mir bist. Und du kannst hier herumschwirren und lächeln und so tun, als ob alles in Ordnung wäre, aber wir beide wissen, dass das nicht stimmt. Unter dieser schönen glatten Oberfläche liegt eine Lüge. Ich habe wirklich an uns geglaubt, und du hast das nie getan. Meine Liebe zu dir ist unerwidert. Ich liebe eine Frau, die mich nicht in gleichem Maße wiederliebt. Ein kühl denkender Mann würde die Sache hier beenden. Ein kühl denkender Mann würde einfach sagen: ›Jetzt ist Schluss.‹ Aber ich habe immer meinem Herzen erlaubt, meinen Verstand zu bestimmen. Ich glaube, du brauchst diesen Sommer, um darüber nachzudenken, was du willst. Und ich schlage vor, wir sprechen, wenn du aus Italien kommst, und dann überlegen wir, wie wir weitermachen wollen.«

»Willst du eine …« Ich bringe das Wort »Scheidung« nicht über die Lippen.

»Das habe ich nicht gesagt. Ich möchte, dass du darüber nachdenkst, was du willst. Vielleicht kommst du zu der Erkenntnis, dass du nicht mehr mit mir verheiratet sein möchtest.«

»Und du bist bereit, dieses Risiko einzugehen?«

Er zuckt die Schultern. »Ich kann so nicht leben.«

Ich gucke Jack MacChesney an und sehe, dass es ihm wehtut. Er möchte diese Dinge nicht sagen. Er will sie nicht glauben, aber er weiß, dass sie wahr sind. Ich bin nicht richtig da. Als wir geheiratet haben, dachte ich, das Glück würde ganz natürlich kommen. Ich dachte, Jack würde mich erfüllen, so wie die Liebe die Menschen in Büchern erfüllt. Ich dachte, die Leidenschaft würde unser Leben bestimmen, wir würden jedes Problem überwinden und uns durch die Liebe verständigen. Aber es ist nicht so gekommen. Ich habe mich nicht darum bemüht, dass es so wird. Ich habe Angst, ihm zu sagen, dass ich nicht weiß, wie ich es machen soll. Und werde ich es so spät in meinem Leben noch lernen? Er ist unglücklich. Ich bin nicht die Frau, für die er mich gehalten hat. Ich bin eine Enttäuschung für ihn. Distanziert. Zurückgezogen. Nicht bereit zu teilen. Ich kenne mich selbst gut. Ich habe mich immer um Menschen gekümmert und es Arbeit genannt. Aber die eigentliche Arbeit besteht darin, ehrlich zu sein. Die eigentliche Arbeit liegt darin zuzugeben, dass meine Herkunft eine tiefere Wirkung auf mich hat, als ich geahnt habe. Dass der Tod unseres Sohnes mich stärker betroffen hat als ihn. Vielleicht stimmt das nicht, aber so hat es sich angefühlt. Vielleicht glaube ich, dass Mütter wichtiger sind als Väter, und Jack hat das erspürt. Erspürt? Er hat es klipp und klar gesagt. Er hat viel darüber nachgedacht. Er denkt dauernd darüber nach. Wie oft am Tag denke ich, falls überhaupt, auf diese Weise an ihn? Normalerweise denke ich an ihn in Bezug auf mich selbst. Ich tue manches für ihn, klar. Aber ich tue das, weil ich es muss, aus Pflichtgefühl. So wie meine Mutter Sachen gemacht hat. Wenn das Haus in Ordnung war und die Mahlzeiten pünktlich auf dem Tisch standen, hatte sie Stabilität geschaffen. Aber mein Mann will keine Stabilität. Er möchte eine echte Partnerin. Eine Frau, die sich hineinwagt und Sachen bis zum Grund klärt. Ich habe versagt. Ich muss ihm das Eingeständnis machen.

»Jack MacChesney.« Ich gebe einen langen, leisen Pfeifton von mir.

Er sieht mich an und lächelt.

»Herr, hab Erbarmen, ich höre, was du sagst.« Ich sacke auf dem Stuhl zusammen.

»Mach keine Witze.«

»Ich mache keine Witze. Und es ist auch egal, ob ich mit allem, was du sagst, einverstanden bin, was ich, nebenbei gesagt, nicht bin. Aber es geht darum, wie du dich fühlst. Und das ist wichtig.«

»Danke.«

»Ich lasse dich nicht einfach ziehen.«

»Ave?«

»Was?« Das klingt verärgert, aber was muss ich mir denn noch alles anhören?

»Bleib nicht mit mir verheiratet, nur meinetwegen. Tu das, was für dich richtig ist.«

»In Ordnung. Aber ich will dir was sagen. Und damit möchte ich keine Schuldgefühle in dir wecken. Aber ich hatte mich darauf gefreut, mit dir zusammen nach Italien zu fahren, so wie damals in unseren Flitterwochen. Ich hatte gehofft, dass die Reise ein Neuanfang für uns sein könnte. Du sollst wissen, dass ich gemerkt habe, dass du nicht glücklich bist. Und ich wollte daran etwas ändern.«

Jack tritt auf mich zu und nimmt mich in den Arm. »Wir können nicht zu einem magischen Ort zurückgehen und hoffen, dass dann alles in Ordnung ist. So funktioniert das nicht, mein Schatz«, sagt er schlicht und gibt mir einen Kuss auf die Wange.

»Solange nur ein Funke lebendig ist, nur ein einziger, dann kriegen wir es vielleicht wieder hin«, sagt er zu mir. Ich lächle, dann vergrabe ich meinen Kopf an seiner Schulter. Ein Funken. Meine Ehe hängt von einem Funken ab. Was für ein zartes, winziges, unauffälliges kleines Ding. Ein Funke. Ein Lichtschimmer. Reicht das überhaupt, um etwas zu sehen?

Etta geht zwischen Jack und mir und hält uns bei den Händen, als wir durch die Abflughalle von Tri-Cities Airport gehen. Als wir zum Flugsteig kommen, nimmt Jack Etta lange in den Arm.

»Etta, warte bitte einen Augenblick auf mich«, sage ich zu ihr.

»Also gut, Daddy, das reicht«, sagte Etta, als sie ihren Vater zum Abschluss noch einmal drückt. Sie rückt sich den Rucksack zurecht und geht ein paar Schritte weiter.

»Jack. Sieh mich an.« Mein Mann sieht mich an. Schmerz steht in seinen Augen. Ich sehe, dass es ihn zerreißt, dass er am liebsten mit uns kommen würde. Aber auch er hat einen Plan, und an dem will er festhalten.

»Nicht hier«, sagt er sanft.

»Nein, ich muss dir etwas sagen. Du hast gestern Abend gesagt, ich soll darüber nachdenken, ob ich mit dir verheiratet sein möchte. Und ich habe dir versprochen, darüber nachzudenken, wenn ich in Italien bin, und das tue ich auch. Aber ich möchte, dass du etwas verstehst. Vielleicht werde ich immer, ich weiß nicht … unbeholfen sein. Vielleicht habe ich das späte Mädchen nicht abgeschüttelt, als wir geheiratet haben. Ich weiß nicht. Vielleicht drücke ich die Liebe, die ich empfinde, nicht richtig aus. Und vielleicht weiß ich nicht, wie ich dich lieben kann, so dass es gut für dich ist. Aber ich glaube, dass ich trotz all meiner Fehler, und davon habe ich viele, dass ich trotzdem die richtige Frau für dich bin. Bitte warte auf mich. Ich glaube, ich habe eine zweite Chance verdient.« Und damit küsse ich meinen Mann auf die Wange. Ich schwinge mir die Tasche über die Schulter und gehe zu Etta. Ich reiche dem netten Mann an der Sperre unsere Flugscheine, und wir gehen hinter den anderen Passagieren her zu dem kleinen Flugzeug und klettern die Gangway hoch. Als wir oben ankommen, dreht Etta sich um und winkt ihrem Daddy zu.

»Mommy, du musst winken.«

»Wink du für mich, Schatz.« Ich gucke nicht zurück. Ich kann es nicht.

Die Aufregung angesichts der bevorstehenden Reise verdrängt innerhalb von Minuten die Traurigkeit meiner Tochter darüber, dass Jack nicht mitkommt. Unser Flug von Tri-Cities bringt uns zunächst nach Charlotte, North Carolina, dort steigen wir um und nehmen Kurs auf John-F.-Kennedy-Airport in New York. Etta ist schockiert, als sie sieht, wie viele Menschen in JFK von einem Terminal zum anderen hetzen. »Mama, die sehen aus wie Ameisen!«, ruft sie aus und zeigt auf eine Gruppe von Reisenden, die durch die große Halle hasten. »Halt dich an mir fest«, sage ich fröhlich zu meiner Tochter. Sie hakt ihre Finger durch die Gürtelschlaufe meiner Hose, und wir bewegen uns durch die Menge. Auch ich bin erregt von der Energie und den vielen Menschen. Ich liebe den Geruch in Flughäfen: Seife und Leder und Parfum aus dem Duty-Free-Shop. Genau das haben wir gebraucht, denke ich mit einem Blick auf Etta.

Der Transatlantik-Flug fasziniert sie von Anfang bis Ende: die hübschen Stewardessen mit den langen, lackierten Nägeln und den perfekt sitzenden Haaren, die Cola in einer kleinen Glasflasche, die ihr auf dem Klapptisch serviert wird, das

Täschchen mit Reiseutensilien von der Fluggesellschaft, einschließlich der dunkelblauen Baumwollsöckchen mit aufgestickter italienischer Flagge. Etta wirft ihre kleinstädtische Zurückhaltung als Bewohnerin der Blue Ridge Mountains ab und sitzt aufrecht auf ihrem Platz. Nichts entgeht ihr von dem Treiben um sie herum. Sie ist begeistert, als man ihr das Essen in mehreren Gängen serviert.

»Mama, warum ist es draußen so dunkel?«

»Das ist der Ozean unter uns.«

»Da müssten doch Schiffe sein mit Lichtern drauf.«

»Ich glaube, die Schiffe kommen nicht so weit raus.«

»Wenn wir abstürzen, würde das jemand merken?«

»Lass uns lieber nicht ans Abstürzen denken.«

»Wir dürfen nicht abstürzen. Was würde Daddy dann machen?«

»Wir stürzen schon nicht ab.«

»Daddy hat gesagt, ich soll auf dich aufpassen.«

»Wirklich?«

»Er hat gesagt, du und ich, wir wären sein Leben. Und ich sollte auf dich aufpassen und dafür sorgen, dass es dir gut geht.«

»Ihr habt über mich gesprochen, du und Daddy?«

»Wir sind ja nur drei«, sagt Etta und wendet den Blick zum Gang, als wäre ich ein riesengroßer Idiot. Vielleicht bin ich das.

Mailand ist eine Stadt der scharfen, senkrechten Linien, dunkelblau, grau und schwarz. Alles ist kantig, von der Architektur bis hin zu den gemeißelten Gesichtern, die an uns vorbeidrängen; hier gibt es keine Sophia Loren. Keine Kurven. Nur gerade, magere, praktische Formen. In unseren Baumwoll- und Jeanssachen stechen Etta und ich heraus wie amerikanische Touristen. (Wir sind zwar welche, aber wir wollen nicht unbedingt so aussehen.) Deswegen gehe ich mit Etta vor unserer Weiterfahrt nach Bergamo (es fährt jede Stunde ein Zug) in ein kleines Bekleidungsgeschäft. Leichte dunkelblaue Wollhosen mit flachen seitlichen Taschen und geraden Beinen, eine weiße Bluse mit Haken und Öse, beides goldfarben, am Kragen und eine beigefarbene Strickjacke sind genau das, was ich mir wünsche. Ich setze mich nicht so, mit meinem italienischen Gesicht und diesen amerikanischen Kleidern, in den Zug! Ich brauche eine Uniform. Und hier habe ich sie. Etta findet, ich bin übergeschnappt. Meine Tochter fühlt sich in ihren amerikanischen Jeans sehr wohl und braucht nichts anderes zu sein als eine MacChesney aus Virginia, USA.

Die Fahrt Richtung Norden führt durch eine italienische Hügellandschaft mit Wiesen so grün, dass sie fast mitternachtsblau sind, mit einem endlosen rosafarbenen Horizont darüber, und ich bin überrascht, wie schnell wir das moderne Mailand hinter uns lassen. Schon bald ist die vorbeiziehende Welt uralt, unberührt. Die Sonne hängt tief und golden am Himmel und ruht auf pfirsichfarbenen Wolken aus, wie in dem Tiepolo-Gemälde, das auf unserem Reiseführer abgebildet ist.

Ich gucke zu Etta hinüber, die mit einem verzauberten Ausdruck aus dem Fenster sieht. Ich habe den Ausdruck schon einmal gesehen, auf dem Gesicht ihres Vaters. Selbst wenn ich Jack Mac in den Bergen Virginias lassen wollte, könnte ich es nicht. Solange Etta bei mir ist, ist auch ihr Vater bei mir. Sie ähnelt Jack sehr, obwohl meine Freunde sagen, sie ähnle mir. Sie ist so standhaft und treu. Auch wenn man ihre Gefühle verletzt, verzeiht sie einem und staut keinen Groll an. Das heißt nicht, dass sie nicht leidet. Sie leidet sehr wohl. Sie empfindet tief. Aber wie ihr Vater verweilt sie nicht lange bei den Dingen, die sie verletzen. In meiner Tochter steckt kein Opfer. Sie ist offen für die Welt und doch sehr zurückgezogen. Ich verschränke meine Arme über der Brust und lege meine Füße auf den Sitz gegenüber. Ich blicke auf meine langen Beine; ich könnte hier einen Bauernhof betreiben.

Ein Mann kommt an unserem gläsernen Abteil vorbei und schaut hinein. Er mustert mich genau, von den Zehenspitzen zum Haaransatz und sieht mir dann in die Augen. Mit seinem braunen Haar und dem Schnurrbart sieht er sehr jung aus, aber er ist sicherlich um die fünfzig. Er zwinkert mir zu, ich lächle höflich, wende den Blick ab und richte mich auf. Ich umfasse meine Knie, den Ehering nach oben. Der Ring ist ihm gleichgültig. Ich werfe ihm einen strengen Blick zu, dass er weitergehen solle. Er tut es.

Bei der Einfahrt nach Bergamo steht Etta ehrfürchtig am Fenster. Schon ganz oft habe ich ihr die Geschichte von meiner Hochzeitsreise erzählt, von meinen Gefühlen, als ich diese Stadt sah, die Heimatstadt meiner Mutter, in allen Einzelheiten: die Holzbänke mit den Schnitzereien, der Engelsbrunnen, meine erste Fahrt über Kopfsteinpflaster. Der Geruch von sauberem Stroh und Zitronengras.

Etta presst das Gesicht an die Scheibe; sie weiß, dass sie in wenigen Sekunden bei ihrem Nonno sein wird, und endlich wird sie ihre Urgroßmutter kennen lernen (an die sie Briefe geschrieben hat, seit sie schreiben kann), sie wird all ihre Cousinen und Cousins sehen; und natürlich die Familie meiner Mutter, die göttlichen Vilminores von Bergamo. Ich habe ihr oft Bilder gezeigt, und jetzt fängt sie an, Dinge zu erzählen, die sie sich gemerkt hat. Unter den ersten Wörtern, die sie gelernt hat, waren die Namen der Verwandten auf den Urlaubsfotos, aus denen ich Lernkärtchen gemacht hatte. Etta möchte in die Alta Città gehen und die Priester mit ihren breitkrempigen Hüten und den weiten Kutten sehen, und den Pfahl, an dem mein Großvater seinen Esel Cipi angepflockt hat, bevor er mit seinem Wagen zu Lieferfahrten in die Alpen aufbrach. Ich will aufspringen und hüpfen wie sie, aber plötzlich sehe ich Joes Gesicht vor mir, als er im Sterben lag, und ich kann nicht glücklich sein. Schnell lösche ich das Bild aus. Ich bin eine schreckliche Mutter. Ich schweife ab. Konzentrier dich auf Etta! Sie ist lebendig und gesund und begeistert, weil sie in Italien ist. Denk nicht an all die Sachen, die du für Joe nicht getan hast. Denk nicht daran, wie gern er mit dem Zug fahren würde. Denk nicht daran, dass du ihm, statt frische Pfannkuchen zu backen, tiefgekühlte Waffeln im Toaster gemacht hast. Er ist tot. Etta ist da. Konzentrier dich auf Etta.

Ich hole unser Gepäck vorsichtig von der Ablage über den Sitzen herunter, wähend Etta sich die Haare glatt streicht. Selbst die Gepäckablagen in den italienischen Zügen sind kleine Kunstwerke. Sie sind aus leuchtendem Kirschholz, geschwungen und glänzend poliert. Etta rennt zur Tür und will schon rausspringen, guckt sich dann aber nach mir um und wartet. Mein Vater begrüßt uns, als wir aus dem Zug steigen. Er pflückt Etta vom Trittbrett, als wäre sie ein Strauß Blumen, und schwingt sie herum. Wie jugendlich und stark er ist, obwohl sein Haar mehr weiße Strähnen hat. Seine klaren, dunkelbraunen Augen funkeln, seine Haut leuchtet golden. Ich fühle mich auf der Stelle sicher in seiner Gegenwart. Er trägt schwarze Hosen (die Aufschläge liegen auf seinen grauen Wildlederschuhen in der perfekten Länge auf) und einen grauen Kaschmirpullover. Papa setzt Etta ab und umarmt mich.

»Wie war die Reise?«

»Großartig.«

»Ihr seid müde.«

»Ein bisschen.«

»Ich will euch Giacomina vorstellen.« Mein Vater dreht sich zu der Frau seines Lebens um. Sie steht ein paar Schritte hinter ihm und hat die Hände vor Aufregung gefaltet. Sie ist eine schmale, kleine Person von schlichter Schönheit, mit klaren grauen Augen und dicken, glatten braunen Haaren, die sie zu einem Pferdeschwanz zusammengebunden trägt. Ihre Lippen sind voll und gleichmäßig, ihre Zähne weiß und perfekt geformt. Sie hat eine kleine, zierliche Nase mit einem schmalen Nasenrücken. Sie ist ähnlich gekleidet wie ich in meiner Mailand-Ausstattung, nur dass sie von Kopf bis Fuß in Beige ist. Die englische Version ihres Namens ist Jacqueline, und das passt zu ihr.

»Ave Maria, wir sind so glücklich, dass ihr hier seid.«

»Ich habe wunderbare Dinge von dir gehört.«

»Danke. Ich habe das Gefühl, dass ich dich schon kenne. Dein Vater spricht die ganze Zeit von dir.« Giacomina schwingt sich meine Tasche über die Schulter, ohne dass ihre Bluse dabei zerknautscht.

»Wo ist Jack?«, fragt Papa.

»Er muss zu viel arbeiten.«

»Er braucht auch Ferien.«

»Das stimmt. Aber mein Mann lässt sich nichts sagen.« Ich sage das so heiter, dass mein Vater mich erstaunt mustert.

»Die Vilminores erwarten uns in der Via Davide.«

Etta kreischt auf, als die Via Davide erwähnt wird, Mamas Familienhaus in einer kleinen Nebenstraße. Sie hat von den aufgebauschten Federbetten und den harten Keksen und dem Kaffee mit süßer heißer Milch zum Frühstück gehört. Sie will die kleinen selbst gemachten Pralinen auf einem Silbertablett sehen, die Zia Antonietta jeden Abend für uns auf die Kissen gelegt hat.

»Ich wohne bei Giacomina in ihrer Wohnung. Und du und Etta, ihr wohnt bei Meoli. Einverstanden?«

»Das klingt großartig.«

»Als Meoli erfuhr, dass ihr kommt, wollte sie nicht warten, bis ihr in Schilpario wart. Sie wollte euch als Erste. Sehr bestimmend.« Papa schnalzt mit der Zunge. »Aber ich widersetze mich ihr nicht.«

»Schilpario ist auch morgen noch da«, sagt Giacomina lächelnd.

Die Via Davide ist unverändert. Die Häuser stehen eng an eng und sind in sanften Rot- und Blautönen gehalten. Die langen Fensterläden klappern in der Brise. Kleine, funkelnde Autos parken auf der Straße.

»Es ist ja wie auf der Postkarte«, ruft Etta aus. Als wir vor Zia Meolis Haus halten, springe ich aus dem Auto und renne zur Tür. Zia Meoli, die ein schlichtes dunkelblau gepunktetes Hemdblusenkleid trägt, begrüßt uns. Ihr schönes schwarzes Haar ist von weißen Strähnen durchzogen, und an den Ohren trägt sie winzige Gold-Creolen. Ihre Tochter Federica tritt neben sie; Federica trägt Jeans und ein T-Shirt, ihre roten Haare sind ein einziges Lockengewirr, und ihre braunen Augen sind von kleinen Fältchen umgeben. Zio Pietro kommt aus dem Garten ums Haus herum, er hat unsere laute Begrüßung gehört. Er streicht sich das dichte weiße Haar aus der Stirn, zieht noch einmal an seiner Zigarette und wirft den Stummel in einen Rosenbusch. Als ich ihnen Etta vorstelle, stürzen sie sich auf sie, als wäre sie ein neues Spielzeug. Sie haben das Gefühl, sie aus meinen Briefen zu kennen; ich bin froh, dass ich regelmäßig an meine Familie in Italien schreibe. So fühlt es sich an, als läge nur eine Stunde Fahrt zwischen uns und nicht ein ganzer Ozean. Es gibt ein Band, das unsere Seelen verknüpft; wir müssen gar nicht nebeneinander wohnen. Zia Meoli berührt Ettas Haare und ihr Gesicht, sie nimmt ihre Hand und betrachtet sie genau, und die ganze Zeit feuert sie Fragen auf Italienisch – schnell, dann langsam, dann im Dialekt – und in gebrochenem Englisch ab.

»Sie sieht aus wie ihr Papa«, ist Zio Pietros Urteil.

»Das finde ich auch«, stimmt Zia Meoli ihm zu.

»Wo ist denn Zia Antonietta?«, frage ich meine Tante.

»Oh, Ave Maria, es tut mir Leid.« Zia Meoli senkt den Blick. Ein Ausdruck von Trauer tritt in ihr Gesicht. »Sie ist letzten Monat gestorben.«

»Nein!« Ich nehme Zia Meolis Hand.

»Sie wusste, dass du kommen würdest, und sie hat sich große Mühe gegeben zu warten, aber sie war sehr, sehr lange krank.«

»Wie traurig.« Ich hatte eine tiefe Verbindung zu Zia Antonietta. Sie war nie verheiratet gewesen, deshalb lagen der Haushalt und die Familienführung in ihren Händen. So ist das in Italien üblich. Die Unverheiratete kümmert sich um den Clan. Meolis Kinder waren Antoniettas Lebensinhalt, ihr Leben lang war sie für sie da. Aber es machte sie nicht traurig oder bitter. Es war eher so, dass sie glücklich war, eine Rolle zu haben, eine wichtige Rolle in ihrer Familie, indem sie für sie da war. Zia Antonietta war einmal verliebt gewesen, doch als ihre große Liebe starb, nahm sie ihr Schicksal an, und statt selbst eine Familie zu haben, widmete sie sich ganz der Familie ihrer Schwester. Zia Antonietta war der uneigennützigste Mensch, den ich kannte.

»Kommt. Lasst uns essen«, sagt Zia Meoli. Ich erkläre, dass Jack aus Arbeitsgründen nicht mitkommen konnte. Besonders

Zio Pietro ist darüber bekümmert. Er hat eine Schreinerei und wollte Jack ein Buffet vorführen, das er geschreinert hat. (Ich muss dran denken, dass ich Jack davon erzähle.)

Das Wohnzimmer ist genauso, wie es war, als ich auf meiner Hochzeitsreise hier war. Die Wände sind eierschalenweiß gestrichen, auf dem Fußboden liegt ein schlichter Webteppich aus goldfarbener und salbeigrüner Wolle, und in der Mitte ist ein Baum gestickt. Die Möbel sind niedrig, aus schnörkellosem dunklem Holz, nach italienischer Machart der dreißiger Jahre. Ein Schaukelstuhl, schwarz lackiert mit goldenen Verzierungen, steht in der Nische zwischen den Fenstern. Im Kamin liegt ein Stapel Holz für den Winter bereit. Das Anmachholz neben der Kaminumrandung ist mit einer weißen Samtschleife zusammengehalten. Vor den Fenstern hängen keine dicken Vorhänge, sondern nur schmale lange Spitzengardinen. (Die Fensterläden verschließen den Raum gegen Licht und Lärm, wenn man das möchte.) Auf dem Kaminsims stehen viele gerahmte Fotos, manche noch von der Jahrhundertwende, andere neueren Datums. Die Gesichter in der Familie meiner Mutter vermitteln mir ein Gefühl der Zugehörigkeit, sie zeigen mir, wo meine Wurzeln liegen. Nämlich genau hier. In diesem Zimmer. Auf den Schwarzweiß-Fotos machen die Menschen ernste Gesichter; die Bilder der späteren Zeit sind in Farbe, und die Mienen sind milder.

Wenn doch meine Mutter zu dieser neueren Zeit hätte gehören können, und nicht zu den alten Zeiten, als eine Tochter Schande über ihre Familie brachte, wenn sie sich für einen Mann entschied, den ihre Familie ablehnte. Ich hätte meine Eltern zusammengehabt. Meine Mutter, mit mir schwanger, wäre nie nach Amerika geflohen. Sie hätte Fred Mulligan nicht heiraten müssen. Wie anders unsere Leben verlaufen wären! Mehrere gerahmte Bilder von Etta und Joe stehen auch dabei. Das berührt mich. Ich habe das Gefühl, dass wir zu ihrem täglichen Leben gehören, obwohl wir nur so selten zu Besuch kommen.

Auf der von Fliegengittern umgebenen Veranda, die von der Küche abgeht und wo eine kühle Brise weht, hat Zia

Meoli den Tisch mit einer weißen Tischdecke und weißem Porzellan gedeckt. In der Tischmitte schwimmen ein paar zarte Gardenienblüten in einer Kristallschale. Zia führt meinen Vater zu der einen Stirnseite des Tisches, ihren Mann zu der anderen. Wir setzen uns an die langen Seiten zwischen den Männern.

»Madame Vilminore?«, sagt eine Stimme an der Tür.

»Ciao, Stefano. Komm. Setz dich. Iss mit uns«, sagt sie. Stefano betritt die Veranda. Er ist vielleicht vierzehn Jahre alt, und seine braunen Augen sind wie kleine Halbmonde, die verschwinden, wenn er lächelt. Er hat dichtes, unbändiges, aber schönes Haar: ein Schopf goldener Korkenzieherlocken. Die Spitze seiner breiten Nase hat die allerkleinste Biegung nach oben. Es ist eine große Nase, aber sie passt zu seinem Gesicht. Er hat die Hände in den Taschen, eher, um unauffällig zu erscheinen, als aus Schüchternheit.

»Ich bin Ave Maria. Und das ist meine Tochter Etta«, sage ich zu ihm. Er lächelt uns zu. Ich höre, wie Etta laut einatmet. Ihre Augen weiten sich kaum merklich. (Oh nein. So fängt das an, mit der Pubertät.)

Stefano setzt sich neben Etta, die begeistert ist, dass bei ihrer ersten richtigen Mahlzeit in Italien ein Junge neben ihr sitzt. Und ich kann es ihr nicht verübeln. Er ist wirklich süß.

»Ich kann Englisch«, sagt Stefano stolz.

»Wo hast du es gelernt?«, frage ich ihn.

»In der Schule. Ich muss Englisch lernen, denn ich will nach Amerika kommen und viel Geld verdienen«, erklärt er.

Mein Vater lacht. »Hat man dir erzählt, dass die Straßen mit Gold gepflastert sind?«

»Ja. Mit Gold gepflastert, und man fährt darauf in einem goldenen Cadillac. Aber mir gefällt ein Ford Truck besser.«

»Dann würdest du meinen Mann mögen. Der hat einen Ford Pick-up«, sage ich.

»Welche Farbe?«

»Knallrot«, sagt Etta, die froh ist, auch etwas sagen zu können.«

»Rot mag ich.« Stefano bricht ein Stück von dem krustigen Brot ab, das Zia ihm neben seinen Teller gelegt hat.

»Stefano ist ein guter Arbeiter. Er hilft mir im Geschäft«, sagt Zio.

Zia Meoli erklärt, dass Stefano Waise ist und in einer Jungenschule ganz in der Nähe lebt. Anscheinend sind Waisenhäuser in Italien keine traurige Angelegenheit. Stefano schildert ein glückliches Heim mit guten Freunden und schönen Zimmern. Ich muss dran denken, dass ich Meoli später frage, ob das stimmt. Stefano trinkt von dem Chianti, den mein Onkel ausgeschenkt hat.

»Du trinkst Wein?«, fragt Etta, der die Vorstellung ungeheuerlich ist.

»Jeden Tag. Was trinkst du in Amerika?«

»Milch. Pop.«

»Was ist Pop?«

»Soda Pop.«

»Coca-Cola?«, fragt Stefano.

»Ja!« Etta freut sich, dass sie die Sprachbarriere durchbrechen können.

»Vielleicht komme ich mal nach Amerika und trinke euren Soda Pop.«

»Jederzeit, Stefano«, sage ich. Und Etta nickt bekräftigend.

Zia Meoli beugt sich vor. »Antonietta mochte ihn sehr gern. Seit sie tot ist, kommt er jeden Tag zu uns.«

»Du warst mit meiner Tante befreundet?«, frage ich Stefano.

»Sí. Ja, ja.«

»Was mochtest du an ihr?«

»Sie hat mich immer angebrüllt.«

»Gute Vorbereitung auf die Ehe.« Zio zwinkert ihm zu.

»Zia Antonietta hat nicht gebrüllt«, sage ich zu Stefano.

»Nur mich hat sie angebrüllt. Sie wollte, dass ich mir die Haare schneide.« Stefano zuckt die Schultern.

»Typisch Frau. Immer wollen sie die Männer verändern«, sagt Zio.

Zia Meoli wirft ihm einen bösen Blick zu. Aber ich muss an Jack denken und daran, dass ich ihn ständig verändern will.

Habe ich ihn beleidigt, als ich vorschlug, dass er zum College gehen und Ingenieurwesen studieren könne? Ich habe es nur getan, weil ich dachte, Jack ist intelligent und wäre ein guter Ingenieur. Dabei fällt mir etwas ein, das Nelly Goodloe zu mir gesagt hat, als sie erfuhr, dass ich Jack Mac heiraten wollte. Sie sagte, dass die Unterschiede zwischen Jack und mir groß seien: Ich hatte ein Geschäft und er war Bergmann – wie sollte das funktionieren? Damals habe ich nur gelacht. Ich dachte, ich wüsste, worauf ich mich einließ. Ich dachte, ich käme mit den Unterschieden zurecht. Spielt sich nicht in jeder Ehe ein Willenskampf ab? Muss man nicht immer einen Kompromiss finden, wenn die Partner unterschiedlicher Herkunft sind?

»*E vero*?« Zio sieht mich an.

»Ja, du hast Recht. Es stimmt. Es stimmt«, sage ich zu meinem Onkel.

Wir bekommen köstliche mit Lauch gefüllte und in ausgelassener Schnittlauch-Butter geschwenkte Ravioli vorgesetzt. Das Brot mit der Butter und der Wein sind an sich schon eine Mahlzeit, aber die Ravioli sind so gut, dass man ihnen nicht widerstehen kann. Bei der leichten Brise und dem Duft der Gardenien schmeckt alles ganz wunderbar.

Nach dem Mittagessen zeigt uns Federica unser Zimmer. Es ist das Zimmer meiner Mutter und das Zimmer, in dem Jack und ich auf unserer Hochzeitsreise geschlafen haben. Federica hat für Etta das Sofa ausgezogen. Etta befühlt das Bett, auf dem frische Leintücher, Wolldecken und ein Kissen mit Gänsefederfüllung liegen.

»Mama, in dem Kissen ist lauter Eischnee!«

»Warte nur, bis du deinen Kopf drauflegst.«

»Schlaft jetzt«, sagt Federica. Wir sind müde und bereit, jeden Befehl aus der Via Davide zu befolgen. Sie schließt die Tür sanft hinter sich.

Ich helfe Etta in die Koje. »Kann ich so was haben, wenn wir wieder zu Hause sind?«, fragt sie.

»Mal sehen.« Ich steige ins Bett.

Etta seufzt. »Ich liebe Italien.«

Ich beuge mich über die Seite und sehe Etta an. »Wirklich?«

»Es ist so anders als alles andere, was ich kenne.«

»Aber Schatz, du warst erst in Tennessee und Florida.«

»Ich weiß, aber ich habe nicht gedacht, dass es so sein würde.«

»So ist es mir gegangen, als ich das erste Mal herkam.«

»Mama?«

»Ja?«

»Wenn ich groß bin, dann heirate ich Stefano.«

Ich bin froh, dass ich so hoch oben bin und meine Tochter das Lachen in meinem Gesicht nicht sehen kann. Stattdessen atme ich tief ein.

»Ach ja?«

»Ja.«

»Woher weißt du das?«

»Ich weiß es einfach.«

Ich warte darauf, dass Etta mir mehr erzählt, aber sie tut es nicht. Sie ist schon eingeschlafen und träumt zweifellos von dem süßen italienischen Jungen mit dem wilden Haar. Am liebsten würde ich sie wecken und ihr sagen, sie soll immer ein kleines Mädchen bleiben. Ich muss dran denken, ihr zu sagen, dass Liebe nicht ausreicht. Mach es nicht wie deine Mutter und deine Großmutter, deren Namen du trägst. Mach es besser.

Nachdem wir uns den Tag über Bergamo angesehen haben und zum Essen ausgegangen sind, sieht Etta zum ersten Mal *la passegiata*. Die Leute kommen aus ihren Häusern und flanieren bis zum Sonnenuntergang um den Springbrunnen in der Mitte der Stadt. Es passiert nicht viel. Man unterhält sich. Lacht gelegentlich. Spielt Karten. Schach. Mühle. Oder man wandert einfach auf und ab und erzählt sich das Neueste. Etta wird aufgefordert, mit ein paar Kindern von der anderen Straßenseite der Via Davide zu spielen. Papa und Giacomina haben in der Stadt viele Bekannte, die sie begrüßen.

Zia Meoli hat einen Platz für uns auf einer Bank bei dem Brunnen gefunden, von wo aus ich Etta im Auge behalten kann.

»Wie findest du sie?« Zia Meoli zeigt über den Platz auf Giacomina und Papa, die in einer kleinen Gruppe stehen und reden.

»Ich finde Giacomina sehr nett«, sage ich zu ihr.

»Zu jung für ihn«, sagt sie.

»Wenigstens ist er in festen Händen.«

»Es wird sich zeigen« Sie zuckt die Schultern.

Ich freue mich für meinen Vater. Er scheint sich mit Giacomina wohl zu fühlen. Sie passt vorzüglich in sein Leben hinein. Sie hat in Schilpario ein Geschäft mit Skibedarf. Meinem Vater gefällt es, dass sie den Schlüssel in der Ladentür drehen und den Laden einfach schließen kann. Er holt sie dann ab und unternimmt etwas mit ihr.

»Schade, dass Jack nicht kommen konnte«, sagt Zia Meoli.

»Ja, ich wünschte, er könnte Ettas Gesicht sehen. Sie findet es so schön hier.«

»Sie ist ein hübsches Mädchen«, sagt sie aufrichtig.

»Danke.«

»Ich bedauere, dass wir Joe nicht kennen gelernt haben.«

»Ich weiß. Ich wollte immer einmal mit ihm kommen.«

»Wie war seine Beerdigung?«

In den meisten Ländern wäre das eine seltsame Frage, aber in Italien ist eine Beerdigung eine Kunst. Es ist die letzte öffentliche Gelegenheit, einem Leben Ehre zu erweisen, und deshalb muss sie die Geschichte dieses Lebens erzählen. Dazu gibt es Gebete und Musik und Ansprachen. Es werden sogar Fotos von dem Toten im Sarg gemacht, um sie hinterher an die Verwandten zu verteilen. Das klingt makaber, und vielleicht ist es das auch, aber es ist eine Tradition. Zia Meoli will mich mit ihrer Frage nach Joes Beerdigung nicht traurig machen, sie möchte es nur erzählt bekommen.

»Sie war sehr schlicht. Keine Totenwache. Nur eine Messe und die Bestattung. Seine Freunde von der Schule waren da. Du weißt, dass Papa auch da war.«

Zia Meoli sitzt still da, als ich den Morgen von Joes Beerdigung in meinem Kopf vorbeiziehen lasse. Dann fällt mir etwas ein, woran ich nicht gedacht habe, nicht bei der Beerdigung und nicht seither.

»Erinnerst du dich an die Geschichte von Tante Alice Lambert?«

Zia Meoli nickt und deutet mit einer Geste an, dass Tante Alice kein netter Mensch war. Ich hatte ihr in einem Brief davon erzählt, dass Alice Mulligan versucht hatte, mir die Apotheke und das Haus wegzunehmen.

»Mir ist gerade etwas eingefallen. Alice Lambert ist zu Joes Beerdigung gekommen. Sie saß in der letzten Reihe am Gang, und als wir beim Auszug aus der Kirche die Prozession anführten, habe ich sie angesehen, und wahrscheinlich sah man mir die Überraschung an. Sie war die Letzte, die ich bei der Beerdigung meines Sohnes erwartet hätte. Aber sie hat mich angesehen und mir ihr Beileid ausgesprochen. Das war alles.«

»Seltsam, dass sie überhaupt gekommen ist«, wundert sich Zia Meoli.

»Ich weiß, und komisch, dass es mir erst jetzt wieder eingefallen ist.«

Das ist mir schon bei meinem letzten Besuch in Italien so gegangen. Ich erinnerte mich an Einzelheiten und Momente, die mir in Big Stone Gap aus welchem Grund auch immer nie in den Sinn kamen. Als ich das erste Mal in Italien war, konnte ich mein Leben aus einer anderen Perspektive sehen. Damals war es so, als hätte ich mein Ich zu Hause in den Bergen von Virginia gelassen und diese neue Person erfunden, die jetzt ihre italienischen Abenteuer bestehen musste. Diesmal kann ich das nicht so machen. Diesmal habe ich eine Aufgabe, und die besteht darin, den Plan für meine zweite Lebenshälfte zu entwerfen. Ich werde mein Leben nicht weiterhin von Tag zu Tag improvisieren können, weil Jack das nicht zulassen wird. Er will wissen, wo ich stehe. Ich bin nicht hier, um Ferien zu machen, und ab und zu schießt mir ein Schmerz durch mein Inneres, der mich daran erinnert. Ich muss eine Entscheidung treffen. Manchmal, wenn ich an meinen Mann denke, kriege ich das Flattern im Magen; eine

Welle von Gefühlen durchwogt mich, und ich sehne mich nach ihm. Dann wieder bin ich froh, dass er nicht bei mir ist und ich mich nicht mit der Traurigkeit und der Anstrengung unserer Beziehung befassen muss. Dann finde ich mich egoistisch, und ich gestehe mir nur widerstrebend ein, dass ich mein Leben nicht großzügig gelebt habe. Ich habe mich selbst von der Idee überzeugt, dass ich ein fantastischer Mensch bin, aber das ist eine einzige Selbsttäuschung. Ich tue immer das, was für mich gut ist – was für mich angenehm ist –, und dann schreibe ich meiner Familie vor, wie sie sich damit einzurichten hat. Meistens hält sie sich auch daran. Ich erzähle meinen Verwandten dauernd, dass ich mir wünschte, mein Mann wäre hier. Aber Papa hat mir die Lüge angesehen, als ich sagte, Jack habe zu viel zu tun, um mitzukommen. Vielleicht hat mein Sommer in Italien noch einen anderen Zweck. Dies ist der Sommer, in dem ich die Wahrheit sage. Ich fange gleich damit an, bei Zia Meoli.

»Jack wollte, dass ich allein mit Etta komme.«

»Warum?«

»Wir haben Schwierigkeiten.« Na bitte. Ich habe es gesagt. So schwer ist das gar nicht.

»Das tut mir Leid.«

»Hier in Italien habt ihr keine Eheprobleme, oder? Im Liebeszentrum der Welt.« Ich mache eine ausholende Bewegung mit der Hand – die Liebe in jedem Lebensalter ist auf der Piazza vertreten: Teenager brausen auf ihren Mopeds herum, eine junge Ehefrau bespritzt ihren Mann mit Wasser aus dem Springbrunnen, ein älterer Mann kauft seiner Frau ein Eis. Fast möchte es scheinen, dass heute Abend ganz Bergamo verliebt ist.

Zia Meoli wirft den Kopf zurück und lacht. »Doch, wir haben Probleme. Viele Probleme.«

»Na, jetzt machst du mir aber meine romantischen Vorstellungen kaputt, aber eigentlich geht es mir schon ein bisschen besser.«

»Probleme können gut sein. Ihr löst sie, und ihr kommt euch wieder näher.«

»Das wäre schön.«

»Ihr habt eine schwierige Zeit erlebt. Manchmal lässt man da etwas an dem Partner aus. Oder?«

»Vielleicht.«

»Ich habe eine Freundin, die hat sich scheiden lassen. Hier in Italien ist das selten. Aber sie war unglücklich, und da hat sie sich scheiden lassen. Sie hat einen neuen Mann geheiratet, einen sehr netten Mann. Und sie hat mir gesagt, sie glaube, die Probleme der alten Ehe seien Vergangenheit. Aber es stellte sich heraus, dass sie sie alle mitgenommen hat in ihre zweite Ehe. Manchmal liegt es nicht am anderen. Manchmal liegt es an einem selbst.«

»Ja, schon«, sage ich, »ich weiß, dass es an mir liegt.«

»Mach dir keine Sorgen.«

»Ich mache mir die ganze Zeit Sorgen.«

»Du bist wie deine Mutter.«

»Wirklich?«

»Sie hat gedacht, die Liebe sei genug.«

Sie hat Recht. Ich habe auch gedacht, dass Liebe genug ist. Bis mein Mann mir gesagt hat, dass das nicht stimmte. Ich bin in vielerlei Hinsicht wie meine Mutter. Meine Mutter hat sich ganz mir gewidmet, hat mir all ihre Zeit, all ihre Aufmerksamkeit geschenkt. Ich bin mir sicher, Fred Mulligan wusste das. Mama hat das Haus wunderbar in Schuss gehalten und leckeres Essen gekocht, aber sie hat ihren Mann nicht geliebt. Ihre Ehe bot ihr einen sicheren Ort, ein Zuhause, in dem ich aufwachsen konnte. Ich hatte für Etta so viel mehr gewollt. Aber wie soll ich mich verändern? Es kommt mir so vor, dass ich immer wieder in meine alten Angewohnheiten zurückgleite, meine Zurückgezogenheit, mein kalter Kern, damit ich nicht verletzt werden kann. Aber ich verletze alle Menschen um mich herum. Wie meine Mutter es getan hat. Fred Mulligan hat nichts von ihrer Liebe abbekommen, sie hat sie ganz auf mich konzentriert. Es tat mir weh zu sehen, wie weh es ihm tat, obwohl ich ihn nicht mochte und er mich auch nicht. Aber an wem lag das? Ich hatte keine Chance bei Fred, weil ich seinem Glück im Weg stand. Und Mama hat mich ihm in den Weg gestellt. Eine Ehe, die aus Gründen der finanziellen Sicherheit und sozialen Akzeptanz besteht, ist nicht das, was ich für meine Familie will, aber ist es nicht das, was ich habe? Bin ich meine Mutter?

Meoli tätschelt mir die Hand, und wir stehen auf und schlendern über die Piazza. Die Abendluft ist kühl, und ich zittere. Das Plätschern des Wassers auf den Marmormuscheln im Brunnen klingt wie leise Musik, während wir so gehen. Die Lichter der Alta Città sind fliederfarbene Funken hinter den schwarzen Bäumen. Ich bin froh, dass die Sonne hinter den Hügeln von Bergamo versinkt – ich will nicht, dass Zia Meoli meine Tränen sieht.

KAPITEL

7

Papa fährt mit uns auf der kurvigen Straße aus Bergamo raus Richtung Norden, nach Schilpario. Und wieder bin ich in den Bergen; ob es nun die italienischen Alpen sind oder die Appalachen, anscheinend komme ich von ihnen nicht weg. Ich habe keine Angst, als wir uns die Bergstraße hinaufwinden, nicht wie beim ersten Mal. Ich sehe zu Etta rüber, aber sie bleibt ruhig, trotz der Steigung und der engen Kurven, auch dann noch, als Lastwagen an uns vorbeirauschen und uns an den unbefestigten Rand drängen, wenige Zentimeter von dem gefährlichen Abhang. Mein Kind ist eben als Bergziege aufgewachsen und ihr Leben lang in den Kurven von Cracker's Neck Holler herumgeschleudert worden.

»Die Berge sind ganz anders als die bei uns zu Hause, findest du nicht?«, frage ich Etta und zeige nach draußen.

»Sie sind höher. Und sie haben Schnee im Sommer!«, sagt sie und klingt beeindruckt.

»Ja, sie sind hier so hoch, dass es immer kalt bleibt und der Schnee nie schmilzt.«

Giacomina dreht sich unter ihrem Sitzgurt im Beifahrersitz um. »Wir zeigen euch ganz viel in dieser Gegend.«

»Gibt es hier Ziegen?«, fragt Etta.

»Jede Menge.«

»Ich war bei Mary Ann Davis auf der Farm in East Stone Gap, und sie hat ganz kleine Ziegen. Gibt es solche hier auch?«

»Aber ja. Und sie tragen Glocken. Damit der Ziegenhirte sie wieder findet, wenn sie sich verlaufen.«

»Wie Peter in *Heidi*. Ich mag *Heidi* sehr!«

»Etta, wir hängen dir auch eine Glocke um!«, sagt Papa und zwinkert ihr im Rückspiegel zu.

Als wir nach Schilpario kommen, nimmt Papa zum ersten Mal seit hundert Meilen das Tempo zurück. Er ist seit fast vierzig Jahren Bürgermeister dieses Dorfes. Die Häuser – manche sind aus Fachwerk, und ihre dunklen Balken heben sich gegen die weiße Kalkfarbe ab, andere sind hellblau, grau oder hellgrün getüncht – sehen aus wie bunte Bonbons, die an den Berg geklebt sind. In den Blumenkästen blühen kleine lila Blumen und stachelige grüne Pflanzen, die ich noch nie gesehen habe. »Kräuter«, erklärt Giacomina.

Etta ist fasziniert von dem Schaufelrad, das in langsamen Umdrehungen klares Wasser aus dem Bach schöpft und es dann über die alten, glänzend gewordenen Holzplanken gießt. Ich zeige auf den Bach, der über die blanken Steine springt und dann breiter wird und neben der Hütte beim Wasserrad einen Teich bildet. Ich zeige ihr, dass alles miteinander in Verbindung steht. Ich glaube, sie versteht das.

Als wir ankommen, sitzt Nonna auf der Hollywood-Schaukel in ihrem kleinen Vorgarten. (Das Haus von Nonna und Papa ist in der Mitte der Dorfstraße, genau die richtige Lage für den Bürgermeister.) Sie stemmt sich mit Hilfe ihres Stocks hoch und hält einen Arm auf für Etta, die zur Begrüßung auf sie zuläuft. Nonnas rundlicher Körper auf den stämmigen Beinen wirkt so kräftig wie damals, als ich sie kennen lernte. Sie ist auf der Stelle in Etta verliebt, dreht sie herum und betrachtet sie von allen Seiten. Meine Großmutter ist wach und rege, wie an dem Tag, als sie mein Haus in Poplar Hill betrat. Ich muss Papa fragen, wie alt sie ist, denn sie hat sich keinen Deut verändert. Worin liegt ihr Geheimnis?

Mafalda, eine Cousine meines Vaters, ist um die fünfzig, zierlich mit einem hübschen runden Gesicht, klarer, heller Haut, einem schmalen Mund und der typischen Nase der Barbaris. Sie macht sich in der Küche zu schaffen und deckt den Tisch fürs Abendessen. Die Anordnungen meiner Großmutter nimmt sie widerspruchslos entgegen. So funktioniert das in Italien; ich höre nie, dass sich jemand den Älteren widersetzt. (Ich hoffe, Etta merkt sich das!) Nonna führt den Haushalt wie ein General, und obwohl sie klein von Statur ist, hat sie mehr Durchsetzungsvermögen als die italienische Armee. Etta ist erstaunt, dass Nonna Befehle bellt und erzürnt zu sein scheint und im nächsten Moment wieder lächelt, wie eine Wolke, die vorüberzieht und sich auflöst, anstatt zu explodieren. Meine Großmutter nimmt Etta bei jeder Gelegenheit in den Arm und zwickt sie in die Wangen. Sie verspricht, ihr alles über das Leben in Schilpario beizubringen – über das Essen, die Sitten und die Familiengeschichte. Ich habe das Gefühl, Etta wird eine gelehrige Schülerin sein. Nonna würde auch nichts anderes dulden.

Giacomina hat es ernst gemeint, als sie sagte, sie wolle uns viel zeigen. Sie holt einen Terminkalender hervor, in den sie etliche Ausflüge und Aktivitäten eingetragen hat. Als Etta aus dem Zimmer geht, sagt sie, die Ausflüge seien speziell für Etta, nicht für mich. Papa will, dass ich mich erhole. Nur mein Vater sieht, was ich wirklich brauche (trifft das nicht auf alle Eltern zu?).

Nonna behandelt meinen Vater wie einen König. Er ist Chef, all seinen Wünschen wird stattgegeben. Mafalda erzählt mir, dass Papa oft Gäste hat, Geschäftsleute aus Bergamo, die in den Norden kommen und ihre Geschäftsideen für diese Gegend erörtern wollen. Papa hat immer viel zu tun. Manchmal verschwindet er von einem Moment zum nächsten, ohne eine Erklärung abzugeben. Wenn er Stunden später wieder auftaucht, sagt er einfach, er sei bei einem Gespräch aufgehalten worden. Mafalda erzählt mir, dass sie gelernt habe, erst dann den Tisch zu decken, wenn sie seinen Hut am Haken sieht.

Papa geht mit uns nach oben und zeigt Etta ihr Schlafzimmer, ein kleines, hübsches Zimmer mit einem Balkon zur Straße und einer Dachschräge. Eine gelbe Couch mit bemalter Holzlehne, auf der sich die mit Gänsefedern gefüllten Kissen türmen, passt genau unter die Balken. Ein Kissen sieht aus wie eine dicke Wurst und ist an den Enden zusammengebunden wie ein Bonbon. Etta hält es hoch und zeigt es mir. Sie hat so etwas noch nie gesehen. Im Zimmer stehen eine Truhe und ein alter Schaukelstuhl mit einer Wolldecke, eine Vase mit einem prächtigen Strauß Edelweiß. Etta bewundert die beigefarbenen Wände und die dunklen Balken.

»Mama, findest du nicht, dass die Decke wie ein Little-Debbie-Schnack-Cake aussieht?«, sagt sie und zeigt nach oben.

»Das stimmt.« Ich lache.

»Alles in diesem Haus sieht aus wie etwas zu essen. Wie ein Knusperhäuschen.«

»Weißt du was? Eigentlich hast du Recht.«

»Warum?«

»Also, wir sind so hoch im Norden von Italien, dass wir schon fast in der Schweiz sind. Deswegen sieht alles etwas tirolerhaft aus.«

»Was heißt das?«

»Kuckucksuhren. Lebkuchendächer. Fenster mit Fensterläden. Niedrige Zimmer, damit es bei kaltem Wetter warm und gemütlich ist. Und Bogentüren. Gefällt es dir hier?«

»Sehr. Ich wünsche mir nur, dass Daddy hier wäre.«

Ich packe Ettas Sachen aus, während sie sich fürs Bett fertig macht. Sie betet und klettert unter die Decke. Ein kalter Luftzug drückt den Fensterladen auf. Ich trete ans Fenster und blicke auf die lange Dorfstraße von Schilpario hinunter, die nur von dem Lichtschein der Häuser sanft beleuchtet wird. Ein alter Mann mit einem Karton schlurft über die Straße und verschwindet in einem Eingang. Als er am Haus vorbeigeht, rieche ich den Tabak von seiner Pfeife.

Am Horizont glaube ich geränderte Wolken zu sehen, aber es sind die schneebedeckten Berggipfel, die vom Mond angeleuchtet werden. Die weißen Spitzen sehen so nah aus, dass ich glaube, ich könnte sie berühren, wenn ich mich hinauslehne. Mein Gesicht ist kühl im Abendwind; die Luft fühlt sich gut an, aber ich möchte nicht, dass Etta sich erkältet, deshalb löse ich die Häkchen an den Fensterläden und klappe sie zu.

Am nächsten Morgen gehe ich nach unten. Mafalda deckt den Frühstückstisch, Nonna ist noch im Bett. Ich gehe ins Büro meines Vaters und nehme den Telefonhörer in die Hand. In Big Stone Gap ist es mitten in der Nacht. Ich wähle unsere Nummer und kann es kaum erwarten, dass Jack abnimmt. Ich will ihm alles erzählen. Das Telefon klingelt ein paarmal, aber keiner meldet sich. Ich lasse es weiter klingeln. Ich zähle mit. Es klingelt dreizehn Mal. Ich lege auf. Vielleicht ... ist er nicht da? Natürlich ist er da. Wo soll er sonst sein? Ich werde nicht weiter darüber nachdenken. Zwischen uns liegt der Ozean, und ich kann gar nichts machen. Ich versuche es morgen noch einmal.

Etta macht einen Ausflug nach Sestri Levante, das ist ein altes Fischerdorf an der wunderschönen Mittelmeerküste. Papas Verwandtschaft lebt da und möchte Etta kennen lernen. Die Bonicellis haben einen Süßwarenladen und ein Haus am Meer. Nonnas Schwester hat eine zehnjährige Enkelin, die Chiara heißt. Die Mädchen haben schon am Telefon miteinander gesprochen. Papa und Giacomina sind mit ihr dorthin gefahren und bleiben das ganze Wochenende. Sie wollen sich von der Sonne bräunen lassen. »*Bronzata*« sagt Papa dazu.

Mafalda lässt mich morgens lange schlafen. Meine einzige Aufgabe besteht darin, lange Briefe an Theodore und Iva Lou zu schreiben und ihnen alles zu erzählen. Ich kaufe Postkarten mit allen Ansichten im Ort und schicke sie an Iva Lou. Ich weiß, dass sie sie an das Armaturenbrett im Bücherbus kleben wird. Ich schicke Theodore eine kleine Glocke für seine Haustür – eine kleine handbemalte bronzene Glocke an einem bestickten Band. (Vielleicht kann Theodore nächsten Sommer mit mir kommen und Italien erleben.) Ich kann es kaum glauben, dass wir seit fast einer Woche hier sind. Ich habe endlich das Gefühl, ausgeruht zu sein. Das Essen macht mich kräftiger: die nach Safran und süßer Butter duftenden Risottos, die frischen Beeren, mit Honig beträufelt und in silbernen Schalen kalt serviert, das Brot mit seinem weichen Inneren und der krustigen Rinde (es ist so köstlich, dass ich es ohne Butter esse).

Ich habe beschlossen, meinem Körper besondere Pflege angedeihen zu lassen, denn ich habe ihn viel zu lange vernachlässigt. Deswegen klettere ich in der Mittagspause, statt zu ruhen, in den steilen Bergen hinter Schilpario herum. Die alten, ausgetretenen Pfade winden sich in alle Richtungen durch das Grün. Ich gelobe, sie bis zum Ende des Monats alle gegangen zu sein. Immer, wenn ich so unterwegs bin, denke ich an meine Mutter, die diese Berge liebte, mit den smaragdgrünen Wiesen, den gefährlichen Steilhängen und den kalten Bergbächen.

Heute ist die Bergluft eher kühl, deswegen borge ich mir eine der weichen Lederjacken meines Vaters und binde mir ein rotes Halstuch um. Vielleicht ist es nur der Blick zu dem Schnee auf den Bergen, der mich frösteln lässt. Die Sonne ist warm, aber der Boden ist immer kühl. (Ich glaube, die italienischen Alpen tauen nie richtig auf.) Ich beschließe, Papas Hut, einen von diesen Robin-Hood-Hüten – dunkelgrün mit einer Feder drin –, nicht aufzusetzen. Außerdem will ich meine neue Frisur nicht durcheinander bringen.

Gestern ist Mafalda mit mir ins nächste Dorf gefahren, das Piccolo Lago heißt. Dort bin ich zum Friseur gegangen. Auf dem Schild am Laden stand *Moderna*. Ich finde, dass »modern« in dieser Gegend ein witziger Name ist, egal wofür. Alles sollte *antica* heißen. Ich hatte mir seit Jahren nicht mehr richtig die Haare schneiden lassen und trug es aus dem Gesicht gekämmt und zu einem Zopf geflochten. Jack mochte meine langen Haare, also habe ich sie lang gelassen, und sie aus dem Gesicht zu kämmen ist das Einfachste. Aber eigentlich war längst eine Veränderung fällig. Stechen mir nicht immer die Frauen ins Auge, die an einem Look kleben bleiben? Als Violetta, eine große blonde Italienerin mit einem starken deutschen Akzent, mir befahl, ich solle mich setzen und den Kopf vornüber beugen, gehorchte ich. Ich sah zu, wie meine braunen Locken auf den schwarz-weiß gefliesten Boden fielen. Als Violetta fertig war, befahl sie mir, mich aufrecht hinzusetzen (man tut, was sie sagt, und zwar schnell), und die Mädchen im Laden stellten sich um mich herum. »Gina Lollobrigida«, sagte Violetta lächelnd, stolz darauf, mich von einer Maus zu einer Sexbombe verwandelt zu haben. Die anderen Mädchen murmelten zustimmend, als Violetta mich auf dem Stuhl herumwirbelte wie einen Cadillac bei einer Automobilschau.

Der neue Haarschnitt betont meine Gesichtszüge. Der lange, langweilige Zopf ist ab; mein Haar ist jetzt voller und dicker und viel kürzer, und die lockeren Wellen umschmeicheln meine Wangen und Nase und schlängeln sich in langen Spiralen an meinem Hals entlang. Eins der Mädchen, eine vogelartige Brünette mit perfekt geschminkten Lippen, nahm einen Lippenstift aus ihrer Schürzentasche. Erst stellte ich mich ungeschickt damit an, und sie musste ihn mir aufschrauben (italienische Lippenstifte haben einen Klammerverschluss, im Gegensatz zu unseren). Ich fuhr mir mit dem Stift über die Lippen und füllte sie oben und unten aus, und mein erster Gedanke war: Zu viel. Zu dramatisch. Zu viel Purpur! Ich kam mir vor, als hätte ich einen Entenschnabel. Aber Violetta reichte mir ein Kosmetiktuch, und nachdem ich meine Lippen damit abgetupft hatte, sah das Magenta mit den kleinen goldenen Tupfern sehr attraktiv aus. »*Bellissima!*«, rief eine Kundin aus, die unter der Trockenhaube saß und sich den Kopf stieß, als sie den Hals reckte, um besser gucken zu können. Ich lächelte und gab allen Mädchen ein großes Trinkgeld. Hätte ich eine Million Dollar gehabt, dann hätte ich sie Violetta gegeben. Eine neue Frisur war genau das, was ich brauchte.

Nonna war völlig begeistert, als sie die neue Frisur sah. »Ornella Muti«, sagte sie, als ich ins Haus kam. Ornella, eine römische Schauspielerin, ist auf der Titelseite der neuesten *Hello!* abgebildet, die auf Nonnas Couchtisch liegt. Nonna nahm die Zeitschrift und zeigte auf die exotische grünäugige Schönheit, die – es stimmt – die gleiche Frisur hat wie ich. Oder, genauer gesagt, ich habe die gleiche Frisur wie sie. Ich habe Nonna ein Foto mit meiner Polaroid-Kamera machen lassen, das ich an Theodore schicken will.

Mit erheblich gesteigertem Selbstbewusstsein, einem leuchtenden Lippenstift (das Mädchen in dem Friseurladen war so süß und hat mir den Stift geschenkt), einer ganz neuen Entschlossenheit und meinem berauschenden Haarschnitt klettere ich also auf dem Alpenpfad in die Berge, wie die italienische Eingeborene, die ich ja gewesen wäre, wenn meine Mutter nicht, mit mir schwanger und ohne meinen Vater Mario da Schilpario, nach Amerika durchgebrannt wäre und dort Fred Mulligan geheiratet hätte. Ich blicke auf meine Oberschenkel, während ich mit kurzen, raschen Schritten den Pfad erklimme. Erstaunlich, welche Muskeln ich an meinen Beinen habe. Ich klettere erst seit einer Woche hier herum. Aber sie sind da. Bei der Besteigung von Powell Mountain habe ich nicht solche Muskeln bekommen. Das Leder von Papas Jacke riecht nach ihm – sauber und nach Wald. Ich fühle mich prächtig. Vielleicht liegt es an der Höhe.

Ich beschließe, einen neuen Pfad auszuprobieren, einen, der ein bisschen besser gepflegt ist als die anderen. Er ist seitlich mit Steinen eingefasst, wie ein Gartenweg. Ganz oben, am Ende des Pfads, ist ein Plateau, das meine Neugier erregt.

Als ich an der Kante des Plateaus ankomme, muss ich mich hochstemmen, um zu der Fläche zu gelangen. Hier, hoch über Schilpario, an einer Stelle, die fast nur für Ziegen zugänglich ist, liegt eine Wiese mit Glockenblumen, die so dicht wachsen, dass es wie ein Teppich aussieht. Sie ist so blau, dass es auch ein Teich sein könnte oder das Mittelmeer selbst. Bienen summen über die süß duftenden Blumen hinweg, in einer solchen Vielzahl, dass sie in der Luft gegeneinander taumeln, bevor sie in die Blütenkelche tauchen, um daraus zu trinken. Hinter der Glockenblumenwiese liegt noch eine Wiese, die zu einer dicht mit Wein berankten Felskante führt. Ich werde nicht zum Rand gehen. Ich weiß, dass es dort steil bergab geht – wahrscheinlich ist es einer von diesen Abbrüchen, die so tief sind, dass man das Tal nicht sehen kann. Ich setze mich auf die Blumenwiese; ich höre nichts außer der Musik der summenden Bienen. Ich denke an Mrs. Mac. Ich nehme mir vor, mit Etta hierher zu kommen und ihr den Ursprung ihres zweiten Vornamens zu erklären, den sie von ihrer Großmutter Nan Bluebell Gilliam MacChesney geerbt hat, wegen der Glockenblumen, die auf der Wiese hinter dem Haus in Cracker's Neck an dem Tag blühten, als ihre Großmutter zur Welt kam.

Als ich von meinem Spaziergang zurückkomme, verkündet Giacomina, dass Papa und sie abends mit uns in eine Disco gehen wollen. Die ganze Familie. (Außer Nonna, die behauptet, lieber würde sie sich vom Berg stürzen, als dass sie in eine von diesen *Disco-tekkas* geht. Mafalda glaubt, Nonna ist neunundsiebzig, aber sie weiß es nicht genau, weil Nonna es nicht sagt.)

Etta ist aus Sestri Levante zurück. Papa hat ihr einen Türkis als Kettenanhänger gekauft, und sie schwört, sie werde ihn nie wieder abnehmen. Er liegt flach und rein auf ihrer gebräunten Haut; das Wochenende am Strand hat ihre Sommersprossen zum Vorschein gebracht. Giacomina und Papa fanden, es sei eine gute Idee, Chiara mitzubringen, damit Etta Gesellschaft habe.

»Hallo, Cousine Ave-Maria«, sagt Chiara und klingt wie eine von diesen Sprachkurs-Kassetten.

»Ciao, Chiara.« Ich schließe sie in meine Arme. Mit ihrem glänzenden schwarzen Haar und den großen braunen Augen ist sie eine Schönheit. Chiara ist größer als Etta, aber ebenso schlank. An jedem Finger ihrer Hand trägt sie einen Plastikring, und Etta hat das sofort kopiert. Sie sehen aus wie zwei Kleopatra-Puppen aus dem Kaufhaus.

Chiara sagt zu meinem Vater, ich sei hübsch und nicht zu alt. Ich erzähle meiner kleinen Cousine, sie hätte mich vor der Sexbomben-Frisur mal sehen sollen. Sie sieht mich an, als wäre ich verrückt.

Chiara ist voller tollkühner Ideen. Auf Fotos sieht sie still und ernst aus, aber in Wirklichkeit blitzen ihre dunklen Augen vor Schalk und sind ständig auf der Suche nach Aufregung. Sie hat eine schnelle Auffassungsgabe und merkt sich rasch englische Ausdrücke, die Etta benutzt. Und Etta kommt mit ihren Italienischkenntnissen prima zurecht. Chiara bringt ihr italienische Schimpfwörter bei, worüber meine

Tochter lachen muss. Sie ist der perfekte Kontrast zu Etta, die immer bemüht ist, keinen Ärger zu machen, auch wenn sie sich dadurch den Spaß verdirbt. Aber ich schließe meine Cousine sofort ins Herz; ich möchte, dass sie Etta hilft, aus sich herauszukommen. Etta muss etwas lockerer werden. Sie muss herumrennen, sich schmutzig machen und spielen. Ich möchte zwar, dass sie aufpassen, aber ich muss mir keine Sorgen machen. Giacomina nimmt sie unter ihre Fittiche, als wären sie ihr persönlich anempfohlen, und die beiden gehorchen ihr ohne Widerspruch.

Auf dem Weg durch die Berge erzählt Papa Giacomina von den Geschäften in der Stadt, die mit der kommenden Wintersaison zu tun haben. Dann, ohne Vorankündigung, biegt er von der Straße ab und taucht zwischen Weinranken und Gestrüpp hindurch. Wir holpern über einen Kiesweg, der uns im Auto herumhüpfen lässt wie Obst in der Tüte. Die Mädchen lachen und halten sich fest. Schon bald sehen wir eine Lichtung mit Laternen auf hohen Pfählen und einem Parkett aus aufrollbarem Linoleum.

Ich hatte mir eine Discothek in einem Gebäude vorgestellt. Wenn wir in Amerika von einer »Disco« sprechen, meinen wir einen Club, einen Ort, an dem man John Travolta in einem cremefarbenen Anzug antreffen könnte. Aber hier ist eine Disco einfach ein Ort, wo Musik gemacht wird. Die Musik, die sich wie eine italienische Version amerikanischer Pop-Musik anhört, klingt durch die schwarze Nacht. Die Menschen stehen um die Bar (einen Tisch, der auf der Wiese aufgebaut ist) herum, und die jungen Leute halten ein dunkelrotes perlendes Getränk in der Hand und kippen es wie Whiskey herunter. »Wermut«, sagt Giacomina. Überall sind Menschen. Sehr viele. Man könnte meinen, alle Menschen in der Gegend hätten ihre Bergdörfer verlassen und wären hierher gekommen. Autos parken bunt durcheinander am Rande des Feldes.

Chiara, die Überlegene, macht Etta auf die Einzelheiten des Platzes aufmerksam. Als die beiden aus dem Auto rausspringen und zum Parkett rennen, kann ich kaum mit ihnen Schritt halten. Papa und Giacomina treffen Bekannte aus der Stadt und bleiben stehen, um sich zu unterhalten. Ich flüstere Giacomina ins Ohr, dass ich mich umsehen möchte.

Mir gefällt es, wie die Italiener aussehen. Vielleicht bin ich einfach erleichtert, dass es einen Ort auf der Welt gibt, wo auch andere Menschen so aussehen wie ich. Aber ich finde ihre Gesichter auch interessant. Ich weiß nicht, was die Frauen so schön macht – man würde keine von ihnen je auf einer Zeitschrift in Amerika abgebildet sehen –, aber sie sind umwerfend schön. Hier ist man stolz auf eine kräftige Nase. Die meisten dieser Nasen hätten in Amerika keine Chance, so lang wie sie sind und mit dem auffallenden Höcker in der Mitte – man würde sie nicht attraktiv finden. Vielleicht sind die Frauen so anziehend, weil sie sich selbst mögen. Sie akzeptieren den Körper, mit dem sie geboren sind; selbst ihre Makel sind ein Grund für Stolz und genau das, was sie hervorhebt und interessant macht

Die Männer sind mehr als attraktiv. Selbst wenn sie klein sind (Größe ist wahrscheinlich ein typisch amerikanisches Schönheitskriterium), haben sie eine Kraft, dass man ohne weiteres glaubt, sie könnten einen alpinen Felsbrocken aufheben und ihn wie einen Basketball den Berg runterrollen. Jeder lebt in seiner Haut wie ein König, ihre Mütter fördern das in ihnen. Ein Sohn ist ein gekrönter Besitz und wertvoller als Land oder Gold. Ein Sohn bedeutet Kontinuität. Ein Sohn kann zum Vater werden, und ein Vater ist der Mittelpunkt von Weisheit, er bestimmt den Familienkodex. Ich sehe das im Vollzug in den kleinen Gruppen, die um das Parkett versammelt stehen. Natürlich, die Männer scheinen die führende Rolle nur deshalb zu haben, weil die Frauen sie lassen. Ganze Familien kommen hierher und genießen die Abendluft, den Lichtschein der zarten Papierlampions und die Musik. (Es erinnert mich an die Singveranstaltungen, die im Bullit Park in Big Stone Gap abgehalten werden. Die Familien kommen mit ihren Picknickkörben und bleiben den ganzen Tag, um die Musik zu hören.)

»Ave Maria! *Andiamo*!«, sagt Chiara; sie nehmen mich bei den Händen, Chiara die eine, Etta die andere, und zerren mich zum Parkett. Ein italienischer Sänger singt einen alten amerikanischen Disco-Hit nach, und die Mädchen wollen, dass ich mit ihnen tanze. Zuerst sträube ich mich. Ich bin zu alt dazu, will ich sagen. Ich bin Ehefrau und Mutter und Apothekerin. Ich gehöre nicht aufs Parkett; es steht mir nicht zu, dass ich mich zu den Rhythmen bewege, die den Boden unter all den Füßen zum Erbeben bringen. Aber ein Blick in das Gesicht meiner Tochter sagt mir, dass sie gern möchte, dass ich tanze. Sie scheint zu sagen: »Wenn du tanzt, dann kann ich es auch. Ich möchte eine Mutter haben, die glücklich und unbekümmert ist und die sich keine Gedanken darüber macht, was andere Menschen denken.«

Und irgendwie, auf diesem Berggipfel, durch die wogenden Körper um mich herum vor neugierigen Blicken geschützt, ist es leicht für mich loszulassen. Ich fühle mich geborgen, hier, wo mich keiner kennt. Meine Tochter ist bei mir und ihre Cousine, aber irgendwie bin ich trotzdem allein. In diesem Moment bin ich nicht verheiratet und ich bin auch nicht Mutter. Ich hatte meinen Ehering abgenommen, als ich in dem Bach oberhalb von Papas Haus Steine sammeln wollte, und habe vergessen, ihn wieder anzuziehen. Nein, heute Abend bin ich wieder Ave Maria Mulligan, das Mädchen, das ich hinter mir gelassen habe, als ich beschloss, Teil der MacChesney-Familie zu werden. Ich lasse mich von der Musik an den Ort tragen, wo ich war, bevor ich ahnte, wie kompliziert das Leben sein kann.

Chiara und Etta halten sich überkreuz an den Händen, drehen sich wild im Kreis und lachen. Die Leute auf dem Parkett machen Platz für uns. Ich werfe den Kopf zurück und blicke in den weiten Himmel. Ich bin verbunden, aber gleichzeitig fühle ich mich ganz frei. Ich bin hier, in meinem Körper, aber ich fliege auch durch den tintenblauen, sternenübersäten Himmel.

Als das Lied zu Ende ist (und ich bin ganz traurig, als es endet), rennen Chiara und Etta kichernd davon, um meinen Vater zu suchen. Mein Herz schlägt schnell. Ich beuge mich vornüber und lege die Hände auf die Knie.

»Ciao«, sagt da eine Männerstimme zu mir. Ich hebe den Kopf und blicke in die erstaunlichsten blauen Augen.

»Ciao«, sage ich. Er reicht mir die Hand. Aus Höflichkeit nehme ich sie.

Er sieht aus, als würde er nach Worten suchen. Und das tut er auch. Er sucht nach italienischen Wörtern.

»Ehm, *dove e…*« Ich gebe mir Mühe, ihm zu folgen. In wenigen stockenden Sätzen hat er mich gefragt, ob ich mit ihm tanzen wolle, wo die Garage ist (wir sind auf einem Feld, es gibt keine Garage), und aus welchem Dorf ich komme. Ich bin fasziniert von ihm. Er hat schöne Hände, mit denen er mächtig gestikuliert, damit ich verstehe, was er auf Italienisch sagt.

Außerdem sieht er richtig gut aus. Er ist groß. Und was für ein Gesicht! Er erinnert mich an Rock Hudson in *Bettgeflüster*. Vielleicht liegt es an den dunklen Haaren. Oder vielleicht ist es der Ausdruck in seinen Augen. Aber da hört der Filmstarglanz auch auf. Er ist zwar schlank, aber ich sehe, dass er einen Bauchansatz hat. (Wer hat das nicht? Vielleicht ist er ein bisschen älter als ich, aber nicht viel.) Er hat eine breite Brust; wahrscheinlich ist er Läufer. Er trägt keine Brille, dafür aber Kontaktlinsen, was ich daran erkenne, dass er viel blinzelt. Er hat blendend weiße Zähne, und einer der oberen Schneidezähne ist ein wenig länger als die anderen, was sehr sexy ist. Er hat schmale, aber wohlgeformte Lippen (er ist also nicht zu Grausamkeit fähig, sondern hat nur eine ausgeprägte praktische Ader). Die Nase ist erstaunlich: gerade mit einer kleinen Knolle am Ende (die Nase bedeutet Humor und Weisheit – die Nasenspitze verrät ihn).

»*Non capisce*«, sage ich zu ihm.

»Okay, okay«, sagt er, mehr zu sich selbst. Frustriert sieht er über mich hinweg und gibt den Versuch, Italienisch zu sprechen, auf. »Sie gucken mich an, als wäre ich verrückt. Okay, vielleicht bin ich verrückt.« Jetzt verstehe ich: Er denkt, ich bin Italienerin. Ich habe ein Gefühl, als hätte ich den Nobelpreis gewonnen, so stolz bin ich auf mich! Die Hosen, die Strickjacke und die Frisur, sie haben funktioniert.

Er hält mich für eine echte Italienerin, durch und durch! Ich könnte den Mann küssen.

»Sí. Sí.« Ich deute ihm mit Gesten an, dass er ruhig weiter Englisch sprechen kann und dass ich versuche, ihn zu verstehen. Es macht riesigen Spaß!

»Ich habe Sie mit den Kindern tanzen sehen, und, na ja, ich finde Sie sehr hübsch. Ich würde gern mit Ihnen tanzen. Ich bin Amerikaner. Wahrscheinlich können Sie das hören, so wie ich Englisch spreche. Sie haben ein wunderbares Gesicht. Eigentlich sieht alles an Ihnen ziemlich gut aus, wenn ich ehrlich sein soll.«

»Ja?«, sage ich.

Ermuntert von meinem Versuch, mich mit ihm zu verständigen, fährt er fort: »Sie tanzen also mit mir?«

»Sí«, sage ich in einem Ton wie Gina Lollobrigida in *La Belleza di Ippolita*.

Der Amerikaner nimmt mich in den Arm und zieht mich zu sich heran; er legt mir die Hand auf die Taille, ein bisschen zu tief für einen Fremden. Ich greife nach hinten und schiebe sie hoch. (Ich amüsiere mich, aber ich möchte mich nicht zu sehr amüsieren.)

Als das Lied zu Ende geht, scheint er seinen ganzen Mut zusammenzunehmen und sagt: »Sie haben schöne Augen.«

Ich versuche ein Lächeln, das sowohl enigmatisch als auch unverbindlich ist.

»Darf ich Sie einmal zum Essen einladen? Ich bin noch ein paar Wochen hier ...«

Also gut, Ave, das Spiel ist vorbei. Spann den netten Mann nicht länger auf die Folter. »Ich bin verheiratet«, sage ich in einem Akzent, der direkt aus den Appalachen kommt.

»Sagen Sie das noch einmal.«

»Ich bin verheiratet. Ich bin Amerikanerin. Ich kann Sie nicht länger an der Nase herumführen. Es tut mir Leid.«

»Sie sind aus dem Süden!«

»Jaha. Aus Virginia.«

»Sie können ja die unmöglichsten Akzente nachmachen. Können Sie auch so wie die Garbo in *Camille* sprechen?« Ich kann nicht erkennen, ob er mein kleines Spiel komisch oder beleidigend fand. »Wo in Viriginia?«

»Aus dem Südwesten. Aus den Blue Ridge Mountains. Wo sie an die Appalachen grenzen. In der Nähe von Cumberland Gap.« Wenn man aus Big Stone Gap kommt, muss man die Geographie immer ganz genau erklären, weil keiner weiß, wo es liegt.

»Das liegt aber nicht am Appalachian Trail, oder?«

»Doch, genau drauf. Er verläuft genau durch unseren Hauswirtschaftslehreraum in der Highschool. Zumindest hat unsere Hauswirtschaftslehrerin das gesagt, Mrs. Prior.«

»Ich habe vor, im Herbst auf dieser Route zu wandern!«

»Wirklich? Dann müssen Sie bei uns vorbeischauen.«

Ich strecke dem großen Amerikaner mit den hübschen Augen die Hand hin. »Ich heiße Ave Maria Mulligan. Ich meine MacChesney.«

»Sie wissen Ihren eigenen Nachnamen nicht?«

»Doch, natürlich. Ich hatte ihn nur eine Sekunde lang vergessen. Meinen Ehenamen, meine ich.« Mann, bin ich verlegen. Warum lacht er auf diese konspirative Weise? Flirte ich etwa mit diesem Mann?

»Ich heiße Pete Rutledge.«

»Es war nett, mit Ihnen zu tanzen.« Nett, Ave. Geht es noch unbeholfener?

»Danke für den Tanz«, sagt er. Wir stehen voreinander und sehen uns an. Ich will nicht, dass er geht, aber ich will auch nicht, dass er bleibt.

»Danke, dass Sie gesagt haben, ich sei hübsch«, plappere ich.

»Es war ehrlich gemeint.«

»Das habe ich gemerkt. Deswegen danke.« Ich lächle ihn an, so wie man einen Fremden anlächelt, der einem Komplimente wegen des Autos macht.

Er legt den Kopf auf die Seite und sieht mir in die Augen. »Wie verheiratet sind Sie denn?«, sagt er mit einem halben Lächeln. (Und ich dachte, in Italien wären die Wölfe italienisch.)

Ich antworte ihm nicht auf seine Frage, sondern werfe den Kopf zurück und lache laut. Ich drehe mich um und will gehen, und er packt mich an der Hand.

»Wie lange sind Sie noch hier?«, fragt Pete und kommt mir nach.

»Ich fahre bald ab.«

»Sie lügen.«

»Das stimmt. Aber Sie machen mich nervös, und ich bin eine zwanghafte Lügnerin, wenn ich nervös bin.«

»Das ist gut zu wissen.« Er lächelt.

»Ich bin den ganzen Monat hier. Nicht in diesem Dorf. Ich bin bei meinem Vater, drüben in Schilpario.«

»Wie heißt er?«

»Mario Barbari.«

Pete beugt sich nach vorn und streicht mir eine Locke, die sich verirrt hat, von der Wange. »Sehen wir uns wieder?«

»Nein.«

Pete lacht. »Sie halten sich streng an die Regeln, ja?«

»Sie haben ja keine Ahnung.«

Ich beeile mich, die Mädchen ins Bett zu bringen, damit ich in Ruhe über das nachdenken kann, was heute Abend passiert ist. Warum bin ich so aufgekratzt, so durcheinander? Ich bin eine erwachsene Frau. Ich verhalte mich mehr wie Chiara und Konsorten statt wie die vernünftige Frau, die ich eigentlich bin! Ich habe Schuldgefühle, weil ich die Erregung der Begegnung mit Pete Rutledge in meinem Kopf noch einmal durchlebe, und deswegen gehe ich ins Büro meines Vaters und rufe Jack an. Das Telefon klingelt dreimal.

»Hallo?«, sagt er.

»Hallo, ich bin's.«

»Ave? Ist alles in Ordnung. Wie geht es Etta?«

»Ihr geht es gut. Wir waren in einer Disco. Und sie hat sich mit ihrer Großcousine Chiara angefreundet, die ist erst zehn. Sie ist im Moment hier bei Etta.« Warum spreche ich so schnell und so laut?

»Das klingt doch großartig.«

»Ich habe dich heute abend vermisst. Es wurde getanzt.«

»Das ist normal in einer Disco.«

»Stimmt ja, stimmt.«

»Ich vermisse euch beide«, sagt er.

»Danke.« Ich will ja nicht egoistisch sein, aber könnte er nicht einfach nur mich vermissen?

»Na, das sind schon alle Neuigkeiten.«

»Aha.«

Es kommt ein langes Schweigen; wahrscheinlich warte ich darauf, dass er mir von seinem Leben erzählt, aber er sagt nichts von sich aus, also bedränge ich ihn nicht. »Mach's gut.« Ich lege den Hörer auf. Ich zittere am ganzen Körper, aber nicht, weil ich friere. Ich bin glücklich! Ein gut aussehender Fremder findet mich hübsch! Und ich habe mit ihm getanzt. Und er hat sich gut angefühlt und nach Pfefferminz und frischen Hölzern gerochen. Und es war kein Mann aus der Gegend, der eine Frau aufreißen wollte, sondern ein Amerikaner, der mich für eine italienische Göttin gehalten hat. Ich wähle Theodores Nummer.

»Hallo?« Theodore klingt müde.

»Ich bin's – Ave.«

»Wo bist du?«

»In Schilpario.«

»Was ist los?«

»Ich habe heute Abend in einer Disco getanzt.«

»Mann«, sagt er ohne Begeisterung.

»Sei nicht frech.«

»Wieso frech?«

»Theodore, da war ein Mann. Pete Rutledge. Er fand, dass ich süß aussehe.«

»Du siehst auch süß aus. Du bist außerdem verheiratet.«

»Ich weiß. Kannst du mir das bitte auf eine Postkarte schreiben und sie mir schicken?«

»Das sollte ich besser tun.« Ich höre, wie Theodore sich aufrichtet. Jetzt hört er richtig zu.

»Er dachte, ich sei Italienerin.«

»Du bist auch Italienerin.«

»Nein, eine richtige Italienerin. Von hier. Hier geboren und aufgewachsen. Ich habe mir die Haare schneiden lassen.«

»Ich muss jetzt wirklich auflegen.«

»Bitte, hör mir zu«, flehe ich ihn an.

»Ich versuche es.«

»Als Violetta mir die Haare geschnitten hat, da hat sich, ich weiß auch nicht, mein Gesicht verändert. Und dann hatte ich das Gefühl, dass ich anders gehe. Und als ich hier in den Bergen rumgekraxelt bin, habe ich plötzlich bemerkt, dass ich Muskeln an den Beinen habe, wie früher, als ich jung war und keine Gymnastik dafür machen musste. Und ich habe diesen Lippenstift, der ist, ich schwöre dir, der ist wie ein Zauberstift – ich male mir damit die Lippen an und ich bin, ich weiß nicht, ich bin sexy oder so. Ich. Sexy.«

»Wo war Jack, als du mit diesem Pete-Typ geflirtet hast?«

»Er ist nicht mitgekommen. Er ist zu Hause.«

»Wie günstig.«

»Das war seine Idee. Ich kann nichts dafür, dass ich einen Monat allein hier bin –«

»Du solltest dich vorsehen. Eine Frau im besten Alter allein in den italienischen Alpen klingt wie der Anfang eines Spaghetti-Western, der böse endet.«

»Theodore! Ich mache doch nichts! Ich mache nie was. Ich bin eine vernünftige, praktische Apothekerin, weißt du das nicht mehr?« Versteht Theodore nicht, dass es nur die Vorstellung von einer Affäre ist, die für mich von Reiz ist? Ich lege auf; meine Handfläche ist so schwitzig, dass sie einen Abdruck auf dem schwarzen Hörer macht. Ich reibe ihn mit dem Ärmel meines Pullovers weg.

Im Haus schlafen alle. Auf Zehenspitzen schleiche ich mich nach oben in mein Zimmer, einen großen, quadratischen Raum mit vier Fenstern, einem Kamin und einem hohen Doppelbett mit vier gedrechselten Bettpfosten, die fast bis zur Decke reichen. Es ist das Bett einer Prinzessin. Und heute Abend bin ich eine Prinzessin, die in Italien unter einem sternenübersäten Himmel mit einem schönen Prinzen übers Parkett geschwebt ist.

Ich mache die Tür zu und streife die Schuhe ab. Ich ziehe mich im Dunkeln aus. Als ich ganz nackt bin, stelle ich mich vor den langen Spiegel mit dem vergoldeten Rahmen. Der sanfte Lichtkegel des Nachtlichts konturiert meine Silhouette. Die weichen Formen meines Körpers, von den Schwangerschaften so geformt, erscheinen mir plötzlich schön. Meine Haut ist glatt und warm, und ich rieche das Rosenwasser, das Mafalda mir auf die Kommode gestellt hat. Ich schüttele den Kopf, und die großen, glänzenden Locken fallen lose um mein Gesicht, wie Locken es tun sollen. Irgendwas ist heute Abend mit mir geschehen. Ich bin wieder ein Mädchen. Und das gefällt mir.

KAPITEL

8

Der Regen fing ganz früh am Sonntagmorgen an, bevor ich eingeschlafen war. Papa hat ein Feuer im Kamin gemacht, und der Geruch des Holzfeuers, des Regens und der Makronen, die Mafalda im Ofen bäckt, hat mich geweckt. Etta und Chiara sind im Keller und malen ein Wandbild mit Kreide, und ich lese über Ornella Mutis Leben (sie ist mit Mussolinis Enkelin gut befreundet). Papa ist mit Giacomina in ihrem Geschäft und hilft ihr bei der Bestandsaufnahme und den Bestellungen für die kommende Skisaison. Nonna ist in der Nachbarschaft bei einer Freundin. Papa hatte sie gebeten, ihren Knöchel noch zu schonen und nicht auszugehen. (Und wer hat sich durchgesetzt?)

Jack hat heute angerufen. Diesmal klang er lebhafter und aufmerksamer am Telefon. Er hat lange mit Etta gesprochen, und als sie mir den Hörer gab, fiel mir auf, dass sie zwar ihren Daddy vermisst, dass sie aber lange nicht mehr so glücklich war wie jetzt. Sie ist glücklich, weil sie sieht, wie glücklich ich bin. Als ob ich mich nicht mehr daran erinnern könnte, wie es für mich war, wenn meine Mutter glücklich war. Ich hätte alles getan, um meine Mutter zum Lächeln zu bringen. Ich weiß noch, wie ich Mama mit zu unserer Theaterparty genommen habe und sie ein italienisches Volkslied für die Gäste sang. Ich war ganz überrascht, dass sie den Mut hatte, vor all den Menschen zu singen, und während ich ihr zusah, kam ihr bestes Ich zum Vorschein, und sie war ganz frei und glücklich. Nie werde ich ihren Gesichtsausdruck an jenem

Abend vergessen. Ich wünschte mir damals, dass sie immer so froh sein könnte. Es war so viel Traurigkeit in ihr, und ich wünschte mir immer, sie könnte sie abschütteln und sich freuen. Und als es ihr an dem Abend gelang, wusste ich, dass ein Leben voller Freude für sie möglich war. Etta weiß, dass ich hier glücklich bin, und das bringt unser beider beste Seiten zum Vorschein. Ich darf nicht vergessen, dass ich manches über meine Tochter weiß, einfach weil ich auch einmal Tochter war.

Jack erzählt mir, wie gut sie mit den Arbeiten am Freizeitzentrum in Appalachia vorankommen. Er erzählt mir ein paar Klatschgeschichten. Leah und Worley haben standesamtlich geheiratet, die Leute glauben, dass Tayloe Lassiter eine Affäre mit dem Juwelier in Pennington Gap hat, und Zackie Wakin hat sich aus Angst, ausgeraubt zu werden, einen Detektivkasten bei einer Zeitschrift bestellt, um etwaigen Dieben auf die Spur zu kommen. Er hat ein spezielles unsichtbares Pulver auf die Auslagen in seinem Geschäft gestreut und ein Schild an die Tür gehängt, dass er verreist sei (»Um ihnen ein für allemal das Handwerk zu legen«, wie er Jack erzählte). Es war tatsächlich jemand nachts im Geschäft, und als die Polizei kam und die Fußspuren in dem Puder überprüfte, stellte sich heraus, dass die Abtritte Zackies waren. Offenbar ist Zackie Schlafwandler. Darüber haben wir gelacht.

Irgendwie klingt die Stimme meines Mannes anders. Sie ist warm, aber ein klein bisschen hohl. Als wollte er sagen: Du bist da drüben, ich bin hier, lass uns nicht zu tiefgründig werden. Aber seit ich mit Pete Rutledge getanzt habe, will ich nichts anderes, als über tiefgründige Sachen reden. Ein Tanz hat in mir den Wunsch geweckt, in die Tiefe zu gehen und voll zu leben. Wie dramatisch, aber wie wahr.

»Ave, warst du gestern Abend betrunken?«

»Wie?«

»Als du angerufen hast. Warst du da betrunken?«

»Ich habe in der Disco Wermut getrunken. Mehr nicht.«

»Wie viel?« Jack lacht leise.

»Ich war nicht betrunken.«

»Du hast Ferien. Genieße sie.«

In gewisser Weise möchte ich Jack alles erzählen, wie früher, am Anfang. Da haben wir stundenlang im Bett gelegen, und ich habe ihm all die Dinge erzählt, die ich noch nie jemandem erzählt hatte. Jetzt ist das anders. Ich habe nicht den gleichen Drang, mich ihm zu öffnen, und ich weiß nicht, warum das so ist. Als Jack auflegt, bin ich erleichtert. Uns ist der Gesprächsstoff ausgegangen.

Es regnet so stark, dass das Wasser in kleinen Strömen die Straße vor dem Haus runterläuft und in den Bach stürzt, der den Teich beim Wasserrad füllt. Das Wasserrad dreht sich mit enormer Geschwindigkeit und sprüht das Wasser in alle Richtungen. Ich vertiefe mich wieder in das Leben von Ornella Muti. Was für interessante Details.

Mafalda steckt den Kopf zur Tür herein. »Ave Maria, hier ist ein Gast für dich.«

Durch die Tür vom Wohnzimmer, die zur Küche führt, sehe ich Pete Rutledge in einem gelben Regenmantel in der Tür stehen. Er ist so groß, dass er den Kopf einziehen muss. Seine Schultern füllen praktisch den Türrahmen aus. Seine blauen Augen leuchten in der gelben Umrandung seiner Kapuze. Seine Haare sind nass, und er ist unrasiert. Er erinnert mich ein wenig an Clark Gable in *Der Ruf der Wildnis*. Ich wünsche mir, dieser Mann sähe nicht wie all meine Filmhelden zusammen aus, aber in gewisser Weise und bei gewissem Licht tut er das. Er ist ein wenig wie mein »Mystery-Date-Spiel«, das ich als Kind hatte und mit dem Etta heute noch spielt: Wenn man eine Scheibe dreht, öffnet sich eine Plastiktür, und sieben Exemplare amerikanischer Männlichkeit, eins herrlicher als das andere, zeigen sich. Ich beiße mir auf die Lippen: gut, ich habe Lippenstift aufgetragen. (Loretta Young würde sich nie ohne zeigen, auch nicht in der eisigen Tundra.) Warum ist mir mein Äußeres so wichtig? Mein Herz macht einen Sprung und stöbert einen Schwarm Schmetterlinge in meinem Magen und tiefer auf. Schande über mich! Ich atme tief ein. Ich bin nicht aufgeregt, weil er mich besucht. Ich bin *überrascht*, aber keinesfalls aufgeregt. Wenn ich mir das lange genug einrede, glaube ich es vielleicht.

»Hallo«, sage ich zu ihm und lehne mich mit verschränkten Armen an den Türpfosten.

»Die ganze Stadt kennt Mario Barbari.« Pete lächelt.

»Er ist der Bürgermeister, und zwar seit –«

»Siebenunddreißig Jahren«, beendet Mafalda meinen Satz.

»Darf ich Ihre Ave Maria heute Nachmittag entführen?«, fragt Pete Mafalda.

»Ich kann nicht für sie bestimmen«, sagt sie freundlich. Sogar Mafalda ist von diesem amerikanischen Mann beeindruckt.

»Es gibt eine Gaststätte in der Nähe. Wollen wir einen Kaffee trinken?«, fragt er.

Mafalda greift schon nach der Kaffeekanne, aber ich bremse sie. »Du sollst uns nicht bedienen.«

»Aber das mache ich gern!«, sagt Mafalda.

»Nein. Wenn Mr. Rutledge herausgefunden hat, wo man Kaffee trinken kann, dann ist es das Mindeste, dass ich diesen Kaffee einmal probiere.« Ich lächle Pete zu, und er lächelt zurück.

Ich nehme mir eine der Jacken meines Vaters von den Haken bei der Tür. Diesmal setze ich auch den dummen Robin-Hood-Hut auf. Pete hält mir die Tür auf, und wir treten hinaus in den Regen. Ich gehe ein paar Schritte voraus, dann schließt er zu mir auf, macht den Regenmantel auf und nimmt mich mit hinein. Erst sträube ich mich, aber es regnet so heftig, dass ich beschließe, im Trockenen zu bleiben. Ich muss hüpfen, um mit ihm Schritt zu halten; mit seinen Beinen legt er in der gleichen Zeit die doppelte Strecke zurück wie ich mit meinen. Er sieht zu mir herab und lacht. Ich hoffe, er findet den Hut albern. Das fehlte mir noch, dass er sich zu mir hingezogen fühlt.

Als wir zu der alten Gaststätte kommen, hält Pete mir die Tür auf. Mein Vater hat mir erzählt, dass dieses Lokal im Winter immer brechend voll von Touristen ist. Aber heute sind außer mir und Pete nur der Besitzer und ein alter Mann da, der mit seiner Pfeife in der Küche sitzt und Zeitung liest. Der Pfeifengeruch ist mir vertraut: Er ist derselbe Mann, der spätabends nach Hause geht. Ich lächle und winke ihm zu, und er sieht auf und nickt. Pete zieht seinen Mantel aus und hängt ihn über einen Stuhl. Er hilft mir mit meiner Jacke und meinem Hut. Über dem Kamin hängen drei ausgestopfte Hirschköpfe. Der Raum wirkt tirolerisch, so wie unser Haus auch. Die Tische haben Wachstuchdecken und die Stühle sind bunt zusammengewürfelt, manche mit einem gepolsterten Sitz, andere ganz aus Holz. Ich setze mich in einen der wackligen Lehnstühle vor dem Feuer und strecke meine Beine auf den Steinplatten aus. Die Stühle hängen so tief durch, dass man genauso gut auf dem Fußboden sitzen könnte. Pete setzt sich in den anderen Sessel und dreht ihn so, dass er mich sehen kann.

»Wie geht es Ihnen?«

»Sehr gut. Und Ihnen?«

»Ich bin etwas nass«, sagt er und fährt sich mit den Fingern durch die Haare. »Warum tragen Sie keinen Ehering?«

Ich gucke auf meine Hände. Warum vergesse ich dauernd, den Ring aufzustecken?

»Ich habe Mafalda geholfen, Makronen zu machen.«

»Gestern Abend haben Sie keine Makronen gemacht.«

»Nein. Gestern habe ich den Ring nicht getragen, weil ich nachmittags Steine aus dem Bach gefischt hatte, und dazu hatte ich ihn abgesetzt.«

»Nicht, dass Sie ihn verlieren«, sagt er und lächelt auf eine Art und Weise, die unglaublich sexy ist, und ich bin froh, dass ich sitze: im Stehen würden mir die Knie weich werden.

»Das will ich natürlich nicht«, sage ich und gewinne meine Fassung wieder, dann sage ich unumwunden: »Was wollen Sie damit sagen?«

»Nichts.«

»Gut.« Ich lehne mich in meinem Stuhl zurück und rutsche herum, weil eine Feder mich in den Rücken piekst.

Eine Weile lang sitzen wir schweigend. Der alte Mann bringt den Kaffee. Er sieht Pete an, dann mich. Es ist klar, dass er in uns ein glückliches amerikanisches Paar sieht, das aus dem Regen ins Trockne gefunden hat. Es gibt in diesem Land keine Menschenseele, die nicht an die romantische Liebe glaubt. Diese falschen Vorstellungen muss ich nicht unbedingt fördern. Ich rücke meinen Stuhl von Petes ab. Ich will die Unterhaltung auf eine allgemeinere Ebene bringen.

»Was machen Sie?«, frage ich ihn, ein bisschen zu munter.

»Ich arbeite mit Marmor.«

»Sie sind Bildhauer?«

»Nein.« Er lacht. Sein Lachen gefällt mir – es passt sehr gut zu seinem Lächeln. »Ich verkaufe Marmor. Für Häuser. Kaminumrandungen. Bodenplatten. Tischplatten.«

»Interessant. Gibt es in New Jersey viel Bedarf für Marmor?«

»Haben Sie eine Ahnung! Es ist die italienische Hauptstadt der Welt.«

»He. Ich bin italienischstämmig«, sage ich zu ihm.

»Ich auch. Zur Hälfte.«

Halb italienisch. Das erklärt die dunklen Haare und die gute Nase und den Spürsinn für verheiratete Frauen.

»Meine Mutter war Italienerin«, erklärt er. »Ihre Familie war aus Kalabrien. Die Leute da sind sehr leidenschaftlich.«

»Das habe ich gehört.«

»Sie mögen keine Belanglosigkeiten, oder?«

Wir schweigen einen Moment, und ich betrachte diesen Fremden, der ins Feuer blickt und seinen Kaffee trinkt. Wer ist er eigentlich? Was ist das für ein Mann, der das Wort »leidenschaftlich« benutzt und hartnäckig einer Frau nachstellt, ob sie nun einen Ehering trägt oder nicht? Er streckt seine langen Beine aus und stemmt die Füße an die Wand. Ich komme mir winzig vor neben ihm, was ganz falsch ist – ich bin keineswegs klein. Aber irgendwas ist an dem Mann, das den Raum ausfüllt. Wegen seiner Größe möchte ich ihn mir vornehmen und ein paar Sachen geraderücken: Nein, Belanglosigkeiten mag ich nicht. Ich mag überhaupt nichts Frivoles. Mir wäre es lieber, die Menschen würden gleich zur Sache kommen. Ich habe den Wert der Zeit schätzen gelernt, auf harte Art und Weise. Es ist eine Sünde, Zeit zu verschwenden.

»Vielleicht mag ich keine Belanglosigkeiten, weil Sie das nicht so gut können«, sage ich zu ihm.

Das überrascht ihn und er lacht. Nichts ist so sexy, finde ich, wie ein Mann, der über den Witz einer Frau lacht. Ich trinke von meinem Kaffee. Nie hat mir ein Kaffee so gut geschmeckt.

»Haben Sie *Browning's Italy* gelesen?«, fragt er.

»Von Helen Clark? Eins meiner Lieblingsbücher!«

»Ich weiß gar nicht, wie man nach Italien reisen kann, ohne es zu lesen.«

»Meine Lieblingsliebesgeschichte.«

»Robert Browning und Elizabeth Barrett?«, fragt er.

»Wen, dachten Sie denn, hätte ich gemeint?«

»Vielleicht Sie und mich.« Er lächelt. »Kleiner Scherz.«

»Gut.« Meine Güte, der Kerl geht ran. »Ziemlich heiß hier.« Ich muss das Thema wieder auf die Brownings bringen, bevor er noch etwas sagt, das mir den Schweiß auf die Stirn treibt. Ich rücke meinen Stuhl vom Feuer ab.

»Warum ist es Ihre Lieblingsliebesgeschichte?«, fragt er.

»Weil es eine so unmögliche Situation war. Elizabeth Barrett hatte dieses schreckliche Leben; sie war krank und ans Haus gefesselt und schrieb Gedichte. Von einem grausamen Vater unterdrückt. Und als Robert Browning anfing, ihr seine Gedichte zu schicken, fingen sie eine Korrespondenz an und haben sich durch ihre Worte verliebt.«

Pete setzt die Geschichte fort: »Und als Browning ihr einen Heiratsantrag machte, hatte Elizabeth Angst, ihrem Vater davon zu erzählen, und die beiden sind nach Rom durchgebrannt.« Der Mann vollendet meine Sätze. »Sie wissen, dass man ihre Wohnung in Florenz mieten kann?«

»Wirklich?«

»Ich war mal da.«

»Nein!«

»Bekannte von mir haben sie letzten Sommer gemietet, und ich bin mal dort gewesen.«

»Wussten Sie, dass die Brownings einen Sohn hatten?«

»Penn.«

»Ja. Und sie hat sich den Ärzten widersetzt. Die hatten nämlich gesagt, sie würde die Reise von England nach Italien nicht überleben. Und sie würde niemals Kinder bekommen können.«

»Aber sie ist ihrem Herzen gefolgt, und es ist gut gegangen. Das ist doch beruhigend, finden Sie nicht?« Pete sieht mich an.

»Ja, sehr.«

»Haben Sie *Casa Guidi Windows* gelesen?«

»Meine Mutter hatte das Gedicht auf Italienisch.«

»Es ist unglaublich. Ich finde, es ist Elizabeth Barrett Brownings bestes Gedicht«, sagt er und blickt wieder ins Feuer. Ich kann es kaum glauben, dass ich mit einem Mann über Gedichte spreche. Wann habe ich das das letzte Mal getan? Wann habe ich es jemals getan?

»Erzählen Sie mir doch von sich, Pete«, sage ich, ermutigt von dem Koffein.

»Sie wollen die ganze Geschichte?«

»Klar.«

»Ich bin in New Jersey aufgewachsen. Studium am Rutgers College. Theaterwissenschaften und Theaterdesign. Nach dem Abschluss habe ich für experimentelle Theater in New York gearbeitet. Bis ich genug davon hatte. Habe mich mit einem alten Freund zusammengetan, und wir haben das mit dem Marmor angefangen. Jetzt lebe ich in Hoboken. Und einmal im Jahr komme ich für zwei Wochen hier rüber und kaufe Marmor ein.«

»Sind Sie verheiratet?«

»Nein.«

Ich weiß nicht, warum, aber bei dieser Antwort muss ich lächeln.

»Was ist daran komisch?«

»Ich weiß nicht.«

»Sind Sie froh, dass ich nicht verheiratet bin?«

»Nein.«

»Es wäre schön, wenn *Sie* nicht verheiratet wären«, sagt er und tippt mit seiner Schuhspitze an mein Bein. Ich ziehe es zurück.

»Warum?« Ich frage nur, weil ich hören will, was er sich ausdenkt.

»Na, wenn Sie nicht verheiratet wären, dann würden wir nicht hier unten sitzen und Kaffee trinken.« Petes Blick wandert von mir zu dem Schild, auf dem *Zimmer* steht, mit einem Pfeil nach oben.

Ich rühre mich nicht. Ich kann es nicht. Zum einen piksen mich die Federn des Sessels, zum anderen merke ich gerade, wie alle meine Nerven, Synapse für Synapse, aufhören zu funktionieren, und ich kann meinem Körper nicht mehr trauen. »Mann, die Frisur hat wirklich eine enorme Wirkung.«

»Was?«

»Mit meiner alten Frisur bin ich nie mit derartiger Aufmerksamkeit bedacht worden.«

»Es liegt nicht an den Haaren.«

»Wer weiß. Sie kennen mich ja nicht mal.«

»Mir gefällt, was ich bisher sehe.«

»Ich erzähle Ihnen mal von dem Teil, den Sie nicht sehen.«

»Ich bitte darum. Das ist ja das Gute.«

»Ich weiß nicht, wie gut es ist. Ich war fünfzehn Jahre lang das späte Mädchen von Big Stone Gap.«

»Sie haben sich selbst so genannt?«

»Ja.«

»Und was wollen Sie damit sagen?«

»Ich habe lange gewartet, bis ich mich verliebt habe. Und dann habe ich ihn geheiratet.«

»Und wie läuft's so?«

»Was?«

»Ihre Ehe?«

Ich atme tief ein. »Nicht so toll.«

»Warum nicht?«

»Wir sind sehr unterschiedlich.«

»Das kann doch etwas Gutes sein.«

»Manchmal.«

»Wie hatten Sie es sich vorgestellt?«

»Verheiratet zu sein?«

»Nein. Jemanden zu lieben. Als Sie – wie Sie es nennen – ein spätes Mädchen waren, wie haben Sie sich da die Liebe vorgestellt?«

Ich drücke meinen Rücken an die Lehne. Das bin ich noch nie gefragt worden. Auch Theodore hat mich das nicht gefragt. Wir hätten über solche Fragen sprechen können, aber wir waren so sehr damit beschäftigt, uns gegenseitig ein Gefühl von Sicherheit zu geben, dass wir die dunklen, unklaren Sachen, die eine Liebesgeschichte zutage fördern kann, nicht berührt haben. Und Jack Mac spricht niemals über dergleichen Dinge.

»Ich dachte, dass die Liebe alles besser machen würde. Ich dachte, es wäre ein Zustand von Glück und Sicherheit. Ja, genau. Und Heiterkeit. Ich dachte, die Liebe würde einen Menschen vervollständigen.«

»Und wie sollte sie das machen?«, fragt Pete.

Ich denke einen Moment darüber nach. »Sie kann es nicht.« Als ich das sage, breche ich fast in Tränen aus. Ich reibe mir die Augen. Ich hoffe, Pete denkt, ich sei müde.

»Ich habe Sie unglücklich gemacht.«

»Nein, nein. Ich sollte über solche Dinge mehr nachdenken.« Das meine ich ernst. »Sie müssen mich für verrückt halten.«

»Ich finde Sie faszinierend.«

»Mich? Also nein!« Ich bewege mich in meinem Sessel. Wieder pikst mich eine Feder, diesmal in die Rippen.

»Wo liegt also das Problem mit Ihrem Mann?«

Das werde ich nicht beantworten, denn ich habe keine Antwort. Stattdessen referiere ich ein paar Fakten. »Mein Mann wollte mit in die Ferien kommen, aber im letzten Moment hat er mir gesagt, er würde nicht kommen, weil er glaubt, ich brauche Zeit zum Nachdenken, und er hat mir gesagt, ich müsste zu einer Entscheidung kommen, ob ich verheiratet sein möchte.«

»Möchten Sie das?«

Ich sollte ja sagen, aber ich tue es nicht. »Vielleicht will er mich nicht mehr, wenn ich aus den Ferien komme.«

»Wäre es nicht besser, Sie würden zu einer Entscheidung darüber kommen, was Sie wollen?«

»Das sagt er auch.«

»Er hat Recht.«

Ich sehe Pete zu, wie er im Feuerschein seinen Kaffee trinkt. Ich stelle mir vor, dass er sich in seinem Sessel nach vorn beugt und mich küsst. Ich schüttele den Kopf. Das Bild verschwindet.

»Na, dann wird das ja ein sehr interessanter Monat für Sie, oder?« Er lächelt. Ich wünschte, er hätte nicht so blendende Zähne.

»Und aktiv«, piepse ich. Woher kam diese Stimme nur? Ich atme ein. »Im Haus haben wir einen großen Kalender, in dem alle Aktivitäten eingetragen sind. Giacomina, das ist die Freundin meines Vaters, hat sich Unternehmungen für einen Monat ausgedacht. Und ich finde es gut, wenn man aktiv ist.«

»Das Erste, was Sie sich vornehmen sollten ...« Pete beugt sich vor und legt seine Hand auf die Lehne meines Stuhls. »Sie sollten den Kalender wegwerfen.«

Pete bringt mich im Regen nach Hause. Giacomina und Papa sind aus dem Skigeschäft zurück, und es ist Essenszeit. Wo ist die Zeit geblieben? Dieser eine Kaffee hat Stunden gedauert! Mafalda lädt Pete ein zu bleiben, und er nimmt die Einladung dankend an. Er bezaubert die Familie sofort; er ist unkompliziert und lustig, und es kommt einem so vor, als sei er schon seit Jahren dabei. Während ich ihn beobachte, wie er die Unterhaltung in Schwung hält, muss ich an meinen Mann denken, der lieber zuhört als selber erzählt. Ich sitze auch lieber dabei und höre zu, aber wenn man mit einem stillen Mann verheiratet ist, muss man das Reden übernehmen. Ich entspanne mich auf meinem Platz und überlasse es Pete, die anderen zu unterhalten.

Chiara und Etta erzählen Pete von den Quallen, die es bei Sestri Levante gibt. Er erzählt ihnen von den Quallen an der Küste von New Jersey. Während wir den würzigen Lammeintopf (wie kriegt Mafalda das Fleisch so zart hin?) und Brot dazu essen, verknallen sich die beiden Mädchen mächtig in ihn. Er hört ihnen aufmerksam zu, und die miteinander wetteifernden Mädchen verwandeln sich vor unseren Augen in kokettierende Jugendliche. Papa fragt Pete wegen einer Mauer, die er hinter dem Haus bauen will, um Rat, und Pete gibt ihm hilfreiche Tipps. Papa spricht ganz locker mit Pete, so wie mit Jack Mac auch. Dieser Marmormann ist einfach nur ein amerikanischer Charmeur. Er hat alle im Haus in seinen Bann gezogen. Alle außer mir. Ich lasse mich von ihm nicht umgarnen, ich nicht. Es ist ausgeschlossen, dass ein so glatter und eleganter Mann eine ehrliche Haut ist. Ich werde mich an seiner Gesellschaft erfreuen, und aus Sicherheitsgründen werde ich von nun ab meinen Ehering tragen. Das Prickeln, das ich in seiner Gegenwart spüre, erinnert mich nur daran, dass ich lebendig bin; es heißt nicht, dass ich mich in ihn verlieben könnte, er ist keine Bedrohung.

Während ich die Mädchen ins Bett bringe, hat Mafalda den Abwasch gemacht und den Tisch fürs Frühstück gedeckt. (Das spart Zeit. Ich muss es mir für zu Hause merken.)

Papa und Giacomina sitzen in enger Umarmung im Wohnzimmer auf der Couch und lesen die Zeitung. Ich setze mich in der Küche auf Pete Rutledges Stuhl. Also, jetzt benenne ich schon den Stuhl nach ihm – was soll das nur bedeuten? Er ist vor fast einer Stunde gegangen, obwohl die Mädchen gebettelt hatten, er möge bleiben.

»Möchtest du eine Tasse Kaffee?«, fragt Giacomina und legt mir die Hand auf die Schulter, was mich an meine Mutter erinnert.

»Mafalda hat die Kaffeekanne schon für morgen früh vorbereitet.«

»Ich mache alles wieder so, wie ich es angetroffen habe. Keine Sorge.« Giacomina lächelt und geht zum Herd. Das saubere Bergwasser fließt zischend in die Kanne aus blauweißer Emaille.

»Du hast Pete gestern in der Disco kennen gelernt?«

»Ja. Er hat mich zum Tanzen aufgefordert. Ich wünschte, ich hätte abgelehnt.«

»Warum?«

»Ich bin verheiratet.« Indem ich es laut ausspreche, erstirbt jede Versuchung. (Daran muss ich denken.)

»Mit einem Mann zu tanzen ist keine Sünde.«

Ich sehe Giacomina an. Macht sie Witze? Der Gedanke, auf einem Berg in den Alpen in die Arme eines anderen Mannes zu sinken, während die Musik spielt, ist etwas ganz Schreckliches. Giacomina kennt mich nicht sehr gut. Ich bin eine Ganz-oder-gar-nicht-Frau. Ich habe Jack MacChesney geheiratet, als wir das erste Mal zusammen geschlafen haben. Nicht auf dem Papier, aber in meinem Kopf habe ich mich in dem Moment zu ihm bekannt. Als wir später vor den Priester getreten sind und dort unser Gelübde abgelegt haben, war das nur eine Bestätigung dessen, was ich schon wusste. Ich darf mich nicht von einem Amerikaner mit einem umwerfenden Lächeln und fantastischen Beinen von meinem Eheversprechen weglocken lassen. Was sage ich da? Woran denke ich? Innerhalb von vierundzwanzig Stunden stelle ich mir eine Affäre mit einem fremden Mann vor? Italien ist ein gefährliches Land.

»Es ist sehr kompliziert, nicht wahr?«, sagt sie.

»Was?«

»Männer und Frauen.«

»Nein, eigentlich nicht. Man gibt ein Versprechen, und man hält sich daran. So leicht ist das.«

»Leicht, es zu sagen.«

»Nein, es ist auch leicht, sich daran zu halten«, beharre ich. »Ich genieße es, einen gut aussehenden Mann kennen gelernt zu haben, der« – ich versuche, Pete zu beschreiben – »der Gedichte liest und lustige Geschichten erzählt. Aber das heißt ja nichts. Es ist einfach nur eine Art von Bewunderung, denke ich.« Vor Jack MacChesney habe ich eigentlich nie einen Mann bewundert. Warum benutze ich also jetzt das Wort, um meine Gefühle für Pete Rutledge aus New Jersey zu beschreiben? »Also, ich meine nicht Bewunderung. Ich kenne ihn nicht gut genug und werde ihn auch nicht kennen lernen, um so ein starkes Wort zu gebrauchen. Sagen wir einfach, er interessiert mich.«

»Wer?«

»Pete.«

»Ach, ich dachte, du meinst deinen Mann.«

»Nein, ich meine Pete.«

Als Giacomina den Kaffee eingießt, als sie die Kaffeekanne mit dem gelb-weiß gestreiften Topflappen hält und ihre schlichte goldene Uhr sich an ihrem Handgelenk dreht und an der Innenseite mit dem Zifferblatt nach außen hängt, als sie mir die Tasse zuschiebt – sie schiebt sie über den Tisch, ohne sie anzuheben, genau wie Mama es gemacht hat –, habe ich den Wunsch, mich ihr anzuvertrauen. Meine Mutter hätte ich nie belogen. Sie hat mir Fragen gestellt, wie Giacomina es gerade getan hat, und mich sanft zur Wahrheit gesteuert, deshalb musste ich sie nie belügen. Ich konnte meiner Mutter die schlimmsten Sachen gestehen, und sie hat mich nie verurteilt.

»Also gut, in Ordnung, ich fühle mich also zu ihm hingezogen«, gestehe ich laut.

Giacomina lächelt. »Das sind wir alle. Wenn du eine Frau bist, fühlst du dich unweigerlich zu ihm hingezogen. Hast du die Mädchen beobachtet?« Ich nicke. »Solche Männer gibt es. Sie funkeln. Dein Vater ist auch so einer.«

Ich gucke ins Wohnzimmer. Papa ist eingeschlafen, sein Kopf liegt auf der Rückenlehne wie auf einem Kissen. Zum ersten Mal sehe ich, dass er älter wird. Aber sein Altern ist ein anmutiger Prozess, kein Verlust. Es ist, als hätte er Behaglichkeit gegen Aufregung eingetauscht. Das Haar, fast ganz silbern, die etwas milderen Kieferkonturen und seine rundliche Mitte haben ihn zum Großvater gemacht. Und er lässt es zu. Ist zufrieden damit.

»Ich weiß genau, was ich tue, Giacomina.« Indem ich es laut sage, gebe ich mir selbst Bestärkung.

Als ich im Bett liege und nicht einschlafen kann, weil ich von dem Kaffee so aufgedreht bin (ich sollte abends keinen starken Kaffee trinken – was habe ich mir nur dabei gedacht?), lasse ich den letzten Tag noch einmal Revue passieren. Das ist eine Angewohnheit, die ich schon als Kind hatte. Ich möchte reinen Tisch gemacht haben, falls ich im Schlaf sterbe. Ich entschuldige mich bei Gott für meine Verfehlungen, und wo ich schon dabei bin, bitte ich ihn um Einsichten in meine Probleme. Heute ist viel geschehen. Ich habe mir vorgestellt, einen Mann zu küssen, der mir deutlich zu verstehen gegeben hat, dass er mich attraktiv findet. Böse. Ich habe mich ihm geöffnet und über die Schwierigkeiten in meiner Ehe gesprochen. Böse. Ich habe ihm erlaubt, zum Essen zu bleiben. Böse. Ich habe eingewilligt, mich wieder mit ihm zu treffen. Sehr böse. Pete Rutledge hat jetzt schon einen Fan-Club in der Via Scalina 108. Sie haben in ihn investiert. Er gehört jetzt dazu! Bin ich im Begriff, mich in ihn zu verlieben? Mein Gott, das ist ja furchtbar! Was wollte Giacomina mir heute Abend sagen? Will sie, dass ich Jack Mac verlasse und nach Schilpario komme und Pete Rutledge heirate und ein neues Leben anfange? Natürlich nicht. Aber warum bilde ich mir ein, sie meint das?

Ich setze mich aufrecht im Bett hin.

Mir wird etwas bewusst, das mir zunächst einen kleinen Schwindel verursacht, dann durch meinen Kopf rauscht, wie eine Ankündigung. Ich bin immer noch repressiv! Das ist mein Problem! Ich lege die Hände an die Wangen und spüre, wie die Hitze in mir aufsteigt. Ich dachte, ich würde meine Gefühle nicht mehr verstecken und meine Entscheidungen über meinen Körper und mein Leben nicht mehr aus Angst treffen, aber das stimmt nicht! Pete Rutledge lockt mich aus meiner Schale, und ich komme damit nicht zurecht. Ich habe Angst, dass er mich innerlich aufwühlen wird und dass ich dann erst richtig Probleme bekomme. Ich war so selbstgewiss, so gewappnet gegen Versuchung, in Big Stone Gap. Ich war stolz, dass ich keinen anderen Mann außer meinem Mann wollte. Und dass ich nie einen anderen Mann gewollt hatte. Jetzt kann ich das nicht mehr von mir sagen. Ich kann es auch nicht mehr denken, weil es nicht mehr stimmt. Ich will Pete Rutledge. Dabei ist es ohne Bedeutung, dass ich ihn nicht haben darf – ich will ihn trotzdem. Warum bringe ich es nicht fertig, zu Pete zu sagen, er soll weggehen? Ist dies meine Rache für Karen Bell? Nein, ich gehöre nicht zu den Menschen, die nach dem Prinzip »Wie du mir, so ich dir« handeln. Vielleicht hat Jack Mac das gemeint. Vielleicht glaubt er, ich habe mich nicht genügend ausgelebt, bevor ich geheiratet habe. Ich habe geheiratet, aber ich habe das späte Mädchen nicht abgelegt: Ich habe sie vom Poplar Hill nach Cracker's Neck mitgenommen, und jetzt habe ich sie über den Atlantik mitgeschleppt, bis nach Norditalien! Aber ich bin immer noch die gleiche Frau, und Jack Mac hat Recht – ich bin nicht ehrlich, was meine Gefühle angeht.

Pete hat den Mädchen einen Ausflug in die Dolomiten versprochen, die zu den italienischen Alpen gehören. (Ich weiß, ich weiß, ich will lieber gar nicht damit anfangen, wie ich da hineingeraten bin; Pete ist wieder bei uns vorbeigekommen, mit einer Schieferplatte, als Tafel für die Mädchen, die darauf mit Kreide malen können, und bevor wir wussten, wie uns geschah, planten wir schon den Ausflug.) Es ist eine Fahrt von ungefähr einhundertfünfzig Kilometern; deswegen nehmen wir uns vor, früh aufzubrechen. Er möchte ihnen den Marmorsteinbruch zeigen. Anfangs denke ich, Papa und Giacomina sollten auch mitkommen, aber dann entscheide ich mich dagegen. Etta hat mit allen etwas unternommen, nur mit mir nicht. Und mit Pete werden wir Spaß haben. Ich mache schließlich nichts Verkehrtes (wie ich mir selbst immer wieder sage), und wir müssen unseren neuen Freund nicht meiden. Er bringt uns alle zum Lachen. Außerdem will ich auch den Marmorsteinbruch sehen.

Pete fährt, und die Mädchen rangeln darum, wer neben ihm sitzen darf. Schließlich regeln wir das so, dass Chiara auf dem Hinweg und Etta auf dem Rückweg vorn sitzen darf. Ich hatte eigentlich geglaubt, dass ich noch fünf Jahre Zeit hätte, bevor ich mit pubertierenden Hormonen zu tun bekäme, aber hier sind sie schon ausgebrochen, in all ihrer wuchernden Schönheit. Ich sehe aus dem Fenster, während die beiden plappern und kichern. Pete und ich sprechen nur gelegentlich und beantworten die Fragen der Mädchen über den Weg und die Fahrtdauer, aber die meiste Zeit sitze ich in meine eigenen Gedanken vertieft, während wir durch die Berge kurven.

Der Marmorbruch ist ein enormes Loch, das in den Assunta-Berg geschlagen worden ist. Der Berg heißt nach einer Frau, die von zwei Brüdern geliebt und umkämpft wurde. Als sie starb, hat keiner der Brüder je wieder eine Frau geliebt. Als Pete den Kindern die Geschichte erzählt, hören sie mit großen Augen zu und nicken verständnisvoll. Auf dem Weg zu dem Steinbruch gibt Chiara Etta ein kleines Döschen mit Lip Gloss. Etta fährt mit dem Finger hinein und bestreicht sich sorgsam die Lippen. Wo hat sie das denn nur gelernt?

Der Marmorbruch ist so tief und breit und schwarz, dass er aussieht wie der Höllenschlund in dem Katechismus, den Mama mir vor vielen Jahren zu meiner Firmung gekauft hat. Ich trete einen Schritt zurück.

»Ist alles in Ordnung?«, fragt Pete.

»Es geht so tief runter.«

»Gucken Sie nicht rein«, sagt er und zieht mich vom Rand zurück.

Wir gehen von dem Steinbruch weg zu einer gerodeten Fläche, wo Bauwagen aufgestellt sind. Das sind die Steinbruch-Büros, genau wie bei den Kohleminen in Big Stone Gap, und sie vermitteln das Gefühl, dass dieses Geschäft zeitlich begrenzt ist. Es besteht kein Bedarf, ein festes Büro zu bauen, ein Bauwagen tut es auch.

Pete geht mit uns in den größten der Bauwagen. Er zeigt den Mädchen Kästen mit Proben, kleinen, kühlen Brocken von poliertem Marmor, muschelrosa mit goldenen Adern, schwarz mit weißen Linien, und, meine Lieblingsprobe, lapislazuliblau mit kleinen Sprenkeln, die wie schwarzer Glitzer aussehen.

»Sie haben den teuersten Marmor ausgesucht«, sagt Pete und steckt mir einen Brocken in die Hosentasche.

»Das passt zu mir.« Meine Hüfte prickelt, wo er mich berührt hat. Ich stecke meine Hand in die Tasche, um das Gefühl, was es auch war, abzutöten.

Pete erlaubt den Mädchen, sich ein paar Steine auszusuchen. Als wir uns wieder in den Wagen setzen, verkündet Pete, er habe eine Überraschung für uns. Auf dem Weg ins Tal kichern und reden die Mädchen ohne Unterlass. Dann biegt Pete von der Straße ab, und plötzlich holpern wir über einen Schotterweg und wirbeln hinter uns eine Staubwolke auf.

»Mama, das ist ja wie unsere Straße zu Hause«, sagt Etta.

»Ja, stimmt.«

»Was für eine Straße?«, fragt Pete.

»Cracker's Neck Holler Road. Wo wir wohnen.«

»Cracker's Neck?«, lacht Pete.

»He. Lachen Sie nicht über Cracker's Neck«, sage ich zu ihm.

»Ja, genau! Das ist nicht zum Lachen«, sagt Etta mit dem Stolz einer Bergbewohnerin.

»Wenn Sie das lustig finden, dann waren Sie noch nicht in Frog Level und It-lee Bottom«, sage ich.

»Ich muss mir unbedingt mal dieses Big Stone Gap ansehen«, sagt Pete. Ja, gute Idee, würde ich am liebsten sagen, kommen Sie doch mal nach Gap, da können Sie meinen Mann kennen lernen.

Am Ende der Kiesstraße kommen wir zu einem improvisierten Parkplatz, einer Wiese, die von den vielen Autos so abgefahren ist, dass der Erdboden ganz kahl ist.

»Wir sind da!«, erklärt Pete.

»Und was soll das sein?«, fragt Etta unbeeindruckt.

»Nicht hier. Wir müssen da reingehen.«

Pete zeigt auf den Wald. Wir gehen hinter ihm her, und der Gedanke fliegt mir durch den Kopf, dass ich den Typ doch gar nicht kenne. Er könnte uns umbringen und hier liegen lassen, und niemand würde uns finden. Aber als er sich umdreht und uns zu sich winkt, damit wir vor ihm gehen sollen, blicke ich in sein Gesicht und vertraue ihm. Nur die Bäume, die so hoch sind, dass sie den Himmel verdecken und viel Licht schlucken, lassen mich erschaudern.

»Jetzt nach rechts«, sagt er zu den Mädchen. Sie biegen ab, und wir kommen an zwei großen Felsblöcken vorbei; auf dem einen ist ein roter Pfeil gezeichnet.

»Guck. Ein Wegweiser!«, sagt Etta. Ich nicke. Auch Chiara nickt; ihre Englischkenntnisse sind so rudimentär, dass ich mich oft frage, wie sie weiß, wovon Etta spricht. Aber sie haben die Geheimsprache der Mädchen, und ich sehe in den beiden den Beweis, dass sie international ist. Dann hören wir ein lautes Zischen, das zunächst etwas beängstigend klingt. Aber es ist nicht das Zischen einer Maschine, und es ist zu laut, als dass es von einer Schlange kommen könnte.

»Das sind die Mineralbäder des Assunta-Bergs«, erklärt Pete. Und vor uns sehen wir einen Wasserfall zwischen dunkellila, mit feucht glänzendem Moos bewachsenen Felsen. Das Wasser stürzt in ein natürliches Becken. Dampf steigt von der Oberfläche auf und kringelt sich nach oben durch die Bäume, elegant wie Zigarettenrauch, wenn er von Bette Davis ausgestoßen wird.

Ich frage Pete: »Heiße Quellen?«

»Erstaunlich, nicht wahr?«

Die Mädchen gehen am Rand des Beckens entlang und stecken ihre Hände ins Wasser.

»Es ist warm, Mama«, sagt Etta beeindruckt. »Wie in der Badewanne.«

Ich setze mich, ziehe meine Schuhe aus und stecke die Füße ins Wasser. Die Wärme zieht durch meinen ganzen Körper. Eine Wohltat! Das Lachen der Mädchen entfernt sich. Sie klettern seitlich des Wasserfalls den Berg rauf.

»Passt gut auf!«, rufe ich. Sie verschwinden zwischen den Felsen.

»Wie finden Sie das?«, fragt Pete.

»So etwas habe ich noch nie gesehen«, sage ich zu ihm. Ich wünschte, ich wäre allein. Dann würde ich alles ausziehen und mich in das Becken legen, ich würde die Minerale in meine Haut dringen lassen und meine Seele erfrischen. Ich kann den Erzgeruch in dem sprudelnden Wasser riechen. Schnell schüttle ich das Bild von mir im Wasser ab (für den Fall, dass Pete Rutledge Gedanken lesen kann).

Pete zieht Schuhe und Strümpfe aus, rollt sich die Hosenbeine auf und watet ins Wasser.

»Kommen Sie«, sagt er.

Erst rühre ich mich nicht. Ich sehe ihn in dem warmen Nebel. Mir gefällt das Bild von ihm, so umnebelt; so ist er wie eine Erscheinung, etwas Unwirkliches, das ich nicht berühren kann.

»Kommen Sie«, sagt er wieder.

Ich kremple mir die Hosenbeine hoch, gehe ins Wasser und wate zu ihm. Der Grund des Beckens ist sandig, und hin und wieder sticht mich etwas Scharfes, eine Muschel vielleicht. Pete hält mir die Hand entgegen. Als ich schon fast bei ihm bin, rutsche ich in einer kleinen Vertiefung aus. Pete streckt die Arme aus, fängt mich auf und zieht mich aus dem Wasser hoch.

»Was war das?«, sage ich und blicke ins Wasser.

Pete sagt nichts. Er hält mich im Arm. Er sieht mich an. Ich habe die Arme um seinen Hals geschlungen und lege den Kopf an seine Schulter. Nur für einen kurzen Moment. Ich höre seinen schnellen Herzschlag, und jetzt weiß ich, wie es sich anfühlt, in seinen Armen zu liegen. Ich würde immer so bleiben, wenn das ginge, um uns herum der Dunst, der von dem warmen Wasser aufsteigt. Von meinem Bein tropft Wasser auf seinen Ärmel. Er blickt auf meine Beine; ich streife mir die Hosenbeine runter. Als ich ihn ansehe, reibt er seine Nase an meinem Hals.

In der Ferne höre ich das Lachen meiner Tochter, und das bringt mich in die Wirklichkeit zurück.

»Lassen Sie mich runter«, sage ich. Pete tut es nicht, sondern trägt mich zum Rand des Beckens und setzt mich dort ab.

»Lass uns nach Hause fahren«, sagt er leise.

Pete Rutledge fügt sich in unser Leben in Schilpario, als wäre er von Anfang an in unsere Ferienpläne einbegriffen gewesen. Er isst mit uns, er macht einen Rundgang durch die Alta Città und fährt mit uns im Zug zur Villa d'Este, dem großen Hotel am Comer See, wo die Fernsehstars absteigen. Seit dem Tag am Assunta-Berg hat Pete nichts Flirthaftes getan oder gesagt, und ich bin erleichtert. Vielleicht habe ich in meinen fünfzehn Jahren als spätes Mädchen gelernt, wie man Bewerber in die Flucht schlägt. Hoffentlich.

Wir bekommen ein Telegramm von Gala, die uns nach Florenz einlädt. Sie macht eine Rundreise durch die drei großen Städte – Rom, Florenz, Venedig – und möchte, dass wir uns für ein Wochenende mit ihr treffen. Ich schicke ihr ein Telegramm zurück und teile ihr mit, dass wir kommen werden, ohne Einzelheiten zu erwähnen. Die Mädchen sind begeistert (natürlich). Die Zugfahrt ist sehr lustig. Mafalda hat uns Vorräte eingepackt. Wenn die Mädchen nicht gerade betteln, Pete solle Karten mit ihnen spielen oder ihnen die Landschaft draußen erklären, kichern und plappern sie unablässig.

»Waren Sie schon einmal in Florenz?«, fragt Pete.

»Auf meiner Hochzeitsreise.«

Pete lächelt. »Aha«, sagt er.

Als wir in Florenz ankommen, weiß ich sofort wieder, warum es Künstler in diese Stadt zieht. Wohin man sich wendet, man sieht überall Kunstwerke – ein Gemälde in dem Spiel der Sonnenstrahlen auf einer Steinwand, oder eine Skulptur in der Form eines Pflastersteins, oder ein Gedicht in der Szene mit einem alten Mann, der Tauben füttert.

»Mama, können wir auf die Brücke gehen?«, fragt Etta und zeigt auf die Ponte Vecchio über den Arno. Das schlichte Bauwerk, eine stämmige, U-förmige Konstruktion aus uralten Steinen von der Farbe reifer Pfirsiche, lockt uns in der Ferne.

»Selbstverständlich. Aber erst müssen wir uns mit Gala treffen.«

Wir gehen aus dem Bahnhof und begeben uns zu unserem Treffpunkt auf der Piazza della Signoria. Hier stehen prächtige Stadthäuser lückenlos nebeneinander; sie sind in unterschiedlichen Farben gestrichen – Grau, Hellblau, Blassgelb. Die schwarz gestrichenen Fensterläden mit den goldenen Verzierungen fügen ein bisschen Glanz hinzu, was gar nicht nötig wäre, der Platz wäre auch so ein Bild vollendeter Baukunst. Wir stehen an der Ecke zur Strada San Marco und warten auf Gala.

Etta zeigt quer über die mit Kopfstein gepflasterte Piazza. »Da kommt sie!« Etta ist Gala noch nie begegnet, kennt sie aber von dem Video. Junge, Gala weiß, wie man einen Auftritt inszeniert. Sie löst sich aus der Gruppe Touristen, so wie ein exotischer Vogel von einem See aufsteigt. Die Menschen auf dem Platz scheinen zurückzuweichen vor der Frau, die ihrem dramatischen Name alle Ehre macht. Gala kommt auf uns zu; sie trägt ein weißes Piqué-Sommerkleid, dessen Saum und Oberteil mit türkisfarbenen Wasserlilien bestickt ist. Ein breiter Gürtel fasst den bauschigen Rock ein, der bis zu ihren Knien reicht. Der eckige Ausschnitt liegt flach auf ihrer gebräunten Haut und lässt nur die Andeutung eines Dekolletées erscheinen. Sie trägt eine dunkle Sonnenbrille, und in der Hand hat sie einen enormen Strohhut, der in der Brise wie eine Fahne flattert. Sie schafft es, auf hochhackigen Schuhen über das Kopfsteinpflaster zu gehen, ohne zu stolpern.

Wie überglücklich ist Gala, Etta kennen zu lernen und mich wiederzusehen. Wie bezaubernd ist es, wenn sie in schnellem, zackigem Italienisch mit Chiara spricht. Wie erfreut ist sie, Pete kennen zu lernen und ein paar Anekdoten über New Jersey mit ihm auszutauschen.

Pete will mit den Mädchen die Kathedrale besichtigen, und Gala und ich gehen einen Cappuccino trinken. »Wer ist er?«, begehrt sie zu wissen, kaum dass Pete außer Hörweite ist.

»Pete?«

»Wer sonst?«

»Er ist ein neuer Freund.«

»Wo ist dein Mann?«

»Er wollte nicht mitkommen.«

»Großer Fehler.«

»Zwischen mir und Pete spielt sich nichts ab.«

»Ach ja?«

»Gala, ich schwöre es dir.«

»Vielleicht nicht für dich, aber für ihn schon.«

»Er weiß, dass ich verheiratet bin.«

»Große, lange, allein stehende, milchkaffeebraune Männer scheren sich nicht um Eheringe, mein Schatz.«

Ich befühle meinen Ehering. Zum Glück habe ich daran gedacht, ihn aufzusetzen. »Er ist der perfekte Gentleman.«

»Ja, gut, ihr habt zwei Kinder im Schlepptau. Seid ihr die mal los, dann wirst du sehen, wie schnell er zur Sache kommt.«

»Du bist schrecklich.«

»Weißt du, deine Duftnote vergeht ja nicht, bloß weil du verheiratet bist. Du kannst mir glauben. Pheromone kennen keine Gelübde. Wir sind Tiere. Einfache, schlichte Tiere, und kein bisschen komplexer angelegt als Hunde oder Kühe oder Schweine. Er hat Witterung von deiner Duftmarke bekommen und ist geliefert.«

»Das glaube ich nicht.« Ich muss unwillkürlich lachen.

»Jack Mac ist ein Idiot, dass er dich allein nach Italien reisen lässt. Allein! In Italien müsste man tot sein, um nicht vierundzwanzig Stunden am Tag sieben Tage in der Woche an Sex zu denken. Ist dein Mann wahnsinnig? Dass er dich allein lässt in einer romantischen Umgebung und einer Beleuchtung, bei der wir alle wie sechzehn aussehen? Als würde man einem ausgehungerten Rottweiler einen rohen Hamburger vorwerfen.« Gala zwinkert einem vorübergehenden Mann zu. Der bleibt stehen, lächelt und setzt seinen Weg fort. »Wie ich dieses Land liebe!«

Pete hat Recht: Die Kirchen in Florenz sind so angefüllt mit überwältigenden Kunstschätzen, dass ich gar nicht alles in mir aufnehmen kann. In der Kathedrale Santa Monica gibt es ein Fresko von der heiligen Monica mit ihrem Sohn, dem heiligen Augustus. Es ist der Moment seiner Priesterweihe, ein Höhepunkt, den sie sich für ihren ungezügelten Sohn immer gewünscht hatte. Bei dem Ausdruck ihrer Augen, in denen die übergroße Freude steht, weil sie Gott ihren einzigen Sohn schenkt, und gleichzeitig die tiefe Trauer, weil sie ihn verliert, muss ich weinen. Ich sehe das Korallenrot und das Rosa auf dem Gemälde und muss an meinen Sohn denken und daran, wie sich die Flecken auf seiner Haut von Rosa zu Hellgelb verwandelten, als das Fieber kam, kurz vor seinem Tod.

»Ist alles in Ordnung?«, flüstert Pete.

»Woher wissen sie es?«

»Wer?«

»Die Künstler. Wie können sie wissen, wie es mir geht?«

»Das ist ihre Aufgabe«, erklärt Pete. Sobald ich eine Tür gefunden habe, gehe ich ins Freie. Pete kommt hinter mir her.

Die Mädchen fragen, ob sie sich ein Eis kaufen können. Pete und ich setzen uns auf eine Bank.

»Was war das gerade?«

»Ich weiß auch nicht.« Wieder kommen mir die Tränen. Er legt den Arm um mich. »Bitte nicht«, sage ich. Er nimmt ihn schnell wieder weg.

»Entschuldigung.«

»Etta ist hier.«

Warum habe ich das gesagt? Damit er denkt, er kann den Arm ruhig um mich legen, wenn Etta nicht da ist? Das will ich doch gar nicht. Oder doch?

»Warum hast du bei dem Gemälde weinen müssen?«

»Ich will darüber nicht sprechen.«

»Gut«, sagt er sanft.

Doch kaum macht er den Rückzieher, geht mir auf, dass ich sehr wohl darüber sprechen möchte. Ist es nicht genau das, was ich seit vier Jahren wegschiebe, verdränge? Bin ich nicht deshalb hierher gekommen? Bin ich nicht nach Italien gekommen, um zu lernen, wie ich wieder fühlen kann? Ich sehe Pete an, sein Ausdruck ist besorgt. »Ich … wir hatten einen Sohn. Nach Etta. Er hieß Joe. Und vor drei Jahren ist er gestorben.«

»Wie das?«

»An Leukämie.«

»Es tut mir Leid.«

»Es waren die Farben und die Pinselstriche. Sie sahen aus wie Joes Flecke.« Ich sehe Pete an, und ich bin mir ganz sicher, dass er versteht, was ich da gesehen habe. Ich weiß nicht, wie das möglich ist, aber ich weiß, dass es so ist. Verheiratet oder nicht – was macht das schon: Ich brauche den Trost eines anderen Menschen, und deswegen lasse ich mich von ihm in den Arm nehmen. Aber ich bin nicht in seinen Armen, ich bin woanders, bei meinem Sohn.

Etta und Chiara sind noch nicht wieder da. Ich suche sie in der Menge mit meinen Blicken. Pete sagt: »Vor dem Eisstand war eine lange Schlange, sie werden noch eine Weile brauchen.« Ich setze mich aufrecht hin. Dann sieht Pete mich auf eine Weise an, die mir deutlich sagt, dass er mich küssen wird. Ich schieße von der Bank hoch und rufe nach Etta. Chiara kommt um die Ecke, gefolgt von Etta. Sie lachen. Ich winke sie zu uns.

»Mama, ist alles in Ordnung?« Etta sieht mich an, dann Pete.

»Ja – ich musste an Joe denken.«

»Ach so«, sagt sie.

»Wer ist Joe?«, fragt Chiara.

»Ich erzähle es dir nachher«, sagt Etta.

»Wer will eine Mittagspause machen?«, fragt Pete und nimmt meine Tasche und mein Buch. Im Hotel gehen die Mädchen und ich in unser Zimmer. Pete sagt, er habe große Pläne für unser Abendessen, dann geht er in sein Zimmer.

Pete geht mit uns ins Cielo, ein kleines Restaurant in einer Nebenstraße. Es ist sehr hübsch – an den Wänden hängen alte Keramikkrüge, und an der Decke sind kleine Lichter an Drähten aufgehängt. Nach dem köstlichsten Abendessen meines Lebens, bestehend aus Gnocchi (kleinen Klößchen aus Kartoffelteig – »gnocchi« heißt Knie) in Sahnesoße, gegrillten Lammkoteletts mit frischem Salbei, einem Glas kräftigen Chianti, einem Espresso und einer Kostprobe von Ettas Windbeutel mit Sahne, geht es mir besser.

Anschließend, auf dem Weg zur Ponte Vecchio, hat Pete

eine Überraschung für mich und führt uns an der Wohnung von Elizabeth Barrett und Robert Browning an der Piazza San Felice vorbei. Er zeigt zu den Fenstern hoch, und ich stelle mir Elizabeth vor, wie sie das Leben auf der Straße ganz genau beobachtet. »Du denkst auch an alles«, sage ich zu Pete. Er lächelt nur.

Gala fährt mit ihrer amerikanischen Touristengruppe weiter nach Venedig. (Sie konnte nicht mit uns zu Abend essen, weil sie mit der Gruppe in die Oper gehen musste.) Am nächsten Morgen fahren wir zurück nach Schilpario. Die Mädchen laufen voraus, und ich höre ihr Lachen, das von den Steinmauern der engen Straßen widerhallt.

»Wenn wir wieder in Schilaprio sind, muss ich nach Rom fahren.«

Ich spüre einen Stich der Enttäuschung. Hatte ich gedacht, dass Pete endlos zu meiner Unterhaltung zur Verfügung stehen würde? Oder bis zum Ende meiner Ferien, bis ich wieder nach Hause fahren würde? »Geschäftlich?«, frage ich so unbeteiligt es geht.

»Ja.« Er wartet. Dann sagt er: »Wahrscheinlich sehen wir uns nicht mehr.«

»Ich verstehe.« Natürlich verstehe ich. Pete hat gesehen, wie verstört ich über meinen Sohn bin, und begreift, dass sich mehr hinter der Oberfläche verbirgt, als er zunächst dachte. Gut. Es ist besser, wenn er geht. Ich sollte mich nicht darauf freuen, dass er kommt, sollte nicht damit rechnen, dass er mit uns Ausflüge macht und uns zum Lachen bringt.

»Ich habe mich hier viel zu sehr verstrickt«, sagt Pete, während wir weitergehen.

»Ich weiß«, sage ich. Ich weiß es nur zu gut.

KAPITEL

9

In Bergamo findet eine Marionettenvorstellung statt, zu der Giacomina mit den Mädchen gehen will, und Papa schlägt vor, dass er mit ihnen in die Stadt fährt. Zia Meoli hat uns alle zum Essen eingeladen. Ich beschließe im letzten Moment, auch mitzufahren und meine Einkäufe zu machen, solange die Kinder im Theater sind. Von Pete habe ich nichts mehr gehört, seit er uns von dem Ausflug nach Florenz zurückgebracht hat. Das ist ungefähr eine Woche her, und je länger er fort ist, desto klarer werden meine Gedanken. Es ist erstaunlich, wie sehr alltägliche Gefühle in Italien außer Kontrolle geraten können. Unser Abfahrtstermin rückt näher, und es gibt ein paar praktische Dinge, die ich erledigen will. Ich muss wirklich ein paar Sachen einkaufen. Der Dollar steht ganz gut, und ich habe noch keine Mitbringsel für Iva Lou und Fleeta gekauft. Sie haben sich Lederhandtaschen gewünscht und sollen feinste italienische Lederwaren geliefert bekommen.

Die Geschäfte in Bergamo sind klein und exklusiv, aber die Preise sind gut. Ich sollte mit den Händlern handeln und habe sogar mit Papa geübt, wie man es macht. Er hat mir einzubläuen versucht, dass ein Ladenbesitzer niemals erwartet, dass man das bezahlt, was auf dem Preisschild steht, sondern dass er verhandeln will. Aber ich neige zu sehr dazu, es den Menschen recht machen zu wollen, und ich bin außerdem zu feige zum Handeln, so dass ich lieber einfach bezahlen und gehen möchte. Mein Einkaufsbummel wird also umgehend zu einer anstrengenden Angelegenheit. Ich gebe auf und beschließe, erst einmal einen Espresso zu trinken. Überall zwischen den Geschäften sind kleine Cafés versteckt. Ich gehe in das größte, eins mit freundlichen rot-grün gestreiften Sonnenschirmen, kleinen Tischen und geschwungenen Stühlen, mit Blick auf den Engelsbrunnen. Die Schirme sehen aus wie ein Meer von breitkrempigen Hüten. Ich setze mich auf einen Stuhl und stelle die Füße auf den kleinen Zaun, der das Café von der Straße trennt. Ich schließe die Augen und atme tief ein.

»He, wen haben wir denn da?«

Ich mache die Augen auf und sehe Pete Rutledge vor mir. Mein Herz macht einen Satz, aber ich verberge das geschickt, indem ich meine Füße von dem Zaun herunterschwinge.

»Wie war es in Rom?«, frage ich ihn, zu abrupt.

»Ich habe ganz fantastischen Marmor von einem Mittelsmann gekauft.«

»Gut.«

»Jetzt muss ich nach Hause fahren und ihn einbauen. Wir haben in Basking Ridge einen Kunden, dessen mittlerer Name Rococo ist.« Ich lache. Pete setzt sich. »Wann fahrt ihr?«

Erst antworte ich nicht. Ich will den weißen Engeln zusehen, die das Wasser aus ihren Krügen in die Muscheln im Brunnen gießen. »Ende nächster Woche.«

»Ich auch.«

Der Kellner kommt an unseren Tisch. Pete bestellt für uns beide. Wir sitzen schweigend da; was gibt es schon zu sagen? Der Kellner bringt die Espressi.

»Ich brauche deine Hilfe, Pete. Ich muss für Iva Lou und Fleeta Ledertaschen kaufen, und ich kann nicht feilschen. Kommst mit mir und feilschst für mich?«

»Himmel«, sagt Pete unterdrückt, dann lacht er. Er bezahlt die Espressi und führt mich am Ellbogen unter den Schirmen hindurch zum Gehweg. Als wir die Straße entlang gehen, klopfe ich ihm auf den Rücken, wie einem alten Hund, weil ich hoffe, ihn mit meiner platonischen Wärme zu beruhigen.

»Da unten ist ein gutes Ledergeschäft, von dem Papa mir erzählt hat.« Pete packt meine Hand und hält mich an.

»Das hier ist mein Hotel«, sagt er und zeigt auf ein schlichtes weißes Haus mit einer schwarz-weiß gestreiften Markise. Hotel D'Orso steht in schwarzer Schrägschrift auf einem Messingschild.

»Es sieht hübsch aus.«

»Es ist auch hübsch.«

»Gut zu wissen. Ich meine, wo es gute Hotels gibt.«

Ich gehe weiter. Pete hält mich wieder an. »Lass uns reingehen«, sagt er.

Ich sehe ihm in die Augen. Ihr Blau ist so klar, obwohl er sie zusammenkneift. Er beugt sich herunter. Sein Mund ist so nah an meinem, dass ich seine Lippen fast schmecke. Wenn ich ihn küsse, werden wir mit Gewissheit in sein Zimmer gehen. Ich weiß es. Meine Hände sind tief in meinen Taschen. Ich versuche, die linke zur Faust zu ballen. Habe ich heute daran gedacht, meinen Ehering aufzusetzen? Ich spüre das glatte, kühle Metall. Ja, ich habe dran gedacht.

»Ich kann es nicht«, sage ich und weiche zurück.

»Warum nicht?«

»Weil ich verheiratet bin.« Jetzt weiß ich auch, warum es diesen Brauch gibt, einen Ehering zu tragen. Er soll dich daran erinnern, dass du verheiratet bist. Damit du keine dummen Sachen machst.

»Ave Maria! Ave Maria!« Ich drehe mich um und sehe Stefano, Ettas zukünftigen Ehemann, auf einem Fahrrad. Wunderbar. Erwischt. Perfekt.

»Ciao, Stefano.«

Stefano sieht zu Pete hoch.

»Das ist Pete.«

Die beiden begrüßen sich, und ich trete erleichtert zurück. Durch Stefanos Hinzukommen habe ich ein paar Sekunden, um mich zu sammeln. Mir wird bewusst, dass wir statt von Stefano genauso gut von Etta hätten überrascht werden können; ich muss damit aufhören. Es ist verkehrt, und ich will es nicht. Ich wäre fast mit ihm in das Hotel gegangen, und ich hasse mich dafür. Stefano fährt davon.

»Komm mit in mein Zimmer.«

»Nein.«

»Also gut. In Ordnung. Aber eins möchte ich gern wissen.«

Ich harre mit Bangen der nächsten Frage und schließe vor Angst die Augen.

»Würdest du gern?«

»Natürlich würde ich gern. Und ich hasse mich dafür. Ich mag es nicht einmal sagen.«

»Bleib bei mir.«

»Ich habe es schon gesagt. Ich gehe nicht mit dir in das Hotel.«

»Nein, ich meine Italien. Lass uns hier bleiben. Für immer. Lass uns einfach nicht zurückfahren. Guck doch mal.«

Ich gucke die Pflastersteine an und die Gebäude mit den sommerlichen Markisen und die Menschen, die es nie eilig haben und die sich immer an dem schönen Wetter und dem guten Essen zu erfreuen scheinen. Die Menschen gehen durch die Straßen wie die Menschen in Big Stone Gap auch. Sie sehen uns im Vorübergehen an. Und ich sollte mir nichts vormachen – sie kennen mich. Sie wissen vielleicht nicht meinen Namen, aber sie sehen mich, eine verheiratete Frau, die auf dem Gehweg steht, schuldbeladen, und dem Charme eines Mannes zu widerstehen versucht, der nicht ihr Ehemann ist.

»Pete?«

»Ja?«

»Du bist verrückt.« Das sage ich zu ihm, aber in Wirklichkeit weiß ich, dass ich es bin, die verrückt ist; ich glaube, ich habe das hier unter Kontrolle, aber tief in mir drinnen bin ich völlig ausgeliefert.

Ich habe eine wunderhübsche weinrote Krokodilleder-Handtasche für Iva Lou gefunden und eine beigefarbene Umhängetasche für Fleeta (genau das Richtige, um Süßigkeiten darin zu transportieren). Ich betrachte meine italienischen Einkäufe, die ich auf dem Bett ausgebreitet habe, und bin sehr stolz auf mich. Ich kam, ich sah, ich feilschte. Na ja, nicht ganz so. Ich habe die Verkäuferin das Feilschen machen lassen. Ich habe gefragt, wie viel die Taschen kosten, dann habe ich mit den Schultern gezuckt, und sie ist mit dem Preis runtergegangen.

Ich habe eine schwarze gesteppte Winterjacke für Jack Mac gekauft. Ein Paar Stiefel für mich. Pearl wird an ihrem Hochzeitstag eine Stola aus weißer Spitze tragen können. Für Ettas Schulanfang werden wir nichts mehr einkaufen müssen; ihr Großvater hat sie mit Sachen zum Anziehen, mit Schuhen und sogar mit einer Goldkette und einem kleinen goldenen Engel-Anhänger verwöhnt.

Pete Rutledge haben wir seit dem Tag, an dem er mich fast geküsst hätte, nicht mehr gesehen. Er ließ sich bei Zia Meolis Essen entschuldigen. In der Woche ist er einmal vorbeigekommen, um zu sagen, dass er einem Marmorangebot in den Dolomiten nachgehen wolle, bevor er nach New Jersey zurückfliegt. Ich denke nicht an ihn. Das ist gelogen. Ich denke sehr wohl an ihn, und um ganz ehrlich zu sein, ich male mir aus, was passiert wäre, wenn ich ihn auf dem Gehweg vor dem Hotel D'Orso doch geküsst hätte.

»Ave Maria! *Telefono!*«, ruft Mafalda von unten.

»Ciao?«

»Mädel, ich bin es, Iva Lou.«

»Hallo, meine Liebe. Wie geht es dir? Du wirst staunen, wenn du die ...«

»Ich kann leider nicht lange sprechen. James Varner hat eine Sommererkältung, die er nicht los wird, und ich muss den Bücherbus machen.«

»Also gut, was ist passiert?«

»Wann kommst du nach Hause?«

»Nächste Woche.«

»Verdammt, das ist zu spät. Schätzchen, das hier ist eine Notsituation.«

»Was ist mit Jack?«

»Es geht ihm gut.« Iva Lou dehnt das Wort »gut«, bis es zu einem Zischen verklingt.

»Und dir?«

»Ach, Mädel, es geht allen gut. Aber du musst nach Hause kommen. Und zwar zügig.«

»Warum?«

»Was man sich in Coeburn erzählt, hört sich nicht gut an.«

»Was?« Meine Beine wollen mir wegknicken.

»Ja. Es tut mir Leid, dass ich dir wehtun muss, aber man erzählt, dass Jack Mac sich von dir scheiden lassen will und diese hinterfotzige kleine Hexe Karen Bell heiraten will. Wir sind alle der Ansicht, dass er eine Midlife-Krise durchmacht oder so und dass es nichts weiter ist als Einsamkeit. Ich glaube, er vermisst dich ganz fürchterlich. Du musst zurückkommen und Haus und Hof in Ordnung bringen, meine Liebe. Es brennt schon lichterloh. Verstehst du?« Ich höre, wie Iva Lou einen tiefen Zug von einer Zigarette nimmt. Sie raucht nur, wenn sie unter massivem Druck steht.

»Wie kann er das tun? Er hat gesagt, er würde warten.« Ich bin an allem schuld. Ich habe den Sommer mit Pete verbracht, Tausende von Meilen von Jack entfernt, und Jack Mac hat gespürt, dass ich ihn emotional verlassen habe, also hat er mich verlassen.

»Ich muss mir überlegen, wie ich diese Schnepfe aus dem Bild kriege.«

»Iva Lou, mach bitte gar nichts.«

»Ein Mann verlässt seine Frau nicht, es sei denn, er hat eine andere. Wenn sie nicht da wäre, hättest du auch kein Problem.«

Ich muss mich von Iva Lou verabschiedet haben, aber davon weiß ich nichts mehr. Ich halte den Hörer in der Hand wie einen Probierlöffel. Das Freizeichen vom Telefon muss Mafalda herbeigeholt haben, denn sie nimmt mir den Hörer aus der Hand und legt ihn auf.

»Wo sind die Mädchen?«

»Beim Wasserrad.«

Ich gehe in mein Zimmer und setze mich aufs Bett. In mir ist plötzlich eine große Ruhe. Ich vertraue auf die lange Leine bei Männern; wenn man ihnen Raum gibt, finden sie den

Weg zurück. Vielleicht testet Jack Mac die Länge seiner Leine, und wenn das der Fall ist, dann ist das seine Reise. Schließlich war das der Sinn, dass wir den Sommer getrennt verbracht haben. Damit wir diese Reisen machen konnten. Um zu entscheiden, was wir wollten. Und ich kann nichts tun, solange ich nicht zu Hause bin. Ich werde nicht mein wunderbares Schilpario mit bösen Plänen gegen Karen Bell vergiften. Ich werde ruhig bleiben. Zum ersten Mal in meinem Leben werde ich nicht in Panik geraten und ich werde mir keine Sorgen über das machen, was ich nicht unter Kontrolle habe.

Ich streife mir die hellblauen Wildlederschuhe von den Füßen (wie sehr ich italienische Schuhe liebe) und ziehe mir die Wanderstiefel an. Ich werde auf den Berg steigen. Das wird verhindern, dass die Angst überhand nimmt. Ich sage Mafalda Bescheid, dass ich rausgehe, und sie verspricht, auf die Mädchen aufzupassen. Ich gehe die Straße hinauf, an den Häusern vorbei und über den Dorfplatz. Die Bänke sind leer, und die Schachtische sind einfach nur Platten mit einem Karomuster, bis es Zeit für *la passegiata* ist, dann werden alle Tische besetzt sein.

Als ich zu dem Weg komme, der zu den Wiesen oberhalb der Stadt führt, sehe ich, dass eine Farbdose die Tür zu der Kapelle di Santa Chiara offen hält. Das ist die Kapelle, in der ich vor so vielen Jahren Jack MacChesney geheiratet habe (wir hatten hier in Italien eine zweite kirchliche Trauung, damit mein Vater mich offiziell zum Altar führen konnte.) Etwas drängt mich, einzutreten.

Der Geruch von Farbe verdrängt den dumpfen Weihrauchgeruch. Ich klettere zur Orgelempore hoch, und plötzlich ist mir so, als hätte ich etwas verloren und mir wäre plötzlich eingefallen, wo ich es finden könne. Ich blicke nach oben, in der Hoffnung, dass meine Erinnerung mich nicht täuscht. Und sie täuscht mich nicht. Denn da ist sie, die gebenedeite Madonna mit ihrem knöchellangen Mantel von der Jahrhundertwende und einem Hut mit Sternen drauf. Das ist das Buntglasfenster, das mein Großvater gemacht hat – ich klettere hoch und berühre die Fugen jeder einzelnen bunten Scheibe, tiefblau und weinrot; die Stücke passen perfekt zusammen. Aber nur, wenn man ganz nah herantritt, kann man die Bedeutung des Bildes erkennen. Ich erinnere mich an meine Namensgeberin, Ave Maria Albricci, die sich meiner Mutter annahm, als die mit mir schwanger war und nach Amerika reiste. Ich darf nie vergessen, wer ich war, bevor ich Jack MacChesney geheiratet habe. Ich war ein Kunstwerk. Das Kunstwerk meiner Mutter. Die Wörter, mit denen ich mich beschrieben habe – schlicht, unauffällig, manchmal komisch –, sind sehr unzureichend. Sie sind nicht einmal der Anfang einer Beschreibung. Sie drücken nicht aus, wie ich mich in mir drin fühle. Ich habe einen Wert, ich bin jemand. Ich kann nicht einfach ersetzt werden wie alte Schuhe, ich kann auch nicht als gegeben hingenommen werden wie Leitungswasser. Ich bin mehr als Jack MacChesneys Frau, die Frau, derer er überdrüssig wurde und die er gegen eine schicke, sexy Holzhändlerin eintauschte. Komm schon, Jack, das hast du nicht nötig. Du hast mich geheiratet, weißt du noch! Du denkst also, ich bin eine schreckliche Ehefrau. Na, vielleicht stimmt das ja. Vielleicht habe ich aufgehört, mit meinem Mann zu schlafen, aber ich bitte um Nachsicht. Nach Joes Tod war es mir einfach nicht möglich, ich war in Trauer. Ich konnte mich nicht um Jacks Bedürfnisse kümmern, als ich so litt. Ich konnte mich auch nicht um mich selbst kümmern. Und dann wurde es zur Gewohnheit. Ich habe angefangen, Nähe zu meiden. Mein Leid war zu groß. Ich wollte mich in mich selbst zurückziehen und allein sein. Ich konnte mich nicht mit jemandem teilen. Hätte ich mit Jack geschlafen, wäre es eine Art Betrug an mir selbst gewesen. Ich wollte die Kontrolle über das Einzige, was nach Joes Tod unter meiner Kontrolle war, nicht abgeben. Und das Einzige, was ich kontrollieren konnte, war, wen ich an mich heranlassen würde. Wenn Jack MacChesney das nicht verstehen kann, dann ist er zu oberflächlich und zu egoistisch und nicht der Mann, für den ich ihn gehalten habe. Karen Bell. Also wirklich.

Ich küsse das Fenster der gebenedeiten Madonna. Ich denke nicht an heilige Reliquien, ich denke an meine Mutter. Sie wüsste, was in diesem Moment zu tun wäre; sie konnte mich immer zur Vernunft bringen. Ich gewisser Weise hoffe ich, dass sie, wo immer sie sein mag, nicht mit ansehen musste, wie ich meinen Sommer verbracht habe. (Wie angemessen, dass ich in dieser perfekten Kapelle einen Anflug katholischer Scham empfinde.)

Als ich aus der Kapelle trete, scheint mir die nachmittägliche Sonne direkt in die Augen, und ich mache sie zu. Als ich sie wieder aufmache, steht Pete Rutledge am Ende des Weges, angelehnt an seinen Mietwagen. Erst glaube ich nicht, dass es Wirklichkeit ist. Aber warum renne ich dann auf ihn zu und werfe mich ihm in die Arme? Und warum weine ich?

»Was ist passiert?«, sagt er und hält mich so, dass er mich von oben bis unten betrachten kann.

»Ich habe gefeilscht und eine schöne Handtasche für Iva Lou erstanden«, sage ich schnell und wische mir die Tränen weg.

»Gut gemacht. Schade, dass ich nicht mitkommen und die Preise noch mehr nach unten handeln konnte.«

»Du bist zurückgekommen.«

»Ich musste dich noch einmal sehen.«

»Warum?«

»Du schuldest mir Geld«, sagt er, ohne die Miene zu verziehen. »Siebenundvierzig Dollar. Für die Zugfahrt nach Florenz.«

»Oh, Entschuldigung. Ich habe das Geld im Haus.«

»Ich will das Geld doch nicht«, sagt er mit einem kleinen Lächeln, zieht mich zu sich heran und steckt seine Hände in die Gesäßtaschen meiner Jeans. Der Zeitpunkt ist perfekt. Ich könnte ihn haben, und es wäre nur fair. Mein Mann hat sich Tausende von Meilen entfernt mit einer anderen Frau eingelassen. Wer würde je davon erfahren?

»Möchtest du die Wiese mit den Glockenblumen sehen?«, frage ich ihn.

»Meinetwegen.«

Also führe ich Pete Rutledge mit sicheren Schritten und auf muskulösen Beinen, die nach einem Monat der Kletterexpeditionen in den Alpen wie aus Stein gemeißelt sind, den Pfad hinauf zu dem Platau oberhalb von Schilpario. Ich lasse mich auf die Knie nieder und sehe ihm zu, wie er staunend vor der Glockenblumenwiese steht. Das Summen der Bienen ist lauter als mein von der Anstrengung laut pochendes Herz (oder eher, mein von der Anspannung pochendes Herz). Ich komme wieder zu Atem.

»Mein Gott. So etwas habe ich noch nie gesehen.«

»Und guck. Guck. Da sind Ziegen.« Ich zeige in die Ferne, wo Ziegen auf der Wiese spazieren und ein Junge sie vom Abhang zurückscheucht. »Sieht das nicht aus wie eine Szene aus der Bibel?«

»Doch, wirklich«, sagt Pete und kneift die Augen zusammen.

Ich möchte Pete von Karen Bell erzählen, aber ich kann es nicht. Wenn ich ihm das erzähle, wird er denken, dass Jack ein schrecklicher Mensch ist, und das will ich nicht. Ich möchte, dass er denkt, ich gehe nach Hause zu einem Ehemann, der mich liebt und verehrt. Ein Mann, der den ganzen Sommer hart gearbeitet hat und mich jeden Abend vermisst hat und der davon träumt, wie wir miteinander schlafen werden, wenn ich endlich wieder zurückkomme. Ein Mann, der keine andere Frau ansehen kann, denn keine reicht an mich heran, selbst die jungen nicht oder die schönen oder die, die wie wild flirten. Ein Mann, der nur mit mir schlafen will, auch in seiner Fantasie. Ein Mann, der mein Gesicht vor sich sieht, wenn er eine Rigipswand errichtet und die Arbeit mir zu Ehren perfekt ausführt. Ein Mann, der die Tatsache, dass ich von anderen Männern träume, als gesund und normal betrachtet und gut für unsere Beziehung. Ein Mann, der mir so ergeben ist, dass ich ihn schlecht behandeln könnte und er mich trotzdem lieben würde. Ein Mann, der nicht erwartet, dass ich ihm eine Szene mache, wenn ich ohne ihn in Urlaub fahre, als wäre er ein Fön, den ich versehentlich vergessen habe einzupacken.

Eine reine, kühle Brise streicht durch die Glockenblumen, und am Himmel steht eine perfekte weiße Wolke.

»Ich begehre dich, Ave Maria.« Pete sieht mich nicht an, als er das sagt. Ich aber mustere ihn genau. Die Brise fährt ihm durch die Haare, und seine Augen, die er gegen die Sonne zusammenkneift, haben die gleiche Farbe wie die Glockenblumen.

»So wie du das sagst, fühle ich mich ...«

»Wie fühlst du dich?«

»Als würde ich mich öffnen.« Ich lasse mich nach vorn kippen und rolle den Abhang hinunter wie ein Kind. Pete legt sich ins Gras und rollt hinter mir her. Dann hören wir auf zu rollen, und ich krabble zu ihm zurück. Wir lachen so laut, dass der Ziegenhirte, der bestimmt zehn Meilen weit weg ist, in unsere Richtung guckt und missmutig den Kopf schüttelt, weil wir diesen ländlichen Frieden stören.

»Pete. Du begehrst mich nicht.«

»Warum sollte ich dich nicht begehren?«

»Weil ich völlig unfähig bin.«

»Wieso bist du unfähig?«

»Ich kann nicht feilschen, nicht trauern, nicht mit Lust umgehen, nicht mit der Midlife-Krise meines Mannes. Was auch immer. Ich bin unfähig, damit umzugehen. Ich renne einfach weg. Suche dir lieber eine mutige Frau zum Lieben. Das ist das, was du brauchst.«

»Ich glaube nicht, dass du am besten beurteilen kannst, was ich brauche.«

Niemand hat mich in den letzten zehn Jahren auf diese Weise umworben, hat mich begehrt oder gebraucht. Wie neu das alles klingt. Als ich solche Worte zum ersten Mal von Jack hörte, wollte ich sie kaum glauben. Ich liebe diese ersten Momente der Entdeckung mit einem Mann. Wenn er sagt, dass du schön bist und keine dir gleich ist und dass du der einzige Mensch auf der Welt ist, mit dem er richtig reden kann. Was für ein schönes Gefühl der Verbindung und des Gebrauchtseins!

»Warum bist du mit mir hierher gegangen?«, fragt Pete mich.

»Ich wollte dir die Glockenblumen zeigen.«

»Glockenblumen habe ich auch schon vorher gesehen«, sagt Pete so, dass ich lachen muss.

»Aber nicht so.«

»Nein. So nicht.« Er sieht mich an. »Du hast mich gefragt, warum ich zurückgekommen bin. Darf ich es dir jetzt erzählen?«

»Ich schulde dir siebenundvierzig Dollar.«

»Ohne Witze.«

»Ist gut. Ohne Witze.«

»Als du mich bei meinem Hotel in Bergamo stehen gelassen hast, habe ich kaum schlafen können. Deswegen bin ich nicht mehr nach Schilpario gekommen. Ich wollte alles, was mit dir zu tun hat, abschütteln. Aber es ging nicht. Ich musste dich noch einmal sehen.«

»Warum?«

»Aus dem gleichen Grund, aus dem du auf diesen Berg klettern wolltest. Du willst dies auch.«

Ich antworte ihm nicht. Wir liegen auf dem Rücken und sprechen in die Luft, wie die Blumen. Pete rollt sich auf mich drauf. Ich bewege meine Beine, so dass ich den Fuß aufstellen und mich unter ihm wegrollen kann, aber er wirft sein Bein über meins, und ich kann mich nicht rühren. Ich könnte sagen: »Mach, dass du wegkommst«, aber ich liebe seinen Geruch und seinen Atem, der über mich streift. Er schiebt seine Hand unter meinen Rücken und hebt mich etwas hoch. Er küsst meinen Nacken. Jetzt kann ich auch meine Hände nirgendwo lassen, also gebe ich auf und schlinge meine Arme um ihn und streichele seinen Rücken und seine Schultern, und dann nehme ich sein Gesicht in die Hände. Jetzt weiß ich mit Gewissheit, dass ich in einer sehr schwierigen Lage bin.

Seine Lippen drücken sich so zart auf meine, dass ich etwas sagen muss, aber ich will nicht sprechen. Ich will diesen Mann immer weiterküssen. Zum ersten Mal seit Jahren bin ich mit meinem Körper eins. Ich spüre meine Knochen, meinen Herzschlag, meinen Atem. Meine Lippen brennen sich in seine wie heißer Honig. Ich bin nicht mehr ich selbst. Ich bin so weit von mir entfernt, dass ich keinen Namen mehr habe. Die Luft schneidet durch mich hindurch, als wäre ich ein Hauch. Ich spüre, wie sein Körper sich auf meinem zu bewegen beginnt. Wir rollen in die Glockenblumen. Ich will ihn zu mir lassen. Die Sonne blendet mich. Pete bedeckt meine Augen und küsst mich wieder. Er knöpft mir die Jacke auf und fährt mit seiner Hand um meine Taille. Ich muss große Hitze ausstrahlen, bestimmt hat mein Körper eine Temperatur von fünfundvierzig Grad. Ich rücke von ihm ab und gucke über den Abgrund. Die Ziegen und der Hirte sind nicht mehr zu sehen. Es gibt keine Zeugen! Wir sind allein. Ich kann das tun, was ich fühle, das sein, was ich bin, ich kann etwas haben, was nur für mich ist! Habe ich es nicht verdient? Geht es im Leben nicht um Vergnügen und Verschmelzung und wilde Küsse? Was gibt es sonst? Lebendig zu sein – aber wie? Hat mein Mann nicht, wahrscheinlich gerade in diesem Moment, sexuelle Beziehungen mit einer Frau, die ein Klemmbrett herumträgt und zuviel Charlie Eau de Cologne auflegt? Küss diesen Mann ruhig. Er versteht dich.

»Pete, hör auf.« Ich sage das so leise, dass er aufhört.

»Warum?«

»Ich kann es nicht. Das ist falsch ausgedrückt. Ich kann es schon. Aber ich werde es nicht tun.«

»Ave.«

»Nein. Wirklich nicht. Ich will es, aber ich werde es nicht tun. Man kann nicht etwas nur aus egoistischen Gründen tun. Es muss etwas bedeuten.«

»Von wem sprichst du? Wer ist man? Meinst du dich?«

Ich schüttle den Kopf. Irgendwie habe ich den Ton und die Worte schon einmal gehört. Jack MacChesney hat genau dasselbe festgestellt: Wenn mir etwas zu nahe geht, spreche ich in Verallgemeinerungen und im Namen einer größeren Gruppe, in diesem Fall von einer weltweiten Gemeinschaft der Frauen, die versucht sind, Sex mit Männern außerhalb ihrer Ehe zu haben. Ich spreche von »diesen Frauen«, ich sage nicht »ich«.

»Ja, ich meine mich. Es tut mir gut mit dir, aber es ist falsch.«

Ich knöpfe mir meine Jacke zu und binde die Schnürbänder an meinen Stiefeln zu, die sich beim Herumrollen gelöst haben.

»Das stimmt nicht. Wir sind nicht falsch«, sagt er leise.

»Nein, das stimmt. Vielleicht sind wir sogar absolut passend füreinander. Aber ich habe einen Mann.«

Er steht auf und streicht sich die Haare von der Stirn, wie er es immer macht. Er geht ein paar Schritte auf den Abhang zu. Ich sehe ihn an: groß, leuchtend, im Gegenlicht wie in einem MGM-Musical – schweigend sieht er mich an und wartet, dass die Musik anfängt.

»Pete?« Ich versuche, die Glockenblumen, die von unserem Herumrollen und Küssen auf der Wiese platt gedrückt sind, mit meiner Schuhspitze wieder aufzurichten. »Ich will es, aber ich bin nicht in dich verliebt. Es tut mir Leid. Ich kannte mal einen Mann, der hatte eine Regel. Er schlief nur mit einer Frau, wenn er in sie verliebt war.«

»Der Mann war ein Heiliger.«

»Nein, er ist kein Heiliger. Er ist mein Mann.« Wenn ich Pete nur die Wahrheit sagen könnte: Jack Mac hat sich nicht wie mein Mann verhalten, und wahrscheinlich hat er seine eigene Regel den ganzen Sommer durchbrochen.

Ich möchte meinen letzten Abend in Schilpario voll auskosten, deswegen gehe ich früh zu Bett. Nachdem ich auf der Heidi-Wiese oberhalb von Schilpario mit dem Marmor-Mann aus New Jersey herumgerollt bin, möchte ich am liebsten ein bisschen Zeit für mich haben. Als ich mich gestern von Pete verabschiedet habe, waren Etta und Chiara dabei. Sie schienen sich den Abschied mehr zu Herzen zu nehmen als ich. Pete hat sich anscheinend mit der Lage abgefunden. Ich brauche Zeit für mich und Ruhe. Ich fahre nach Hause in den Kampf, und mein Gefühl sagt mir, dass ich verlieren werde.

Ich lege mich auf die Seite und versuche, mir Petes Küsse noch einmal vorzustellen. Als ich mich auf den Rücken lege, spüre ich sein Gewicht auf mir. Es ist, als wäre er hier im Bett bei mir. Ja, seine Küsse waren wirklich. Und wirkliche Küsse sind gefährlich. Ich könnte zu ihm gehen und mehr verlangen. Zum Glück lebt er so weit weg!

Vielleicht gefällt mir diese Vorstellung; vielleicht gefällt mir der Gedanke, dass Pete in New Jersey sich nach mir verzehren wird. Ich hätte mit ihm schlafen können, dann hätte ich mit Jack MacChesney gleichgezogen. Aber mein Gewissen gehört mir. Ich kann nicht kontrollieren, was andere Menschen tun, und das gilt für meinen Mann genauso. Ich kenne nur mein eigenes Herz. Ich könnte mir selbst nicht mehr in die Augen sehen, wenn ich mit einem anderen Mann schliefe. Von jetzt ab werde ich meinen Ehering am Finger festkleben. Ich bin mir sicher, es wird Tage geben, wenn die Vorstellung von Pete und einem Marmorkamin und von den Wäldern im südlichen New Jersey mir wie eine Ecke des Himmels auf Erden erscheinen werden. Nur dass ich in dieser Ecke des Himmels nicht sein möchte. Ich habe meinen eigenen sicheren Ort, mein Zuhause in Cracker's Neck Holler. Doch vielleicht ist es nicht mehr meins. Vielleicht hat Karen Bell es mir weggenommen. Eins weiß ich mit Sicherheit: Ich bin in meinem Leben noch nicht so verwirrt gewesen. Dieses Durcheinander, in dem ich mich befinde, weckt in mir das Verlangen nach den Tagen, als ich ein spätes Mädchen war; wie einfach alles damals war. Das Leben als Femme fatale ist ziemlich anstrengend.

Auf dem Rückflug ist Etta ganz erschöpft. Sie schläft friedlich; während sie auf dem Herflug kein Auge zugetan hat, ist sie jetzt wie all die abgebrühten Amerikaner, die auf dem Flug Schlaf nachholen. Meine Tochter ist in diesem Sommer noch schöner geworden. Selbstsicherer. Ihre Persönlichkeit und ihr Sinn für Humor sind deutlicher geworden. Was für ein Glück es ist, dass ich dieses wunderbare Kind habe. Sie hat zweiundsiebzig Mal »Stefano« auf den Einband ihres Schreibhefts geschrieben. Etta hat in Italien romantische Sehnsüchte entwickelt.

Ich glaube nicht, dass sie spürt, wie ich die Rückkehr fürchte. Die meiste Zeit, glaube ich, gelingt es mir ganz gut, meine Angst vor ihr zu verbergen. Vielleicht mache ich mir auch nur etwas vor; vielleicht ist sie wie der Korallenstein, den sie aus Sestri Levante mitgebracht hat. Vielleicht saugt sie alles auf, und es wird Teil ihres ewigen Ichs. Vielleicht wird ihr das später bewusst und sie wirft es mir vor. Hoffentlich nicht.

Der Flughafen in Tri-Cities ist menschenleer. Etta und ich steigen aus dem kleinen Propellerflugzeug und gehen in die Halle, um unser Gepäck zu holen. Ich sehe zu den Fenstern der Besucherhalle hoch und erwarte, Jack dort zu sehen, hinter Glas, wie eine Schaufensterpuppe im Big & Tall Men's Shop. Aber es ist niemand da. Etta und ich gehen in die Gepäckhalle.

»Daddy!«, schreit Etta und stürzt sich auf ihren Vater.

Er fängt sie auf und küsst sie. Jack sieht gut aus; zu gut, mit gebräunter Haut und einem perfekten kleinen Sonnenbrand auf der Nase. Er ist schlank. Seine Jeans sitzen eng an den Beinen. Solche Muskeln bekommt er sicherlich von seiner Arbeit. Ich will nicht daran denken, was er noch gemacht haben könnte und mit wem. Im Moment bin ich ganz die Mama und sehe zu, wie die beiden ihr Wiedersehen feiern. Ich werde mich wohl immer von dem Anblick von Vater und Tochter hinreißen lassen. Jack sieht mich an und grinst.

»Ist Mama nicht hübsch?«, sagt Etta laut.

»Ja, das ist sie«, sagt Jack und küsst mich leicht auf die Lippen.

Ich möchte gern sagen: »Hübsch genug, dass du ihr treu bleibst?«, aber ich sage nur: »Danke.«

»Etta, mein Schatz, was meinst du wohl, wer im Auto sitzt?«

»Wer denn?«

»Guck doch mal rein.«

Etta macht die Tür zur Fahrerkabine auf, und Shoo die Katze kommt auf samtenen Pfoten über den Sitz, den Schwanz in einem Bogen in die Höhe gereckt, wie eine Weihnachtsbaumdekoration. Sie springt Etta in die Arme.

»Meine Güte, hat sich euer Gepäck da drüben vermehrt!« Jack lacht, als er die Taschen verstaut.

»Was soll ich sagen, ich habe das Feilschen gelernt«, sage ich und imitiere Gala Nuccios Ton so gut ich kann.

Auf der Fahrt nach Big Stone Gap plappert Etta die ganze Zeit, und darüber bin ich froh. Ich will jetzt kein Gespräch mit meinem Mann anfangen, denn ich weiß, dass es schnell ernst würde. Es ist besser, wir behalten den leichten Ton erst einmal bei. Als wir nach Gap reinkommen, über die Kuppe und dann bergab, sehe ich die Beleuchtung des Freilichttheaters. Rosafarbene und weiße Strahler schicken ihr Licht in den blauen Abendhimmel. Ich habe diese Tageszeit schon immer am meisten geliebt. Und es ist noch nicht so lange her, dass ich jeden Abend im Theater verbracht habe. Wir fahren vorbei, aber ich erwähne es nicht. Als wir von der Shawnee Avenue abbiegen, auf dem Weg raus aus der Stadt, in den Süden und nach Cracker's Neck, sieht Etta ihren Vater an.

»Daddy, können wir in Glencoe kurz halten? Ich habe Joe etwas mitgebracht.«

Jack biegt rechts in die Beamontown Road ein. Als wir zu dem Steinbogen kommen, sehen wir, dass das Tor mit einem Vorhängeschloss zugesperrt ist. Jack will wenden und weiterfahren.

»Halt an, wir klettern über den Zaun«, sage ich. Jack wirft mir einen Blick zu. »Wir machen das dauernd.« Ich steige aus, gehe um den Bogen herum und klettere über den niedrigen Zaun auf den Friedhof. Etta reicht mir Shoo rüber und ich helfe Etta über den Zaun. Jack kommt hinter uns her. Die Dunkelheit zieht auf und senkt sich wie Dunst auf die Grabsteine. Ich klettere den Abhang hoch zu der Grabstätte der Mulligans. Ich spüre es kaum in den Beinen. Meine Kletterpartien in den Alpen haben meine Muskeln stark gemacht. Es ist gerade noch hell genug, um Joes Grabstein zu erkennen. Ich fahre mit den Fingern über die Rillen der Buchstaben »Geliebter Sohn und Bruder«. Schwarzer Marmor mit weißen Streifen.

»Wie gefällt dir das Springkraut?«, fragt Jack von hinten. Etta setzt Shoo ab, und die Katze geht zu dem Grabstein und beschnuppert alles drum herum. Das rote und weiße Springkraut bildet eine schöne Umrandung.

»Es gefällt mir gut.«

»Mommy, der Marmor ist wie der am Assunta-Berg.«

»Weißt du, was ich mir wünsche?«, sage ich zu Etta. »Dass es der blaue wäre mit dem schwarzen Glitzer drin.«

»Wovon redet ihr?«, fragt Jack leise.

»In Italien waren wir in einem Marmorwerk.«

»Mama, nimm mal den Stein da weg«, sagt Etta.

»Nein, lass ihn liegen«, sagt Jack.

»Warum?«

»Lew Eisenberg hat ihn dort hingelegt. Er sagt, das macht man im jüdischen Glauben so.«

Wir lassen den Stein also liegen. Ich stecke die Hand tief in die Tasche und lege den Lapislazuli, den Pete mir gegeben hat, neben Lews Stein. »Schätzchen, hol Shoo zurück«, sage ich zu Etta. Sie hebt sie hoch. Jetzt ist es so dunkel, dass man die Schrift auf den Steinen nicht mehr entziffern kann. Zeit, nach Hause zu fahren.

Ich lege mich lange in die Badewanne und werde mir bewusst, wie sehr ich meine weiße Emaillewanne auf den geschwungenen Beinen und das aus den Hähnen sprudelnde Wasser vermisst habe. In Italien hat man immer das Gefühl, man muss Wasser sparen. Es rinnt nur spärlich aus den Hähnen. Das ist das einzig Negative, was ich über das Land sagen kann. Wenn die Wasserversorgung besser wäre, wäre es ein perfektes Land.

Ich steige freihändig aus der Wanne. Ich bin so durchtrainiert, dass ich aus dem Wasser emporsteige wie Venus. Ich greife den Stöpsel mit meinen Zehen und ziehe ihn raus. Anscheinend sind auch meine Füße muskulöser geworden. Ich trockne mich ab und ziehe mir ein neues Nachthemd über, eins aus weißer Baumwolle mit Spaghetti-Trägern und kleinen Satinrosetten um den Hals, ein Abschiedsgeschenk von Giacomina. Sie ist mehr wie eine Schwester für mich als eine zukünftige Stiefmutter.

Jack liegt schon im Bett, als ich ins Schlafzimmer komme. Ich schlüpfe auf meiner Seite unter die Decken.

»Du siehst gut aus«, sagt Jack. Aber es ist nicht die Einleitung zu etwas. Es ist eher ein Kompliment, das man über einen Teller mit köstlichem Gulasch äußert.

»Danke. Ich bin viel gelaufen. Vielleicht fange ich mit Joggen an. Es ist gut, wenn man in Form ist.«

»Fantastisch.«

»Jack?«

»Ja?« Er antwortet so schnell, dass man denken könnte, er hat mir etwas zu erzählen.

»Wie war die Zeit für dich hier?«

»Ganz gut.«

»Hast du mich vermisst?«

»Es ist einfach nicht dasselbe ohne Etta und dich.«

»Nein, ich weiß, dass du Etta vermisst hast. Aber hast du mich auch vermisst?«

Jack sieht zur Decke. Die Hände hat er hinter dem Kopf verschränkt. »Natürlich habe ich dich vermisst«, sagt er zur Decke.

»Wollte ich nur mal wissen«, sage ich und drehe mich um. Er dreht sich so, dass er in Löffelstellung hinter mir liegt, aber er zieht mich nicht zu sich heran. Stattdessen legt er seine Hand auf meine Hüfte.

»Du hast wirklich ganz schön Muskeln bekommen in den Alpen«, sagt er.

Und das ist das Letzte, was ich höre, bis ich am nächsten Morgen aufwache.

Iva Lou trifft sich mit mir in der Apotheke zum Frühstück. Ich habe ihre neue Handtasche dabei, und sie bringt jede Menge Tratsch mit. Die Geschichte über Tayloe Lassiter ist wahr; sie trägt seit neuestem einkarätige Diamantohrringe. Doc Daugherty hat Zackie ein Mittel gegen Angstzustände verschrieben, um seine Paranoia vor Einbrechern zu heilen. Die Sache mit Pearl und Dr. Taye Bakagese wird ernst.

»Jetzt lass uns mal zum Thema kommen«, sagt Iva Lou und streicht sich Butter auf ihren Toast.

»Bist du dir sicher, dass zwischen Jack und Karen Bell etwas läuft?«

»Also, ich habe sie nicht in flagranti erwischt. Aber ich bin mir ziemlich sicher. Ich erzähle dir, was ich weiß. Und glaub ja nicht, dass ich mich nicht angstrengt hätte. James Varner hat seine Erkältung überwunden und will wieder den Bücherbus übernehmen, aber ich lasse ihn nicht ran, denn wenn ich das tue, dann komme ich auch nicht mehr nach Coeburn und dann versiegt meine Quelle da oben.«

»Wer ist deine Quelle?«

»Karen Bells beste Freundin. Benita Hensley. Du weißt schon, die Bibliothekarin.«

»Fantastisch.«

»Wie behandelt Jack Mac dich?«

»Wie eine Schwester.«

»Nicht gut.«

»Vielleicht ist es vorbei, Iva Lou.«

»Sag so was nicht! Sag so was nie! Ihr seid das wahre Liebespaar! Überleg doch mal, wie lange ihr aufeinander gewartet habt. Also wirklich.«

»Das bedeutet doch jetzt nichts.«

»Du hast so lange gewartet, um alles aufzugeben. Weswegen? Wegen Sex? Was ist los mit dir? Ist es dir nicht mehr wichtig?«

»Iva Lou. Ich habe etwas erlebt.«

»Und es ist schrecklich, ich weiß, Liebes. Du bist betrogen worden. Das ist ganz schrecklich.« Iva Lou streicht einen Löffel Orangenmarmelade auf ihre Scheibe Toast.

»Ich meine etwas anderes.«

»Was denn?« Iva Lou sieht auf. Vom Klang meiner Stimme weiß sie, dass es um einen Mann geht. »Du hast dich in einen anderen Mann verliebt. Willst du das sagen?«

»Nein. Ich bin nicht verliebt. Aber er könnte in mich verliebt sein.«

»Wer ist es?«

Ich erzähle Iva Lou von Pete Rutledge, alle Geschichten, bin hin zu der von den Küssen auf der Wiese mit den Glockenblumen.

»Also pass auf. Auf der einen Seite ist es so unglaublich romantisch, dass ich keine weiteren Details ertragen kann. Aber du sagst, dass du nicht verliebt bist. Warum willst du also Jack verlassen?«

»Das will ich ja gar nicht. Ich weiß nicht, wie ich es erklären soll, Iva Lou. Aber meine Liebe zu Etta und Joe hat irgendwie meine romantische Liebe zu Jack abgelöst. Und meine Liebe zu meinen Kindern ist jetzt irgendwie wichtiger als meine Liebe zu Jack und die Lust, die ich auf Pete hatte. Oder auf einen anderen Mann, dem ich begegnen könnte. Es macht mich nicht stolz, das so zu sagen. Ich weiß, dass mein Mann an erster Stelle kommen sollte, und von dort, von der Liebe, die den Mittelpunkt von allem bildet, soll die Liebe zu meinen Kindern kommen. Aber als Joe krank wurde, ist mir bewusst geworden, dass meine Beziehung zu Jack sich schon bei Ettas Geburt verändert hatte. Sie war von da ab die Liebe meines Lebens, nicht mehr er. Und als Joe kam, war ich glücklich, dass Etta einen Bruder und Jack einen Sohn hatte, aber ich wusste auch, dass es keine Frage gab: Jack war jetzt die Nummer drei. Eindeutig. Nach Etta und Joe, meinen neuen wahren Lieben.«

»Ach, du bist völlig durch den Wind.« Iva Lou wühlt in ihrer Handtasche und sucht die Zigaretten. »Weißt du, ich gebe es auf.« Sie steckt sich eine Zigarette zwischen die Lippen und zündet sie sich an, während sie mir bedeutet weiterzusprechen.

»Ich wollte es nicht komplizierter machen.«

»Honey, das stimmt doch alles nicht. Es sind zwei verschiedene Sorten Liebe. Und die eine ist nicht wichtiger als die andere. Sie sind anders. Die Liebe zu deinem Mann ist für dich. Die Liebe zu deinen Kindern ist für sie.«

»Ich weiß. Es verstößt gegen alles, was ich glaube. Aber meinst du nicht, Jack weiß, dass er die Nummer drei ist? Er ist ja nicht dumm.«

»Das ist er allerdings nicht. Zum ersten Mal heute Morgen hast du etwas Wahres gesagt.«

»Ich bin nicht einmal böse auf ihn. Wieso ist das so?«

»Das ist deine Art von Verteidigung. Du gibst auf, weil du Angst hast, du könntest ihn ganz verlieren.«

»Es gibt nichts mehr, worüber wir sprechen könnten.«

»Sprecht ihr über Joe?«

»Nein.«

»Das ist euer Problem. Ihr denkt ständig an ihn und sagt nie etwas darüber. Du gibst ihm die Schuld, aber er konnte nichts dafür, dass Joe Krebs bekommen hat.«

»Nein, aber er hat ihn auch nicht gerettet, oder?« Ich bin überrascht, dass ich das gesagt habe. Bisher habe ich es nur gedacht, aber nie laut zugegeben.

»Ave, hör mir zu. Jack konnte Joe nicht retten. Niemand konnte ihn retten.«

»Aber –«

»Kein aber. Hör auf damit! Du machst deine Ehe mit Schuldzuweisungen kaputt. Und du lässt böse Gefühle nicht los, die in der Gegenwart nichts zu suchen haben.«

»Ich weiß.« Iva Lou hat Recht.

»Was hast du vor?« Sie sieht mich an. »Denn ich garantiere dir, meine Liebe, diese Karen Bell hat etwas vor. Wie sieht also dein Plan aus?«

KAPITEL

10

Fleeta, die ja geschworen hatte, sie würde nie im Erfrischungsraum arbeiten, bleibt abends noch da und backt die Kuchen. Und sie macht keine einfachen Sachen. Pearl hat richtige Tortenständer gekauft, mit durchsichtigen Plastikdeckeln, damit Fleetas Kuchen besonders gut zur Geltung kommen: der rote Samtkuchen, der Kastenkuchen mit Pekannüssen und Zimt, mit Glasur überzogen und mit karamellisierten Walnüssen dekoriert, der turmhohe Schokoladenkuchen mit Buttercremegarnierung. (»Das Geheimnis dieses Kuchens liegt darin, dass ich eine Tasse starken Kaffee reintue statt einer Tasse Wasser«, erklärt mir Fleeta.) Es gibt eine Tafel mit Tagesgerichten hinter der Theke und eine weitere Tafel, auf der die Geburtstage der Kunden vermerkt sind (an seinem Geburtstag bekommt man eine Süßspeise geschenkt). Es ist unglaublich. Innerhalb weniger Monate hat Pearl ihre Idee zu einem durchschlagenden Erfolg gemacht. Aufgepasst, ihr Leute in Norton!

»Ich sage dir, es ist zwar viel Arbeit, aber es macht mir viel Spaß«, sagt Fleeta und stellt sich hinter die Theke.

»Ich dachte, du wolltest keinen Erfrischungsraum in der Apotheke.«

»Wollte ich auch nicht. Bis er da war. Und seit er da ist, macht es mir Spaß zu backen. Und Lunch zu machen. Gerade habe ich Bohnensuppe und Maisbrot neu auf die Speisekarte gesetzt. Hast du gesehen?«

»Fleeta, du hast deine Leidenschaft entdeckt.«

»Vielleicht.« Fleeta errötet. Sie findet sich nicht leidenschaftlich.

Ed Carlton hat mich an der Tablettentheke gut vertreten. Er hat den Rückstand aufgeholt; die neuen Bestellungen sind alle von heute Morgen. Es ist ein gutes Gefühl, meinen Kittel überzuziehen und meinen Platz auf dem hohen Schemel hinter der Theke einzunehmen. Ich habe meine Arbeit vermisst. Ich sehe die neuen Bestellungen durch. Es ist eine für Alice Lambert darunter, für ein sehr starkes Mittel, das gewöhnlich Krebspatienten gegen die Übelkeit verschrieben wird, die durch Chemotherapie und Bestrahlung ausgelöst wird.

»Fleets? Was ist mit Alice Lambert?«

»Ich habe Eddie gesagt, er soll ihre Bestellungen an Rite Aid in Appalachia weitergeben.«

»Nein, das ist schon in Ordnung.«

»Sie hat Krebs. Wahrscheinlich hat sich ihre Gemeinheit gegen sie gewendet.«

Fleeta geht. Wenn das keine Loyalität ist. Fleeta kann Alice nicht verzeihen, wie sie sich nach dem Tod meiner Mutter mir gegenüber benommen hat. Als ich vierundzwanzig rosa Tabletten abzähle und sie auf einem Messer balanciere, um sie in ein Fläschchen zu befördern, wundere ich mich, dass ich auf einmal so traurig bin. Liegt es daran, dass Alice Lambert der einzige Mensch ist, der von meinem früheren Leben übrig ist? Wenn sie stirbt, gehört dann alles der Vergangenheit an?

Etta ist in der Stadt und verbringt den Abend bei ihren Freundinnen. Ich bin mir sicher, sie erzählt ihnen brühwarm, dass sie in Stefano verknallt ist, und von Pete Rutledge und pfirsichfarbenem Lippenbalsam. Sie hat sich ein Foto von Tom Cruise über ihr Bett gehängt; wahrscheinlich hat Pete in ihr eine neue Vorliebe für dunkelblonde Männer mit einem strahlenden Lächeln geweckt.

Jack arbeitet spät. Zumindest sagt er das. Ich gehe um meine normale Zeit ins Bett; oft ist er schon auf, wenn ich aufwache, und macht den Kaffee. Ich versuche wach zu bleiben, um zu sehen, ob er überhaupt ins Bett kommt; wenigstens einmal ist er im Wohnzimmer vor dem Fernseher in seinem Sessel eingeschlafen. Ich warte immer noch auf den richtigen Zeitpunkt für unser Gespräch, aber er scheint nicht zu kommen. Vielleicht meidet Jack mich. Ich bin mir nicht sicher.

Jetzt habe ich zum ersten Mal seit unserer Rückkehr letzte Woche Zeit, durchs Haus zu gehen. Ich habe einen ganzen Stapel von Ferienfotos, die ich einsortieren muss. Zwischen St. Paul und Pennington Gap habe ich jeden mit Fotos von den schneebedeckten Alpen im Sommer gelangweilt – jetzt reicht es. Ein paar habe ich an Papa geschickt, und der Rest kommt in einen Karton, bis ich die Zeit finde, sie in ein Album zu kleben. Ich hole den Karton mit den Fotos aus dem Schrank im Flur. Ich höre ein Miauen. Shoo die Katze guckt mich an und ist verärgert, dass ich ihr Versteck gefunden habe. Ich gebe ihr einen kleinen Kuss auf den Kopf.

Es ist Zeit, dass ich ein paar Fotoalben kaufe. Der Karton ist praktisch voll. Ich sehe mir die Gesichter auf den Fotos an. Wir sehen so glücklich aus; wir sind eine Familie. Die Bilder vom letzten Weihnachtsfest sind so klar und deutlich wie die aus früheren Jahren. Wir hatten uns wieder gefangen. Konnten wieder feiern. Waren wir letzte Weihnachten nicht glücklich? Dennoch hatte ich etwas gespürt. Ich hatte damals schon Angst, dass Jack Mac sich von mir entfernte. Es war nicht nur eine Überempfindlichkeit. Ich weiß, dass alle Männer hinter Frauen hersehen. Aber ich konnte das dumme Halloween-Fest nicht vergessen. Ich erinnere mich so genau daran, bis hin zu dem süßen Geruch der Popcornbällchen, während ich zusah, wie mein Mann mit Karen Bell plauderte. Was ist das für eine kleine Stimme, die uns sagt, wir sollen aufpassen? Wie kommt es, dass wir wissen, wann wir die Anzeichen ernst nehmen sollen und wann sie auf prämenstruelle Spannungen oder das Älterwerden oder auf schlechte Laune zurückzuführen sind?

Ich stecke die Bilder wieder in den Karton. Jacks Arbeitswesten hängen im Schrank. Er hat sie in meiner Abwesenheit nicht gewaschen (natürlich nicht), sondern sie nach dem Tragen wieder in den Schrank gehängt. Ich nehme sie von den Bügeln und gehe zur Sonnenveranda, um sie zu waschen.

Ich leere Schlüssel und Nägel und Schrauben und Papierschnipsel aus den Taschen und sortiere die Sachen in saubere Häufchen. Als ich die Westen in die Maschine stecke, höre ich etwas knistern. Ich nehme die eine wieder raus und untersuche noch einmal die Taschen.

Ich finde ein Blatt Papier, das viele Male gefaltet ist. Es erinnert mich an die Briefchen, die wir uns in der Highschool zugesteckt haben. Die Ränder sind ganz zerfleddert. Ich falte das Blatt auseinander und lese:

Mein lieber Jack, dies war der beste Sommer meines Lebens. Vergiss nicht, dass ich dich liebe. Ich warte auf dich, Karen

Ich falte das Blatt wieder so zusammen, wie ich es vorgefunden habe. (Warum tue ich das?) Ich bin wie benommen. Dieses Briefchen macht es wahr, bis zu dem Herz, das sie anstelle des Worts »liebe« gemalt hat. Ich habe Karen Bell gesehen. Sie war keine Konkurrentin. Was würde mein Mann in ihr sehen, wo er doch mich hat? Mein Ego macht einen mutigen Versuch, aber es dauert nicht lange, bevor es unter Verzweiflung und Selbsthass einbricht. Benommenheit und Zorn kommen in mir hoch. Ich bin so wütend, dass ich dieses Haus zerstören könnte, ich könnte es abbrennen, ohne einen Funken des Bedauerns. Es ist gefährlich, wenn ich drinnen bleibe, ich muss raus.

Ich sehe mich nach den Schlüsseln zum Jeep um. Normalerweise liegen sie auf dem Tisch im Flur. Als ich sie nicht finden kann, fange ich an, das Haus auf den Kopf zu stellen. Ich zerre die Sofapolster heraus und werfe die Stühle um, dann reiße ich die Schubladen in der Küche auf und werfe den Inhalt auf den Boden – Gläser zerbrechen, Gelee, Kräuter und Reis rieseln zu Boden. Ich gehe in unser Schlafzimmer und reiße die Tagesdecke und die Betttücher und die Kissen vom Bett; ich schwitze, ich bin bis auf die Haut nass und so wütend, dass ich brülle. Ich hebe die Matratze hoch und kippe sie auf den Boden. Wonach suche ich denn? Ich werde verrückt. Wo sind die Schlüssel? Ich höre ein ohrenbetäubendes Kreischen in meinen Ohren, so laut, dass ich mich selbst erdolchen würde, damit es aufhört.

»Was machst du da?« Eine Stimme schneidet durch das Kreischen in meinen Ohren. Jack steht im Türrahmen des Schlafzimmers.

»Du, du … ich hasse dich!«

»Was ist denn los?«, sagt er mit unsteter Stimme. Ich habe ihn ertappt, und er weiß es.

»Warum sagst du mir nicht die Wahrheit?«

»Wovon redest du?« Jetzt sieht er aus wie die Sanftmut in Person, wie jemand, der mir nicht wehtun möchte, weder mit der Wahrheit noch sonst.

»Du … du.« Ich wühle in meiner Tasche – wo ist dieser Brief? Ich finde ihn und falte ihn sorgfältig, wie ein Richter, der den schlagenden Beweis vorlegt, auseinander. »Hier. Hier ist es, vor deiner Nase. Du liebst diese Frau!«

»Ave. Hör mir zu.«

»Warum? Du bist ein Lügner. Du lügst mich einfach an. Diese Matratzen, die müssen verschwinden. Du hast sie den ganzen Sommer hier in diesem Zimmer gevögelt. In unserem Bett. Wo meine Kinder gelegen haben. Wie konntest du das tun? Ich werde dich immer hassen, bis ich tot bin.«

Ich schiebe ihn aus dem Weg und haste aus dem Schlafzimmer und zur Haustür. Plötzlich, mit dem ersten klaren Gedanken, den ich fassen kann, seit ich den Zettel gefunden habe, fällt mir ein, wo die Schlüssel sind. Ich habe sie im Jeep gelassen.

»Wo fährst du hin?«

»Sprich nicht mit mir«, sage ich. Ich renne zum Jeep. Ich merke, dass er hinter mir herkommt. Ich setze mich hinters Steuerrad. Er greift nach mir und will mich aus dem Jeep ziehen. Er umfasst meine Taille. Ich schwinge meine Beine aus dem Auto und fange an, ihn zu treten, und bin für meine kräftigen Beine dankbar, als ich ihn abwehre. Er versucht, meine Beine festzuhalten, aber es gelingt ihm nicht.

»Du hast dich entschieden. Jetzt geh zu ihr. Mach schon. Geh!« Er weicht zurück. Ich lasse den Wagen an und lege den Rückwärtsgang ein. Bevor er etwas tun kann, rolle ich den Berg hinunter. Ich sehe mich nicht um.

Es ist ein langer Weg bis nach Knoxville, Tennessee. Und noch länger, wenn man kein Geld hat. Ich habe mein Portemonnaie im Haus gelassen. Zum Glück habe ich für alle Fälle eine Benzin-Kreditkarte unter dem Sitz versteckt. Als ich damit beim Tanken bezahle, frage ich den Tankwart, ob ich mir mit der Karte auch etwas zu essen kaufen kann. Er zuckt nur mit den Schultern. Also suche ich eine Tüte mit Salzbrezeln und eine Cola Light, zwei Äpfel, einen Becher Kaffee und eine Flasche Tylenol für meinen zerspringenden Kopf zusammen.

Die Straße nach Knoxville führt direkt durch die Berge von Tennessee. Ich bin froh, dass ich nicht zu sehr über den Weg nachdenken muss. Ich fahre achtzig. Ich hoffe, ein Polizist hält mich an. Ich könnte ihm eine Geschichte erzählen.

Ich fühle mich seltsam erleichtert nach meinem Ausbruch, fast in einer Art Hochstimmung. Schmerz und Wut haben die Endorphine freigegeben, die in meinem System aufgestaut waren, und das hat mich beruhigt. Iva Lou hat recht. Ich hatte mich regelrecht verschanzt; mein Mangel an Gefühlen angesichts der Tatsache, dass mein Mann eine Affäre hat, war nur eine Fassade. In meinem Inneren ist noch einiges, womit ich mich nicht auseinander gesetzt habe. Das Schlimmste daran ist die Erkenntnis, dass mein Mann nicht der Mensch ist, für den ich ihn gehalten habe. Ich dachte, er liebte mich so sehr, dass es Karen Bell oder einer anderen Frau nicht möglich sein würde, sich dazwischen zu drängen und ihn mir zu nehmen. Wie erbärmlich er da gestanden hat, als ich sagte, ich wüsste Bescheid. Das ist das schlimmste Gesicht überhaupt. Das Gesicht eines Mannes, der alles aufgegeben hat. Das werde ich nie vergessen.

Meine Ehe ist vorbei. Das ist traurig, aber es ist längst nicht so traurig wie Joes Tod. Ich vergleiche diese beiden Dinge, denn jetzt und in den letzten drei Jahren habe ich alles mit diesem Verlust verglichen. Ich kann nichts dafür. Ich erkenne, dass alles, was ich in den drei Jahren seit Joes Tod getan habe, nur Beschäftigung war. Es war meine Strategie, mich so lange zu beschäftigen, bis ich wieder mit meinem Sohn zusammen sein konnte. Ich kann mein Leben mit Arbeit und Spielen und Reisen ausfüllen und es gibt sogar Momente, wo das Wiedersehen mit Joe nicht das Einzige ist, woran ich denke. Aber obwohl ich mich ablenken lasse, kommt der Gedanke doch wieder zurück. Der Schmerz des Verlusts hört nie auf. Er ist Teil von mir wie mein Atem.

Ich finde Theodores Haus problemlos (das wundert mich, denn normalerweise habe ich keinen guten Orientierungssinn). Es ist spät. Zum Glück brennt Licht. Ich klopfe an die Tür. Theodore guckt aus dem Fenster, und als er mich sieht, kommt er zur Tür und reißt sie auf.

»Was ist passiert?«

»Jack hat eine andere Frau. Die, von der ich dir erzählt habe. Vom Halloween-Fest. Es ist alles wahr.«

»Komm rein.«

Als ich Theodores Wohnzimmer betrete, fühle ich mich augenblicklich besser. Ich muss in einer Umgebung sein, die mir vertraut ist, und bei jemandem, auf den ich zählen kann. Ich liebe seine Wohnung. Die gleichen Alben, die er in seinem Holzhaus in Big Stone Gap hatte, stehen hier auf den Bücherregalen. Dasselbe Sofa. Der Couchtisch. Derselbe Lehnsessel. Nichts hat sich verändert. Ich betrete ein sicheres Reich, wenn ich bei Theodore bin, er ist die einzige Konstante in meinem Leben.

»Du siehst ganz mitgenommen aus.«

»Ich habe kein Geld.«

»Wie bitte?«

»Ich habe meine Handtasche nicht dabei.«

»Du bist einfach gegangen?«

Ich nicke.

»Weiß Jack Mac, wo du bist?«

»Nein.«

»Wir sollten ihn anrufen und ihm sagen, dass du wohlbehalten angekommen bist.«

»Ich weiß Karen Bells Telefonnummer nicht.« Ich breche in Tränen aus und werfe mich auf den Futon.

»So heißt sie?« Theodore reicht mir einen Karton mit Kleenex. »Das ist ein Scheißname.«

Als Theodore »Scheißname« sagt, muss ich lachen. Fantastisch. Ich lache und weine gleichzeitig; da sieht man, zu was diese ganze Sache mich gemacht hat. »Ich rufe ihn nicht an.«

»Und was ist mit Etta?«

»Sie ist über Nacht bei ihrer Freundin Tara. Tara hat heute Geburtstag.«

Theodore nimmt den Hörer ab.

»Was machst du da?«

»Ich rufe bei euch zu Hause an. In Ordnung? Lass mich einfach anrufen.«

Ich bin zu müde, um mich zu wehren. Ich höre, wie Theodore zu Jack sagt, ich sei hier, und dann hört Theodore eine lange Zeit zu und spricht nicht. Großartig. Jack erzählt ihm die ganze schmutzige Geschichte. Lässt mein Mann die Tatsache, dass sich seine Freundin mit Man Tan einsprüht, auch nicht aus? Sie ist unangemessen *bronzata* zu einer Jahreszeit, wo sie es nicht sein sollte. Theodore legt den Hörer auf.

»Na, jetzt kenne ich jedenfalls seine Seite der Geschichte.«

»Ich habe den Beweis im Haus gelassen!«, sage ich und richte mich auf.

»Was für einen Beweis?«

»Den Brief. Sie hat ihm einen Brief geschrieben, in dem steht, dass sie ihn liebt und auf ihn warten wird.«

»Schatz, du hast einen Brief gefunden, den sie geschrieben hat – nicht einen, den er geschrieben hat. Sie ist vielleicht in ihn verliebt, aber er nicht in sie.«

»Woher weißt du das?«

»Er hat es mir gesagt.«

»Und du glaubst ihm? Mach die Augen auf. Er hat eine Freundin. Er hat sie schon seit langem – und jetzt hat er den ganzen Sommer mit ihr verbracht. Was für Beweise brauchst du denn noch?«

»Ich weiß. Ich begreife alles. Es klingt wie der Plot von einem miesen Connie-Francis-Film, obwohl die nie einen schlechten Film gemacht hat. Sagen wir mal, dein Mann hatte im Sommer eine Affäre, und die ist jetzt vorbei. Also, ich weiß ja nicht, was er unter Affäre versteht – vielleicht haben sie nur davon gesprochen, oder sie haben ein bisschen rumgeplänkelt, oder sogar sehr viel. Aber das ist jetzt egal. Es ist vorbei. Er möchte, dass du nach Hause kommst.«

»Einfach so.«

»Nun, nicht ›einfach so‹ – er möchte, dass du nach Hause kommst und ihr das zusammen klärt.«

»Theodore, warum bist du so ruhig?«

»Weil du eine Wahnsinnige bist.«

»Was? Entschuldige mal! Warum ist niemand auf meiner Seite? Schließlich bin ich es, die betrogen worden ist!«

»Ja, ja, ja, du Arme.«

»Theodore!«

»Du hast die Kissen aufgerissen, und er hat die letzten vier Stunden damit zugebracht, die Federn aufzulesen.«

»Na und?«

»Du liebst ihn. Warum tust du dir das an?«

»Weil ich im Recht bin. Ich bin treu gewesen!«

»Ich erzähl dir mal was über Männer.« Theodore setzt sich neben mich.

»Ich will nichts über Männer hören.«

»Also gut, dann erzähl ich dir was über den Mann. Den Amerikaner, mit dem du in Italien getanzt hast. Und dann hast du weiß Gott wie viele Ausflüge mit ihm gemacht. Und warst mit ihm essen und so weiter. Was ist mit ihm?«

»Das war was anderes.«

»Und wieso?«

»Ich habe widerstanden!«

»Ach wirklich?«

»Ja. Ich habe Prinzipien. Ich hätte alles Mögliche machen können, aber ich habe es nicht getan – aus Respekt vor meiner Ehe!«

»Ich bin beeindruckt Du amüsierst dich also in den Alpen mit einem Typen aus New Jersey. Und dein Mann ist zu Hause, weil er beschlossen hat, nicht mitzufahren, und du hast ihn nicht darum gebeten, seine Entscheidung noch einmal zu überdenken, und er freundet sich mit jemandem an, während du weg bist – und du bist auf *ihn* sauer?«

»Wie oft soll ich es dir noch sagen? Ich habe mit Pete nicht geschlafen!«

»Aber du wolltest.«

»Das ist nicht dasselbe!«

»Schönen Dank, dass du das klarstellst.« Theodore steht auf und geht in die Küche. Ich gehe ihm nach. »Wir wissen natürlich nicht, ob Jack mit ihr geschlafen hat. Mit Sharon. Karen Bell.«

»Mein Mann mag Sex, okay?«

»Das musstest du mir nicht erzählen.«

»Und wir haben nicht miteinander geschlafen. Ich bin aus Italien zurückgekommen, und nichts ist passiert. Nichts. Ich meine, nichts.«

»Lass uns das mal vernünftig betrachten, ja?« Theodore klingt wie der Professor, der er ja ist. »Du bist müde. Und du bist verletzt. Und wütend. Und –«

»Und betrogen.«

»Und betrogen. Aber du bist nicht ehrlich.«

»Was? Natürlich bin ich ehrlich!«

»Nein. Du glaubst, du darfst losziehen und eine Sommeraffäre haben, ob nun vollzogen oder nicht, und dass das deine Privatangelegenheit ist. Aber du erwartest, dass Jack zu Hause bleibt und den Haushalt führt und treu ist und auf dich wartet, bis du deine Sachen gemacht hast, und dann kommst du nach Hause und er hat das Privileg, wieder dein Mann sein zu dürfen. Wenn er keine Karen Bell hätte, müsstest du ihn verlassen.«

»Warum das?«

»Weil du keinen Mann zu Hause hättest. Du hättest einen Fußabtreter. Du willst ihm die Eier abschneiden, und danach bist du wütend auf ihn, weil er kein ganzer Mann ist.«

»Das verstehe ich nicht.«

»Wie kannst du ihn jahrelang so schlecht behandeln und erwarten, dass er das hinnimmt? Es überrascht mich nur, dass er nicht mit der Hälfte der Frauen in Big Stone Gap geschlafen hat. Wenigstens hat er sich eine Frau in Coeburn ausgesucht – der Tratsch kommt nicht so leicht über die Berge. Er wollte dich nicht in eine peinliche Situation bringen, und was immer gewesen ist, es war vorbei, als du zurückgekommen bist. Was willst du also?«

»Ich will …«

»Du weißt es nicht, stimmt's?«

Ich weiß es tatsächlich nicht. (Eins weiß ich aber doch: Wenn ich jemals wieder mein Haus in Cracker's Neck Holler auseinander nehmen will, dann werde ich nicht bei Theodore Trost suchen.)

»Weißt du, der Ehering hat keine magischen Kräfte. Er gibt dir nicht die Erlaubnis, grausam zu sein, und er sorgt nicht dafür, dass du treu bleibst. Du glaubst, dass du dich so schäbig verhalten darfst, wie du möchtest, weil du die lebenslängliche Garantie hast, dass er nicht weggeht. Du kannst Jack schlecht behandeln, aber du bist für immer und ewig verheiratet. Du hältst dich für eine Frau mit Festigkeit und Verantwortungsgefühl und hohen moralischen Ansprüchen, aber du bist eine schlimme Fälschung.«

»Wie kannst du so etwas zu mir sagen? Du kennst mich doch.«

»Genau. Ich kenne dich, und du hast mit diesem Pete-Typen nicht geschlafen, weil du Angst hattest, du wärst nicht gut genug. Du wusstest, wenn er mit dir schlafen würde, würde ihm aufgehen, dass du wie jede andere kluge, attraktive Frau bist – einen Moment lang macht es viel Spaß, aber es bleibt nichts übrig. Du wolltest, dass er dich begehrt, und hast ihn heiß gemacht, aber du hattest nicht die Absicht, Taten folgen zu lassen. Du schuldest ihm auch eine Entschuldigung.«

Ich rolle mich beschämt auf dem Futon zusammen. Theodore hat Recht.

»Ich bin jetzt müde. In der obersten Schublade der Kommode in deinem Zimmer liegt ein Nachthemd. Du hast es beim letzten Mal hier vergessen. Jetzt geh schlafen.«

Theodore geht in sein Schlafzimmer und macht die Tür zu. Ich höre, wie er den Fernseher anstellt. Unter der Tür sehe ich den flackernden Lichtschein, und ich höre die gedämpften Stimmen und das konservierte Lachen. Ich lege mich auf den Futon auf dem Boden und weine. Heute nacht schlafe ich nicht, ich will gar nicht schlafen.

Die Fahrt von Knoxville geht viel zu schnell. Ich halte mich an die Geschwindigkeitsbegrenzung. Anscheinend versuche ich die Fahrt in die Länge zu ziehen. Ich wünschte, es würde eine Woche dauern, bis ich wieder zu Hause bin. Aber das geht nicht Erfüllung. Es dauert genau drei Stunden. Und da ich beim Morgengrauen aufgebrochen bin, werde ich lange vor Etta, die erst am Nachmittag von ihrer Freundin zurückkommen wird, zu Hause sein.

Jacks Wagen steht an seinem gewohnten Platz neben dem Haus. Ich stelle den Jeep ab und bleibe erst mal drin sitzen. Ich höre das Quietschen der Fliegengittertür. Shoo die Katze hat sie aufgestoßen und kommt auf die Veranda. Sie hebt den Kopf und schnuppert in der Luft. Dann sieht sie mich an, als wäre ich verrückt, im Auto zu sitzen. Das hat sie noch nie gesehen. Man stellt den Wagen ab und geht ins Haus. Aber sie hat auch noch nie den Feigling Ave Maria gesehen. Ich bin nicht wütend auf Theodore, weil er so ehrlich mit mir gesprochen hat. Ich wollte mir einfach nicht eingestehen, was ich für ein schrecklicher Mensch bin. Die Scham hält mich im Jeep fest.

Vielleicht dachte ich, mein Leben würde sich von alleine regeln. Iva Lous Worte klingen in mir nach: »Wie sieht dein Plan aus?« Ich hätte wissen sollen, dass ich einen Plan brauche. Ich muss mich für alles, was ich habe, anstrengen, einschließlich Normalität und Routine. Also schwinge ich meine kräftigen Beine aus dem Jeep, steige die Stufen hoch und gehe ins Haus.

Das Haus ist aufgeräumt. Ich kann noch die Gewürze riechen, die ich über den Küchenboden ausgeleert hatte; der Duft von Kreuzkümmel und Zimt haftet in den Ritzen des alten Fußbodens. In der Küche ist alles tipptopp sauber. Ich gehe in unser Schlafzimmer, auch hier ist es ordentlich. Das Bett ist gemacht, obwohl die Kissen fehlen. Die Kissen sind kaputt. Ich werde neue kaufen müssen. Man wird die alten nicht flicken können.

Ich gehe durch die Küche zur Sonnenveranda hinaus und auf die Wiese hinter unserem Haus. Jack ist im Garten und stapelt Feuerholz auf künstlerische Art, so dass es wie ein Gittermuster aussieht. Er guckt zu mir herüber. Er hört auf zu arbeiten. Ich weiß, dass ich eine Entscheidung treffen muss, und das, was ich in diesem Moment tue, wird das Schicksal unserer Ehe beschließen. Da ich mir endlich ehrlich meine Fehler eingestanden habe (dank Theodore), gibt es jetzt kein Zurück mehr. Ich muss klar sein. Es geht auch um andere Menschen. Um meine Tochter. Um meinen Mann. Um unsere gesamte Familie.

Ich wünschte, ich hätte eine Vorstellung davon, worin eine Ehe bestehen sollte. Die alten Filme haben nie geholfen; da sind die Leute immer glücklich. Und die Ehe meiner Mutter mit Fred Mulligan war so kalt, dass ich schon längst wusste, dass er nicht mein richtiger Vater war und dass meine Ehe nicht wie ihre sein würde. Und für ein Mädchen, inzwischen eine erwachsene Frau, die dachte, sie würde nie heiraten, ist es fast surreal, mittendrin zu stecken.

Mir wird plötzlich klar, dass ich mich nie hierfür entschieden habe. Jack MacChesney hat sich für mich entschieden, und ich habe mich in all den Jahren nicht für ihn entschieden. Natürlich habe ich ja gesagt, als er gefragt hat, ob ich ihn heiraten würde. Aber ich habe ja gesagt, weil er sich für mich entschieden hat, nicht weil ich mich für ihn entschieden hatte. Wie muss es für ihn gewesen sein, all die Jahre, in denen er versucht hat, mir zu gefallen? In denen er immer wieder hoffte, dass nun der Tag käme, an dem Ave Maria sich für ihn entscheiden würde? Aber ich habe es nicht getan. Ich habe ihn geliebt, keine Frage. Und seine Kinder sind durch mich auf die Welt gekommen, aber ich habe mich nie richtig für ihn entschieden. Nicht richtig.

Diese Wiese, die mich anfangs so überwältigt hat, sieht aus wie ein normales kleines Rasenstück. Die Berge schrumpfen zu kleinen feuchten Erdhügeln zusammen. Und der Himmel sieht wie ein blaues Tuch aus, das vorübergehend aufgehängt worden ist. Die einzigen Dinge, die ewig sind, sind die, für die wir uns entscheiden. Die, für die wir sterben würden. Wofür wäre ich bereit zu sterben? Meine Kinder, ja. Aber würde ich für Jack MacChesney sterben? Ich gehe über die Wiese auf ihn zu. Er sieht mich an. Ich setze mich auf seinen hübschen Holzstapel. Auf dem Weg von Knoxville habe ich verschiedene Varianten eingeübt, wie ich ihm sagen würde, was er mir bedeutet, aber jetzt bin ich da und weiß nicht, was ich sagen soll.

»Es tut mir Leid, dass ich das Haus zertrümmert habe.« Das ist meine Eröffnung?

»Das Schwierigste war, den Reis aufzulesen. Es hat viele Stunden gedauert, bis ich alles aufgewischt hatte. Wie war deine Fahrt?«

»Seltsam.«

»Ave, möchtest du wissen, was passiert ist?« Vermutlich sprich Jack von Karen Bell.

»Nein«, sage ich.

»Ich kann es dir erzählen«, sagt er.

»Nein, Schatz, das ist deins. Es ist nicht meins.« Die einzige Strategie, die ich habe, die einzige, bei der ich unbedingt bleiben muss, ist die, dass ich keine richtigen Bilder von den beiden in meinem Kopf haben darf. Diese Bilder würden es mir unmöglich machen, nach vorn zu gehen. Das wenigstens weiß ich über mich.

Mein Mann setzt sich neben mich. So sitzen wir eine lange Zeit.

»Jack, was sollen wir tun?«

»Was möchstet du denn tun?«

»Also, die meiste Zeit wünsche ich mir, du könntest meinen Schmerz wegnehmen.«

»Aber das kann ich nicht.«

»Ich weiß.«

»Wenn du willst, dass ich gehe, dann tue ich das. Du kannst alles haben. Das Haus. Ich will nur Etta das halbe Jahr. Das wäre das Einzige, was ich will«, sagt er leise.

»Du hast darüber nachgedacht.«

»Weil ich es nicht aushalte, dich so zu sehen.«

»Du liebst mich wirklich, nicht?« Ich nehme seine Hand.

»Ja.«

»Das hat mich immer erstaunt, weißt du.«

»Was meinst du damit?«

»Deine Liebe zu mir. Ich habe das nie richtig glauben mögen.«

»Warum nicht?«

»Vielleicht, weil ich nie geglaubt habe, dass ich sie verdiene. Und vielleicht, weil es mir leicht fällt, nicht zu empfinden. Es hat in meinem Leben immer so gut funktioniert. Du hast eine Kühltruhe geheiratet.«

»Du bist nicht kalt. Du bist verletzt worden.« Jack steht auf. Und dann macht er etwas ganz Merkwürdiges. Er kniet sich vor mich hin. »Und ich mag es nicht glauben, dass ich dir auch wehgetan habe.«

Mein Mann legt seinen Kopf in meinen Schoß und weint. Da wird mir etwas sehr Wichtiges über ihn klar, und vielleicht hilft uns das ja, nach vorn zu gehen: Er wirft mir nicht vor, dass ich so bin, wie ich bin. Er nimmt mich, wie ich bin. Und das ist etwas, was ich ihm nie gegeben habe. Dieser Mann hat bei mir nie eine Chance gehabt. Keine richtige. Er war mir nie genug. Aber wer wäre das? Kein Mann kann an meine Erwartungen heranreichen.

»Jack, sieh mich an.« Er hebt den Kopf. »Ich dachte, ich hätte mich verändert. Ich dachte, du hättest mich mit deiner Liebe verändert und indem du mir die Kinder gegeben hast und mein Leben mit mir teilst. Ich dachte, ich hätte dich an mich herangelassen, aber das stimmt nicht.«

»Ich wusste, wie du bist, als ich mich in dich verliebt habe. Ich wusste, dass es schwer sein würde. Ich wusste das, als ich mein Jawort gegeben habe. Weißt du noch, als du in den Schlaf gefallen bist?«

Natürlich weiß ich das noch. Vor Jahren bin ich zusammengebrochen und habe eine Woche lang geschlafen. Doc Daugherty hat es damals als Nervenzusammenbruch bezeichnet.

»Da hätte ich fast beschlossen, dich aufzugeben. Ich dachte, in dir drin ist etwas, das niemand jemals wissen oder verstehen würde. Aber ich konnte nicht aufhören. Ich konnte dich nicht aufgeben. Ich hätte gehen können, die Möglichkeit bestand, aber ich konnte es nicht tun. Ich denke oft darüber nach. Warum bin ich geblieben? Weil ich dich liebe? Oder ist es mehr? Ich weiß, dass du mich brauchst, und vielleicht ist es mein Lebenssinn, gebraucht zu werden. Ich weiß es nicht.«

»Nein, das ist nicht dein Lebenssinn.«

»Was dann?«

»Dass ich mich für dich entscheide.« Jetzt bin ich an der Reihe mit Weinen. »Und ich habe mich nie für dich entschieden. Aber jetzt tue ich das. Wenn du mich noch willst.«

Mein Herz ist dabei zu zerbersten. Dieser gute, anständige Mann ist durch mein Leben gezerrt worden wie ein Karren. Es war nicht alles schrecklich, und vielleicht gab es auch Phasen, in denen er nicht gezerrt wurde. Wir haben gute Zeiten miteinander erlebt. Und tragische. Und normale. Fantastischen Sex. Keinen Sex. Aber es war alles auf Sand gebaut. Es existierte kein Fundament, weil ich mich nie richtig darauf eingelassen habe. Ich war sechsunddreißig Jahre alt, und ich fand, es war höchste Zeit. Deswegen habe ich geheiratet. Ja, ich habe ihn geliebt, aber ich wusste auch, dass so eine Gelegenheit nie wieder kommen würde. Ich habe mich gezwungen, auf meine Angst zuzugehen und sie zu beherrschen. Ich wollte nicht länger zögern. Ich wollte leben. Ich hatte nicht darüber nachgedacht, wie ich leben würde, nur dass ich ein Recht hatte zu leben. Ein Recht auf ein Leben mit einem guten Mann, der mich liebte.

Ich dachte, ich wüsste über meine Probleme Bescheid. Ich dachte, sie lägen in meiner Kindheit mitsamt den merkwürdigen Geheimnissen, die unter der Oberfläche versteckt waren.

Ich war überzeugt, wenn ich meinen Vater finden würde, dann würde sich alles andere von selbst ergeben. Mario da Schilpario würde alle Antworten bereit haben. Ich war mir dessen sicher. Aber er war nur ein Teil der Antwort. Als ich meinen Frieden mit Fred Mulligan gemacht hatte, war ich erleichtert. Als ich die Lüge akzeptierte, die meine Mutter mir zu meinem Schutz erzählt hatte, fühlte ich mich wie elektrisiert. Ich wusste alle diese Dinge und dachte, dass dieses Wissen, die Erkenntnis mich verändert hatten. Doch nur weil ich all diese Dinge wusste, bedeutete das nicht, dass ich damit klarkam. Es schockiert mich, dass ich dieses Wissen habe und dennoch in mein altes Verhalten zurückgefallen bin. Ich verschließe mich. Ich mache zu. Ich fühle nicht. Ich betrachte mich als über den anderen stehend, als wäre ich etwas Besseres. Ich bin der Auffassung, dass mein Schmerz mich über die anderen hebt. Dass schwache Menschen unter dem Schlimmen, was ihnen zustößt, zerbrechen. Dass sie Sex brauchen, um ihr Ego zu stärken. Dass sie sich nicht an Regeln halten können. Ich war nicht schwach! Ich war stark, so stark, dass nichts an mich herankommen konnte. Wie reich wurde man doch belohnt, wenn man Menschen nicht brauchte. Man war in Sicherheit und allein, sogar in der Ehe! Aber all die Menschen, die leben und sich einlassen und das Leben zulassen, ob gut oder schlecht, wild oder gemäßigt, die sind nicht schwach – sie sind menschlich. Irgendwo in meiner Vergangenheit hatte ich gelernt, dass man nicht verletzt wird, wenn man sich abtrennt. Schmerz kann vermieden werden. Und wenn man ihn nur ganz tief versteckt, kann man sogar vergessen, dass er da ist. Beachte ihn gar nicht, und er tut nicht weh. Theodore hat Recht. Ich schulde diesem Mann eine Entschuldigung. Aber was schulde ich ihm noch?

»Wann kommt Etta nach Hause?«

»Iva Lou holt sie ab und nimmt sie mit zu sich nach Hause. Sie sagt, Etta kann über Nacht bei ihr bleiben.«

»Gut.« Ich stehe auf. »Ich möchte nicht mehr so weitermachen wie bisher.«

»Das können wir auch nicht.«

»Ich möchte noch einmal anfangen. Mit dem, was ich jetzt weiß.«

»Ich weiß nicht, ob du dich verändern kannst. Oder ich.«

»Es geht nicht nur um Veränderung, Jack. Es geht darum, alles neu zu erfinden.«

»Weißt du, wie man das macht?«

»Wir werden es herausfinden.«

Ich führe meinen Mann ins Haus. Wir gehen durch die Sonnenveranda und die Küche zu unserem Schlafzimmer und dem Bett ohne Kissen. Ich fange damit an, wie ich mit meinem Mann schlafe. Ich werde anwesend sein in seinen Armen, mit jeder Zelle meines Körpers werde ich auf ihn reagieren, ich werde zuhören und aufmerksam sein und ihn als den seltenen und kostbaren Schatz behandeln, der er ist. Dieses Mal und bei allen anderen Malen, die noch kommen, werde ich mich für ihn entscheiden. Mein schöner Mann mit den breiten Schultern (gut, dass sie uns beide die ganze Zeit schon getragen haben) und den schönen braunen Augen. Ich warte nicht, dass er mich küsst; ich küsse ihn.

»Das ist neu«, sagt er und lächelt.

»Bleib einfach dran«, sage ich, und er lacht.

Ich ziehe ihm langsam die Sachen aus. Erst seine Arbeitsstiefel. Dann seine Socken. Ich nehme seine nackten Füße und reibe sie sanft. Er fängt an, sich das Hemd über den Kopf zu ziehen; ich erlaube es ihm nicht. Ich streife ihm das Hemd ab und betrachte seinen Hals und, zum ersten Mal, die Verbindung zwischen Schultern und Oberarmen und seine Muskeln, die sich von den Schultern zu den Ellbogen strecken. Würde ich den Körper meines Mannes unter all den Männern in der Welt erkennen? In Zukunft schon, und ich küsse jede Sommersprosse auf seinen starken braunen Armen, bis zum Handgelenk. Seine Hände, die langen Finger, die kleinen Risse im Daumen vom Holzstapeln, seine quadratischen rosa Fingernägel. Wie kräftig sein Brustkorb ist; ich liege auf ihm und spüre das Heben und Senken, wo unsere Haut sich berührt und aneinander schmiegt, wie das nur bei Paaren möglich ist, die sich schon lange kennen. All dies habe ich einfach hingenommen. Wie konnte ich so viel Zeit verstreichen lassen? Wie konnte ich jemals denken, dass dies verzichtbar sei, dass ich diesen Mann aus meinem Leben streichen könnte? Was habe ich mir dabei gedacht? Dass ich ihn verlassen und einen anderen finden würde? Einen Besseren? Ich streiche mit meinen Händen über seinen Rücken und weiß, dass es keinen besseren gibt. In dem Moment, da Liebe verbraucht ist, kann sie wieder neu erwachen. Warum hat meine Mutter mir das nicht gesagt? Ich kann Neues sehen, einfach nur, weil ich danach Ausschau halte. Wie traurig es mich macht, dass so viele Dinge die ganze Zeit hier waren und ich sie nicht beachtet habe, als hätten sie keinen Wert. Einfache Dinge: die Liebe meines Mannes, sein Vertrauen in mich, seine Standhaftigkeit. Ich habe so getan, als sei das alles unwichtig. Die Liebe ist so zerbrechlich. Ich küsse ihn auf die Augen. Ich möchte, dass er mich richtig sieht.

Der Montag ist ein sonniger, aber kühler erster Schultag. Es freut mich für Etta, die am ersten Schultag in der vierten Klasse keinen Regenmantel tragen wollte, sondern den gestreiften Alpenpullover von ihrem Großvater, und zum Glück spielt das Wetter mit. Sie gibt mir einen Kuss und springt aus dem Jeep. Ich spüre etwas Klebriges auf meiner Wange. Es ist Chiaras Lipgloss.

Ich will schon umdrehen und zurückfahren (eigentlich hatte ich vor, die Schränke aufzuräumen), aber stattdessen fahre ich zum Cadet-Viertel im westlichen Teil der Stadt, über die Brücke und am Powell entlang. Alles ist ganz verändert; ich versuche mich zu erinnern, wann ich das letzte Mal hier war. Es muss über ein Jahr her sein, damals musste ich Medikamente für Oneida Mitchell liefern. Auf dem Weg entlang des Flusses sehe ich, dass ein neuer Wohnwagenplatz entstanden ist und ein kleiner Supermarkt.

Am Ende der Morrissey Street steht ein rosafarbenes Haus. Es ist über dreißig Jahre her, dass ich da gewesen bin. Alice Lambert wohnt in der Nummer elf. Es ist ein einfaches Haus mit einer Terrasse nach vorn raus. Der Garten ist verwuchert, und in den Büschen stehen versteckt zwei Statuen von einem Jungen und einem Mädchen, die anscheinend Holländer sind.

Man hört das Rauschen des Flusses und kann das braune Wasser durch die Bäume an der Straße sehen. Der Briefkasten steht offen und ist voll gestopft mit Prospekten. Ich nehme den Kram heraus und gehe zur Haustür.

Auf der alten Fliegengittertür steht in der Mitte in Schrägschrift *Willkommen*, seitlich gerahmt von zwei rostigen Gänseblümchen. In den griechischen Urnen aus Plastik wächst Unkraut. Ein paar gelbe Blüten stecken ihre Köpfe durch. Ich klopfe an die Tür. An der Seite steht der alte Cadillac der Lamberts, so dass ich annehme, dass Tante Alice zu Hause ist. Ich höre schlurfende Schritte. Schließlich geht die Tür auf. Ich bin schockiert, als ich Alice sehe. Ich erkenne sie kaum. Sie wiegt höchstens fünfzig Kilo.

»Tante Alice?«

»Hallo«, sagt sie durch das Fliegengitter.

»Ich wollte mal vorbeischauen und guten Tag sagen. Ich musste an dich denken.«

»Wirklich?«

»Ja, Ma'am.«

»Warum das denn?«

»Ich musste daran denken, dass du damals zu der Beerdigung meines Sohnes gekommen bist und ich dir nie dafür gedankt habe.«

»Das war doch nichts«, sagt sie und wendet den Blick ab.

»Nein, nein, es war sehr freundlich von dir. Danke.« Nachdem ich ihr aus der Apotheke ihre Medizin geschickt hatte, habe ich mich jeden Tag schlecht gefühlt, weil ich mich nicht bei ihr gemeldet habe.

Tante Alice steht da. Sie macht keine Anstalten, die Tür zu schließen, aber sie bittet mich auch nicht herein. So war es immer mit den Leuten in der Familie meines Vaters. Sie wussten nie, was man macht, damit andere sich wohl fühlen. Oder sich entspannen konnten. Vielleicht waren ihre Absichten freundlich, aber im Grunde genommen hatten sie keine Manieren. Meine Mutter sagte immer, sie hätten keine *creanza*, keine richtige Kinderstube.

»Darf ich reinkommen?«, frage ich sie.

»Meinetwegen«, sagt sie und zuckt die Schultern.

Ich mache die Tür auf. Ihr kleines Haus ist tipptopp, aber schmutzig. Auf allem liegt eine Staubschicht, die Fenster sind blind, der Fußboden muss gefegt werden. Arme Frau. Sie ist zu schwach, um zu putzen.

»Möchtest du eine Tasse Tee?«

»Nein, danke.«

»Ich habe nicht viel im Haus.«

»Ich brauche nichts.«

Wir sitzen und schweigen, bis Alice sagt: »Ich habe den Krebs.«

»Das tut mir Leid.«

»Du weißt, dass Wayne von mir gegangen ist?«

»Ja.«

»Er hatte die Staublunge. Das ist schlimmer als das, was ich habe. Am Ende kriegte er kaum noch Luft. Sie haben ihn an eine Maschine angeschlossen. Dann hat er Wasser auf der Lunge gehabt und ist erstickt.«

»Es tut mir Leid.«

»Es war schrecklich. Und Bobby ist nicht gekommen, um ihn zu besuchen. Das war das Schlimmste. Ich habe keinen Sohn mehr.«

Wayne und Alice hatten einen Sohn, Bobby, ihr kleiner Sonnenschein. Ich habe ihn nie gemocht. Er ist ein paar Jahre älter als ich und ein unangenehmer Mensch. Ich habe gehört, dass er nach Kingsport gezogen ist und das Trinken angefangen hat. Bei der letzten Zählung war er bei seiner vierten Frau.

»Natürlich hast du einen Sohn. Bobby ist nur leicht abgelenkt.«

Alice kichert. »Das ist ein gutes Wort dafür: abgelenkt.«

»Was sagt denn Doc Daugherty?«

»Zu mir? Nicht viel.«

»Was ist es denn für ein Krebs?«

»Es war Brustkrebs. Dann ist er auf die Knochen gegangen. Weil ich nicht erlaubt habe, dass sie mir die Brust abnehmen. Nein. Ich bin mit ihnen zur Welt gekommen, und ich gehe auch wieder mit ihnen.«

»Hast du schlimme Schmerzen?«

»Ich kann nachts kaum schlafen, dann ist es am schlimmsten. Ich weiß nicht, wie ich mich legen soll.«

»Was isst du so?«

»Ich habe nicht viel Hunger. Manchmal esse ich ein paar Kekse. Und trinke eine Cola.«

»Tante Alice?« Bei dem Ton meiner Stimme setzt sie sich gerade.

»Ja?«

»Ich weiß, dass wir Probleme hatten –«

»Nein, das sollst du nicht alles wieder ausgraben. Das ist doch vorbei.«

»Ich war nicht sehr nett zu dir.«

»Du hast ein Temperament, mehr ist es nicht. Du bist Italjänerin. Die sind nun mal so.« Ihre Analyse macht mich nicht unglücklich, sie bringt mich zum Lachen. Sie hat Recht. Italiener sind wirklich so.

»Ich möchte dir ein wenig helfen. Kann ich ab und zu mal vorbeikommen?«

Ich gehe zu Buckles und kaufe für Tante Alice ein. Ich nehme nur Sachen, die leicht zu essen sind, Eier, Brot, Käse und Aufschnitt. Suppe. Nudeln. Pfannkuchen. Ich suche ein paar Zeitschriften und Rätselhefte aus. Nellie Goodloe sitzt an der Kasse.

»Hallo, Ave Maria. Wie war dein Sommer?«

»Sehr gut.«

»Jack Mac hat viel zu tun, stimmt's?«

»Allerdings«, sage ich. »Sie haben gut zu tun.«

»Sind sie denn mit dem Erholungszentrum in Coeburn fertig?«

Dann passiert etwas ganz Komisches. Ich fühle mich plötzlich umzingelt. Vielleicht liegt das daran, dass es Montag ist und die Leute einkaufen, aber das ist es nicht allein. Ich kann es mir nicht richtig erklären. Der Methodisten-Nähzirkel versammelt sich an der Kasse: Mrs. Shoop, Mrs. Quillen, Mrs. Grubb, Mrs. Zander und Mrs. Messer, jede mit einem Einkaufswagen, stehen hintereinander wie die Waggons eines Zuges. Sie lächeln so freundlich, sie freuen sich, mich zu sehen. Aber warum hören sie alle zu?

»Du warst ziemliche lange weg. War doch bestimmt ein Monat, oder?«, fragt Mrs. Quillen.

»Ja.«

»Einen Mann so lange allein zu lassen«, sagt Mrs. Shoop.

»Er fand es auch lange«, sage ich und lächle.

»It-ahlien ist ja auch weit weg. Ich meine, wenn es einen Notfall gegeben hätte oder so.« Mrs. Messer spricht in einem Singsang, als machte sie mir Vorwürfe.

»Ich glaube, mein Mann kommt damit zurecht.«

»Das glaube ich auch«, sagt Nellie. »Sehr gut sogar.« Sie wirft ihren Damen einen Blick über die bifokale Brille zu.

»Also, es freut mich wirklich, Sie alle wiederzusehen.« Ich packe meine Einkäufe zusammen und trete hastig den Rückzug an. Als ich wieder ins Cadet-Viertel fahre, begreife ich, was da vor sich ging: Die Damen wollten sehen, wie Ave Maria mit der Affäre ihres Mannes zurechtkommt. Sie hatten Blut gerochen und wollten nachsehen, ob es ein Opfer gegeben hat. Vielleicht dachten sie, ich würde mich mit den Grillspießen, die dort verkauft werden, erstechen.

Alice döst, als ich zurückkomme. Ich bereite Makkaroni mit Käsesoße vor und koche Brokkoli. Nach einer Weile kommt sie in die Küche.

»Riecht lecker.«

»Setz du dich hin.« Ich helfe ihr zum Tisch. Sie ist so mager, dass ich ihre Rippen fühlen kann. Kaum habe ich den Teller vor sie hingestellt, fängt sie an zu essen. Sie schlingt die Makkaroni runter und zerdrückt den Brokkoli mit der Gabel, bevor sie ihn isst.

»Vielen Dank hierfür.« Alice tätschelt mir die Hand.

»Es ist mir ein Vergnügen.« Ich nehme Alice in den Arm – das habe ich noch nie getan – und drücke sie ganz lange.

Fleeta hat sich eine Menge aufgehalst. Sie will nicht aufhören, an der Kasse zu arbeiten, aber sie will auch nicht den Erfrischungsraum aufgeben. Also macht sie beides und arbeitet bis zum Umfallen. Sie besteht darauf, für Iva Lou, Pearl und mich getoastete Sandwiches zu machen. Da wir gleich schließen, lassen wir sie.

»Ratet mal, wen ich besucht habe«, sage ich.

»Großer Gott. Du warst doch nicht etwa in Coeburn?«

»Fleeta, das ist nicht nett«, tadelt Iva Lou sie.

»Ich bin nun mal nicht nett.«

»Ich finde, wir sollten eine Regel aufstellen«, sagt Pearl. »Coeburn wird nie wieder erwähnt.«

»Wie hast du von Karen Bell gehört?«, frage ich Pearl.

»In Norton wurde drüber gesprochen.«

»Wer spricht in Norton darüber?«

»Alle die, die von Big Stone Gap dorthin fahren und einkaufen.«

»Grundgütiger.« Ich lehne mich auf meinem Barhocker zurück.

»Ich habe dir doch gesagt, dass es im ganzen Bezirk vor Schlangen nur so wimmelt. Und zwar von solchen, die laufen können. Denn alles, was hier passiert, macht die Runde. Und wenn du Jacks Affäre verheimlichen willst, musst du ihn umbringen und sie umbringen und die Leichen in den Norden schicken, wo die Ital-jäner sie übernehmen.« Fleeta lässt die golden-braun gegrillten Sandwiches vom Bratenheber auf die Teller auf der Theke gleiten.

»Was? Ohne Garnierung?«, neckt Pearl sie.

»Ich habe Alice Lambert besucht.«

»Warum willst du dich mit ihr abgeben?«, fragt Iva Lou.

»Sie stirbt.«

Fleeta, Iva Lou und Pearl sitzen mit dieser Neuigkeit stumm da.

»Wir sollten Reverend Bowers hinschicken, damit sie bereuen kann, sonst brät sie wie heißes Fett am Rand der Hölle«, sagt Fleeta und streicht sich die Krümel vom Kittel. »Ich sage das nur, weil ich weiß, dass er Hausbesuche macht.«

»Fleeta, du kannst ihr Fudge machen. Und Iva Lou, sie braucht ein paar Bücher.«

»Ich glaub, ich höre nicht recht«, ruft Iva Lou aus.

»Und ich erst.« Fleeta schüttelt den Kopf.

»Erkundige dich, welche Medikamente sie braucht, und gib sie ihr umsonst«, sagt Pearl leise.

»Ich hoffe nur, dass du mir auch Medikamente umsonst schickst, wenn ich krank und aufgedunsen und vom Krebs zerfressen bin. Ich arbeite in dieser Kaschemme, und das Einzige, was ich kriege, sind zehn Prozent Rabatt.« Fleeta klopft die Asche ihrer Zigarette ins Waschbecken ab.

»Und so viel Estée Lauder, wie du schnorren kannst.« Pearl zwinkert ihr zu.

Etta ist ganz eingetaucht in die Schule und ihr neues Leben mit ihren Freundinnen, mit denen sie sich trifft, um sich die Nägel anzumalen und Jungen anzurufen. Es ist ziemlich nervig, aber ich bemühe mich um Geduld. Ich versuche mir einzureden, dass das einfach eine neue Phase der Entwicklung ist, die sich kaum vom Zahnen und Breichenessen unterscheidet. Wenn sie anfangen, sich für Jungen zu interessieren, kann es auch schon mal laut werden.

Jack ist bester Laune, als er von der Arbeit kommt.

»Lass uns heute Abend zum Fold gehen«, schlägt er vor.

»Ich kann nicht. Die Lipgloss-Mädels kommen zum Übernachten.«

»Hat Fleeta nicht Zeit?«

»Ich mag sie nicht schon wieder fragen.« Jack hebt mich vom Boden auf und schwingt mich herum.

»Sind das deine Hände auf meinem Po?«, frage ich ihn.

»Ich glaube schon. Und so Leid es mir auch tut, das wird nur noch schlimmer.« Er küsst mich.

»Schon gut, schon gut. Ich frage Fleeta.«

Ich rufe Fleeta an. Sie beschwert sich ein bisschen und will ihre *20/20*-Sendung sehen, aber ich erkläre ihr, dass wir auf unserem Berg besseren Empfang haben.

Sie kommt also.

Im Carters Family Fold ist schon viel los. Es ist genau die richtige Jahreszeit für Abende in der Scheune der Carters, wo Musik gespielt und getanzt wird. Jack wollte heute Abend da sein, weil er am Tage gehört hatte, dass einer der Stanley Brothers kommen würde. Er kommt tatsächlich, und die Musik ist wunderbar. Er ist sehr gut auf der Fiedel. Wir tanzen so viel und so ausgelassen, dass mein Jeansrock schweißnass ist.

Es stellt sich heraus, dass Lew Eisenberg der beste Clog-Tänzer in Southwest Virginia ist. Er zeigt mir einen Twostep, der so ähnlich ist wie die Hora, die er vor vielen Jahren bei seiner Bar Mizwa getanzt hat. Wir müssen sehr dabei lachen.

»Liebes, du bist schweißgebadet«, sagt Iva Lou, als ich mich auf meinem Stuhl sinken lassen.

»Ich amüsiere mich prächtig«, sage ich.

»Wie geht es mit deinem Mann?«

»Sehr gut, danke. Es tut gut, ihn wieder für mich zu haben.«

»Du machst wohl Witze. Es ist fantastisch. Das Beste von allem. Der Triumph der Liebe über die niedrige Lust. Es ist eine Geschichte von Vergebung und Verzeihung, Liebes. Soll ich weiterreden?«

»Nein.«

»Dann höre ich auf. Ich habe auch einen Grund zum Feiern. Lyle hat wieder aufgehört zu trinken, und wir sind unzertrennlich.«

»Gut, dass er das schafft, und gut für dich.«

»Vielleicht hat die Astrologie doch Recht. Ich meine, vielleicht gibt es doch bestimmte Sternenkonstellationen, bei denen alle Menschen zur gleichen Zeit gute Gefühle haben.«

»Ich halte das für möglich.«

Die Damen vom Methodisten-Nähzirkel haben sich bei der Tür versammelt und schnattern aufgeregt.

»Lieber Gott, warum sind die so aufgeregt?«, fragt Iva Lou.

»Vielleicht hat jemand ein noch besseres Rezept für Apfelcreme gefunden.«

»Oder auch nicht«, sagt Iva Lou in einem Ton, der mich zwingt, in die Richtung zu sehen. »Oh nein«, sagt sie leise.

Karen Bell steht in der Tür; sie trägt schwarze Lederhosen, eine weiße Bluse, einen Kettengürtel und einen weißen Cowboyhut, den sie auf den Hinterkopf geschoben hat. Sie kaut auf ihrer rosafarbenen Unterlippe herum, als wollte sie ein Stück Haut abbeißen. Sie sieht besorgt aus und hat eine tiefe Falte zwischen den Augen. Natürlich ist sie besorgt. Schließlich bin ich hier. Ich sehe mich nach meinem Mann um, finde ihn aber nicht. Er hat gesagt, er holt sich einen Hotdog. Ich wüsste gern, ob sie nach ihm Ausschau hält. Mit einem Blick auf den Methodisten-Nähzirkel erkenne ich, dass die Damen das Gleiche denken. Sie verrenken sich die Köpfe, als wären sie Gänse, die nach Land Ausschau halten.

»Bin gleich wieder da«, sage ich zu Iva Lou.

Als sie ruft: »Wohin willst du?«, beachte ich sie gar nicht und gehe weiter. Die andere, der Seitensprung, das leichte Mädchen aus Coeburn, merkt nicht, dass ich auf sie zugehe, aber sie ist die einzige Frau im Saal, die es nicht merkt. Aller Augen sind auf die Betrogene gerichtet, die arme hintergangene Ehefrau, die sich gegrämt hat, bis ihr die Knöchel bluteten, auf mich. Joe Smiddys Reedy Creek Band spielt eine alte Ballade, die meine Schritte rhythmisch unterstreicht. Ich lasse die Beobachter rechts und links liegen und gehe weiter. Der Nähzirkel verwandelt sich in einen nervösen griechischen Chor und erzählt sich flüsternd, welches Unheil hereinbrechen wird, wenn Ave Maria sehr wütend wird. Ich spüre die nervöse Anspannung, die durch die Menge strömt und hin zu der anderen fließt. Ich folge dem Pfad bis zum bitteren Ende.

»Karen?«

Sie dreht sich zu mir um. Als sie merkt, dass ich eine Verbindung zu ihrem Leben haben muss, ist die Situation einen Moment lang surreal. Sie hat wahrscheinlich Mühe, sich an mein Gesicht zu erinnern, da sie mich nur einmal gesehen hat. Wenn sie einen Fehler in mir finden könnte, wäre es ihrem Plan, meinen Mann zu stehlen, förderlich. Aber vor ihr steht eine verschwitzte Italienerin mit perfektem Lippenstift. Sie findet die Verbindung nicht, deshalb stelle sich sie für sie her.

»Ich bin Ave Maria. Ich weiß nicht, ob Sie sich an mich erinnern.«

Sie sieht mich merkwürdig an, und im ersten Moment reckt sie ihr kleines Kinn vor, als wollte sie kämpfen. Ich habe sie verwirrt, und die steile Falte auf ihrer Stirn wird noch tiefer.

»Wir sind uns in der Methodistenkirche begegnet.«

»Ja. Das ist schon eine Weile her.« Sie wendet ihre Augen ab. Vermutlich hält sie meinem Blick nicht stand.

»Ich möchte mich bei Ihnen bedanken, weil Sie meinem Mann eine gute Freundin waren, in diesem Sommer.«

Sie weiß nicht, was sie darauf sagen soll. Sie ist so nervös, dass ihr der Cowboyhut vom Kopf auf den Rücken runterrutscht und das Band ihr in den Hals schneidet. »Gern geschehen«, stammelt sie.

Ich drehe mich um und gehe wieder zu meinem Platz, an den flüsternden wohlmeinenden christlichen Damen vorbei, und setze mich wieder neben Iva Lou.

»Donnerwetter, wo um alles in der Welt hast du den Mut gefunden?«

»Bei Bette Davis. Das ist die Szene in *Jezebel*, wo sie das rote Kleid trägt und zu dem Ball geht, wo all die netten Mädchen Weiß tragen sollen. Ich habe mir vorgestellt, ich trage ein rotes Kleid und gehe quer über den Tanzboden und trotze der versammelten Gesellschaft. Niemand hat sich jemals auf einen Hader mit Bette Davis eingelassen, und niemand wird sich, so viel steht fest, mit mir auf einen einlassen.«

»Hast du ihr gesagt, du würdest ihr die Gurgel umdrehen, wenn sie sich noch einmal an deinen Mann heranmachte?«

»Na klar.«

»Ich bin stolz auf dich«, sagt Iva Lou. Sie setzt das Bierglas an und nimmt einen großen Schluck. »Damals, mit den vielen verheirateten Männern, hatte ich nur eine Konfrontation.«

»Nur eine?«

»Ja. Billie Jean Scott hat mich eines Abends an der Skeens Ridge gestellt, gerade nachdem ich mich mit ihrem Mann getroffen hatte. Sie hat mich auf der Straße abgefangen und sich mir in den Weg gestellt und mir ins Auge gesehen und gesagt: ›Iva Lou Wade, warst du mit meinem Hank zusammen?‹ Sie hatte mich erwischt und ich wusste, es gab keine Ausflucht, also habe ich es zugegeben. Und sie hat gesagt: ›Vielen Dank. Seit einundvierzig Jahren versuche ich, diesen Mistkerl loszuwerden, und du hast mir gerade den perfekten Grund gegeben, ihn an die Luft zu setzen.‹«

Iva Lou und ich lachen so laut, dass die Frauen vom Methodisten-Nähzirkel uns ansehen, als wären wir übergeschnappt. Und vielleicht sind wir das auch.

KAPITEL

11

Wenn die Leute sagen, dass Big Stone Gap ein guter Ort für die Jungvermählten und die Sterbenden ist, dann ist das kein Witz. Um Alice Lambert wird ein Wirbel gemacht, dass es einem Staatsmann zur Ehre gereichen würde. Die Frauen der Stadt haben ihr kleines rosa Haus bei dem braunen Fluss in Besitz genommen. Sie haben die Fenster geputzt, die Teppiche gesaugt, den Küchenboden gewachst; sie machen ihr die Wäsche und baden sie, und die Mahlzeiten, dir ihr vorbeigebracht werden, sind unglaublich köstlich. Ethel Bartee war sogar da und hat Alice die Haare gemacht. Und die Leute können nicht umhin zu bemerken, dass Alice Lambert »regelrecht entzückend« ist. Was auch stimmt.

Doc Daugherty hat mir erzählt, dass Alice nur noch wenige Tage zu leben hat. Er kann nicht genau sagen, wie lange, und eigentlich will ich es auch nicht wissen. Ich besuche sie jeden Tage, so wie die anderen Frauen auch, und ich glaube, dies sind die glücklichsten Tage ihres Lebens.

Ich sitze im Wohnzimmer bei Tante Alice. Ethel hat ihr die Haare hochgesteckt, mit Ringellöckchen, die der großen Loretta Lynn in der Grand Old Opry alle Ehre gemacht hätten. Sie hat sogar etwas Lippenstift aufgelegt. Es klopft an der Tür. Es ist Spec.

»Meine Frau hat Ihnen einen Pudding gemacht, Alice. Mögen Sie gern Rhabarber?«, fragt er.

»Sagen Sie ihr herzlichen Dank. Ich liebe Rhabarber«, sagt Alice.

»Und wie geht es uns so, Mädels?«, sagt Spec und setzt sich.

»Gut«, sage ich.

»Alice, ich habe Ihnen jemanden mitgebracht.«

»Ach ja?«

»Bobby ist draußen.«

»Mein Bobby?«

»Ja, Ma'am. Ihr Sohn. Ich bin nach Kingsport gefahren und habe ihn geholt. Also, erstens: Er ist nüchtern. Zweitens: Er fühlt sich wie der letzte Dreck, weil er nicht früher gekommen ist. Drittens: Ein drittens gibt es nicht, er will Sie einfach nur sehen. Ist Ihnen das recht?«

Alice nickt.

Spec steht gar nicht auf, sondern ruft einfach: »Bobby, komm mal rein.«

Bobby Lambert, sechsundvierzig Jahre alt, kommt zur Tür. Er ist klein wie Alice, aber er hat das Gesicht seines Vaters, ein langes Hundegesicht mit Augenwinkeln, die nach unten zeigen, einem breiten Mund und tief sitzende Ohren; von der Masse schwarzer Haare hängt ihm eine dicke Locke in die Stirn. Er ist dünn und hat die von blauen Äderchen durchzogene Nase eines Trinkers. Nervös tritt er von einem Fuß auf den anderen. Er hat seine besten Sachen an, aber das Button-down-Hemd ist nicht frisch, und die Hosenbeine sind ausgefranst und stoßen auf seine Schuhe auf. Bestimmt hat ihn seine vierte Frau verlassen.

»Hallo, Mama«, sagt er und hält sich mit beiden Händen am Türrahmen fest.

»Komm her und gib deiner Mama einen Kuss!«, sagt sie mit einer tiefen Stimme, die ich bei ihr nicht kenne.

Dann fängt Bobby an zu sprechen, so schnell, dass man denken könnte, er führe eine Versteigerung durch. Er überhäuft seine Mutter mit Details über ein Geschäft hier und ein anderes da, und sein neues Auto, und dass es das beste Getriebe hat, und welche Ledersitze Hitze vertragen und welche nicht, und Spec und ich wechseln Blicke und denken das Gleiche: Dieser Typ ist ein erstklassiger Schwindler.

Aber Tante Alice liebt es. Und sie liebt ihn. Er ist ihr einziger Sohn, und sie liebt alles an ihm. Ihre Augen hängen an seinem Gesicht, als hätte sie ein kostbares Juwel gefunden, in dem sich ihr eigenes Antlitz spiegelt. Sie wendet den Blick nicht von seinem Gesicht ab, so verliebt ist sie in ihn. Und sie nickt nur, während er weiterrattert. Bald kniet er vor ihr nieder, und das Bild, wie der Sohn vor der Mutter kniet und sie um Vergebung bittet, ohne es zu sagen, ist mit das Schönste, was ich je gesehen habe. Was immer Bobby auch täte, sie würde ihm verzeihen. Was immer geschähe, er könnte zu ihr kommen, und der Grund, warum er es nicht getan hat, war sein eigenes Schamgefühl. Jetzt, da er sieht, dass seine Mutter ihn trotzdem liebt und immer lieben wird, kann er bleiben, und das tut er auch, bis zum Ende.

Nur drei Tage später legt Alice Lambert sich für immer ins Bett. Fleeta hilft ihr dabei. Sie denkt, Alice habe Annie Hunters Apfelklöße nicht so gut vertragen und fühle sich deshalb nicht wohl. Ich erkläre Fleeta, dass es nichts mit dem zu tun habe, was Alice gegessen hat, sondern dass es der Krebs sei. Der Krebs ist eine merkwürdige Krankheit: Erst packt er den Patienten und scheint sich dann wieder zurückzuziehen, und dann kommt er wieder, wütet wie ein Fieber und rafft den Menschen dahin. Genau das ist mit Alice passiert. Bobby hilft uns, das Laken unter Alice glatt zu ziehen, als wir sie umdrehen. Ich schicke Fleeta zu Doc Daugherty.

Bobby sitzt auf der Bettkante und hält seiner Mutter die Hand. Auf seinem Gesicht sehe ich all die Gefühle, die ich durchlebt habe, als meine Mutter starb. Der große Schmerz, getrennt zu werden von der Frau, die einen zur Welt gebracht hat, das Schuldgefühl, weil man nicht genug für sie tut (wir können nie genug für unsere Mütter tun), und die verzweifelte Hoffnung, dass der Schmerz nicht zu groß ist. Er versucht, ihr zuliebe nicht zu weinen.

»Bobby, mein Schatz, ich muss einen Moment mit Ava sprechen.« Ich beschließe, nichts zu sagen. Sie hat meinen Namen immer falsch ausgesprochen, daran kann man nichts mehr ändern. Bobby sieht mich freundlich an und geht aus dem Zimmer.

»Was ist, Tante Alice?«

»Weißt du, warum ich zu der Beerdigung deines Sohnes gekommen bin?«

»Nein, Ma'am.«

»Ich habe auch einen Sohn verloren.«

Ich bin konsterniert und sehe Alice fragend an.

»Nicht Bobby. Calvin. Calvin ist gestorben, als er vier Monate alt war.«

»Das wusste ich nicht.«

»Das konntest du auch nicht wissen. Er ist ungefähr zur gleichen Zeit zur Welt gekommen wie du. Ich habe es nie überwunden. Manche Leute denken, es hat mich bitter gemacht. Aber das weiß ich nicht.«

»Tante Alice, kannst du mir einen Gefallen tun?«

Sie nickt.

»Wenn du dorthin kommst, kannst du – könntest du – nach Joe Ausschau halten?«

»Ja, Ma'am, das mache ich.«

Ich höre die Fliegengittertür. Doc Daugherty ist angekommen. Ich gebe Alice einen Kuss auf die Stirn. Was danach kommt, ist alles verschwommen: Doc kommt mit Bobby herein; Spec setzt sich wieder an die Tür. Ich habe das Gefühl, aus meinem Körper aufzusteigen und diese Szene, in der ich eine Gestalt bin, zu beobachten. Und ich sehe etwas, das ich einen Moment vorher nicht hätte wissen können. Ich sehe, wie Alice loslässt. Sie lässt ihr Leben, ihre Probleme, ihren Schmerz und ihre Geheimnisse los. Eine Bürde hebt sich von ihr, während sie stirbt. Ein Lächeln liegt auf ihrem Gesicht, es drückt Frieden aus und wohlverdiente Ruhe.

In ihren letzten Minuten galten ihre Gedanken ihren Söhnen, Calvin und Bobby. Ist das nicht die Wahrheit einer jeden Mutter? Dass wir uns unser Leben lang um die sorgen, die wir in die Welt gesetzt haben, ungeachtet dessen, ob sie uns lieben oder uns fair behandeln oder unsere Fehler verstehen. Als Alice loslässt, lasse auch ich los. Ich lasse meine Fehler los, die unerfüllbaren Erwartungen, die ich für meinen Mann und meine Tochter und für mich selbst hege, und meine Bitterkeit gegen die, die mir wehgetan haben; ganz besonders lasse ich meinen Stolz los, von dem ich geglaubt hatte, er hätte mich bewahrt, der mich aber tatsächlich beinahe zerstört hätte. Ich hatte mich so sehr daran geklammert, dass ich im Recht war, dass ich vollkommen war. Hier gibt es nur eins, was man lernen kann: Lass los! Und wenn du denkst, du hast ganz und gar losgelassen, lass noch einmal los. Tante Alice ist voller Anmut entschwebt. Sie hat es ganz und gar richtig gemacht.

»Sie ist tot.« Bobby weint und hält seine Mutter umfangen. Doc Daugherty dreht sich zu mir um. Aber ich weiß es schon. Ich mache die Augen zu und lächle: Tante Alice wird meinen Sohn finden. Sie wird sich um ihn kümmern.

Johnny Teglas von der *Post* hat mich gebeten, einen Nachruf für Alice Mulligan Lambert zu schreiben. Und dabei habe ich eine Menge über sie erfahren. Im Zweiten Weltkrieg war sie im Women's Army Corps; sie hat so viele Kurse am Mountain Empire Community College belegt, dass sie einen Abschluss in Betriebswirtschaft hat (wer hätte das gedacht?), und ihre Zähne waren nicht ihre eigenen (das schreibe ich aber nicht in den Nachruf). Aber natürlich erwähne ich den kleinen Calvin und Bobby. Ich tippe ihre Lebensgeschichte, stecke sie in einen Umschlag und klebe ihn zu. Ich rufe Fleeta hinten im Erfrischungsraum zu, dass ich gehe und wir uns morgen sehen. Als ich auf die Straße trete, spüre ich den ersten kühlen Hauch des Herbsts. Am Montag ist Labor Day.

Ich stecke den Nachruf in den Briefkasten bei der Zeitungsredaktion. Ich stelle mir vor, dass Johnny ganz schön überrascht sein wird, wenn er den Text über Alice Lambert liest.

Als ich nach Hause komme, steigt mir der Geruch von ausgelassener Butter mit Knoblauch in die Nase. Ich folge ihm in die Küche, wo Jack barfuß in Jeans und einem alten Sweatshirt steht und unser Abendessen kocht.

»Hallo.« Er sieht auf und lächelt.

»Was kochst du da? Es riecht verführerisch.«

Einer von Jacks Vorteilen ist der, dass er kochen kann. Inzwischen kocht er italienische Gerichte besser als ich. Ich küsse ihn.

»Linguine carbonara mit Virginia-Schinken. Wer ist Pete?«, fragt er beiläufig.

»Welcher Pete?« Ich versuche, mich nicht an dem Namen zu verschlucken.

»Pete Rutledge.«

»Ach, der. Wir haben uns in Italien kennen gelernt.«

»Ach so, der Typ, von dem Etta erzählt, der Marmortyp.«

»Also wirklich. Hat sie dir von ihm erzählt?« Ich versuche, lässig zu klingen, aber meine quiekende Stimme verrät mich. Diese Etta! Muss sie ihrem Vater alles erzählen?

»Ja.«

»Warum fragst du?«

»Er hat angerufen.«

»Wie nett.«

»Er ist in der Stadt.«

»Was?«

»Er ist hier.«

Ich weiß nicht, was ich sagen soll. Ich dachte, er hätte sich verliebt, wir hätten uns geküsst, und damit wäre die Sache erledigt. Was macht er jetzt hier?

»Ave, mein Schatz, sag mir doch bitte, was hier los ist.«

»Nichts ist hier los. Ich liebe dich.« Meine Güte, wenn dieses »Ich liebe dich« nicht ein einziges Schuldgeständnis ist, dann weiß ich es nicht.

»Hier ist seine Nummer. Er ist im Trail.« Jack legt den Zettel mit der Nummer auf den Tisch. Als könnte ich Pete Rutledge von unserem Telefon in diesem Haus anrufen, in dem das frisch verliebte, sich treu ergebene Ehepaar lebt. Ich will ihn nicht anrufen.

»Ich rufe ihn morgen an.«

»Ruf ihn jetzt an. Lad ihn zum Essen ein. Es gibt reichlich.«

Jack rührt den Knoblauch im Topf. Die Augen treten mir aus dem Kopf. Meint er das ernst? Er will ihn zum Essen einladen? Er ist der Feind, du Dummkopf. Er wollte, dass ich für alle Ewigkeit bei ihm in Italien bleibe. Zerreiß den Zettel, wenn du weißt, was gut für dich ist.

»Mach schon. Ruf ihn an.«

Ich schleppe mich zum Telefon und wähle die Nummer. Es klingelt hunderttausend Mal. Endlich nimmt Conley Barker, der die Spätschicht am Empfang macht (und die Taxifahrten zum Flughafen), ab und stellt mich durch.

»Hallo?« Der Klang von Petes Stimme macht mich glücklich, eine Sekunde lang.

»Hallo. Ich bin's, Ave Maria.«

»Ah, hallo, danke, dass du zurückrufst.«

»Was machst du hier?«, frage ich fröhlich.

»Ich wandere auf dem Appalachian Trail. Weißt du nicht mehr? Ich habe dir erzählt, dass ich im Herbst komme. Und soll ich dir was verraten? Es ist jetzt Herbst.«

»Ist das nicht großartig?«

»Ja. Und ich möchte dich besuchen.«

»Klar. Warum nicht?«

»Wunderbar. Wo wohnt ihr?«

Ich beschließe, dass es leichter ist, wenn ich ihn in der Stadt abhole, als dass ich ihm eine komplizierte Wegbeschreibung gebe. Als ich beim Trail ankomme, wartet Pete schon draußen. Er lehnt an einer der Säulen am Eingang und liest die Lokalzeitung. Er sieht aus, als gehörte er dahin. Und er sieht im Dämmerlicht von Südwest-Virginia genauso gut aus wie in der untergehenden Sonne Norditaliens.

»Hi!«, sage ich zu laut und dehne das Wort zu achtzehn übertrieben fröhlichen Silben.

»Wie geht es dir, Süße?« Pete gibt mir einen Kuss auf die Wange. »Was für eine schöne Landschaft. Ihr seid zu beneiden, dass ihr hier wohnt.«

»Danke. Leider habe ich sie nicht gemacht. Die Berge waren schon hier, lange bevor ich kam.«

Auf dem Weg nach Cracker's Neck zeige ich ihm ein paar Dinge. Ich bin entschlossen, seine Fremdenführerin zu sein, und entschlossen, dass von Küssen und Tanzen in den Alpen keine Rede sein wird. Pete scheint das zu respektieren, und ich bin erleichtert. Als wir aus dem Jeep steigen, wartet Etta bei der Veranda auf uns.

»Pete!«, kreischt sie und rennt quer über die Wiese auf uns zu. Sie wirft sich ihm in die Arme.

»Chiara ist nicht hier. Sie ist in Italien. Ich bin allein.«

Und was sehe ich da auf Ettas Lippen? Ach du liebes bisschen, es ist mein purpurroter Gina-Lollobrigida-Lippenstift aus dem Friseurladen in Piccolo Lago. Meine Tochter sieht aus wie eine kleine Lolita.

Jack kommt zur Tür. Ich mag es, dass er so warm und freundlich zu Pete ist. Shoo die Katze kommt unter einem Stuhl hervorgeschossen, beißt Pete in den Knöchel und verschwindet. Wir untersuchen Petes Knöchel, aber es blutet kaum. Mit der Killerkatze und meiner aufreizenden Tochter als Gesellschaft verspricht dies eine lange Nacht zu werden.

Jack geht mit Pete (und natürlich mit Etta, die hinter ihnen hertrabt) in die Küche. Pete und Jack werden ein Bier trinken, und so wie der Abend begonnen hat, sieht es ganz so aus, als ob Etta ihren ersten Jack Daniel's on the Rocks schlürfen wird. Das Telefon klingelt. Etta rennt hin.

»Früher ist sie nie ans Telefon gegangen.« Jack Mac zuckt die Schultern. »Jetzt rennt sie entweder hin oder sie ist schon dran.«

»Das liegt daran, dass sie ein Mädchen ist.«

»Ma, es ist Onkel Theodore.«

Ich entschuldige mich. Ich bin froh, aus der heißen Küche rauszukommen. Ich ziehe die Schlafzimmertür hinter mir zu, nehme das Telefon vom Nachttisch und setze mich auf den Boden, so dass niemand mich hören kann.

»Zum Glück bist du es.«

»Was ist denn los?«

»Er ist hier.«

»Wer?«

»Pete.«

Theodore lacht. »Der Verliebte? Nicht zu fassen.«

»Es ist nicht zum Lachen! Er wandert in dieser Gegend und hat angerufen, und Jack hat ihn zum Essen eingeladen. Ich möchte gern sterben.«

»Und was wirst du tun?«

»Es ist schrecklich. Es ist mir so peinlich.«

»Stell dir vor, wie es Jack Mac geht.«

»Er weiß von nichts.«

»Natürlich, du versteckst dich unter dem Bett und flüsterst ins Telefon, und er ahnt nichts.«

»Er weiß wirklich nichts. Es wäre schön, wenn du etwas tun könntest, damit ich mich besser fühle.«

»Wie sieht er aus?«

»Oh Gott, noch besser als in Italien.«

»Dann kriegst du Ärger.«

»Ich komme mir vor wie in der zehnten Klasse. Warum konnte mir das nicht passieren, als ich im entsprechenden Alter war? Aber nein, hier bin ich, Mitte vierzig, und muss mich mit diesen Dummheiten rumschlagen.«

»Da oben in den Butterblumen kam es dir nicht wie eine Dummheit vor.«

»Glockenblumen.«

»Du musst es Jack erzählen.«

»Niemals!«

»Meinst du nicht, er wird sich wundern, dass du dich wie eine Idiotin benimmst?«

»Ich sage ihm, dass mir nicht gut ist.«

»Erotische Vibrationen sind keine Krankheit.«

»Du bist keine große Hilfe.«

»Ruf mich ein andermal an.« Er lacht. »Viel Glück.«

Es ist ein sehr unwirkliches Gefühl, mit meinem Mann und meinem Beinahe-Sommergeliebten, der das Haus MacChesney mit ein paar überwältigenden Küssen zum Einsturz hätte bringen können, zu Abend zu essen. Ich betrachte die beiden über den Tisch hinweg und stelle einen Vergleich an: Ähnlichkeiten und Unterschiede. Sie sind ganz anders, aber beide haben etwas Jungenhaftes. Sie mögen sich auf Anhieb (das ist verrückt), und sie scheinen jede Menge Gesprächsstoff zu haben. Etta unterbricht das Gespräch, wenn sie denkt, sie kann Petes Aufmerksamkeit auf sich lenken. Meine Tochter wird keine Spätentwicklerin, so viel steht fest. Sie kann es kaum erwarten, erwachsen zu werden. Sie wartet auf ihre erste Periode, als wäre sie das Glanzstück der Weiblichkeit.

Der Strahl von Scheinwerfern fährt über die Decke im Wohnzimmer. Jack sieht mich an.

»Erwartest du jemanden?«

Ich schüttele den Kopf und gucke aus dem Fenster. Es ist Iva Lou.

»Entschuldigung, dass ich so reinplatze«, sagt Iva Lou und macht die Tür auf, ohne zu klopfen.

»Hallo, Liebes. Wir haben Besuch. Das ist Pete Rutledge.«

Iva verdreht die Augen und versucht, den Namen unterzubringen, und als es ihr gelingt, werden ihre Augen groß wie Untertassen. Ich mache ihr ein Zeichen, dass sie sich unauffällig verhalten soll (mein erster Fehler), und sie setzt ein gefrorenes Lächeln auf, das geradezu maskenhaft ist.

»Hallo! Freut mich, Sie kennen zu lernen, Pete.«

»Ich habe im Sommer in Italien viel Zeit mit Pete verbracht, Iva Lou«, sagt Etta in einem Ton, den man seit Grace Kelly in *High Society* nicht gehört hat.

»Ja, das hätte ich auch gemacht.« Iva Lou zwinkert Pete zu.

»Iva, magst du etwas essen?«

»Nein, nein. Ich habe gerade einen Chili-Hotdog in der Apotheke gegessen. Ich bin nur kurz vorbeigekommen, weil ich dir schnell von Spec erzählen wollte.«

»Irgendwas nicht in Ordnung?«

»Er kriegt morgen einen dreifachen Bypass in der Holston-Valley-Herzklinik.«

»Oh Gott.«

»Keine Sorge, im Moment geht's ihm gut. Er hat sich sogar selbst rübergefahren in seinem Rettungswagen. Er sagt, wenn es schlimmer wird, könnte er sich sogar die Sauerstoffmaske selbst aufsetzen. Jetzt muss ich aber los.«

»Ich komme mit dir raus.«

Iva Lou verabschiedet sich von den anderen und kommt zu mir in den Flur.

»Ein lebendiger Mann, und ich meine, lebendig«, flüstert sie. Ich mache eine Bewegung, damit sie still ist, bis wir draußen sind.

»Was macht er hier?«

»Er wandert auf dem Appalachian Trail.«

»Dann sag ihm mal, er soll runter zum Trailer Park kommen und auf dem Berg Iva Lou üben.«

Ich schiebe Iva Lou aus der Tür. Wenn sie so erregt ist, kann man nicht wissen, was sie noch alles sagt oder tut.

Ich fahre Pete zum Hotel zurück. Eigentlich wollte ich Etta mitnehmen, aber Jack fand, sie solle zu Hause bleiben und ihre Hausaufgaben machen. Um keinen Verdacht zu erregen, habe ich nicht gedrängt. Ich kann gar nicht sagen, wie komisch es mir vorkommt, mit Pete Rutledge in meinem Jeep zu sitzen. Es ist mir unbehaglich, ihn hier zu Gast zu haben. Er gehört eindeutig zu meinen europäischen Ferienfantasien.

Ich bleibe vor dem Hotel stehen. Ich sehe Conley Barkers Messerschnitt hinter dem Empfangstisch.

»Also, viel Spaß beim Wandern.«

»Danke.« Dann fragt er: »Kommst du noch mit rein?«

»Nein.« Ich sage das so laut, dass es fast ein Brüllen ist.

»Du musst nicht.«

»Es geht nicht. Aber vielen Dank.« Ich sage das mit einer Gefasstheit, zu der ich gar nicht fähig zu sein schien.

»Hast du überhaupt an mich gedacht?«

»Pete.«

»Ein bisschen wenigstens?«

»Ich kann es nur so erklären. Ich lebe in einem Tal in diesen Bergen, wo das Wetter die meiste Zeit ziemlich gut ist. Ab und zu zieht ein heftiger Sturm auf und wirbelt alles durcheinander. Wenn er vorbei ist, kommt ein unglaublich blauer

Himmel hervor, und alles ist so klar und rein, dass ich wirklich besser sehen kann; von meiner Wiese in Cracker's Neck Holler kann ich bis nach Tennessee sehen, kann alle Einzelheiten erkennen, bis hin zu den Adern auf den Weinblättern. Ohne ein Unwetter hätte man nie diese kristallklare Sicht, die darauf folgt. Du bist wie ein Orkan in mein Leben eingebrochen. Du hast mich aufgerüttelt und bewirkt, dass ich mich genau angesehen habe. Du hast mich gezwungen, meine Wünsche klar zu erkennen und das, wofür ich mich entscheiden musste. Und ein Teil von mir wünscht sich, ich hätte dich in der Glockenblumenwiese ins Gras geworfen und den allerwildesten Sex mit dir gehabt, einfach nur aus Lust. Aber die Lust kommt und geht, das wissen wir beide. Wir haben richtig gehandelt. Ich bin glücklich mit Jack MacChesney. Ich liebe ihn von Herzen. Und ich bin sehr froh, dass du mein Freund bist.«

»In Ordnung, Süße. Ich weiß, wann ich einen Korb kriege.« Pete macht die Tür auf und schwingt seine langen Beine aus dem Jeep. Er dreht sich um und sieht mich an. »Danke für das Essen. Und für Etta. Und Jack. Ich mag Jack sehr.« Pete beugt sich vor und gibt mir einen Kuss auf die Wange. Dann steigt er aus.

»Pete?«, rufe ich ihm nach. »Viel Glück.«

»Danke«, sagt er lächelnd und winkt.

Ich sehe ihm nach, wie er in das Foyer des Trail Motel geht. Unter der Markise muss er den Kopf einziehen. Er erinnert mich ein bisschen an den großen Gary Cooper – Pete kam in die Stadt geritten, brachte die Dinge auf Kurs und ist auf und davon.

Als ich nach Hause komme, ist die Küche aufgeräumt, Etta liegt im Bett, Jack ist in unserem Schlafzimmer – er sitzt in dem alten Clubsessel und liest die *Post*.

»Er geht morgen früh los. Er trifft sich mit einer Gruppe aus Asheville.«

»Gut.« Jack legt die Zeitung hin. »Wieso warst du so nervös?«

»Ach, das mit Spec hat mich aus der Bahn geworfen.«

»Nein, ich meine vorher. Du wolltest Pete nicht im Hotel anrufen. Wieso nicht?« Jack sieht mich an, und ich denke, so ist das mit der Ehe. Sie ist eine riesige Waschmaschine. Man wirft alles rein und füllt Waschpulver ein, und das Wasser läuft ein, und dann denkt man, dass alles weggewaschen wird. Aber wie lange sich die Trommel auch dreht und die Sachen darin gespült und geschleudert werden, wenn man sie aufmacht, liegt genau das zuoberst, das man ganz unten vergraben wollte. Das, was man leugnen und nicht wahrhaben wollte. Die Wahrheit über Pete Rutledge musste zwangsläufig rauskommen, weil ich keine besonders gute Lügnerin bin. Und noch wichtiger ist die Tatsache, dass ich meinem Mann nichts verheimlichen möchte. Die Wahrheit ist viel leichter. (Auch das hat mir meine Mutter beigebracht, und es stellt sich heraus, dass sie Recht hatte.)

»Schatz, als ich mit Etta in Italien war, wollte ich dich vergessen. Es war alles zu schmerzlich. Ich bin darauf nicht stolz. Ich konnte das Messer in meinen Eingeweiden nicht mehr ertragen und wollte es rauszerren. Und deswegen habe ich mir die Haare schneiden lassen.«

Jack lacht. »Ja, gut.«

»Es ist verrückt, ich weiß, aber der neue Haarschnitt hat mich verwandelt. Ich habe das Ratschen der Schere gehört und die Haarbüschel auf dem Boden gesehen und fühlte mich verwandelt.«

»Wie meinst du?« Jack beugt sich vor und hört genau zu.

»An dem Abend bin ich ausgegangen und habe Pete kennen gelernt. Ich habe mich so gut gefühlt und unsere Probleme waren weit weg, und ich habe getanzt. In dem Moment hat Pete mich gesehen und sich sozusagen in mich verliebt. Aber ich konnte mich nicht mit ihm einlassen.«

»Warum nicht?« Jack stellt die Frage mit brüchiger Stimme.

»Die Wahrheit?«

»Die Wahrheit.«

»Ich fände es gut, wenn ich sagen könnte, ich hätte es aus edlen Beweggründen nicht getan, wegen unseres Ehegelübdes zum Beispiel. Aber in Wahrheit habe ich nicht mit ihm geschlafen, weil er glaubte, ich sei perfekt. Und da ich mein ganzes Leben darauf hingearbeitet habe, perfekt zu sein, wollte ich diese Illusion nicht zerstören. Wenn ich eine Affäre gehabt hätte, wäre ich eine Betrügerin gewesen. Und ich wollte auf dem Podest bleiben; sonst wäre ich einfach eine Sommerliebschaft für einen Amerikaner in Italien gewesen.«

»Schatz?« Jack setzt sich neben mich aufs Bett.

»Was?«

»Ich bin froh, dass du es nicht getan hast.«

»Ich auch.« Ich lege ihm die Arme um den Hals. »Möchtest du wissen, warum du… mit Karen zusammen warst? Weil ich nicht gut zu dir war. Ich war nicht für dich da, als das Bergwerk geschlossen wurde, ich habe dich bei deinem neuen Unternehmen nicht unterstützt, ich habe nicht erkannt, dass dies ernste Dinge in deinem Leben waren. Ich habe deine Krise als Ausrutscher abgetan. Und ich habe an Dingen festgehalten, habe dich für Dinge verantwortlich gemacht, obwohl sie außerhalb deiner Kontrolle waren, weil ich jemandem die Schuld geben musste. Als Joe krank wurde, habe ich dich verantwortlich gemacht, weil ich wollte, dass du der Held warst, der alles richtet, damit ich keine Angst zu haben brauchte. Ich war schrecklich zu dir. Aber ich verstehe jetzt, was ich getan habe. Und es wird nicht wieder passieren.«

»Wenn es wieder passieren würde, dann würden wir es erkennen. So viele Jahre lang haben wir es einfach nicht erkannt.« Jack küsst mich zärtlich. »Das ist also die Geschichte von Pete, wie? Und wie wär's jetzt mit einer Tasse Tee?«

»Oder mit einem Jack Daniel's? Oder hat Etta die Flasche leer getrunken?«

»Das wollte ich dich noch fragen: Was sollte das mit dem Lippenstift?«

»Der Eintritt ins Leben als Frau.«

»Na toll.« Jack stöhnt. Er legt mir den Arm um die Schulter und wir gehen in die Küche.

Aus Specs dreifachem Bypass wurde ein fünffacher. Als Doc Turner ihn aufmachte, fand er genug Zeug vor, um einen Schuhkarton zu füllen. (Das ist Specs Beschreibung, nicht meine.) Als ich auf Zehenspitzen durch die Holston-Valley-Herzklinik gehe, rechne ich mit dem Schlimmsten. Die Gute-Besserung-Ballons, die ich bei dem Blumenhändler L. J. Horton gekauft habe, verfangen sich an den tief hängenden Deckenleuchten. Ich halte sie in Taillenhöhe. Endlich stehe ich vor Zimmer 456.

»Ich will dir mal eins sagen, Spec. Ich habe nicht vor, dich mit einer Hure zu teilen. Also entscheide dich. Entweder sie oder ich. So einfach ist das. Ich habe nicht, seit ich fünfzehn bin, deinetwegen alles aufgegeben, damit ich jetzt plötzlich alleine bin. Wenn du weg wolltest, hättest du gehen sollen, als ich noch einen anderen Kerl hätte finden können. Aber wer nimmt mich jetzt noch, mit vierundsechzig? Da könntest du genauso gut ein Streichholz an mich dran halten, hier auf der Stelle, und zusehen, wie ich verbrenne. Das ist doch die einfache Wahrheit.«

Solange der Ausbruch dauert, verharre ich im Flur. Dann höre ich das Geräusch von weichen Turnschuhen auf dem Linoleum und die Tür geht auf.

»Hi, Leola.«

»Hallo, Ave.«

Leola hat ihr blondes Haar hochtoupiert und trägt eine große Oscar-de-la-Renta-Brille. Da sie ein kleines Gesicht hat, bedeckt die Brille das meiste davon. Eine unangezündete Zigarette hängt ihr im Mundwinkel. Sie ist winzig, und man sieht ihr an, dass sie als junge Frau eine fantastische Figur gehabt haben muss. Sie hatte immer einen großen Busen, jetzt hat sie einen großen Hängebusen. Sie trägt knallrosa Leggings und ein übergroßes Sweatshirt, auf dem in knallrosa Schrift steht: *Myrtle Beach Mama*.

»Geht es dir gut?«

»Ich muss eine rauchen. Hübsche Ballons.« Leola verschwindet in den Flur.

Spec liegt im Bett und ist an alle möglichen Schläuche angeschlossen. Er hat seine Sonnenbrille auf. Ziemlich komisch, finde ich.

»Hallo, Spec. Ich habe gehört, es ist sehr gut gegangen.«

Spec hält fünf Finger hoch.

»Habe ich schon gehört. Fünffach. Na ja, besser, sie machen alles sauber, wenn sie schon dabei sind.«

Spec nickt. »Doc Turner hat mir das Brustbein mit einer Axt gespalten. Er ist ein ausgezeichneter Chirurg. Die Narbe ist ganz dünn, aber sehr lang.« Dann flüstert er: »Ist sie weg?«

»Leola?«

Er nickt.

»Sie wollte eine rauchen.«

»Sie hat mich erwischt«, sagt er leise und rollt den Kopf wieder in die Kuhle des Kissens.

»Wie meinst du das?«

»Was ich gesagt habe. Twyla war gestern Abend hier. Sie hat mich besucht.«

»Oh nein.«

»Und Leola hat mich erwischt.«

Jahrelang hat Spec ein Doppelleben geführt und mit Unterbrechungen eine Affäre mit Twyla Johnson gehabt, während er mit Leola verheiratet war, der Mutter seiner fünf Kinder. Twyla arbeitet bei der Farmers and Miners Bank in Pennington. Sie ist eine zierliche Brünette mit einem bezaubernden Lächeln und viel Zeit (die Bank hat von zehn bis drei geöffnet). Wahrscheinlich ist sie inzwischen sechzig, aber für Spec ist sie ein junges Ding.

»Bestimmt denkt Leola, dass sie mehr gesehen hat, als sie tatsächlich gesehen hat. Oder?«

»Nein, sie hat praktisch alles gesehen.«

»Was hat sie denn gesehen?«

Spec schweigt.

Ich hake nach. »Hat Twyla dich geküsst oder was?«

»Nein.«

»Hat sie deine Hand gehalten?«

»Nicht meine Hand.«

»Ach du liebe Güte.«

»Ja, und du kannst es dir ja vorstellen. Die letzte Zeit war sehr, sehr schwierig für mich. Wirklich sehr. Und Twyla hat den langen Weg gemacht, und ehrlich gesagt wollte sie nur, dass es mir ein bisschen besser geht.«

»Ach, Spec.«

»Ich weiß. Es ist der schlimmste Alptraum. Als ob man von seiner Mutter erwischt würde. Es könnte einem allen Spaß verderben. Falls du verstehst, was ich meine.«

»Ich verstehe sehr gut.«

»Ich meine, was ist daran so schlimm? Ist Trost was Schlimmes? Ich meine, wenn ich schon bald sterben müsste, und sie haben mir das praktisch gesagt, dass ich so gut wie tot war. Alle Arterien zu meinem Herzen waren verstopft, Ave. Das war doch das Ende, und *Gute Nacht, Marie*. Und wenn ich mir aussuchen könnte, wie ich meine letzten Tage verbringe, dann bestimmt nicht bei meinen traurigen Kindern und meiner grässlichen Frau, die mich alle anstarren wie einen Karpfen im Fischteich. Dann will ich meine Twyla.« Spec klingt jämmerlich.

»Und was passiert jetzt?« Ich setze mich auf die Bettkante. Dabei geraten die Schläuche, die in ihn rein und aus ihm raus führen, in Bewegung.

»Das muss man erst mal abwarten. Leola ist seitdem nicht aus dem Zimmer gegangen. Die arme Twyla, sie ist in Tränen ausgebrochen und aus dem Zimmer gerannt. Ich habe sie seither nicht gesehen. Sie hat auch nicht angerufen.«

»Wahrscheinlich hat sie Angst.«

»Es ist schrecklich.«

»Das stimmt allerdings.«

»Was soll ich machen?«

»Was möchtest du machen?«

»Ich möchte aus dem Krankenhaus raus. Und dann möchte ich glücklich sein.«

»Wer macht dich glücklich?«

»Die Wahrheit?«

»Ja. Die Wahrheit.«

»Twyla.«
»Dann musst du dich für Twyla entscheiden.«
»Und was wird aus Leola?«
»Leola kann sich einen neuen Mann suchen.«
»Meinst du?«
»Ja.«
»Aber sie hat mich gepflegt, als ich krank war.«
»Dann lohn es ihr großzügig.«
»Das stimmt. Ich bin ganz erstaunt, dass du das sagst, wo du doch katholisch bist. Die haben es doch nicht so mit Scheidung.«
»Na ja, Spec. Wir kennen uns schon lange. Und ich glaube, ich kenne dich ziemlich gut.« Eigentlich möchte ich nicht sagen, was ich denke, aber irgendwas ermuntert mich, es doch auszusprechen. »Spec, ich finde, du hast mehr verdient als eine schnelle Nummer im Krankenhausbett. Ich finde, du hast es verdient, glücklich zu sein.«
Spec ist etwas überrascht von meiner unverblümten Stellungnahme. Er denkt darüber nach und dreht die Nadel von dem Tropf in seinem Handrücken, als wäre es eine Nähnadel im Nadelkissen. »Sehr gut gesprochen, sehr gut.« Spec guckt weg, aber ich weiß nicht, wohin er guckt, weil er die Sonnenbrille aufhat. »Danke«, sagt er und richtet den Blick zum Fenster.
»Spec, ich habe mal etwas gelesen, das hat mir sehr geholfen.«
»Was war das?«
»Manchmal kann man den Unterschied zwischen wahrer Liebe und wahrer Lust nur schwer erkennen.«
»Allerdings, das stimmt.«
»Möchtest du wissen, wie man sie unterscheiden kann?«
»Ich glaube, das wäre sehr hilfreich«, sagt Spec hinter seiner Sonnenbrille.
»Wahre Liebe gibt einem Energie, Lust raubt sie einem.«
»Und Frauen ruinieren einen.«
»Das stand nicht in dem Buch, Spec.«
»Das gehört aber auch dazu.«

KAPITEL

12

Pearl Grimes und Dr. Taye Bakagese sollen heute Abend auf der Bühne des *Trail of the Lonesome Pine*-Freilichttheaters getraut werden. Pearl hat die Trauung für den Freitag nach Thanksgiving festgelegt, weil sie wusste, dass die meisten Menschen an dem Tag frei haben und bis in die Morgenstunden feiern können. Ich habe alle Hände voll zu tun; ich muss Jacks Hemd bügeln und Ettas Strumpfhosen suchen, und dabei muss ich aufpassen, dass ich mit meinen frisch lackierten Fingernägeln nicht überall hängen bleibe.

»Theodore?«

»Was?«, kommt seine Stimme aus dem Badezimmer.

»Ist Ettas Strumpfhose da drin?«

Theodore reicht mir Ettas Strumpfhose durch den Spalt in der Tür. Er war gekommen, um Thanksgiving mit uns zu verbringen, und ich habe ihn überredet, zu Pearls Hochzeit zu bleiben. Alle Schauspieler vom Freilichttheater sind eingeladen, und sie wollen Theodore sehen.

Etta reißt mir ihre Strumpfhosen aus der Hand. Ich bügle Jacks Hemd fertig und nehme die Lockenwickler aus dem Haar. Jack kommt aus der Küche.

»Dein Haar sieht schön aus.«

»Danke.«

Wir beschließen, mit Theodores Auto zu fahren, weil es viertürig ist. Als wir beim Theater ankommen, sieht es ganz so aus, als wäre die Show ausverkauft. Pearl Grimes hat einen großen Bekanntenkreis: Sie war am College, dann hat sie eine zweite Apotheke in Norton eröffnet und will eine dritte in Pound aufmachen. Sie ist erstaunlich. Als wir uns den Gästen anschließen, die ins Theater strömen, kommen wir an Otto vorbei, der die Gäste nach ihren Karten fragt. Natürlich lachen wir alle über den Witz.

»Kannst du es glauben, dass mein kleines Enkelbaby heiratet?«

»Das Leben ist doch erstaunlich.« Ich umarme ihn.

»Ich meine, sie ist ein ziemlich neues Enkelbaby, die kleine Pearl, weil mein Sohn die Mutter geheiratet hat, aber ich darf sie trotzdem meins nennen, oder?«

»Natürlich darfst du das.«

Wir versammeln uns auf der Bühne, die Zeremonie ist schlicht und feierlich. Sie besteht aus einer Mischung aus indischen Elementen und Bluegrass, zwei Kulturen, die manches gemeinsam haben, wie die Liebe zur Natur und zur Familie. Leah, strahlend in ihrem roten Kleid, nimmt ihren Platz neben Worley ein. Albert Grimes hat die Haare glatt an den Kopf gekämmt und trägt graue Hosen, ein dunkelblaues Jackett mit Krawatte, und rutscht in der Reihe hinter Leah ungeduldig hin und her. (Ich glaube, nachdem die Versicherung zu dem Schluss kam, dass das Feuer im Theater durch ein fehlerhaftes Kabel entstanden war, wurden die Untersuchungen gegen Albert eingestellt.)

Taye sieht Pearl so liebevoll an, dass auch der Hartgesottenste unter uns schmilzt. Nellie Goodloe läuft und holt frische Taschentücher (oder vielleicht ist sie auch nur etwas nervös, weil so viele Gäste gekommen sind und sie nicht genügend Pfefferminz bestellt hat).

Pearls schlichtes weißes Kleid ist hinreißend. Es hat einen halsfernen Kragen und lange Ärmel, die sich wie Trompeten öffnen. Die kleinen Perlen an dem Oberteil glitzern im Licht. Sie trägt die Stola, die ich ihr aus Italien mitgebracht habe, um die Schultern. Ihr Haar schwingt leicht in der kühlen Brise und fällt ihr wie lose Bänder über den Rücken. Zur Zierde hat sie kleine Zweige Schleierkraut hineingesteckt. Als Taye ihr den Ring ansteckt, stößt Otto mich in die Rippen.

»Das ist der Ring von meiner Destry.«

Ich lege Otto den Arm um die Schultern. Bei dem Gedanken an die Liebe seines Lebens, ein wunderschönes Melungeon-Mädchen, das bei Worleys Geburt starb, steigen ihm die Tränen in die Augen. Pearl streckt die Hand aus, sieht auf den Ring und dreht ihn mit der anderen Hand. Der Richter erklärt, dass Taye Bakagese und Pearl Grimes rechtmäßig verheiratet sind, und der Applaus hallt von den Bergen hinter uns wider.

Ich spüre Fleetas Atem hinter mir. »Denen ihre Kinder werden ganz schön braun sein«, flüstert sie.

»Und wunderhübsch«, flüstere ich zurück.

»Wahrscheinlich«, sagt sie. Ich drehe mich um und sehe Fleeta an. Sollte sie nach all den Jahren doch weicher werden?

In dem Zelt, das von winzigen blauen Lichtern erleuchtet wird, ist ein Schlemmerbuffet mit allem, was die Küchen Südwest-Virginias und Indiens zu bieten haben, aufgebaut. Wer hätte schon geahnt, dass in Butter sautierter Grünkohl so gut zu Lammspießen vom Grill schmecken würde?

»Hallo, Ava!« Sweet Sue Tinsley begrüßt mich mit einem Schlag auf die Schulter. In Big Stone Gap werden Hochzeiten konfessionsübergreifend gefeiert; man setzt eine Anzeige in die Zeitung, und jedermann ist eingeladen. Offenbar hat Sweet Sue Tinsley immer noch ein Abo für die *Post* und ist so über die lokalen Ereignisse informiert. Ich betrachte Jack Macs frühere Freundin genau. Sie wird älter und sieht so aus, wie ich sie mir vorgestellt habe: sehr gut. Sie hat sich die Haare ganz kurz schneiden lassen. Kleine Stacheln aus weißgelbem Haar stehen ihr rund um den Kopf ab. Sie trägt ein trägerloses weißes Kleid mit einem roten Lackgürtel.

»Wie geht es so in Kingsport?«

»Den Jungen gefällt es dort sehr gut. Mike arbeitet in der Papierfabrik.«

»Hört sich gut an.«

»Wie geht es dir?«

»Viel zu tun, aber es geht mir gut.«

»Ich bin Großmutter, weißt du das?«

»Nein, das wusste ich nicht!« Ich sehe mir Sweet Sue an. Es kommt mir unglaublich vor, dass sie Großmutter sein soll.

»Ja, mein Ältester, Chris, hat sich in seine Highschool-Flamme verliebt, und sie ist schwanger geworden. Der kleine Michael ist jetzt drei Monate alt.«

»Herzlichen Glückwunsch! Du bist die schärfste Großmutter, die ich je gesehen habe«, sage ich, und ich meine es ehrlich.

»Danke, Liebes. Das tut mir gut, wirklich. Du siehst aber auch sehr gut aus.«

Sweet Sue entschuldigt sich und zieht davon, um all die anderen Leute zu begrüßen, die sie lange nicht gesehen hat. Ich verdrücke eine Eier-Teigtasche. Vielleicht sehe ich gut aus, aber es ist deprimierend zu denken, dass ich alt genug bin, um Großmutter zu sein.

»Ich gebe dir hundert Dollar, wenn du auf der Stelle mit mir tanzt«, flüstert Theodore mir ins Ohr.

»Ich esse gerade.«

»Dann musst du eben hungern.« Er zieht mich mit sich fort zu den Klängen eines Jerome-Street-Ramblers-Lieds.

»Was ist in dich gefahren?«

»Sarah Dunleavy hat es auf mich abgesehen, das kannst du dir nicht vorstellen.«

»Sie ist harmlos.«

»Sie ist vierzig.«

»Und du vierundvierzig.«

»Ja, aber ich will mir in den nächsten sechs Monaten weder einen Ehemann noch ein Baby zulegen. Sie hat schwer was vor.«

Und dann, als wären wir in eine alte Erinnerung geglitten, steht Jack vor uns.

»Ich möchte gern mit meiner Frau tanzen«, sagt Jack lächelnd.

»Ich möchte, dass du mit Sarah Dunleavy tanzt«, sagt Theodore.

»Kommt gar nicht in Frage!« Ich löse mich von Theodore und begebe mich in die Arme meines Mannes. Theodore macht sich auf zu dem Tisch mit den Desserts, während Jack mich unter dem glitzernden Zeltdach (das jedes Jahr auch bei dem Abschlussball der Powell Valley Highschool benutzt wird) herumwirbelt.

»Was sollte das?«

»Nichts.«

»Warum hast du mich abgeklatscht?«

»Ich weiß auch nicht. Manchmal will man einfach mit der eigenen Frau tanzen.«

»Magst du nicht mit Sarah Dunleavy tanzen?«

»Sie ist zu dünn.«

»Aber sie ist still, und sie macht Shakespeare-Chorrezitationen.«

»Ich mag Lärm, und Shakespeare mag ich nicht.«

»Ehm, Jack?«

»Ja, Liebling?«

»Schatz, ist das deine –« Als wir über den Tanzboden gleiten, schiebe ich Jacks Hand von meinem Po zu meiner Taille.

»Ich hoffe doch, dass es meine ist«, sagt er.

Pearl und Taye küssen sich neben der Band, Spec sticht mit der Gabel in Nellie Goodloes Kirschsorbet, Leola und Fleeta stehen zusammen und rauchen (ich bin mir sicher, dass Leola sich die neuesten Geschichten erzählen lässt), Iva Lou und Lyle stehen am Buffet und sehen sich die Auswahl der Gerichte an, und Theodore setzt sich auf den letzten freien Stuhl zu Rick und Rita Harmon und deren Kindern an den Tisch, damit er nicht neben Sarah Dunleavy sitzen muss, an deren Tisch absichtlich zwei Stühle frei sind. Etta winkt mir von der Ecke des Zeltes zu, wo die Kinder Pfefferminztaler essen und sich alberne Witze erzählen. Ich winke zurück, sie lächelt.

Als es Mitternacht wird, betreten Pearl und ihr neuer Ehemann den Tanzboden zum Kehraus. Die verbliebenen Gäste, und es sind nur noch wenige, überlassen das Parkett dem frisch vermählten Paar. Otto hat ein paar tragbare Heizstrahler im Zelt angebracht, so dass es warm ist. Die Bühne des Freilichttheaters, hell erleuchtet und in rosa Licht getaucht, ist jetzt leer.

»Deine Schuhe«, sagt mein Mann, als er mir die Riemchensandalen gibt, die ich gerade mal für zehn Minuten bei dem Empfang anhatte. »Warum trägst du Schuhe, die wehtun?«

»Weil sie hübsch sind.«

Jack schüttelt den Kopf und winkt Etta herbei. Theodore wartet schon beim Zelteingang.

»War das nicht ein schönes Fest?«, frage ich Theodore und betrachte noch einmal Pearl und Taye auf dem Parkett, wie sie unter dem Zeltdach schweben.

»Es war gut, und es wäre noch besser gewesen, wenn ich mit Sarah Dunleavy nicht hätte Versteck spielen müssen.«

Etta klettert auf den Beifahrersitz neben Theodore; Jack und ich machen es uns auf der Rückbank bequem.

»Mama, ist Daddy betrunken?«

»Nein, mein Schatz, er ist nur sehr glücklich wegen Pearl und Dr. B.«

Theodore sieht mich im Rückspiegel an und lächelt.

Als wir in der Sackgasse wenden und wieder auf die Shawnee Avenue kommen, müssen wir an der Ampel bei der Abzweigung zur Beamonton Road stehen bleiben. Die schwarzen Tore zum Glencoe Cemetery schimmern in der Ferne, wo die Straße sich dem Fluss nähert. Einen Moment lang möchte ich Theodore fragen, ob er anhält. Aber dann überlege ich es mir anders und sage nichts.

»Cracker's Neck?«, fragt Theodore.

»Ja, bitte.«

Jack legt seinen Kopf in meinen Schoß, und Etta erzählt Theodore von einem kleinen Nebendrama bei der Hochzeitsfeier, das sich zwischen ihrer Freundin Tara und einem süßen älteren Jungen namens Chad abgespielt hat. Schon bald verblassen die Lichter von Big Stone Gap hinter uns, und wir fahren nach Hause.

DANKSAGUNG

Das Erste und Beste in meinem Leben ist die Tatsache, dass Ida Bonicelli Trigiani meine Mutter war. Eine solche Schönheit! Eine so kluge Frau! Sie gab ihren Beruf als Architekturbibliothekarin auf, um ihre Kinder großzuziehen, aber nie gab sie ihre Liebe zu Büchern auf, die sie auf mich übertrug. Moms Zwillingsschwester, Irma B. Godfrey, auch sie eine fabelhafte Bibliothekarin, ist mir ebenfalls eine Inspiration gewesen.

Weil meine Mutter Bibliothekarin war, hatte ich immer einen besonderen Draht zu Bibliothekaren: Danke, Billie Jean Scott, Ernestine Roller und James »Wheel« Varner vom Wise County Bookmobile, vielen Dank. Ihr habt mich mit einigen großen Damen der Literatur bekannt gemacht: Beverly Cleray, Astrid Lindgren, Kay Thompson, Betty MacDonald, Madeleine L'Engle, Margery Williams, Carolyn Keene, Laura Ingalls Wilder, Johanna Spyri und Louise Fitzhugh. Und als die Zeit dafür kam, Charlotte Brontë, Jane Austen, Margaret Mitchell und Gwendolyn Brooks (vielen Dank, Frances Lewis). Miss Scott achtete immer darauf, dass ich in der Highschool die Zeitschriften las, und dort machte ich die Bekanntschaft von Erma Brombeck, Judith Viorst und Meg Greenfield. Weil mein Vater Abonnent des *Esquire* war (es hatte den Aufdruck »Nur für Männer«), las ich den wunderbaren Aufsatz von Nora Ephron.

In dem mächtigen Random House danke ich meiner brillanten und unermüdlichen Lektorin Lee Boudreaux, und Ann Godoff, Andy Carpenter, Todd Doughty, Beth Pearson und

Pamela Cannon, und bei Random Audio Books gilt mein Dank Sherry Huber. Bei Ballantine gebührt mein Dank der italienischen Naturgewalt Gina Centrello und dem erfrischenden irischen Wind Maureen O'Neal. Suzanne Gluck, der besten Agentin und einer noch besseren Freundin, ein herzliches Dankeschön und eine neue Handtasche. Neue Handtaschen bekommen ebenfalls Caroline Sparrow, Karen Gerwin und Margaret Halton von ICM. Dank an Lorie Stoopack, eine erstaunliche Person; Lou Pitt, John Farrell, Michael Pitt, Jim Powers und Todd Steiner in Movieland – meinen Dank!

Michael Patrick King, die Straße, die ich gehe, wäre ermüdend und unmöglich ohne dich, Elena Nachmanoff und Dianne Festa, ihr habt das Zepter fest in der Hand, Caroline Rhea, dir zolle ich meine Bewunderung. Unendliche Liebe und Dankbarkeit an Rosanne Cash, Ruth Pomerance, Tom Dyja, Mary Testa, Jennifer Rudolph Walsh, June Lawton, Nancy Josephson und Larry Sanitsky, Jill Holwager, Jeanne Newman, Debra McGuire, John Melfi, Dee Emerson, Gina Casella, Cara Stein, Sharon Hall, Wendy Luck, Faith Cox, Sarah Jessica Parker, Sharon Watroba Burns, Nancy Ringham, Mike Allen, Constance Marks, Cynthia Rutledge Olson, Jasmine Guy, Susan Toepfer, Joanne Curley Kerner, Doris Shaw Gluck, Whoopi Goldberg, Max Westler, Susan und Sam Franzeskos, Jake und Jean Morrissey, Beata und Steven Baker, Brownie Polly, Aaron und Susan Fales-Hill, Kare Jackowski, Bob Kelty, Carol Ann Story, Christina Avis Krauss, Rachel DeSario und Beth Thomas.

Meinen Dank und ewige Liebe meinem Vater, der den Titel gegeben hat, und auch meinen Brüdern und Schwestern und unserer Familie in Italien, den Familien Spada, Mai, Bonicelli und Trigiani. Meinen Freundinnen in Gap – Iva Lou, Kaye, Debbie, Beth, Tammy, Janet, Teresa, Mary Ann, Joyce, Cindy und Jean – danke ich für ihre Freundschaft und ihre Erinnerungen; vielen Dank den Bewohnern von Big Stone Gap für ihre Unterstützung und Ermutigung, und Dank meinem Mann Tim, für alles.